BLACKIE BOOKS

CLÁSICOS LIBERADOS

Los grandes clásicos de la literatura universal, en nuevas versiones fieles y desacomplejadas, ilustradas y comentadas con la mente abierta y el corazón ligero. Bienvenidos al irrenunciable placer de su lectura.

ခရီးလီးမှ လုက်ရှင်ရှင်

DANTE ALIGHIERI

Divina comedia
Infierno

BLACKIE
BOOKS

CLÁSICOS
LIBERADOS
BA56

EL AUTOR Y LA OBRA

DANTE Y LA *COMEDIA*

Si ha habido alguna vez tiempos tranquilos no fueron, desde luego, los que le tocó vivir a Durante di Alighiero degli Alighieri, llamado Dante, poeta, filósofo y político que abrió los ojos al mundo en Florencia, su patria y su condena. Y si es cierto, como dejó escrito, que nació bajo el signo de Géminis y que inició su imaginario e inmortal viaje en la mitad del camino de la vida de un hombre, el mes sería mayo. El año, 1265.

No es mucho lo que sabemos sobre su vida, pero sí sobre el telón de fondo: Italia, entonces dividida en varios reinos, ducados y repúblicas que apenas tenían en común un intenso odio mutuo, era en aquellos siglos el campo de batalla en el que la Iglesia y el Sacro Imperio Romano Germánico se batían por el dominio de la cristiandad. La violencia entre los güelfos, partidarios del papa, y los gibelinos, partidarios del emperador, era extrema. Cada territorio elegía bando en función de lealtades mudables y, fuese cual fuese la facción gobernante en un momento concreto, dentro de los propios estados se vivía con frecuencia en un clima de guerra civil que, por suerte para Dante, no arrolló a su familia, próspera

Dante Alighieri, Nikolai Kalmakov (1936).

pero con una importancia de segunda fila en la política de Florencia. Lo ilustra la circunstancia de que su padre, el comerciante y prestamista güelfo Alighiero di Bellincione, no fuera ni asesinado ni exiliado cuando los gibelinos tomaron el poder en la ciudad. De hecho, pese a que a Dante le enorgullecía recordar que su linaje se había establecido a orillas del Arno ya en tiempos de la Antigua Roma, el antepasado más lejano que podía mencionar era un tatarabuelo.

La infancia, marcada por la muerte de Bella degli Abati, su madre, cuando tenía cinco o seis años, debió ser como la de cualquier otro joven de su condición. Lo normal es que Alighiero, que se volvió a casar de inmediato y tuvo al menos un hijo y una hija más, le procurara una primera educación en casa con un profesor que habría enseñado a Dante a leer, a escribir y a defenderse en latín. Más adelante habría estudiado las artes liberales y a los autores clásicos. Pero el acontecimiento fundamental de esta primera parte de su vida, al menos según él, sucedió a sus nueve años. Fue entonces cuando, habiendo acompañado a su padre a una fiesta de la primavera en casa de unos amigos, conoció a una niña de su edad llamada Beatriz, de la que se enamoró de una vez y para siempre. «Desde aquel momento —escribiría— el amor gobernó mi alma».

Es probable que jamás llegaran a hablar, y quizá nunca se vieran, si se vieron, más que en misas y entierros. De hecho, según el propio Dante, solo se encontrarían cara a cara una vez más, nueve años después de haberse conocido: el joven mataba el tiempo por el centro de Florencia cuando Beatriz, a la que casi todo el mundo llamaba Bice, se cruzó con él. Se había casado unos meses atrás con un banquero y, por esa razón, iba vigilada, más que acompañada, por dos mujeres mayores que ella, pero aun así, después de que las miradas de Beatriz y Dante coincidieran, ella lo saludó. Quizá fue la primera vez que él oía su voz. Agónicamente emocionado, el joven corrió hacia su casa, se metió en su habitación y escribió un soneto.

Se había iniciado en la poesía un tiempo atrás, pero no mucho antes. Para ello fue importante la muerte de su padre, que falleció durante estos años, lo que dejó a Dante solo al frente de su vida, y muy decisiva la influencia de amigos y maestros como Guido Cavalcanti y Brunetto Latini, a quien, pese a que se lo encontraría en el Infierno, le agradecería, conmovido, el haberle enseñado «cómo se adquiere la fama eterna con el ejercicio de la virtud». Junto a otros poetas lideraron una corriente, el *Dolce stil novo*, caracterizada por la unión de lo amoroso, lo espiritual y lo cívico. Por eso no escribían en latín o provenzal, como era costumbre, sino en la lengua vulgar de Florencia: querían, necesitaban, expresarse con una voz natural. Los miembros de este grupo fueron, precisamente, los primeros lectores de los textos que Dante recopilaría en la *Vita nuova*, la primera obra que le podemos atribuir con certeza. Dedicado a Beatriz, este libro la convertiría en un personaje universal, más angélico que humano, lo que sepultó para siempre a la Beatriz real. De ella sabemos muy poco más. Que falleció en 1290, con veinticinco años, y que su muerte, según él, trastornó a Dante, quien le dedicó un último poema y decidió callar hasta que pudiera decir de Beatriz «lo que jamás fue dicho de ninguna».

Para superar el dolor se sumergió en el estudio de la filosofía, pero esta devoción por los trabajos de la mente y el alma no lo alejó de los asuntos mundanos. Al contrario. Fundó una familia, en torno a 1285, con una mujer con la que le habían prometido a los doce años. Se llamaba Gemma Donati, era de apellidos más prestigiosos que los suyos y tuvieron, al menos, cuatro hijos. No le dedicó una sola línea y no hay constancia de que le acompañara en futuros avatares, por lo que cabe imaginar que no fue un matrimonio feliz. En su relación con Florencia, en cambio, hubo más fervor. Para empezar, Dante contribuyó a la victoria en la batalla de Campaldino, un combate que aseguró el control güelfo de su ciudad, peleando en primera línea. Tenía veinticuatro años y sintió «mucho miedo y, al final, una grandísima alegría».

Aplastada la oposición, Dante decidió iniciar su vida política y, tal y como se exigía, entró en un gremio. Eligió el de médicos y boticarios, quizá por la relación entre filosofía y medicina o, más probablemente, porque los boticarios, entre otras muchas cosas, vendían libros. No queda mucha información sobre su carrera pública, pero se sabe que ocupó cargos de importancia en el gobierno de Florencia y, sobre todo, que fue arrastrado por las divisiones entre los propios güelfos de la ciudad, quienes, tras derrotar a los gibelinos, se dividieron a su vez en güelfos blancos y negros. Dante, un blanco moderado, cercano a los intereses populares y enfrentado a los magnates, fue enviado en 1301 en misión diplomática ante el papa Bonifacio VIII para pedirle que calmara los ánimos, pero, una vez en Roma, el pontífice, al que acabaría mandando al Infierno, lo retuvo allí más tiempo del necesario. Con toda probabilidad, era una trampa: el hermano del rey francés entró entonces a sangre y fuego en Florencia y los güelfos negros, aliados con él, aprovecharon para exterminar a los güelfos blancos. Dante, impotente, fue juzgado en ausencia. Al principio se le impuso una multa que ni podía ni quería pagar, pero un año después se le condenó a no regresar a Florencia bajo pena de morir en la hoguera. Tenía algo más de treinta y cinco años. Nunca más volvería a ver su patria.

Aunque parece que durante sus primeros días de exilio se implicó en la organización de una resistencia frente a los güelfos negros, con el tiempo se apartó, acaso desilusionado con las envidias y vilezas que, más que las ideas, separaban a cada facción, acaso marginado por el resto de su bando. Solo en el mundo, sin fortuna, sentenciado a comer el amargo pan ajeno y a vivir bajo el techo de otras personas, tuvo entonces, sin embargo, la oportunidad de emprender la creación de grandes obras. Nunca habría podido hacerlo de haber seguido implicado en los vaivenes políticos de Florencia, pero los penosos giros del destino presentaron ante él todo el tiempo del mundo. Dante perdió el hogar, pero ganó la eternidad.

Sabemos que fue celebrado ya en vida, pero los años de destierro son difusos. Hay constancia de que vagó por media Italia, protegido por unos y otros, y es posible, pero no probable, que visitara París. De entre todo lo que escribió en este periodo fue la *Comedia* lo que le dio la fama, pero en sus primeros años de exilio, además de componer poemas que póstumamente serían recopilados, junto con muchos otros, en *Le Rime*, acometió otras dos obras de mucha envergadura, ambas inacabadas. La primera es *De vulgari eloquentia*, un ensayo en defensa de las lenguas vulgares escrito en latín, precisamente, para llegar a los más reticentes; la segunda es el *Convivio*, o el «banquete», una obra filosófica en dialecto florentino formada por comentarios a poemas del propio Dante. Más tarde, hacia 1310, inició otro libro muy ambicioso, que sí terminó: *Monarchia*, un tratado en el que, abjurando de mucho de lo que había defendido como güelfo, abogó por un soberano universal que pusiera paz en el mundo mediante una autoridad casi suprema. Quiso ver a ese monarca en Enrique VII, un emperador que se presentó en Italia al mando de un ejército y al que Dante pidió que descargara contra Florencia toda la ira de Dios, pero murió durante la guerra, quizá envenenado, y con él las esperanzas de Dante. Aun así, su precaria situación le obligó a servir a las ambiciones políticas de otros, lo que, de algún modo, acabaría sellando su final: en septiembre de 1321, al volver de Venecia, donde había ido como enviado del príncipe de Rávena, pasó por un terreno pantanoso, enfermó de malaria y, unas semanas después y en compañía de sus hijos, murió. Tenía cincuenta y seis años. Había dictado los últimos versos del *Paraíso* no mucho tiempo antes. Hasta ahí llegó su viaje.

A pesar de que según Giovanni Boccaccio, uno de sus admiradores más febriles, el exilio había hecho de Dante un ser pensativo y melancólico, nunca, ni siquiera en los peores momentos, abandonó la esperanza de que su ciudad, aunque solo fuera por sus méritos poéticos, aceptara su regreso. Sin embargo, en Rávena murió y en Rávena fue enterrado, pese a todos los intentos que Florencia ha hecho desde entonces por repatriar sus restos. De nada sirvió que en 2008 el gobierno local lo perdonara, más de siete siglos después: la tumba de Dante, a quien Italia llama el Poeta Supremo, sigue estando lejos de su ingrata tierra. Por eso, todavía hoy, en la última frase de su epitafio se puede leer: «Hijo de Florencia, madre de poco amor».

La existencia de la *Comedia* es un milagro. Escrita a lo largo de quince años de exilio, sin acceso a la propia biblioteca, sin conocer dónde y con quién viviría en la siguiente curva del viaje, sin más pluma, tinta y papel que los procurados por la generosidad de otros, dependiendo, con frecuencia, de la memoria para conservar sus versos y habiendo demorado el punto y final de la obra hasta el punto y final mismo de su vida, es prodigioso, sencillamente, que Dante pudiera no solo escribirla sino terminarla. Que hoy la podamos leer es, por tanto, extraordinario.

Pero ya nació siendo extraordinaria. La *Comedia*, como idea, es un grandioso edificio levantado sobre una simbología muy deliberada: se divide en tres partes, a su vez compuestas de treinta y tres cantos, escritos en estrofas de tres versos, como tres son las fieras que fuerzan a Dante a viajar al inframundo y tres son los guías que lo acompañan por los tres dominios del más allá. Las 14.233 líneas que forman esta obra, distribuidas entre el *Infierno*, el *Purgatorio* y el *Paraíso* en número casi idéntico (4.720, 4.755 y 4.758 respectivamente), se inclinan, sin embargo, sobre tantas claves de bóveda que es posible que no todas hayan sido descifradas.

Su argumento, en cambio, no puede ser más sencillo: Dante nos narra un viaje de una semana por los reinos de la otra vida guiado por Virgilio, Beatriz y, ya muy al final, san Bernardo. Esta odisea, iniciada tras haber «extraviado el camino del bien» cuando tenía treinta y cinco años de edad, empieza en el Viernes Santo del año 1300 y le permite recorrer una senda de perfección que le lleva de los pozos más profundos de la maldad humana a la más radiante luz divina, de perderse en una oscura selva a dejar que sea el amor lo que haga girar su vida. Todo esto se lo anticipa Virgilio a Dante ya en el primer canto, un preámbulo a la obra entera que sumado a los otros noventa y nueve da un perfecto número cien.

Para escribirla tuvo que inventar dos cosas: una estrofa y un idioma. La estrofa es el terceto de endecasílabos, que hasta entonces solo se había usado como parte de un soneto. El idioma es, o acabó siendo, el italiano. En el momento en el que Dante compuso la *Comedia* se hablaban en Italia multitud de dialectos, pero el éxito de esta obra y su enorme altura hicieron que fuese el dialecto toscano, la lengua en la que está escrita, la base sobre la que se construyó un modelo de idioma común.

Ese éxito, además, acompañó a la obra desde sus primeros años. Dante, que empezó a escribir la *Comedia* en torno a 1307, dio a conocer sus tres partes a medida que las fue terminando, y ya en 1314, dos años antes de divulgar el *Purgatorio*, hay noticias y comentarios que glosan y celebran el *Infierno*. De la obra completa, nacida más de un siglo antes de Gutenberg y su imprenta, se conservan nada menos que ochocientos manuscritos, lo que evidencia la enorme difusión que tuvo en su propia época. La posteridad, obviamente, no hizo más que alimentar la llama, y pese a que Dante cayó del pedestal en los tiempos y lugares de la Ilustración, enemiga de lo que oliera a medieval, su viaje ha sido exaltado por toda clase de luces de todas las épocas, de Borges a Botticelli y de Franz Liszt a Samuel Beckett. T. S. Eliot, uno de los más devotos, sentenció: «Dante y Shakespeare se reparten el mundo. No hay un tercero».

La primera etapa de ese viaje, el *Infierno*, espera a unas cuantas páginas de aquí. De las tres partes que componen la *Comedia*, seguramente sea la más conocida y la que encierra escenas más memorables. En ella hay ríos de fuego y lagos de hielo, amantes eternos como Francesca y Paolo, papas corruptos con la cabeza clavada en tierra y aduladores sumergidos en estiércol. También es la más cómica: un boloñés, por ejemplo, le dice a Dante que sus conciudadanos son tan avariciosos que es más fácil oír su dialecto en el Infierno que en la propia Bolonia.

Pero antes de franquear la puerta que lleva hasta las almas por siempre condenadas, será necesario referir tres últimos detalles. El primero es en parte, o en todo, fantasioso y tiene que ver con la propia existencia de la *Comedia*. Dante apuró tan hasta el final el remate de la obra que el *Paraíso* fue difundido de manera póstuma, algo que, según Boccaccio, cerca estuvo de no suceder: cuando ya había enviado a algunos amigos los cantos finales para que los preservaran y divulgaran, «a excepción de los últimos trece cantos, que tenía acabados pero no los había enviado todavía, sucedió que, sin dejar dicho dónde estaban, murió». Según el autor del *Decamerón*, pasaron muchos meses sin que nadie encontrara el final del *Paraíso*, de modo que ciertas amistades de la familia intentaron convencer a los hijos de que fueran ellos los que concluyeran la *Comedia*. Esto, dice Boccaccio que decía un tal Piero Giardino, discípulo de Dante, lo evitó, más o menos, el propio Dante: pasados ocho meses desde su muerte, el poeta se le apareció en sueños a su hijo Jacopo y le indicó en qué lugar de su habitación había guardado los trece cantos. De acuerdo con esta historia, Jacopo fue de inmediato a casa de Giardino y juntos acudieron al sitio señalado por la aparición. Allí, tal y como se le había revelado en el sueño, encontraron un estuche lleno de papeles mohosos, escondidos en un hueco de la pared que ninguno de ellos había visto nunca.

El segundo de los detalles se lo debemos también a Boccaccio y tiene que ver con el nombre de la obra. En aquella época no había títulos en el sentido actual, pero Dante, incluso dentro de la propia *Comedia*, se refería a ella como su «comedia». Otros testimonios contemporáneos le dan también este nombre, y la explicación es simple: al contrario de lo que sucede con las tragedias, la *Comedia* empieza mal pero termina bien. Es el adjetivo «divina» lo que le debemos a Boccaccio y su gran entusiasmo por la obra dantesca. Con el paso de los años y las sucesivas ediciones este atributo se asentó y el largo poema de Dante fue conocido, ya para siempre, como la *Divina comedia*. Ayudó de manera decisiva que en 1555 apareciera por primera vez una edición del libro con ese nombre, aunque con las palabras «La divina» enmarcadas en un fastuoso recuadro. Si aquello no supuso más que una operación de mercadotecnia, no cabe duda de que fue de las más exitosas de la historia.

El tercero, en fin, tiene que ver con una de las más bellas manifestaciones de la simbología de la Trinidad que encierra esta obra: el *Infierno*, el *Purgatorio* y el *Paraíso* y, por tanto, la *Comedia* entera, terminan con la misma palabra. Quien quiera saber cuál es solo tendrá que atravesar el Infierno y llegar más allá del mismo centro de la Tierra.

Muchos son los asombros y espantos que esperan en ese viaje, pero hay que hacerlo sin miedo. Al fin y al cabo, como dice Beatriz en algún lugar de estas páginas, «solo hay que temer aquello que puede dañarnos; no hay razón para temer nada más».

Daniel López Valle

NUESTRA EDICIÓN

En su *Epístola a Cangrande della Scala*, escrita hacia al final de su vida, Dante explica que la *Divina comedia* puede ser leída de cuatro modos: literal, alegórico, moral y anagógico o espiritual.

De estos cuatro modos de lectura, Jorge Luis Borges se inclina por el modo literal. Así lo afirma en su conferencia «La *Divina comedia*», pronunciada el 1 de junio de 1977 en el teatro Coliseo de Buenos Aires: «Yo aconsejaría al lector el olvido de las discordias de güelfos y gibelinos, el olvido de la escolástica, incluso el olvido de las alusiones mitológicas [...]. Conviene, por lo menos al principio, atenerse al relato». Y reitera: «Quiero solamente insistir sobre el hecho de que nadie tiene derecho a privarse de esa felicidad, la *Comedia*, de leerla de un modo ingenuo. Después vendrán los comentarios, el deseo de saber que significa cada alusión mitológica [...]. Al principio debemos leer el libro con fe de niño, abandonarnos a él».

Esta lectura literal es la que quiere proponer nuestra edición, ateniéndonos al consejo de Borges. El *Infierno* habla del infierno: y habla del infierno como nunca se había hablado antes, como nunca se ha vuelto a hablar.

Porque Dante «inventa» el infierno. Cierto que es muchas creencias religiosas mencionan espacios de castigo para los muertos, pero ninguna con el detalle y la sofisticación con que lo hace Dante: establece su localización, sus medidas (terroríficas: un pozo cónico con una abertura de 5900 km de diámetro y una profundidad de 6300 km, según los cálculos que realizó Galileo Galilei; ver pág. 527), su estructura interna en nueve círculos, y las torturas «personalizadas» a las que son sometidos los condenados.

Antes de empezar con la lectura de Dante, proponemos una breve visión enciclopédica del mundo infernal. En primer lugar, el artículo «Infierno» de la *Encyclopédie, ou Dictionnaire raisonné des sciences, des arts et des métiers*, dirigida por Denis Diderot y Jean D'Alembert, y publicada en 35 volúmenes entre 1751 y 1778. El artículo se encuentra en la página 666 (el número de la Bestia, según el Apocalipsis) del tomo V, y su autor es el abate Edmé-François Mallet, fiel colaborador de Diderot, que solía encargarle los artículos relacionados con la religión. Sus opiniones radicalmente conservadoras —no sabemos si sinceras o irónicas— ponían a salvo la *Encyclopédie* de la furia de los censores. Y, a continuación, el artículo «Infierno» de la *Encyclopædia Britannica*, escrito por Carol Zaleski, profesora de historia de las religiones en la Universidad de Harvard y en el Smith College.

Puestos en situación de cómo ha sido y cómo es el concepto de infierno en las distintas culturas y en los distintos momentos de la historia, podremos proceder a la lectura del texto de Dante. Y conviene dar algunas explicaciones sobre el modo en que hemos decidido editarlo.

La *Divina comedia* está escrita en *terza rima*, o tercetos encadenados, y contiene pasajes que están entre los más altos ejemplos de la poesía universal. Son bien conocidas las dificultades de traducir poesía, como es bien conocida la frase del poeta norteamericano Robert Frost: «Poesía es lo que se pierde en la traducción de un poema». El propio Dante advierte en *El convivio*: «*Nulla cosa per legame musaico armonizzata si può dalla sua loquela in altra trasmutare, senza rompere tutta sua dolcezza e armonia*». Es decir: «Ninguna cosa armonizada por las musas puede ser transmutada en otra lengua sin que se rompan toda su dulzura y armonía». Y leemos en el *Quijote*: «Todos aquellos que los libros de verso quisieren volver en otra lengua, por mucho cuidado que pongan y habilidad que muestren, jamás llegarán al punto que ellos tienen en su primer nacimiento, y les quitarán mucho de su natural valor».

Pese a estas advertencias, son numerosísimas las traducciones en verso de la *Divina comedia* a idiomas modernos. El profesor Mirko Tavoni, de la Universidad de Pisa, relaciona 415 traducciones a 52 idiomas (y advierte que su catálogo no es exhaustivo). De las traducciones en verso al castellano, cabe mencionar las siguientes:

1515	Pedro Fernández de Villegas
1874	José Mª Carulla
1879	Juan de la Pezuela, conde de Cheste
1897	Bartolomé Mitre
1958	Fernando Gutiérrez
1965	Antonio J. Onieva
1967	Enrique Martorelli Francia
1968	Ángel J. Battistessa

1973	Nicolás González Ruiz
1973	Ángel Crespo
1983	Julio Úbeda Maldonado
1993	Luis Martínez de Merlo
2002	Antonio Jorge Milano
2012	Abilio Echeverría
2015	Jorge Aulicino
2018	Juan Barja
2018	José Mª Micó
2021	Jorge Gimeno
2021	Claudia Fernández Speier
2021	Raffaele Pinto

Todos ellos son trabajos de gran mérito, pero en los que indefectiblemente se pierde, ni que sea en una parte pequeña, la poesía del original. Y se pierde también, por los constreñimientos léxicos a que obligan el metro y la rima, parte de la eficacia narrativa que la descripción del monstruoso engendro de la mente de Dante requiere. Por lo que decidimos desechar la idea de una traducción en verso. Pero optar por una traducción en prosa significaría renunciar del todo a la magia de la poesía…

Por eso nos hemos inclinado por la siguiente solución: en primer lugar, ofrecemos el texto original italiano, en la edición realizada por Giorgio Petrocchi (1921-1989) para la Società Dantesca Italiana. En el *Quijote* se dice que con dos ochavos de lengua toscana uno puede entender a Ariosto (y, por tanto, se supone que también a Dante); Borges asegura que aprendió italiano leyendo la *Divina comedia*. Pero, por si no tuviéramos tanta facilidad como don Quijote y Borges, unos códigos QR nos dan acceso a la voz de Vittorio

Gassman, a través de cuya lectura podremos apreciar la musicalidad del endecasílabo italiano. Los fotogramas de la película *Inferno* (1911) y los comentarios que los acompañan nos permitirán acercarnos a la comprensión del texto.

Sigue una versión en prosa —esta sí, traducida al castellano—, realizada por Natalino Sapegno (1901-1990), catedrático de la Universidad La Sapienza de Roma entre 1937 y 1976, y uno de los máximos expertos en la obra de Dante. Algunos elementos más complementan nuestra edición:

1. *Las medidas del Infierno*. El arquitecto Antonio Manetti (1423-1497) realizó un cálculo de las medidas del Infierno según las descripciones de Dante. En 1587, la Accademia Fiorentina encargó a Galileo Galilei (1564-1642) que refinara y validara estos cálculos. Alessandro Maccarrone, físico y divulgador científico, autor de *El infinito placer de las matemáticas*, nos resume y explica estas mediciones.

2. *Visiones del Infierno*. La enorme repercusión de la visión de Dante actuó probablemente como catalizador de arrebatos místicos que, en iglesias y conventos, transportaron a los religiosos al más allá infernal. Ana Garriga y Carmen Urbita, creadoras del podcast *Las hijas de Felipe* y autoras del libro *Sabiduría de convento*, nos relatan, con su sorprendente erudición, estos transportes.

3. *La música del Infierno*. A partir de la década de los setenta, y en la estela de la canción *Sympathy For he Devil* (1968), de los Rolling Stones, numerosos grupos musicales encontraron inspiración en el Infierno y sus habitantes. Jordi Garrigós, periodista y crítico musical, construye y explica una *playlist*

accesible a través de QR, con la que podremos acompañar, a todo volumen, nuestra lectura del *Infierno*.

4. *La cárcel*. La estructura del Infierno imaginada por Dante ha servido como inspiración al arquitecto británico Alexis Kalli para diseñar una cárcel a cielo abierto. Kalli se inspira en el concepto de «heterotopía» elaborado por Michel Foucault, cuya explicación más conocida es la conferencia dada por el filósofo a un grupo de arquitectos en 1967, la cual se incluye como complemento a su trabajo. Proyectada para ser excavada en un parque público de Londres, deberá servir para que una sociedad conservadora, indignada por las revueltas que estallaron en Inglaterra en 2011 a raíz de un caso de brutalidad policial, pueda contemplar cómo son castigados los culpables, que son obligados a trabajar en la construcción de su propia cárcel.

5. *Los condenados*. Una lista alfabética de los personajes —y sus biografías— condenados por Dante al Infierno permite satisfacer nuestra curiosidad… y comprobar qué poco nos interesan las trifulcas de Dante con sus vecinos o sus enemigos políticos, en comparación con la complejidad y el refinamiento de los mecanismos de castigo.

6. *Sesión de cine*. Estrenada el 10 de marzo de 1911, la película *Inferno*, de Francesco Bertolini, Giuseppe de Liguoro y Adolfo Padovan, fue el primer largometraje italiano. Su escenografía está inspirada en los grabados que Gustave Doré había realizado para la *Divina comedia*, y sus novedosos efectos especiales causaron gran sensación en su época. Se accede a ella, en versión restaurada, a través de un código QR.

Y ahora, abandonad toda esperanza, los que aquí entráis. Dice Borges: «Este libro nos acompañará hasta el fin. A mí me ha acompañado durante tantos años, y sé que apenas lo abra mañana encontraré cosas que no he encontrado hasta ahora. Sé que este libro irá más allá de mi vigilia y de nuestras vigilias».

LO QUE SABEMOS DEL INFIERNO

ENCYCLOPÉDIE,
OU
DICTIONNAIRE RAISONNÉ
DES SCIENCES,
DES ARTS ET DES MÉTIERS,

PAR UNE SOCIÉTÉ DE GENS DE LETTRES.

Mis en ordre & publié par M. *DIDEROT*, de l'Académie Royale des Sciences & des Belles-Lettres de Prusse ; & quant à la PARTIE MATHÉMATIQUE, par M. *D'ALEMBERT*, de l'Académie Royale des Sciences de Paris, de celle de Prusse, & de la Société Royale de Londres.

Tantùm series juncturaque pollet,
Tantùm de medio sumptis accedit honoris! HORAT.

TOME PREMIER.

A PARIS,

Chez
{ BRIASSON, *rue Saint Jacques*, *à la Science.*
DAVID *l'aîné*, *rue Saint Jacques*, *à la Plume d'or.*
LE BRETON, *Imprimeur ordinaire du Roy*, *rue de la Harpe.*
DURAND, *rue Saint Jacques*, *à Saint Landry*, *& au Griffon.*

M. DCC. LI.
AVEC APPROBATION ET PRIVILEGE DU ROY.

INFIERNO, s. m. (Teología): lugar de tormentos donde los malhechores purgarán sus crímenes después de esta vida.

En este sentido, la palabra *infierno* es opuesta a la palabra cielo o paraíso. Véase CIELO y PARAÍSO.

Los paganos dieron al *infierno* los nombres de tartarus o *tartara, hades, infernus, inferna, inferi, orcus*, etc.

Los judíos, al no disponer de una palabra específica para expresar la idea de *infierno* en el sentido que acabamos de definir —pues la palabra hebrea *scheol* sirve de forma indistinta para referirse al lugar de sepultura y al lugar de tortura reservado a los réprobos—, le dieron el nombre de *Gehena o Ge-Hinnom*: valle cerca de Jerusalén, en el cual había un *tofet*, o lugar donde se mantenía un fuego perpetuo, prendido por el fanatismo para inmolar niños en nombre de Moloch. De ahí que, en el Nuevo Testamento, se aluda a menudo al *infierno* con estas palabras: *Gehena Ignis*.

Las principales preguntas que podemos plantearnos sobre el *infierno* se reducen a estos tres puntos: su existencia, su localización, y la eternidad de las penas que allí sufren los réprobos. Examinémoslas por separado.

I. Aunque los antiguos hebreos no disponían de un término específico para expresar el *infierno*, no por ello dejaron de reconocer su existencia. Los autores inspirados pintaron sus tormentos con los más terribles colores: Moisés, en el Deuteronomio (cap. XXXII, vers. 22), amenaza a los israelitas infieles, y les dice en el nombre del Señor: «El fuego de mi ira se ha encendido, y arderá hasta las profundidades del *infierno*; devorará la tierra y sus frutos, y abrasará los fundamentos de los montes». Job (cap. XXIV, vers. 19) concita sobre la cabeza de los réprobos los males más extremos: «Que el impío pase del frío de la nieve al calor más excesivo —dice—, y que su crimen descienda hasta el *infierno*»; y en el cap. XXVI. vers. 6: «El *infierno* es descubierto a los ojos de Dios, y el lugar de la perdición no puede ocultarse a su luz». Por último, para no perdernos en una citación infinita, Isaías (cap. LXVI, vers. 24) expresa de este modo los tormentos interiores y exteriores que sufrirán los réprobos: «*Videbunt cadavera virorum qui prevaricati sunt in me, vermis eorum non morietur, et ignis eorum non extinguetur, et eruntusque ad satietatem visionis omni carni*»; es decir, como lo expresa el hebreo, serán objeto de disgusto para toda carne, tan horriblemente como serán desfigurados sus cuerpos por los tormentos.

Con estas autoridades basta para cerrarle la boca a los que afirman que, como Moisés no suele amenazar más que con castigos temporales, los antiguos hebreos no tenían conocimiento alguno de los castigos de la vida futura. Los textos que acabamos de citar enuncian claramente una serie de castigos que habrán de infligirse después de la muerte. Los que siguen objetando que los escritores sagrados tomaron estas ideas de los poetas griegos, tampoco tienen ningún fundamento, pues Moisés es varios siglos anterior a Homero. Aunque Job hubiese sido contemporáneo de Moisés —o bien si su libro lo hubiese escrito Salomón, como afirman algunos críticos—, habría vivido en los tiempos del asedio de Troya, el cual no fue narrado por Homero hasta cuatrocientos años después. Sí que es cierto que Isaías fue prácticamente contemporáneo de Hesíodo y de Homero; pero de qué forma iba a conocer sus escritos, teniendo en cuenta que, sobre todo los últimos, solo fueron recogidos por Pisístrato, es decir, mucho tiempo después de la muerte del poeta griego, así como de la del profeta que, supuestamente, habría copiado a Homero.

Es verdad que los esenios, los fariseos, y las otras sectas que se levantaron entre los judíos desde el regreso del cautiverio —y que desde las conquistas de Alejandro mantuvieron relación con los griegos—, mezclaron sus opiniones particulares con las simples ideas que tuvieron los antiguos hebreos sobre las penas del *infierno*. Dice Josefo en su *La guerra de los judíos* (libro II, cap. XII): «Los esenios sostienen que el alma es inmortal, y que tan pronto como sale del cuerpo se eleva hacia el Cielo plena de alegría, como si se sintiese liberada de una larga servidumbre y de los lazos de la carne. Las almas de los justos van más allá del océano, a un lugar de descanso y deleite donde no las perturba incomodidad alguna, ni tampoco el trastorno de las estaciones. Las de los malhechores, por el contrario, son relegadas a lugares expuestos a todas las injurias del aire, donde sufren tormentos eternos. Sobre estos tormentos, los esenios tienen las mismas ideas que nos ofrecen los poetas sobre el Tártaro y del reino de Plutón». Véase ESENIOS.

El mismo autor, en sus *Antigüedades judías* (libro XVIII, cap. II), dice que «también los fariseos creen en la inmortalidad de las almas, y en que después de la muerte del cuerpo las buenas se regocijan en la felicidad y pueden volver fácilmente al mundo a animar otros cuerpos, pero las de los malhechores son condenadas a penas que nunca terminarán». Véase FARISEOS.

Filón, en su opúsculo *De congressu quærendæ eruditionis causa*, reconoce, como los otros judíos, que existen penas para los malhechores y recompensas para los justos. Pero en lo relativo al *infierno*, se aleja mucho de lo que opinan los paganos, e incluso de los esenios. Todo cuanto se dice de Cerbero, de las Furias, de Tántalo, de Ixión, etc., todo cuanto se lee en los poetas, para él son fábulas y quimeras. Sostiene que el *infierno* no es otra cosa que una vida impura y criminal; pero aun eso es alegórico. Este autor no concreta en qué lugar se castiga a los malhechores, ni tampoco de qué tipo y condición son los suplicios que estos padecen. Hasta parece limitarlos al pasaje de las almas de un cuerpo a otro, en el que a menudo tienen que soportar muchos castigos, sufrir privaciones y purgar confusiones; lo cual se acerca mucho a la metempsicosis de Pitágoras. Véase METEMPSICOSIS.

Los saduceos negaban la inmortalidad del alma, por lo tanto no reconocían ni recompensas ni castigos para una vida futura. Véase SADUCEOS.

La existencia del *infierno* y de los suplicios eternos está atestiguada en casi cada página del Nuevo Testamento. La sentencia que pronunciará Jesucristo en el Juicio Final contra los réprobos está concebida en los siguientes términos. Mateo 25:34: «*Ite maledicti in ignem æternum qui paratus est diabolo et angelis ejus*». Representa perpetuamente el *infierno* como un lugar tenebroso donde reinan el dolor, la tristeza, el despecho y la ira, y como una experiencia horrorosa caracterizada por el rechinar de dientes y los gritos desesperados. San Juan, en el Apocalipsis, lo pintó mediante la imagen de un inmenso estanque de fuego y azufre, donde son arrojados los malhechores en cuerpo y alma, para ser atormentados durante toda la eternidad.

Así pues, los teólogos distinguen dos tipos de tormentos en el *infierno*, a saber: el castigo por condena *(pœna damni seu damnationis)*, que es la pérdida o la privación de la visión beatífica de Dios —visión que debe hacer la felicidad eterna de los santos—; y el castigo de los sentidos *(pœna sensus)*, es decir, todo cuanto puede afligir el cuerpo, y sobre todo los daños dolorosos y continuos causados en todas sus partes por un fuego inextinguible.

También las falsas religiones tienen su *infierno*: el de los paganos, ampliamente conocido por las descripciones de Homero, Ovidio y Virgilio —atendiendo a la narración de los tormentos que estos hicieron sufrir a Ixión, a Prometeo, a las danaides, a los lapitas, a Flegias, etc.—, es capaz de inspirar auténtico terror. Pero ya sea por la corrupción del corazón de los paganos, o por su inclinación a la incredulidad, hasta los niños consideran todas estas hermosas descripciones como cuento y fantasía; ese es por lo menos uno de los vicios que reprocha Juvenal (*Sátiras*, libro II) a los romanos de su siglo: *Esse aliquos manes et subterranea regna, / et contum, et Stygio ranas in gurgite nigras, / atque unâ transire vadum tot millia cimbâ, / nec pueri credunt, nisi qui nondùm ære lavantur. / Sed tu vera puta*. Véase INFIERNO (Mitología).

Los talmudistas —cuyas creencias no son más que un ridículo amasijo de supersticiones— dividen a las personas que llegan al Juicio Final en tres clases. La primera, los justos; la segunda, los malhechores; y la tercera, los que se hallan en una situación intermedia, es decir, los que no son ni del todo justos ni del todo impíos. Los justos están destinados directamente a la vida eterna, y los malhechores a la desventura de la vergüenza o al *infierno*. En cuanto a los que se encuentran en el estado intermedio, tanto si son judíos como gentiles, descenderán al *infierno* con sus cuerpos, y llorarán durante doce meses, subiendo y bajando, yendo a sus cuerpos y volviendo al *infierno*. Tras este proceso, sus cuerpos serán consumidos y sus almas calcinadas, y el viento las dispersará a los pies de los justos. Pero los herejes, los ateos, los tiranos que asolaron la tierra y los que llevan al pueblo al pecado, serán castigados en el *infierno* por los siglos de los siglos. Los rabinos añaden que todos los años, en el primer día de Tishréi —es decir, el primer día del año judaico—, Dios hace una especie de revisión de sus registros, un repaso del número y el estado de las almas que hay en el *infierno*. (*Talmud in Gemar. Tract. Rosh Hashaná*, cap. I, fol. 16).

Los musulmanes, para referirse al *infierno*, tomaron prestado de judíos y cristianos la palabra *gehennem o gehim*. En árabe, *gehennem* significa «pozo muy profundo»; *gehim*, «hombre feo y deforme»; y *ben gehennem*, «hijo del infierno», réprobo. Al ángel que preside el *infierno* le dan el nombre de *thabeck*. (D'Herbelot, *Biblioteca oriental*, en la palabra *Gehennem*).

Según el Corán (cap. *Sobre la oración*), los mahometanos reconocen siete puertas del *infierno*, o siete grados de castigos. Esa es también la opinión de varios comentaristas del Corán, que en el primer nivel de castigo, llamado *gehennem*, sitúan a los musulmanes que han merecido caer en él; el segundo nivel, llamado *ladha*, es para los cristianos; el tercero, llamado *hothama*, para los judíos; el cuarto, llamado *sair*, para los sabinos; el quinto, llamado *sacar*, para los magos o guebres, adoradores del fuego; el sexto, llamado *gehim*, para los paganos y los idólatras; el séptimo, que es el más profundo del abismo, lleva el nombre de *haoviath* y está reservado para los hipócritas que disfrazan su religión, y ocultan en sus corazones una distinta a la que profesan en público.

Otros intérpretes mahometanos interpretan de otro modo estas siete puertas del *infierno*. Algunos creen que señalan los siete pecados capitales. Otros las entienden como los siete miembros principales del cuerpo que usan los hombres para ofender a Dios, y que son los principales instrumentos de sus crímenes. En este sentido, un poeta persa dijo: «Tenéis las siete puertas del *infierno* en vuestro cuerpo, pero el alma puede crear siete cerraduras para esas puertas. La llave de esas cerraduras es vuestro libre albedrío, del que podéis serviros para cerrar las puertas, de modo que ya no se abran y os condenen». Además del castigo del fuego o los sentidos, los musulmanes, como nosotros, también reconocen el castigo de la condenación.

Se dice que los kafires admiten trece *infiernos* y veintisiete paraísos, donde cada cual tiene asignado el sitio que merece en función de sus buenas o malas obras.

Esta amenaza con el castigo en una vida futura —universalmente extendida en todas las religiones, incluso en las más falsas y entre los pueblos más bárbaros— ha sido utilizada por los legisladores como el freno más poderoso para enfrentarse a lo licencioso y al crimen, así como para mantener a los hombres dentro de los límites del deber.

II. En lo tocante a la segunda pregunta, a saber, si es cierto que existe un *infierno* local o algún lugar concreto y específico donde los réprobos sufren los tormentos del fuego, los autores están muy divididos. Generalmente, los profetas y otros escritores sagrados hablan del *infierno* como de un lugar subterráneo situado bajo las aguas y los fundamentos de las montañas, en el centro de la Tierra, y se refieren a él con las palabras «pozo» y «abismo». Pero ninguna de estas expresiones establece el lugar concreto del *infierno*. A este respecto, los escritores profanos —tanto los antiguos como los modernos— han dado rienda suelta a su imaginación. A continuación presentamos lo que hemos tomado de Chambers.

Desde Homero, Hesíodo, etc., los griegos concibieron el *infierno* como un lugar bajo tierra, vasto y oscuro, y dividido en varias regiones: una horrible con lagos de aguas infectas y cenagosas que exhalan vapores mortales; un río de fuego, torres de hierro y de bronce, hornos ardientes, monstruos y furias empeñados en atormentar a los malhechores (Véase Luciano, *De Luctu*, y Eustacio, *Sobre Homero*); y otra agradable, destinada a los sabios y a los héroes. Véase ELÍSEO.

Entre los poetas latinos, algunos han situado el *infierno* en las áridas regiones que hay justo debajo del lago del Averno, en Campania, a causa de los vapores envenenados que emanan del lago. (*Eneida*, Libro VI). Véase AVERNO.

En Homero, cuando Calipso habla con Ulises, sitúa la puerta del *infierno* en los confines del océano. Jenofonte hace que Hércules penetre en él por la península Aquerusia, cerca de Heraclea Póntica.

Otros imaginaron que el *infierno* estaba bajo el Tenare —promontorio de Laconia—, porque era un lugar oscuro y terrible, rodeado de bosques frondosos, de donde era más difícil salir que de un laberinto. Por ahí es por donde Ovidio hace bajar a Orfeo a los *infiernos*. Otros creyeron que la entrada a los *infiernos* era el río o el pantano de Estigia —en Arcadia—, porque sus exhalaciones eran mortales. Véanse TENARE y ESTIGIA.

Pero todas esas opiniones deben considerarse simples ficciones de poetas, que abandonándose al genio de su arte y exagerándolo todo, representan estos lugares como puertas o entradas del *infierno*, llevados por su aspecto horrible o por la muerte segura que hallan allí cuantos tienen la desgracia o la imprudencia de acercarse demasiado. Véase INFIERNO (Mitología).

Los primeros cristianos —que veían la Tierra como un plano de enorme extensión, y el Cielo como un arco elevado o un pabellón tendido sobre ese plano— creían que el *infierno* era un lugar subterráneo, el lugar más lejano del Cielo, de suerte que su *infierno* estaría situado donde están nuestras antípodas. Véase ANTÍPODAS.

Virgilio tuvo antes que ellos una idea muy parecida: [...] *tum Tartarus ipse / bis patet in præceps tantum, tenditque sub umbras, quantus ad æthereum coeli suspectus / Olympum.*

Tertuliano, en su libro *Acerca del alma*, afirma que los cristianos de su tiempo están convencidos de que el *infierno* es un abismo situado en el fondo de la Tierra; una opinión fundamentalmente basada en la creencia del descenso de Jesucristo al Limbo. (Mateo, XII, vers. 40). Véase LIMBO, y el artículo siguiente INFIERNO.

Whiston ha adelantado una nueva opinión sobre la localización del *infierno*. Según él, los propios cometas deben ser considerados como *infiernos*, destinados a transportar a los condenados hasta los confines del Sol, donde serán abrasados por sus fuegos, llevarlos luego a regiones frías, oscuras, y espantosas, más allá de la órbita de Saturno, y así sucesivamente. Véase COMETA.

Swinden, en su investigación sobre la naturaleza y el lugar del *infierno*, no asume ninguna de las localizaciones mencionadas más arriba, y le asigna una nueva. De acuerdo con sus ideas, el *infierno* local es el propio Sol. Pero no es el primero en manifestar esta opinión —más allá de que podamos encontrar algunas huellas en este pasaje del Apocalipsis (cap. XVI, ver. 8 y 9): *Et quartus angelus effudit phialam suam in Solem, et datum est illi æstu affligere homines et igni, et æstuaverunt homines æstu magno*—. Pitágoras parece haber tenido la misma idea que Swinden, situando el *infierno* en la esfera del fuego, y esta esfera en medio del universo. Por otra parte, Aristóteles menciona a algunos filósofos de la escuela itálica o pitagórica que situaron la esfera del fuego en el Sol, e incluso la llamaron la prisión de Júpiter. (*De cælo*, libro II). Véase PITAGÓRICOS.

Para perfeccionar su sistema, Swinden empieza desplazando el *infierno* del centro de la Tierra. La primera razón que alega es que en ese lugar no puede existir un fondo o provisión de azufre y otras materias ígneas lo suficientemente abundante como para mantener un fuego perpetuo y tan terrible en su actividad como el del *infierno*; y la segunda, que en el centro de la Tierra no debe de haber suficientes partículas nitrosas —las mismas que sí hay en el aire, y que evitan que el fuego se consuma—. Y añade: «¿Cómo iba a poder semejante fuego ser eterno y conservarse para siempre en las entrañas de la Tierra, si, de ser así, la sustancia toda de la Tierra se iría consumiendo paulatinamente y por grados?».

Sin embargo, no hay que olvidar aquí que Tertuliano ya advirtió la primera de estas dificultades, estableciendo una diferencia entre el fuego oculto o interno y el fuego público o exterior. Según él, la naturaleza del primero no solo consiste en consumir, sino también en reparar aquello que consume. La segunda dificultad fue atajada por san Agustín, que afirma que Dios proporciona el aire que requiere el fuego central por medio de un milagro. Pero la autoridad de estos padres, tan respetable en materia de doctrina, cuando hablamos de física no es irrefutable: Swinden sigue arguyendo que la parte central de la Tierra está ocupada por agua y no por fuego, y para ello se apoya en lo que dice Moisés sobre las aguas subterráneas (Éxodo, cap. XX, vers. 4) y en el Salmo XXIII, vers. 2: *Quia super maria fundavit eum (orbem), et super flumina præparavit eum.* Y aun añade que en el centro de la Tierra no hay suficiente espacio para contener la infinita cantidad de ángeles caídos y hombres réprobos. Véase ABISMO.

Sabido es que Drexelio, en Infernus, *damnatorum carcer et rogus*, redujo el *infierno* al espacio de una milla cúbica de Alemania, y fijó el número de condenados en cien mil millones. Pero Swinden piensa que Drexelio se mostró demasiado parco en lo relativo al espacio, que de condenados puede haber cien veces más, y que por muy vasto que sea el espacio que se les pudiera asignar en el centro de la Tierra, seguirían estando demasiado apretados. Concluye que organizar una multitud de espíritus tan enorme en un lugar tan estrecho es imposible, a menos que se admita una penetración de dimensión; lo cual, en buena filosofía, es absurdo incluso con respecto a los espíritus. Porque si sucediera algo así, continúa, ¿por qué habría preparado Dios una cárcel tan grande para los condenados, pudiendo haberlos amontonados a todos en un espacio tan estrecho como el horno de un panadero? Podría añadirse que la cantidad de réprobos debe de ser muy grande, y que si un día hay que quemarlos a todos en cuerpo y alma, es necesario concebir un *infierno* más espacioso que el que imaginó Drexelio, a menos que supongamos que, en el Juicio Final, Dios creará uno nuevo lo suficientemente grande para contener los cuerpos y las almas. Aquí no hacemos más que de historiadores. Sea como fuere, los argumentos de alega Swinden para probar que el Sol es el *infierno* local dependen:

1.° De la capacidad de este astro. Nadie puede negar que el Sol pueda ser lo suficientemente amplio como para albergar a todos los condenados de todos los siglos, puesto que los astrónomos coinciden en asignarle una circunferencia de un millón de leguas; así que no es precisamente espacio, lo que falta en este sistema. Fuego tampoco faltará, si admitimos el razonamiento con el que Swinden prueba, contra Aristóteles, que el Sol está caliente (página 208 y ss.): «Con solo imaginar los Pirineos de azufre y los océanos atlánticos de betún ardiente que hacen falta para mantener la inmensidad de las llamas del Sol, cualquiera queda impresionado. En comparación, nuestros Etnas y nuestros Vesubios no son más que luciérnagas». Una frase más propia de un gascón que de un científico del norte.

2.° De la distancia del Sol, y de su oposición al empíreo, que hemos tenido siempre por el Cielo local. Tal oposición responde perfectamente a la que hallamos de forma natural entre dos lugares, uno de los cuales está destinado a la estancia de los ángeles y los elegidos, y el otro a la de los demonios y los réprobos; uno de los cuales es un lugar de gloria y bendiciones, y el otro es un lugar del horror y la blasfemia. Así mismo, la distancia también se ajusta muy bien a las palabras del rico insensato, quien, en san Lucas (cap. XVI, vers. 23), ve a Abraham a una gran distancia, así como con la respuesta de Abraham (en ese mismo capítulo, vers. 26): *Et in his omnibus inter nos et vos chaos magnum firmatum est, ut hi qui volunt hinc transire ad vos non possint, neque indè huc transmeare.* Ahora bien, Swinden, por este caos o esa sima, entiende el torbellino solar. Véase TORBELLINO.

3.º De que el empíreo es el lugar más alto, y el Sol el lugar más bajo del universo, considerando este planeta como el centro de nuestro sistema, y como la primera parte del mundo creado y visible; lo cual concuerda con la idea de que, ya de forma primitiva, el Sol no solo estaba destinado a iluminar la tierra, sino también a servir como prisión y lugar de suplicio de los ángeles rebeldes, cuya caída —supone nuestro autor— fue inmediatamente anterior a la creación del mundo habitado por los hombres.

4.º Del culto que casi todos los hombres han rendido siempre al fuego o al Sol. Lo cual puede conciliarse con la maliciosa astucia de los espíritus que habitan en el Sol, y que han llevado a los hombres a adorar su trono, o más bien el instrumento de su suplicio.

Dejamos que sea el propio lector quien se posicione en relación a todos estos sistemas, y nos contentamos con añadir que tratar de fijar la localización del *infierno* es muy llamativo, teniendo en cuenta que las Escrituras, con su silencio, insisten en señalar el que deberíamos guardar nosotros sobre esta cuestión.

III. Tampoco conviene permanecer indecisos sobre una cuestión esencial sobre la fe: la eternidad de los castigos que habrán de sufrir los condenados al Infierno. La eternidad figura de forma expresa en las Escrituras, tanto en lo referente a la naturaleza de los castigos del sentido, como a su duración, que debe ser interminable. Sin embargo, ahí tenemos a los incrédulos modernos, que rechazan tanto un punto como el otro: por una parte porque consideran que el alma es mortal como lo es el cuerpo, y por otra porque el hecho de que los castigos sean eternos les parece incompatible con la idea de un Dios esencial y soberanamente benévolo y misericordioso.

Orígenes —en su tratado titulado ερὶ ἀρκῶν, o *De principiis*— interpreta las palabras de las Escrituras de forma metafórica, y sostiene que los tormentos del *infierno* no consisten en castigos exteriores o corporales, sino en los remordimientos de las conciencias de los pecadores, en el horror que sus crímenes les producen, y en el recuerdo que conservan de la vacuidad de sus placeres pasados. San Agustín menciona a varios de sus contemporáneos que estaban en el mismo error. Calvino y muchos de sus sectarios lo han sostenido en nuestros días. Es la opinión general de los socinianos, que afirman que los católicos tomaron su idea del *infierno* de las ficciones del paganismo. A la cabeza de quienes niegan la eternidad de los castigos en la vida futura volvemos a encontrar a Orígenes. Este autor —según cuentan varios padres, pero sobre todo san Agustín en su tratado de *La ciudad de Dios*, libro XXI, cap. XVII— nos enseña que los hombres e incluso los demonios, después de haber sufrido unos tormentos proporcionados a sus crímenes pero limitados en cuanto a su duración, obtendrán el perdón y entrarán en el Cielo. El señor Huet, en sus *Observaciones sobre Orígenes*, conjetura que la lectura de Platón habría extraviado a Orígenes sobre esta cuestión.

El argumento principal en que se basa Orígenes es que todos los castigos se infligen solamente para corregir, y en tanto que remedios dolorosos, se aplican para hacer que los sujetos a quienes se les infligen vuelvan al recto camino. Las otras objeciones en las que insisten los modernos se derivan de la desproporción que habría entre crímenes pasajeros y suplicios eternos, etc.

Las expresiones usadas en las Escrituras para expresar *eternidad* no siempre significan una *duración infinita*, tal como han apuntado varios interpretes o críticos, entre otros Tillotson, arzobispo de Canterbury.

Así, en el Antiguo Testamento, las palabras para siempre hay veces que no significan más que una larga duración, especialmente hasta el final de la ley judaica. En la Epístola de san Judas (vers. 7), por ejemplo, se dice que las ciudades de Sodoma y Gomorra sirvieron de ejemplo, y que fueron sometidas a la venganza de un fuego eterno, *ignis æterni pœnam sustinentes*, es decir, de un fuego que no podía extinguirse hasta que dichas ciudades quedasen reducidas a cenizas. En las Escrituras también se dice que las generaciones se suceden, pero que la Tierra permanece para siempre o eternamente: *terra autem in æternum stat*. En efecto, el señor Le Clerc señala que no hay ninguna palabra hebrea que exprese propiamente la eternidad, pues el término *holam* solamente expresa *un tiempo cuyo principio o fin se desconocen*, y se toma en un sentido de mayor o menor extensión en función del asunto que se está tratando.

Así, cuando Dios habla de las leyes judaicas y dice que deben ser observadas *laholam*, para siempre, hay que entender tanto tiempo como Dios juzgue oportuno, o durante un espacio de tiempo cuyo término es desconocido para los judíos antes de la venida del Mesías. Todas las leyes generales, o las que no se refieran a ocasiones concretas, se establecen a perpetuidad, tanto si su letra incluye esta expresión como si no la incluye; sin embargo, eso no significa que el poder legislativo y soberano no pueda cambiarlas o limitarlas en el tiempo.

Tillotson sostiene, con tanto ímpetu como fundamento, que en los lugares de las Escrituras donde se habla de los tormentos del *infierno*, las expresiones deben ser entendidas en un sentido estricto, y su duración como infinita. Arguye como razón decisiva que en un solo y mismo pasaje (san Mateo, cap. XXV), la duración del castigo de los malhechores se expresa en los mismos términos que se utilizan para expresar la duración de la felicidad de los justos, la cual, en opinión de todo el mundo, debe ser eterna. Sobre los réprobos, se dice que sufrirán el suplicio eterno, o que serán librados a tormentos eternos. Y sobre los justos, se dice que entrarán en posesión de la vida eterna: *Et ibunt hi in supplicium æternum, justi autem in vitam æternam*.

Este autor trata de conciliar el dogma de la eternidad de los castigos con los de la justicia y la misericordia divina; y sale adelante de una manera mucho más satisfactoria que los que habían intentado antes que él salvar las aparentes contradicciones entre estos objetos de nuestra fe.

En efecto, para resolver estas dificultades, algunos teólogos habían argumentado que todo pecado es infinito, en justa relación con el objeto contra el que se comete, es decir, en relación a Dios; pero pretender que todos los crímenes son agravados hasta ese punto y que siempre lo son en relación al objeto ofendido es absurdo, pues, en tal caso, el mal y el demérito de todos los pecados sería necesariamente el mismo, ya que no puede haber nada por encima de lo infinito, pues infinito es el objeto que ese pecado ofende. Todo ello supondría volver a una de las paradojas de los estoicos, y, en consecuencia, no existiría fundamento alguno para establecer distintos grados de castigo para la vida por venir, porque aunque la duración de todos ellos deba ser eterna, no es improbable que no hubiesen sido igual de violentos, sino unos más y otros menos, en proporción al carácter o al nivel de la malicia que comportaran unos pecados u otros. Cabe añadir que, por la misma razón, el menor pecado contra Dios ya sería infinito, pues se establecería en relación a su objeto; y en consecuencia, el menor castigo infligido por Dios sería igualmente infinito, pues se establecería en relación a su autor. Razón por la cual todos los castigos infligidos por Dios serían iguales, como todos los pecados cometidos contra Dios serían iguales; lo cual resulta repugnante.

Otros han afirmado que si los malhechores pudieran vivir por siempre, nunca dejarían de pecar. «Pero eso es pura especulación, y no un razonamiento —afirma Tillotson—, es una suposición gratuita y carente de fundamento. ¿Quién puede asegurar —añade— que si un hombre viviese tanto tiempo no se arrepentiría nunca?» Por otra parte, la justicia punitiva de Dios solo castiga los pecados que los hombres cometen, y no los que podrían cometer; de igual forma que su justicia gratificadora solo premia las buenas obras que realmente hicieron, y no las que podrían hacer, como pretendían los semipelagianos. Véase SEMIPELAGIANOS.

Por eso otros han argumentado que Dios deja que el hombre escoja entre felicidad o miseria eternas, y que la recompensa prometida a quienes le obedecen es igual al castigo con el que amenaza a quienes se niegan a obedecerle. A lo que se ha respondido que, si bien es cierto que llevar demasiado lejos la recompensa no es injusto —porque esta materia es de puro favor—, llevar el castigo al exceso sí puede ser injusto. Y se ha añadido que, en tal caso, el hombre no tendría motivos para quejarse, pues todo depende de su propia elección. Pero aunque este argumento baste para imponer silencio al pecador y arrancarle tal confesión —es decir, que él es la causa de su propia desgracia, *perditio tua ex te, Israel*—, no parece resolver suficientemente la objeción que alude a la desproporción entre crimen y castigo.

Veamos cómo Tillotson, insatisfecho con todos estos sistemas, se ha propuesto resolver esta dificultad.

Comienza por apuntar que la determinación del castigo en relación al crimen no se regula solamente y siempre atendiendo a la calidad y el grado de la ofensa, y menos aún a la duración y continuidad de la misma, sino a razones de economía o de gobierno, que exigen castigos capaces de llevar a los hombres a observar las leyes y disuadirlos de violarlas. Entre los hombres, castigar el asesinato —así como muchos otros crímenes que puedan cometerse en un momento dado— con la pérdida o privación perpetua de la condición de ciudadano, de la libertad o incluso de la vida del culpable, no se considera una injusticia; por lo tanto, criticar la desproporción entre crímenes pasajeros y tormentos eternos no puede tener, aquí, ningún fundamento.

En efecto, la forma de regular la proporción entre el crimen y el castigo no es tanto responsabilidad de la justicia, como de la sabiduría y la prudencia del legislador, que puede reforzar sus leyes con la amenaza de los castigos que juzgue oportunos, sin que por ello se le pueda acusar de la más ligera injusticia. Esta máxima es indudable.

El objetivo primordial de toda amenaza no es castigar, sino prevenir o evitar el castigo. Dios no amenaza para que el hombre peque y sea castigado, sino para que se abstenga de pecar y evite el castigo que corresponde a su infracción de la ley. De modo que cuanto más terrible e imponente es la amenaza, mayor es la bondad del autor de la amenaza.

A fin de cuentas, añade este mismo autor, hay que recordar que quien formula la amenaza se reserva para sí mismo el derecho a ejecutarla. Existe una diferencia entre la promesa y la amenaza. Todo aquel que promete está concediendo al otro un derecho: está contrayendo la obligación de cumplir su palabra, y ni la justicia ni la fidelidad le permiten desatender esa obligación. Pero con la amenaza no sucede lo mismo. Todo aquel que amenaza se está reservando el derecho de castigar cuando él considere, pero no está contrayendo la obligación de ejecutar sus amenazas, ni de llevarlas más allá de lo que exigen la economía, la razón y los fines de su gobierno. Es lo que sucedió cuando Dios amenazó a la ciudad de Nínive con la destrucción total, si no hacía penitencia en un tiempo dado. Pero como conocía el alcance de su propio derecho, hizo lo que quiso: perdonó a la ciudad en consideración de su penitencia, renunciando así al derecho que tenía de castigarla.

Hasta aquí los argumentos de Tillotson, a los que solamente añadiremos la siguiente reflexión, para evitar que saquemos de ellos una conclusión falsa. Cuanto leemos en las Escrituras sobre los castigos del *infierno* es solamente conminatorio, como dicen los socinianos. No hay duda de que el hombre, mientras está en esta vida, puede evitar el castigo. Pero después de la muerte, cuando la iniquidad se ha consumado y ya no hay lugar al mérito para atenuar la ira de un Dios ultrajado y justamente irritado, ¿puede el pecador acusarlo de injusticia, por haberle impuesto un castigo eterno? Bien pudo haberlo evitado durante su vida, y lograr de este modo una felicidad eterna. Por otra parte, nos ha sido revelado que, así como sus amenazas ya fueron cumplidas enteramente contra los ángeles rebeldes, al final de los siglos también serán cumplidas enteramente contra los réprobos. Todo lo cual demuestra que, para dilucidar esta cuestión, la razón sola no basta, y que para demostrar la eternidad y la justicia de los castigos de la vida futura hay que acudir necesariamente a la revelación.

ENCYCLOPÆDIA
Britannica

El infierno es, en muchas tradiciones religiosas, la morada, por lo general subterránea, de los muertos no redimidos o las almas de los condenados. En su sentido arcaico, el término «infierno» alude al inframundo, un profundo abismo o una remota tierra de sombras donde se congrega a los muertos. Del inframundo surgen los sueños, los fantasmas y los demonios, y dentro de sus terribles confines los pecadores cumplen condena por sus crímenes (hay quien dice que eternamente). El inframundo suele imaginarse como un lugar de castigo y no de mera oscuridad o podredumbre por la creencia generalizada de que un universo moral precisa de enjuiciamiento y recompensa o castigo: de ninguna manera el delito puede quedar impune. En un sentido más amplio, las cosmologías religiosas contemplan el infierno como lo opuesto al cielo, el nadir del cosmos, y la tierra donde no hay rastro de Dios. En la literatura mundial, el viaje al infierno es un tema recurrente en las leyendas heroicas y los relatos de aventuras, donde este simboliza el mal, la alienación y la desesperanza.

El término *hel* del inglés antiguo pertenece a una familia léxica de palabras germánicas que significan «ocultar» o «cubrir». Además, en nórdico antiguo, *Hel* o *Hela* es el nombre de la reina escandinava del inframundo. Muchas traducciones al inglés de la Biblia emplean *hell* como equivalente inglés de los términos hebreos *Sheʾōl* (o Sheol) y *Gehinnom*, o Gehena (del hebreo *gê-hinnōm*). La palabra *Hell* también se usa para referirse al Hades y al Tártaro de los griegos, cuyas connotaciones son marcadamente diferentes. Esta confusión de términos sugiere que la idea del infierno tiene una compleja historia que refleja los cambios de actitud hacia la muerte, el Juicio Final, el pecado y la salvación, así como hacia el delito y el castigo.

MESOPOTAMIA

Las civilizaciones mesopotámicas del tercer al primer milenio a. C. cultivaron una rica literatura que trataba el tema de la muerte y el infierno, en gran medida elaborada para inculcar en el oyente la idea del gran abismo que separa a los vivos de los muertos y de la fragilidad del orden cósmico del que dependen la vida y la fertilidad. En las tradiciones mesopotámicas, el infierno se describe como una remota tierra de la que no se regresa, una casa polvorienta donde habitan los muertos sin distinción de rango ni de mérito, y una fortaleza sellada, normalmente por siete puertas, cerrada a cal y canto contra cualquier intento de invasión o de fuga.

En un ciclo de poemas sumerios y acadios, el rey-dios Gilgamesh, sumido en la desesperanza por la muerte de su compañero Enkidu, viaja hasta los confines del mundo, cruza el océano de la muerte y supera grandes dificultades para descubrir al final que la mortalidad es una enfermedad incurable. El infierno, según el *Poema de Gilgamesh*, es una siniestra morada donde los muertos «subsisten a base de tierra, se alimentan de arcilla». Más detalles de este lúgubre reino salen a la luz en los poemas sobre el pastor y dios de la fertilidad sumerio Tammuz (en acadio, Dumuzi) y de su consorte Inanna (en acadio, Ishtar), quien en sus distintas versiones es señora de los racimos de dátiles y de los silos, patrona de las prostitutas y de las tabernas, diosa relacionada con el planeta Venus y las tormentas de primavera y una deidad de la fertilidad, el amor sexual y la guerra. Inanna es también la hermana de Ereshkigal, reina de los muertos. Algunas versiones del mito dicen que Inanna, una diosa impulsiva, en un arranque de ira amenazó con destrozar las puertas del infierno y dejar que los muertos invadieran la tierra. En el poema *El descenso de Inanna*, esta se dirige al reino de Ereshkigal vestida con magníficas prendas, pero en cada una de las siete puertas se ve forzada a despojarse de una de ellas. Al final, Inanna acaba desnuda e indefensa ante Ereshkigal, que la cuelga cual cacho de carne de un gancho. La sequía invade la tierra como consecuencia, pero los dioses reviven a Inanna, que escapa ofreciendo a su marido como reemplazo. Este rescate garantiza la fecundidad de la tierra y la abundancia de grano en los silos al reforzar la frontera entre el infierno y la tierra. La tradición sugiere que lo más sabio es que los mortales aprovechen cuanto puedan la vida terrenal antes de ser llevados al largo exilio de la muerte.

EGIPTO

Las tumbas, pirámides y necrópolis del antiguo Egipto dan fe de una preocupación extraordinaria por el estado de los muertos, de los que se dice, en claro contraste con la creencia mesopotámica, que están vivos en una multiplicidad de formas y de ubicaciones en función de su rango y valía: en la tumba o cerca de ella, en las regiones desérticas occidentales, en las fértiles tierras del Aaru, en los cielos con el sol de mediodía y las estrellas circumpolares o bajo la tierra, por donde el sol viaja de noche. A medida que florecía el culto mortuorio a Osiris y que el derecho de sobrevivir a la muerte se extendía desde la realeza al pueblo, más atención se prestaba al inframundo. Escritos como el *Libro de los muertos*, el *Libro del Amduat* o el *Libro de las Puertas* describen pormenorizadamente la peligrosa travesía a través de las doce zonas del inframundo (que corresponden a las doce horas de la noche) y al angustioso juicio presidido por Osiris.

Los difuntos precisaban de una fuerza mágica y moral para ser exonerados por sus ofensas cuando se presentaban ante Osiris. Así pues, se establecieron complejas disposiciones rituales para trasladar a los difuntos de su condición mortal a la inmortal; entre ellas, momificar el cuerpo, ornar la tumba con oraciones y ofrendas y dotar a los muertos de hechizos, amuletos y fórmulas genéricas que atestiguaban la inocencia del difunto para conseguir pasar al otro lado y garantizar el éxito en el tribunal divino. Quienes lo lograban conseguían la inmortalidad identificándose con Osiris o con el sol. Quienes fracasaban eran devorados por un monstruo con cabeza de cocodrilo, martirizados por demonios o mucho peor; sin embargo, rara vez se alude al castigo eterno. La tumba era un lugar donde los muertos podían ser consolados y tranquilizados por los vivos, y los textos mortuorios eran un recordatorio constante de la necesidad de prepararse para el tránsito final.

GRECIA Y ROMA

En la época arcaica griega (h. 650-480 a.C.), Hades es un dios del inframundo, una personificación ctónica de la muerte cuyo reino, separado de la tierra de los vivos por un río espeluznante, recuerda a la tierra de los muertos mesopotámica. La casa de Hades es un laberinto de corredores lúgubres, fríos y tristes, cercada por puertas cerradas y custodiada por el monstruoso Can Cerbero. La reina del inframundo, Perséfone, reside allí, cautiva. Esta sombría estampa se confirma en la *Odisea* de Homero.

Cuando Ulises visita el Hades para consultar al adivino Tiresias en el Canto XI, encuentra a sus moradores sumidos en un olvido abotagado, incapaces de comunicarse con él hasta que beben de su libación, preparada con sangre de oveja. Quienes hallaron la muerte prematuramente y a quienes no se dio sepultura sufrían más que los espectros comunes, y pecadores tristemente célebres como Tántalo o Sísifo son atormentados por sus crímenes. Sin embargo, el Hades homérico es, por lo general, igual de desagradable para todos.

Sea como fuere, a finales de la época arcaica, en las tradiciones griegas comenzó a notarse una mayor divergencia de caminos en el más allá. Los misterios de Deméter en Eleusis, entre otros cultos esotéricos, aseguraban que sus adeptos disfrutarían de una inmortalidad celestial, mientras que los ajenos al culto se sumirían en las tinieblas del Hades. El culto a Dioniso representaba el Hades como un lugar de tormento del que solo podían escapar los iniciados; allí, según algunas corrientes antiguas, Perséfone castigaba a la humanidad por la muerte de su hijo Dioniso. El orfismo (llamado así por su asociación con el héroe Orfeo, que se aventuró en el Hades y regresó a la tierra de los vivos), hilvanaba intensos relatos de juicios, condenas y metempsicosis. A sus adeptos se les enseñaba que la misma vida en la «triste y penosa rueda» del nacimiento y la muerte perpetuos era ya una suerte de infierno. Las tablillas doradas que se hallaron enterradas en sepulturas de toda Grecia y el sur de Italia, fechadas en el siglo IV a.C., son un testimonio órfico de la geografía del más allá: advierten a los difuntos que esquiven las aguas del olvido y reciten las contraseñas que les permitirán disfrutar de la compañía de los bienaventurados. Filósofos y moralistas como Platón o Cicerón hallaron en estos mitos un rico material para la reflexión sobre la naturaleza de la justicia y el valor del desapego disciplinado de lo material.

A lo largo de la época clásica (h. 500-323 a.C.) y helenística, así como durante la era del Imperio romano, las sociedades mediterráneas albergaron en su seno una profusión de doctrinas escatológicas en las que el inframundo cada vez se volvía más infernal, se exploraba su dimensión demoníaca y se explotaban sus implicaciones morales. Mientras que Ulises se queda a la entrada del inframundo, Virgilio, el autor romano de la *Eneida*, envía a Eneas a recorrer la gruta de la Sibila, a orillas del pestilente lago del Averno, y a cruzar la laguna Estigia en la barca de Caronte, dejando atrás a Cerbero, el perro de tres cabezas. De allí lo manda al laberíntico sendero que a la derecha lleva a las terribles tierras del Tártaro y a la izquierda a los Campos Elíseos de los bienaventurados. En el infierno de Virgilio hay zonas para los niños y los suicidas, y castigos específicos para crímenes específicos, pero de los muertos corrientes, los que no merecen la recompensa de un héroe ni el castigo de un canalla, no se dice nada. En los primeros siglos de nuestra era se presta más atención a la estructura del infierno debido a la ola de pensamiento escatológico, alimentada por corrientes de pensamiento del oeste asiático, que se extendió por el mundo romano.

EL ZOROASTRISMO

Entre la población aria que emigró a la meseta iraní a mitad del segundo milenio a. C., surgió una religión sacerdotal sacrificial que sostenía que el mundo era un campo de incesante batalla entre los *ahura* (dioses de la luz, de la pureza y del orden) y los *daeva* (demonios de la oscuridad, la polución y el desorden). Esta cosmología dualista sentó las bases del zoroastrismo, la religión profética de Zoroastro o Zaratustra (antes del siglo VI a. C.), que proclamaba el triunfo futuro de Ahura Mazda («el sabio Señor») y su angélico séquito sobre Arimán («el espíritu destructivo»), príncipe de los poderes malignos. El relato que hace el zoroastrismo del fin de los tiempos describe la llegada de uno o dos salvadores cósmicos, la resurrección de los muertos, el tránsito final por ríos purgatorios de metal fundido y una contundente derrota de todas las fuerzas demoníacas. El infierno del zoroastrismo está presidido por Yima, la primera víctima de la muerte, y es el hogar de todo lo maligno, siniestro, corrupto, frío y hostil a la vida. Los demonios que allí moran disfrutan torturando a los pecadores, pero como el mal está llamado a ser totalmente aniquilado, el mismo infierno será destruido al reinstaurarse lo creado por Ahura Mazda.

Durante el intervalo existente entre la muerte y la resurrección, hay un juicio preliminar en el que se pesan las acciones de los muertos en una balanza. En el momento del juicio, los difuntos se enfrentan a su conciencia, que adopta la forma de un puente simbólico desde el que se precipitan al infierno para ser torturados, entran en el cielo para ser maravillosamente recompensados o acceden a una especie de limbo conocido como el reino de los «mixtos», reservado para aquellos carentes de virtudes notorias. En el influyente apocalipsis del siglo XIX *Ardā Wīrāz nāmag* (el *Libro de Ardā Wīrāz*), un sacerdote iraní emprende un viaje visionario por las regiones del inframundo y regresa con un espeluznante relato: los tormentos del infierno, pese a no ser eternos, son lo suficientemente espantosos como para tener un poderoso efecto disuasorio.

EL JUDAÍSMO

En la Biblia hebrea, el Sheol (*She'ōl*) es un lugar de oscuridad, silencio y polvo donde el espíritu, o principio vital, desciende al morir. Se compara con una gran casa cuya entrada está protegida, como en los sepulcros familiares, por puertas y cerrojos de hierro; con una prisión donde los muertos están cautivos, aprisionados por fuertes sogas; con una bestia insaciable de crecientes mandíbulas o con un insondable abismo en las aguas. Al llegar al Sheol, los muertos son separados de sus familiares vivos y de su relación de culto a Dios. Pese a ello, este conserva su soberanía sobre el Sheol; busca a los malhechores que se ocultan en sus profundidades, protege a los justos de sus garras y, por último, como se dice en textos apocalípticos y rabínicos más tardíos, devuelve a los muertos a la vida.

En los fragmentos postexílicos de la Biblia hebrea (los escritos después del cautiverio de Babilonia), la muerte no reserva a todos el mismo destino. Los infieles, los que no han recibido una correcta sepultura y las almas que abandonan el cuerpo antes de tiempo deben padecer las miserias del Sheol, pero para quienes mueren en la gracia de Dios, la amargura natural de la muerte queda mitigada por la reunión con sus ancestros. Libros proféticos posteriores, preocupados por la reivindicación de la justicia divina, advierten del advenimiento del «día del Señor», cuando los malvados arderán como la paja (Malaquías 4:1), los cadáveres de los enemigos de Dios sufrirán una corrupción eterna (Isaías 66:24) y los malhechores que han muerto volverán a vivir «para sufrir por siempre la vergüenza y el horror» (Daniel 12:2), mientras los justos gozarán del cumplimiento de las promesas de Dios. En algunos escritos judíos posbíblicos, Gehena, el lugar de incineración donde se había sacrificado a niños al dios Moloch, gana protagonismo como el reino del castigo posterior a la muerte más infernal que el Sheol. En Gehena, los difuntos no creyentes sufren un fiero tormento cuya duración y severidad es proporcional a sus crímenes.

Durante el periodo que va de la revuelta de los macabeos (168-164 s. C.) a la recopilación de la Mishná (principios del siglo III e. c.), los escritores especulaban cada vez más con la vida después de la muerte, dando forma a apocalipsis que describían dramáticos viajes quiméricos por el cielo y el infierno. El primer Libro de Enoc, una importante antología de revelaciones seudoepigráficas, describe con vivos detalles tanto la sima eterna de lenguas de fuego donde los ángeles caídos serán encarcelados tras la batalla final y «la plaga y el dolor» que asolarán las almas de los malditos. A su vez, los filósofos y místicos judíos hacían hincapié en la naturaleza espiritual de la vida futura, y conciben Gehena como un fuego redentor que quema las impurezas del alma para restaurar su perfección original. Una concepción espiritualizada del viaje del alma después de la muerte floreció junto a la doctrina rabínica de la resurrección y el juicio al final de los tiempos, y los dos modelos solían combinarse. La escatología tradicional del judaísmo, tanto ahora como en el pasado, se centra en la era mesiánica, cuando el mundo será reconstruido en un lugar habitable apto para la Divina Presencia. No estar presente en el mundo venidero es la mayor de las calamidades, ante la que incluso las llamas del averno, ya sean físicas como espirituales, palidecen en comparación.

EL CRISTIANISMO

Los primeros cristianos proclamaban que Cristo había conquistado la muerte y abierto la puerta a la resurrección y a la inmortalidad divina. Sin embargo, la derrota de la muerte no necesariamente supone la inmediata abolición del infierno. El Gehena aparece en doce ocasiones en el Nuevo Testamento, donde se hace hincapié en los terrores que inflige en los malvados como lugar «donde hay gusanos que nunca mueren, y donde el fuego nunca se apaga». (Marcos 9, 48, citando a Isaías 66, 24). En el gran parlamento escatológico de Mateo 25, Jesús anuncia que el Hijo del hombre regresará glorioso para juzgar a las naciones, para apartar las cabras de las ovejas y para condenar a los pecadores al fuego eterno. La separación es severa, sin que haya una disposición expresa para las gradaciones por mérito o culpa. Mientras que el pobre Lázaro disfruta de un descanso dichoso en el seno de Abraham, el rico que no le ayudó en vida es atormentado en el fuego eterno sin esperanza de alivio. Los dos lugares quedan separados por un gran abismo (Lucas 16, 26). Los muertos son juzgados según el principio de su relación con Cristo, expresada por sus actos de misericordia. El propio Jesús establece este principio al declarar: «Luego les diré a los malvados: "¡Apartaos de mí! Lo único que pueden esperar de Dios es castigo. Váyanse al fuego que nunca se apaga, al fuego que Dios preparó para el diablo y sus ayudantes. Porque cuando tuve hambre no me dieron de comer; cuando tuve sed, no me dieron de beber; cuando tuve que salir de mi país, no me recibieron en sus casas; cuando no tuve ropa, tampoco me dieron qué ponerme; cuando estuve enfermo y en la cárcel, no fueron a verme"». (Mateo 25. 41-43).

Las ambigüedades en los pasajes del Nuevo Testamento sobre el infierno, no obstante, han llevado a un importante desacuerdo entre los cristianos. ¿Son los pecadores y los ángeles caídos torturados eternamente o solo por una duración determinada? ¿Están todos los padecimientos del infierno reservados para el Juicio Final o sobrevienen inmediatamente al morir? ¿Hasta qué punto ha quedado el diablo a cargo de su reino, libre para infligir sus horrores? El pensamiento teológico sobre el infierno está íntimamente ligado a las concepciones de la naturaleza y la psicología moral de los seres humanos, en particular a su estatus de seres libres creados a imagen y semejanza de Dios, al alcance de su corrupción a causa de la Caída (la de la humanidad, de la inocencia al pecado a resultas de las acciones de Adán y Eva), al peso que tienen pecados concretos y tendencias malignas, y a la eficacia de los distintos modos de reconciliarse con Dios.

La ubicación física del infierno es igualmente ambigua. Hay textos cristianos antiguos y medievales que describen lugares de tormento posteriores a la muerte y demoníacas maldades en la atmósfera superior, mientras que otros ubican el infierno en el centro de la tierra, hallando entradas en grutas, páramos, ciénagas o fisuras volcánicas. Tales accesos al infierno aparecen con frecuencia en las tradiciones populares, así como folclore sobre los inframundos en los que habitan las hadas y los incautos pueden acabar cautivos. El lago del Averno de Virgilio, la infernal laguna Estigia y los terribles ríos Aqueronte, Cocito, Lete y Flegetonte, entre otros temas clásicos, son recurrentes en las obras literarias cristianas. Valiéndose de diversas fuentes bíblicas, clásicas y folclóricas, una gran variedad de escritos y cuentos admonitorios, a menudo presentados en forma de visiones en primera persona, desarrollaron la imaginería del infierno, cartografiando sus flameantes lagos, sus peligrosos puentes, sus pozos infestados de demonios y sus pestilentes cloacas y ampliando su catálogo de tormentos al tiempo que aportaba sufrimientos más leves para los penitentes. Por ejemplo, en el *Apocalipsis de Pedro*, fechado en el siglo II, los blasfemos cuelgan por la lengua sobre una llameante ciénaga, los asesinos son torturados frente a sus víctimas y a los difamadores se les abrasan los ojos con hierros candentes. Queda, no obstante, la esperanza de que algunos pecadores puedan salvarse gracias a las plegarias de los justos. Anticipándose a la doctrina del purgatorio, los apocalipsis posteriores a la Biblia sugieren que los penitentes pueden ser purificados por el mismo fuego del infierno en el que los depravados se hunden en su perdición.

En sus *Diálogos*, el papa Gregorio Magno (509-604), que escribe en una época de peste e invasiones, incluye relatos de retorno de entre los muertos de un ermitaño, un mercader y un soldado que fueron testigos de los horrores del infierno y del júbilo de los bienaventurados antes de ser enviados de regreso para advertir a los vivos de lo que les esperaba. Relatos de este tipo proliferaron durante la Edad Media y recibieron una excelsa forma literaria en la *Divina comedia* de Dante, sirvieron de inspiración a alegorías como *El peregrinaje del alma* (1358), de Guillaume de Deguileville o *El progreso del peregrino*

(1678) de John Bunyan. El Infierno de Dante, con sus nueve círculos que llevan a Lucifer congelado en un lago helado, es una inversión paródica del orden sublime del cielo; incluso aquí prevalece la justicia con un castigo conforme al crimen.

No obstante, la concepción bíblica anterior del Hades-Sheol como el lugar de congregación de los muertos conserva su importancia en la tradición cristiana a medida que los cristianos reflexionan sobre el significado redentor del Sábado Santo, el día que transcurre entre la crucifixión de Cristo y su resurrección. Según el Evangelio apócrifo de Nicodemo y escritos patrísticos que datan del siglo II, Cristo invadió el Hades durante el intervalo en que yació muerto en la tumba y «de este modo, fue a anunciar su victoria a los espíritus que estaban presos» (1 Pedro 3,19), liberando a los justos que aguardaban en el exilio la llegada de su redentor. El infierno, entendido de esta manera, es un lugar de espera para los justos antes de la llegada de Cristo, y el descenso de Cristo a los infiernos se entiende como una misión de rescate. Para respaldar esta enseñanza, los iconos orientales cristianos de la resurrección plasman a Cristo rompiendo las mandíbulas del infierno, entrando triunfal, llevándose a Adán a los cielos tomándolo de la muñeca.

Un artículo del credo de los apóstoles, la declaración de fe empleada en la mayoría de las iglesias cristianas y un tema favorito de los misterios medievales, el del descenso de Cristo a los infiernos, ha permanecido en el debate teológico como aspecto central para la controversia sobre el alcance de la salvación universal. Entre los teólogos cristianos, Orígenes de Alejandría (h. 185-254) es el principal defensor de una doctrina de salvación universal (apocatástasis). Orígenes creía que después de pasar por el infierno, igual que a través de un fuego purificador, todas las almas (entre las que se incluyen las de los ángeles caídos) se renovarían. Si bien la influencia de Orígenes en la teología cristiana bíblica y espiritual fue profunda, el Concilio de Constantinopla de 533 lo condenó por sus enseñanzas sobre la salvación universal. Las principales ramas del cristianismo han mantenido tradicionalmente que el orden moral del universo y la justicia divina requieren de cierta simetría entre la recompensa eterna para los bienaventurados y el castigo eterno para los condenados, siendo los grados y tipos de padecimientos infernales proporcionales a los pecados. El infierno es la morada de quienes rechazan a Dios de modo irremediable, cuyo alejamiento de él es una expresión permanente de su libertad mal entendida, y cuyo sufrimiento es tanto físico (al arder en el fuego) como espiritual (al estar privados de Dios). Mientras que los escritores religiosos modernos tienden a interpretar los padecimientos del infierno de un modo metafórico, la fuerza cautivadora de muchas obras maestras artísticas bebe de las vívidas y dramáticas descripciones de dichos tormentos.

EL ISLAM

Según el pensamiento islámico, la existencia del infierno (Yahannam) da fe de la soberanía, la justicia y la compasión divinas, además de ser una advertencia para individuos y naciones de la elección crucial entre la fidelidad y la infidelidad, la virtud y la maldad, la vida y la muerte. Las principales escuelas islámicas están de acuerdo en que para la identidad musulmana es esencial creer y esperar la llegada del día (o, mejor dicho, de la hora) en que Dios dará por finalizada su creación, despertará a los muertos, los reunirá con sus almas, los juzgará uno por uno y enviará a cada individuo, según merezca, a las dichas del jardín (paraíso) o a los horrores del fuego (infierno). Símbolos que evocan escenas de juicio egipcias, zoroastrianas, judías y cristianas son recurrentes en los relatos islámicos, concretamente el examen de las acciones pasadas, el pesaje del alma y el puente que pone a prueba a quien lo cruza: se ensancha para los justos pero se estrecha como el filo de un cuchillo para los pecadores, que pierden el equilibrio y se precipitan a las llamas. Según la enseñanza islámica, Dios ejerce una autoridad total sobre el curso de los acontecimientos. Tiene un destino humano predeterminado pero, de manera justa, hace que las personas rindan cuentas por sus elecciones vitales. Inmune a cualquier súplica especial, Dios, en su misericordia, se reserva la potestad de salvar a quienes elige y de favorecer a aquellos por quienes intercede el profeta Mahoma. Creó el infierno, con sus siete puertas dispuestas en orden, con un claro cometido, pero ha establecido un límite al sufrimiento de los creyentes que han pecado. Para los no creyentes que se niegan a reconocer a su creador no hay esperanza de ser redimidos del fuego eterno.

El Corán tiene poco que decir sobre el intervalo (*barzaj*) entre la muerte y la resurrección, pero la literatura islámica posterior hace del lecho de muerte y del sepulcro el marco de un primer juicio. El alma del musulmán devoto, se dice, tendrá una muerte fácil y una plácida estancia en la tumba. El alma del infiel, arrancada con violencia del cuerpo y sometida al interrogatorio de los ángeles Munkar y Nakir, padecerá tormentos en su sepultura hasta el día en que ocupará su lugar en el infierno, donde se alimentará de fruta agria y pus y será asada y cocida con todas las herramientas infernales hasta que Dios lo considere oportuno. Como las alegrías del cielo, las penas del infierno son profundamente físicas y espirituales. El peor tormento de todos es el alejamiento de Dios.

EL HINDUISMO

A mediados del segundo milenio a. C., los pueblos indoeuropeos migraron al noroeste de la India, llevándose consigo una religión de influencia persa. Según los grandes textos de esta tradición, los *Vedas* (h. 1500-1200 a. C.), la correcta realización de sacrificios forjaba una relación correcta con el cosmos y permitía prosperar en la vida y unirse a sus ancestros en el cielo en el momento de la muerte. Los no preparados para el rito, y en relatos posteriores, los ignorantes y moralmente indignos, se enfrentaban a la desalentadora idea de la aniquilación casi total o del descenso a un inframundo frío y lúgubre.

En las enseñanzas esotéricas registradas en los textos filosóficos fundacionales del hinduismo clásico, los *Bráhmanas* y las *Upanisad*, la esperanza de lograr una inmortalidad jubilosa depende de hallar dentro de uno mismo, y de saberla encauzar mediante la disciplina espiritual, la misteriosa fuerza Brahman que se extiende por todo el universo y se oculta en los sonidos y los gestos del sacrificio ritual. Quienes mueren sin estar preparados deben renacer (*samsara*) para vivir las consecuencias de sus actos pasados (*karma*). Los pecados graves conllevan una triste transmigración al infierno o un intervalo en el infierno antes de una reencarnación en un plano inferior de la existencia. El objetivo de la práctica del hinduismo es ser liberado de todas las formas de nacimiento y regresar a un estado de perfecta consciencia y dicha imperecedera en comunión con lo divino.

A medida que la mitología hinduista evolucionaba, Iama, que primero fue un dios celestial y juez de los muertos, acabó asociado con la muerte en su sentido más terrorífico, y los tormentos del infierno se tornaron tan numerosos y variopintos como los cielos. Los Puranas, extensas antologías de mitos y leyendas hinduistas, aportaban detalles muy gráficos sobre las variantes de desmembramientos, laceraciones, quemas y putrefacciones asignadas a cada infierno y específicos de cada tipo de crimen. En las formas piadosas del hinduismo que afloraron en los siglos XII y XIII y siguen predominando en la actualidad, el deseo de evitar renacer en el infierno es un potente incentivo para dedicar oraciones y realizar acciones altruistas. Los filósofos y místicos hinduistas, no obstante, se han seguido centrando en la meta definitiva de trascender la reencarnación completamente a través de la disciplina espiritual.

EL BUDISMO

El budismo, un movimiento de salvación filosófica surgido del mismo marco ascético que dio origen a las *Upanisad*, hace hincapié en la transitoriedad de todos los estados del samsara y ofrece una variedad de prácticas espirituales para conseguir la liberación. Mientras la persona se guíe por la ignorancia y el deseo y cargue con el lastre de las acciones pasadas, la muerte no cesará el ciclo de reencarnaciones. Se puede renacer como dios (*deva*), como semidiós (*asura*), como ser humano, animal, espectro hambriento o ser demoníaco. Los primeros escritos budistas hablan de la existencia de muchos y abrasadores infiernos subterráneos, pero la tradición mahayana los ubica en los millones de universos en que las criaturas conscientes sufren y los compasivos budas transmiten sus enseñanzas. Aunque todas estas esferas se consideran en último término ilusorias, el sufrimiento de los seres del infierno y las almas hambrientas (condenadas a padecer hambre y sed perpetuas) es atroz, y su descripción pormenorizada en la literatura y arte budistas hace hincapié en la urgencia de llevar a cabo buenas acciones, transmitir la virtud así obtenida a los necesitados y buscar refugio en la protección de los budas y los *bodhisattvas* (quienes emprenden el camino de convertirse en budas y se dedican a ayudar a los demás a llegar a la iluminación). El budismo mahayana ensalza la misericordia de los grandes *bodhisattvas* que usan su poder mágico para descender a los infiernos más abismales para predicar el *dharma* salvador (la verdad universal enseñada por Buda) y compartir su gracia con los desdichados. La compasiva presencia en el infierno de los *bodhisattvas* Avalokiteshvara (que suele representarse como una bella joven y es conocido como Guanyin en China y Kannon en Japón), Ksitigarbha (conocido como Dizang en China y Jizō en Japón) y el heroico monje Mulian (que intercedió ante Buda para liberar a su madre de su tormento en el infierno) son, pues, ejemplos importantes de la doctrina mahayana.

En China, la confluencia del budismo, el taoísmo y las tradiciones populares dieron lugar a un intrincado sistema ceremonial para aliviar el sufrimiento de las almas hambrientas y los seres del infierno y exorcizar su influencia negativa en los vivos. El infierno, con sus diez temibles tribunales, es una burocracia en la que los jueces son susceptibles de sobornos y las almas son sometidas a juicios y padecen torturas durante su enjuiciamiento. Los difuntos son apoyados por sus familiares vivos, que honran su memoria, llevan a cabo buenas acciones y rituales en su nombre, y queman o decoran la tumba con figurillas de papel que representan el dinero, la comida, la ropa, los coches y otros aspectos básicos. Los ritos esotéricos para abrir las puertas del averno y alimentar a las almas hambrientos y los seres del infierno extienden esta compasión filial de la familia a toda la población de seres dolientes. El infierno chino, de naturaleza purgatoria, no queda al margen de la intervención humana, y la obligación compartida de socorrer a quienes sufren ha sido una fuerza poderosa para la cohesión social.

ACTITUDES MODERNAS

En el mundo moderno, especialmente en Occidente, los cambios culturales causados por la Ilustración, el liberalismo del siglo xix y la cultura psicoterapéutica de finales del siglo xx han contribuido al declive de la creencia en un infierno eterno. Los defensores de esta creencia lo ven como una triste pérdida de coraje, fe y seriedad moral. En su opinión, no debe desearse la desaparición del infierno, sino que este debe ser conquistado por el salvador misericordioso que libere a los espíritus de su servidumbre, por la fuerza todopoderosa del perdón divino o por una batalla final, cuyo desenlace vacíe el infierno y lo expolie.

Carol Zaleski
Profesora de Historia de las Religiones
Universidad de Harvard
Smith College

INFIERNO

POESÍA

Edición:
Giorgio Petrocchi (1921-1969). Crítico literario italiano. Profesor de la Universidad de Roma y miembro de la Accademia dei Lincei y de la Accademia della Crusca. Fue autor de la edición crítica de la *Divina comedia* auspiciada por la Società Dantesca Italiana, cuyo texto reproducimos aquí.

Lectura:
Vittorio Gassman (1922-2000). Actor de cine y teatro italiano. Participó en más de ciento veinte películas y en numerosas producciones teatrales. Galardonado en los festivales de Venecia, Cannes y San Sebastián. Premio Príncipe de Asturias de las Artes en 1997.

CANTO 1

Nel mezzo del cammin di nostra vita
   mi ritrovai per una selva oscura,
   ché la diritta via era smarrita.
Ahi quanto a dir qual era è cosa dura
   esta selva selvaggia e aspra e forte
   che nel pensier rinova la paura!
Tant'è amara che poco è più morte;
   ma per trattar del ben ch'i' vi trovai,
   dirò de l'altre cose ch'i' v' ho scorte.
Io non so ben ridir com'i' v'intrai,
   tant'era pien di sonno a quel punto
   che la verace via abbandonai.
Ma poi ch'i' fui al piè d'un colle giunto,
   là dove terminava quella valle
   che m'avea di paura il cor compunto,
guardai in alto e vidi le sue spalle
   vestite già de' raggi del pianeta
   che mena dritto altrui per ogne calle.
Allor fu la paura un poco queta,
   che nel lago del cor m'era durata
   la notte ch'i' passai con tanta pieta.
E come quei che con lena affannata,
   uscito fuor del pelago a la riva,
   si volge a l'acqua perigliosa e guata,
così l'animo mio, ch'ancor fuggiva,
   si volse a retro a rimirar lo passo
   che non lasciò già mai persona viva.
Poi ch'èi posato un poco il corpo lasso,
   ripresi via per la piaggia diserta,
   sì che 'l piè fermo sempre era 'l più basso.

Ed ecco, quasi al cominciar de l'erta,
　　una lonza leggera e presta molto,
　　che di pel macolato era coverta;
e non mi si partia dinanzi al volto,
　　anzi 'mpediva tanto il mio cammino,
　　ch'i' fui per ritornar più volte vòlto.
Temp'era dal principio del mattino,
　　e 'l sol montava 'n sù con quelle stelle
　　ch'eran con lui quando l'amor divino
mosse di prima quelle cose belle;
　　sì ch'a bene sperar m'era cagione
　　di quella fiera a la gaetta pelle
l'ora del tempo e la dolce stagione;
　　ma non sì che paura non mi desse
　　la vista che m'apparve d'un leone.
Questi parea che contra me venisse
　　con la test'alta e con rabbiosa fame,
　　sì che parea che l'aere ne tremesse.
Ed una lupa, che di tutte brame
　　sembiava carca ne la sua magrezza,
　　e molte genti fé già viver grame,
questa mi porse tanto di gravezza
　　con la paura ch'uscia di sua vista,
　　ch'io perdei la speranza de l'altezza.
E qual è quei che volontieri acquista,
　　e giugne 'l tempo che perder lo face,
　　che 'n tutti suoi pensier piange e s'attrista;
tal mi fece la bestia sanza pace,
　　che, venendomi 'ncontro, a poco a poco
　　mi ripigneva là dove 'l sol tace.
Mentre ch'i' rovinava in basso loco,
　　dinanzi a li occhi mi si fu offerto
　　chi per lungo silenzio parea fioco.

Dante anda sin rumbo por un oscuro bosque. La angustia se apodera de él. Al amanecer descubre un valle y llega al pie de una colina iluminada por el sol. Se atraviesan en su camino tres fieras —un leopardo, un león y una loba— que le impiden el paso. Cuando empieza a retroceder se le aparece una figura humana. Dante, atemorizado, pregunta quién es. La respuesta le tranquiliza, pues se trata del espíritu del poeta romano Virgilio, quien se ofrece para ser su guía en un trayecto por todo el Infierno, único modo de encontrar la salida. Los dos poetas inician el camino.

Quando vidi costui nel gran diserto,
   "Miserere di me", gridai a lui,
     "qual che tu sii, od ombra od omo certo!".
Rispuosemi: "Non omo, omo già fui,
   e li parenti miei furon lombardi,
     mantoani per patrïa ambedui.
Nacqui sub Iulio, ancor che fosse tardi,
   e vissi a Roma sotto 'l buono Augusto
     nel tempo de li dèi falsi e bugiardi.
Poeta fui, e cantai di quel giusto
   figliuol d'Anchise che venne di Troia,
     poi che 'l superbo Ilïón fu combusto.
Ma tu perché ritorni a tanta noia?
   perché non sali il dilettoso monte
     ch'è principio e cagion di tutta gioia?".
"Or se' tu quel Virgilio e quella fonte
   che spandi di parlar sì largo fiume?",
     rispuos'io lui con vergognosa fronte.
"O de li altri poeti onore e lume,
   vagliami 'l lungo studio e 'l grande amore
     che m' ha fatto cercar lo tuo volume.
Tu se' lo mio maestro e 'l mio autore,
   tu se' solo colui da cu' io tolsi
     lo bello stilo che m' ha fatto onore.
Vedi la bestia per cu' io mi volsi;
   aiutami da lei, famoso saggio,
     ch'ella mi fa tremar le vene e i polsi".
"A te convien tenere altro vïaggio",
   rispuose, poi che lagrimar mi vide,
     "se vuo' campar d'esto loco selvaggio;
ché questa bestia, per la qual tu gride,
   non lascia altrui passar per la sua via,
     ma tanto lo 'mpedisce che l'uccide;

e ha natura sì malvagia e ria,
　　che mai non empie la bramosa voglia,
　　e dopo 'l pasto ha più fame che pria.
Molti son li animali a cui s'ammoglia,
　　e più saranno ancora, infin che 'l veltro
　　verrà, che la farà morir con doglia.
Questi non ciberà terra né peltro,
　　ma sapïenza, amore e virtute,
　　e sua nazion sarà tra feltro e feltro.
Di quella umile Italia fia salute
　　per cui morì la vergine Cammilla,
　　Eurialo e Turno e Niso di ferute.
Questi la caccerà per ogne villa,
　　fin che l'avrà rimessa ne lo 'nferno,
　　là onde 'nvidia prima dipartilla.
Ond'io per lo tuo me' penso e discerno
　　che tu mi segui, e io sarò tua guida,
　　e trarrotti di qui per loco etterno;
ove udirai le disperate strida,
　　vedrai li antichi spiriti dolenti,
　　ch'a la seconda morte ciascun grida;
e vederai color che son contenti
　　nel foco, perché speran di venire
　　quando che sia a le beate genti.
A le quai poi se tu vorrai salire,
　　anima fia a ciò più di me degna:
　　con lei ti lascerò nel mio partire;
ché quello imperador che là sù regna,
　　perch'i' fu' ribellante a la sua legge,
　　non vuol che 'n sua città per me si vegna.
In tutte parti impera e quivi regge;
　　quivi è la sua città e l'alto seggio:
　　oh felice colui cu' ivi elegge!".

E io a lui: "Poeta, io ti richeggio
    per quello Dio che tu non conoscesti,
    acciò ch'io fugga questo male e peggio,
che tu mi meni là dov'or dicesti,
    sì ch'io veggia la porta di san Pietro
    e color cui tu fai cotanto mesti".
Allor si mosse, e io li tenni dietro.

CANTO 2

Lo giorno se n'andava, e l'aere bruno
   toglieva li animai che sono in terra
   da le fatiche loro; e io sol uno
m'apparecchiava a sostener la guerra
   sì del cammino e sì de la pietate,
   che ritrarrà la mente che non erra.
O muse, o alto ingegno, or m'aiutate;
   o mente che scrivesti ciò ch'io vidi,
   qui si parrà la tua nobilitate.
Io cominciai: "Poeta che mi guidi,
   guarda la mia virtù s'ell'è possente,
   prima ch'a l'alto passo tu mi fidi.
Tu dici che di Silvïo il parente,
   corruttibile ancora, ad immortale
   secolo andò, e fu sensibilmente.
Però, se l'avversario d'ogne male
   cortese i fu, pensando l'alto effetto
   ch'uscir dovea di lui, e 'l chi e 'l quale
non pare indegno ad omo d'intelletto;
   ch'e' fu de l'alma Roma e di suo impero
   ne l'empireo ciel per padre eletto:
la quale e 'l quale, a voler dir lo vero,
   fu stabilita per lo loco santo
   u' siede il successor del maggior Piero.
Per quest'andata onde li dai tu vanto,
   intese cose che furon cagione
   di sua vittoria e del papale ammanto.
Andovvi poi lo Vas d'elezïone,
   per recarne conforto a quella fede
   ch'è principio a la via di salvazione.

Ma io, perché venirvi? o chi 'l concede?
   Io non Enëa, io non Paulo sono;
   me degno a ciò né io né altri 'l crede.
Per che, se del venire io m'abbandono,
   temo che la venuta non sia folle.
   Se' savio; intendi me' ch'i' non ragiono".
E qual è quei che disvuol ciò che volle
   e per novi pensier cangia proposta,
   sì che dal cominciar tutto si tolle,
tal mi fec'ïo 'n quella oscura costa,
   perché, pensando, consumai la 'mpresa
   che fu nel cominciar cotanto tosta.
"S'i' ho ben la parola tua intesa",
   rispuose del magnanimo quell'ombra,
   "l'anima tua è da viltade offesa;
la qual molte fïate l'omo ingombra
   sì che d'onrata impresa lo rivolve,
   come falso veder bestia quand'ombra.
Da questa tema acciò che tu ti solve,
   dirotti perch'io venni e quel ch'io 'ntesi
   nel primo punto che di te mi dolve.
Io era tra color che son sospesi,
   e donna mi chiamò beata e bella,
   tal che di comandare io la richiesi.
Lucevan li occhi suoi più che la stella;
   e cominciommi a dir soave e piana,
   con angelica voce, in sua favella:
"O anima cortese mantoana,
   di cui la fama ancor nel mondo dura,
   e durerà quanto 'l mondo lontana,
l'amico mio, e non de la ventura,
   ne la diserta piaggia è impedito
   sì nel cammin, che vòlt'è per paura;

Una vez emprendida la marcha, Dante, impresionado por la magnitud del viaje que le espera, hace examen de conciencia. Virgilio relata cómo Beatriz se personó en el Limbo para encomendarle que fuera en su busca para redimirlo.

e temo che non sia già sì smarrito,
ch'io mi sia tardi al soccorso levata,
per quel ch'i' ho di lui nel cielo udito.
Or movi, e con la tua parola ornata
e con ciò c' ha mestieri al suo campare,
l'aiuta sì ch'i' ne sia consolata.
I' son Beatrice che ti faccio andare;
vegno del loco ove tornar disio;
amor mi mosse, che mi fa parlare.
Quando sarò dinanzi al segnor mio,
di te mi loderò sovente a lui".
Tacette allora, e poi comincia' io:
"O donna di virtù sola per cui
l'umana spezie eccede ogne contento
di quel ciel c' ha minor li cerchi sui,
tanto m'aggrada il tuo comandamento,
che l'ubidir, se già fosse, m'è tardi;
più non t'è uo' ch'aprirmi il tuo talento.
Ma dimmi la cagion che non ti guardi
de lo scender qua giuso in questo centro
de l'ampio loco ove tornar tu ardi".
"Da che tu vuo' saver cotanto a dentro,
dirotti brievemente", mi rispuose,
"perch'i' non temo di venir qua entro.
Temer si dee di sole quelle cose
c' hanno potenza di fare altrui male;
de l'altre no, ché non son paurose.
I' son fatta da Dio, sua mercé, tale,
che la vostra miseria non mi tange,
né fiamma d'esto 'ncendio non m'assale.
Donna è gentil nel ciel che si compiange
di questo 'mpedimento ov'io ti mando,
sì che duro giudicio là sù frange.

Virgilio, por el camino, intenta reconfortar a Dante manifestándole que debe tener ánimo y coraje, puesto que es la voluntad divina la que ha decidido su destino y el viaje por las regiones infernales.

Questa chiese Lucia in suo dimando
 e disse: — Or ha bisogno il tuo fedele
 di te, e io a te lo raccomando —.
Lucia, nimica di ciascun crudele,
 si mosse, e venne al loco dov'i' era,
 che mi sedea con l'antica Rachele.
Disse: — Beatrice, loda di Dio vera,
 ché non soccorri quei che t'amò tanto,
 ch'uscì per te de la volgare schiera?
Non odi tu la pieta del suo pianto,
 non vedi tu la morte che 'l combatte
 su la fiumana ove 'l mar non ha vanto? —.
Al mondo non fur mai persone ratte
 a far lor pro o a fuggir lor danno,
 com'io, dopo cotai parole fatte,
venni qua giù del mio beato scanno,
 fidandomi del tuo parlare onesto,
 ch'onora te e quei ch'udito l' hanno".
Poscia che m'ebbe ragionato questo,
 li occhi lucenti lagrimando volse,
 per che mi fece del venir più presto.
E venni a te così com'ella volse:
 d'inanzi a quella fiera ti levai
 che del bel monte il corto andar ti tolse.
Dunque: che è perché, perché restai,
 perché tanta viltà nel core allette,
 perché ardire e franchezza non hai,
poscia che tai tre donne benedette
 curan di te ne la corte del cielo,
 e 'l mio parlar tanto ben ti promette?".
Quali fioretti dal notturno gelo
 chinati e chiusi, poi che 'l sol li 'mbianca,
 si drizzan tutti aperti in loro stelo,

tal mi fec'io di mia virtude stanca,
 e tanto buono ardire al cor mi corse,
 ch'i' cominciai come persona franca:
"Oh pietosa colei che mi soccorse!
 e te cortese ch'ubidisti tosto
 a le vere parole che ti porse!
Tu m' hai con disiderio il cor disposto
 sì al venir con le parole tue,
 ch'i' son tornato nel primo proposto.
Or va, ch'un sol volere è d'ambedue:
 tu duca, tu segnore e tu maestro".
 Così li dissi; e poi che mosso fue,
intrai per lo cammino alto e silvestro.

CANTO 3

'Per me si va ne la città dolente,
    per me si va ne l'etterno dolore,
    per me si va tra la perduta gente.
Giustizia mosse il mio alto fattore;
    fecemi la divina podestate,
    la somma sapïenza e 'l primo amore.
Dinanzi a me non fuor cose create
    se non etterne, e io etterno duro.
    Lasciate ogne speranza, voi ch'intrate'.
Queste parole di colore oscuro
    vid'ïo scritte al sommo d'una porta;
    per ch'io: "Maestro, il senso lor m'è duro".
Ed elli a me, come persona accorta:
    "Qui si convien lasciare ogne sospetto;
    ogne viltà convien che qui sia morta.
Noi siam venuti al loco ov'i' t' ho detto
    che tu vedrai le genti dolorose
    c' hanno perduto il ben de l'intelletto".
E poi che la sua mano a la mia puose
    con lieto volto, ond'io mi confortai,
    mi mise dentro a le segrete cose.
Quivi sospiri, pianti e alti guai
    risonavan per l'aere sanza stelle,
    per ch'io al cominciar ne lagrimai.
Diverse lingue, orribili favelle,
    parole di dolore, accenti d'ira,
    voci alte e fioche, e suon di man con elle
facevano un tumulto, il qual s'aggira
    sempre in quell'aura sanza tempo tinta,
    come la rena quando turbo spira.

E io ch'avea d'error la testa cinta,
   dissi: "Maestro, che è quel ch'i' odo?
   e che gent'è che par nel duol sì vinta?".
Ed elli a me: "Questo misero modo
   tegnon l'anime triste di coloro
   che visser sanza 'nfamia e sanza lodo.
Mischiate sono a quel cattivo coro
   de li angeli che non furon ribelli
   né fur fedeli a Dio, ma per sé fuoro.
Caccianli i ciel per non esser men belli,
   né lo profondo inferno li riceve,
   ch'alcuna gloria i rei avrebber d'elli".
E io: "Maestro, che è tanto greve
   a lor che lamentar li fa sì forte?".
   Rispuose: "Dicerolti molto breve.
Questi non hanno speranza di morte,
   e la lor cieca vita è tanto bassa,
   che 'nvidïosi son d'ogne altra sorte.
Fama di loro il mondo esser non lassa;
   misericordia e giustizia li sdegna:
   non ragioniam di lor, ma guarda e passa".
E io, che riguardai, vidi una 'nsegna
   che girando correva tanto ratta,
   che d'ogne posa mi parea indegna;
e dietro le venìa sì lunga tratta
   di gente, ch'i' non averei creduto
   che morte tanta n'avesse disfatta.
Poscia ch'io v'ebbi alcun riconosciuto,
   vidi e conobbi l'ombra di colui
   che fece per viltade il gran rifiuto.
Incontanente intesi e certo fui
   che questa era la setta d'i cattivi,
   a Dio spiacenti e a' nemici sui.

Dante se halla ante la puerta del Infierno y lee en el dintel una inscripción inquietante: «Abandonad toda esperanza, los que aquí entráis». Las primeras almas con las que se encuentra son las de los cobardes que no hicieron nada de provecho en su vida terrenal. A continuación, llegan al río Aqueronte en el que Caronte, el barquero infernal, transporta las almas a la otra orilla, donde les espera el suplicio.

Questi sciaurati, che mai non fur vivi,
   erano ignudi e stimolati molto
   da mosconi e da vespe ch'eran ivi.
Elle rigavan lor di sangue il volto,
   che, mischiato di lagrime, a' lor piedi
   da fastidiosi vermi era ricolto.
E poi ch'a riguardar oltre mi diedi,
   vidi genti a la riva d'un gran fiume;
   per ch'io dissi: "Maestro, or mi concedi
ch'i' sappia quali sono, e qual costume
   le fa di trapassar parer sì pronte,
   com'i' discerno per lo fioco lume".
Ed elli a me: "Le cose ti fier conte
   quando noi fermerem li nostri passi
   su la trista riviera d'Acheronte".
Allor con li occhi vergognosi e bassi,
   temendo no 'l mio dir li fosse grave,
   infino al fiume del parlar mi trassi.
Ed ecco verso noi venir per nave
   un vecchio, bianco per antico pelo,
   gridando: "Guai a voi, anime prave!
Non isperate mai veder lo cielo:
   i' vegno per menarvi a l'altra riva
   ne le tenebre etterne, in caldo e 'n gelo.
E tu che se' costì, anima viva,
   pàrtiti da cotesti che son morti".
   Ma poi che vide ch'io non mi partiva,
disse: "Per altra via, per altri porti
   verrai a piaggia, non qui, per passare:
   più lieve legno convien che ti porti".
E 'l duca lui: "Caron, non ti crucciare:
   vuolsi così colà dove si puote
   ciò che si vuole, e più non dimandare".

Quinci fuor quete le lanose gote
   al nocchier de la livida palude,
   che 'ntorno a li occhi avea di fiamme rote.
Ma quell'anime, ch'eran lasse e nude,
   cangiar colore e dibattero i denti,
   ratto che 'nteser le parole crude.
Bestemmiavano Dio e lor parenti,
   l'umana spezie e 'l loco e 'l tempo e 'l seme
   di lor semenza e di lor nascimenti.
Poi si ritrasser tutte quante insieme,
   forte piangendo, a la riva malvagia
   ch'attende ciascun uom che Dio non teme.
Caron dimonio, con occhi di bragia
   loro accennando, tutte le raccoglie;
   batte col remo qualunque s'adagia.
Come d'autunno si levan le foglie
   l'una appresso de l'altra, fin che 'l ramo
   vede a la terra tutte le sue spoglie,
similemente il mal seme d'Adamo
   gittansi di quel lito ad una ad una,
   per cenni come augel per suo richiamo.
Così sen vanno su per l'onda bruna,
   e avanti che sien di là discese,
   anche di qua nuova schiera s'auna.
"Figliuol mio", disse 'l maestro cortese,
   "quelli che muoion ne l'ira di Dio
   tutti convegnon qui d'ogne paese;
e pronti sono a trapassar lo rio,
   ché la divina giustizia li sprona,
   sì che la tema si volve in disio.
Quinci non passa mai anima buona;
   e però, se Caron di te si lagna,
   ben puoi sapere omai che 'l suo dir suona".

Finito questo, la buia campagna
    tremò sì forte, che de lo spavento
    la mente di sudore ancor mi bagna.
La terra lagrimosa diede vento,
    che balenò una luce vermiglia
    la qual mi vinse ciascun sentimento;
e caddi come l'uom cui sonno piglia.

El barquero Caronte se niega a embarcar a un ser mortal. Virgilio le dice que debe aceptarlo, pues es la voluntad del Cielo. Un terremoto, seguido por un formidable relámpago, sacude la tierra. Dante sufre un desvanecimiento y cae en un profundo letargo.

CANTO 4

Ruppemi l'alto sonno ne la testa
　　un greve truono, sì ch'io mi riscossi
　　come persona ch'è per forza desta;
e l'occhio riposato intorno mossi,
　　dritto levato, e fiso riguardai
　　per conoscer lo loco dov'io fossi.
Vero è che 'n su la proda mi trovai
　　de la valle d'abisso dolorosa
　　che 'ntrono accoglie d'infiniti guai.
Oscura e profonda era e nebulosa
　　tanto che, per ficcar lo viso a fondo,
　　io non vi discernea alcuna cosa.
"Or discendiam qua giù nel cieco mondo",
　　cominciò il poeta tutto smorto.
　　"Io sarò primo, e tu sarai secondo".
E io, che del color mi fui accorto,
　　dissi: "Come verrò, se tu paventi
　　che suoli al mio dubbiare esser conforto?".
Ed elli a me: "L'angoscia de le genti
　　che son qua giù, nel viso mi dipigne
　　quella pietà che tu per tema senti.
Andiam, ché la via lunga ne sospigne".
　　Così si mise e così mi fé intrare
　　nel primo cerchio che l'abisso cigne.
Quivi, secondo che per ascoltare,
　　non avea pianto mai che di sospiri
　　che l'aura etterna facevan tremare;
ciò avvenia di duol sanza martìri,
　　ch'avean le turbe, ch'eran molte e grandi,
　　d'infanti e di femmine e di viri.

Lo buon maestro a me: "Tu non dimandi
   che spiriti son questi che tu vedi?
   Or vo' che sappi, innanzi che più andi,
ch'ei non peccaro; e s'elli hanno mercedi,
   non basta, perché non ebber battesmo,
   ch'è porta de la fede che tu credi;
e s'e' furon dinanzi al cristianesmo,
   non adorar debitamente a Dio:
   e di questi cotai son io medesmo.
Per tai difetti, non per altro rio,
   semo perduti, e sol di tanto offesi
   che sanza speme vivemo in disio".
Gran duol mi prese al cor quando lo 'ntesi,
   però che gente di molto valore
   conobbi che 'n quel limbo eran sospesi.
"Dimmi, maestro mio, dimmi, segnore",
   comincia' io per volere esser certo
   di quella fede che vince ogne errore:
"uscicci mai alcuno, o per suo merto
   o per altrui, che poi fosse beato?".
   E quei che 'ntese il mio parlar coverto,
rispuose: "Io era nuovo in questo stato,
   quando ci vidi venire un possente,
   con segno di vittoria coronato.
Trasseci l'ombra del primo parente,
   d'Abèl suo figlio e quella di Noè,
   di Moïsè legista e ubidente;
Abraàm patrïarca e Davìd re,
   Israèl con lo padre e co' suoi nati
   e con Rachele, per cui tanto fé,
e altri molti, e feceli beati.
   E vo' che sappi che, dinanzi ad essi,
   spiriti umani non eran salvati".

Dante despierta después de su desmayo. A medida que recobra el conocimiento oye las palabras de Virgilio: «Nos disponemos a descender al mundo de las tinieblas; yo iré delante de ti y tú me seguirás». Acompañado por su guía desciende al Limbo, el primer círculo del Infierno. Encuentran allí a las almas de los que vivieron virtuosamente pero que están excluidos del Paraíso por no haber sido bautizados.

Non lasciavam l'andar perch'ei dicessi,
   ma passavam la selva tuttavia,
   la selva, dico, di spiriti spessi.
Non era lunga ancor la nostra via
   di qua dal sonno, quand'io vidi un foco
   ch'emisperio di tenebre vincia.
Di lungi n'eravamo ancora un poco,
   ma non sì ch'io non discernessi in parte
   ch'orrevol gente possedea quel loco.
"O tu ch'onori scïenzïa e arte,
   questi chi son c' hanno cotanta onranza,
   che dal modo de li altri li diparte?".
E quelli a me: "L'onrata nominanza
   che di lor suona sù ne la tua vita,
   grazïa acquista in ciel che sì li avanza".
Intanto voce fu per me udita:
   "Onorate l'altissimo poeta;
   l'ombra sua torna, ch'era dipartita".
Poi che la voce fu restata e queta,
   vidi quattro grand'ombre a noi venire:
   sembianz'avevan né trista né lieta.
Lo buon maestro cominciò a dire:
   "Mira colui con quella spada in mano,
   che vien dinanzi ai tre sì come sire:
quelli è Omero poeta sovrano;
   l'altro è Orazio satiro che vene;
   Ovidio è 'l terzo, e l'ultimo Lucano.
Però che ciascun meco si convene
   nel nome che sonò la voce sola,
   fannomi onore, e di ciò fanno bene".
Così vid'i' adunar la bella scola
   di quel segnor de l'altissimo canto
   che sovra li altri com'aquila vola.

En el Limbo Dante y Virgilio se reúnen con los grandes poetas de la Antigüedad. Homero, Horacio, Ovidio y Lucano acuden a su encuentro. Dante se enorgullece de poder compartir gloria con tales personajes.

Da ch'ebber ragionato insieme alquanto,
  volsersi a me con salutevol cenno,
  e 'l mio maestro sorrise di tanto;
e più d'onore ancora assai mi fenno,
  ch'e' sì mi fecer de la loro schiera,
  sì ch'io fui sesto tra cotanto senno.
Così andammo infino a la lumera,
  parlando cose che 'l tacere è bello,
  sì com'era 'l parlar colà dov'era.
Venimmo al piè d'un nobile castello,
  sette volte cerchiato d'alte mura,
  difeso intorno d'un bel fiumicello.
Questo passammo come terra dura;
  per sette porte intrai con questi savi:
  giugnemmo in prato di fresca verdura.
Genti v'eran con occhi tardi e gravi,
  di grande autorità ne' lor sembianti:
  parlavan rado, con voci soavi.
Traemmoci così da l'un de' canti,
  in loco aperto, luminoso e alto,
  sì che veder si potien tutti quanti.
Colà diritto, sovra 'l verde smalto,
  mi fuor mostrati li spiriti magni,
  che del vedere in me stesso m'essalto.
I' vidi Eletra con molti compagni,
  tra ' quai conobbi Ettòr ed Enea,
  Cesare armato con li occhi grifagni.
Vidi Cammilla e la Pantasilea;
  da l'altra parte vidi 'l re Latino
  che con Lavina sua figlia sedea.
Vidi quel Bruto che cacciò Tarquino,
  Lucrezia, Iulia, Marzïa e Corniglia;
  e solo, in parte, vidi 'l Saladino.

Poi ch'innalzai un poco più le ciglia,
   vidi 'l maestro di color che sanno
   seder tra filosofica famiglia.
Tutti lo miran, tutti onor li fanno:
   quivi vid'ïo Socrate e Platone,
   che 'nnanzi a li altri più presso li stanno;
Democrito che 'l mondo a caso pone,
   Dïogenès, Anassagora e Tale,
   Empedoclès, Eraclito e Zenone;
e vidi il buono accoglitor del quale,
   Dïascoride dico; e vidi Orfeo,
   Tulïo e Lino e Seneca morale;
Euclide geomètra e Tolomeo,
   Ipocràte, Avicenna e Galïeno,
   Averoìs che 'l gran comento feo.
Io non posso ritrar di tutti a pieno,
   però che sì mi caccia il lungo tema,
   che molte volte al fatto il dir vien meno.
La sesta compagnia in due si scema:
   per altra via mi mena il savio duca,
   fuor de la queta, ne l'aura che trema.
E vegno in parte ove non è che luca.

CANTO 5

Così discesi del cerchio primaio
    giù nel secondo, che men loco cinghia
    e tanto più dolor, che punge a guaio.
Stavvi Minòs orribilmente, e ringhia:
    essamina le colpe ne l'intrata;
    giudica e manda secondo ch'avvinghia.
Dico che quando l'anima mal nata
    li vien dinanzi, tutta si confessa;
    e quel conoscitor de le peccata
vede qual loco d'inferno è da essa;
    cignesi con la coda tante volte
    quantunque gradi vuol che giù sia messa.
Sempre dinanzi a lui ne stanno molte:
    vanno a vicenda ciascuna al giudizio,
    dicono e odono e poi son giù volte.
"O tu che vieni al doloroso ospizio",
    disse Minòs a me quando mi vide,
    lasciando l'atto di cotanto offizio,
"guarda com'entri e di cui tu ti fide;
    non t'inganni l'ampiezza de l'intrare!".
    E 'l duca mio a lui: "Perché pur gride?
Non impedir lo suo fatale andare:
    vuolsi così colà dove si puote
    ciò che si vuole, e più non dimandare".
Or incomincian le dolenti note
    a farmisi sentire; or son venuto
    là dove molto pianto mi percuote.
Io venni in loco d'ogne luce muto,
    che mugghia come fa mar per tempesta,
    se da contrari venti è combattuto.

La bufera infernal, che mai non resta,
  mena li spirti con la sua rapina;
  voltando e percotendo li molesta.
Quando giungon davanti a la ruina,
  quivi le strida, il compianto, il lamento;
  bestemmian quivi la virtù divina.
Intesi ch'a così fatto tormento
  enno dannati i peccator carnali,
  che la ragion sommettono al talento.
E come li stornei ne portan l'ali
  nel freddo tempo, a schiera larga e piena,
  così quel fiato li spiriti mali
di qua, di là, di giù, di sù li mena;
  nulla speranza li conforta mai,
  non che di posa, ma di minor pena.
E come i gru van cantando lor lai,
  faccendo in aere di sé lunga riga,
  così vid'io venir, traendo guai,
ombre portate da la detta briga;
  per ch'i' dissi: "Maestro, chi son quelle
  genti che l'aura nera sì gastiga?".
"La prima di color di cui novelle
  tu vuo' saper", mi disse quelli allotta,
  "fu imperadrice di molte favelle.
A vizio di lussuria fu sì rotta,
  che libito fé licito in sua legge,
  per tòrre il biasmo in che era condotta.
Ell'è Semiramìs, di cui si legge
  che succedette a Nino e fu sua sposa:
  tenne la terra che 'l Soldan corregge.
L'altra è colei che s'ancise amorosa,
  e ruppe fede al cener di Sicheo;
  poi è Cleopatràs lussurïosa.

Segundo círculo del Infierno. Minos, apostado en la entrada, examina las faltas de los condenados y, con un movimiento de su cola, señala a cada alma el sitio que debe ocupar. Cuando se percata de la presencia de Dante le advierte de los peligros si se confía demasiado. Virgilio le ordena callar.

Elena vedi, per cui tanto reo
    tempo si volse, e vedi 'l grande Achille,
    che con amore al fine combatteo.
Vedi Parìs, Tristano"; e più di mille
    ombre mostrommi e nominommi a dito,
    ch'amor di nostra vita dipartille.
Poscia ch'io ebbi 'l mio dottore udito
    nomar le donne antiche e ' cavalieri,
    pietà mi giunse, e fui quasi smarrito.
I' cominciai: "Poeta, volontieri
    parlerei a quei due che 'nsieme vanno,
    e paion sì al vento esser leggeri".
Ed elli a me: "Vedrai quando saranno
    più presso a noi; e tu allor li priega
    per quello amor che i mena, ed ei verranno".
Sì tosto come il vento a noi li piega,
    mossi la voce: "O anime affannate,
    venite a noi parlar, s'altri nol niega!".
Quali colombe dal disio chiamate
    con l'ali alzate e ferme al dolce nido
    vegnon per l'aere, dal voler portate;
cotali uscir de la schiera ov'è Dido,
    a noi venendo per l'aere maligno,
    sì forte fu l'affettüoso grido.
"O animal grazïoso e benigno
    che visitando vai per l'aere perso
    noi che tignemmo il mondo di sanguigno,
se fosse amico il re de l'universo,
    noi pregheremmo lui de la tua pace,
    poi c' hai pietà del nostro mal perverso.
Di quel che udire e che parlar vi piace,
    noi udiremo e parleremo a voi,
    mentre che 'l vento, come fa, ci tace.

Los lujuriosos, impulsados por un torbellino incesante, vuelan por encima de las cabezas de los poetas. Virgilio reconoce entre los espirítus a Semíramis, Cleopatra, Helena de Troya, Aquiles y otros personajes antiguos. Dante ve a una pareja de almas y muestra interés por ellas.

Siede la terra dove nata fui
   su la marina dove 'l Po discende
   per aver pace co' seguaci sui.
Amor, ch'al cor gentil ratto s'apprende,
   prese costui de la bella persona
   che mi fu tolta; e 'l modo ancor m'offende.
Amor, ch'a nullo amato amar perdona,
   mi prese del costui piacer sì forte,
   che, come vedi, ancor non m'abbandona.
Amor condusse noi ad una morte.
   Caina attende chi a vita ci spense".
   Queste parole da lor ci fuor porte.
Quand'io intesi quell'anime offense,
   china' il viso, e tanto il tenni basso,
   fin che 'l poeta mi disse: "Che pense?".
Quando rispuosi, cominciai: "Oh lasso,
   quanti dolci pensier, quanto disio
   menò costoro al doloroso passo!".
Poi mi rivolsi a loro e parla' io,
   e cominciai: "Francesca, i tuoi martìri
   a lagrimar mi fanno tristo e pio.
Ma dimmi: al tempo d'i dolci sospiri,
   a che e come concedette amore
   che conosceste i dubbiosi disiri?".
E quella a me: "Nessun maggior dolore
   che ricordarsi del tempo felice
   ne la miseria; e ciò sa 'l tuo dottore.
Ma s'a conoscer la prima radice
   del nostro amor tu hai cotanto affetto,
   dirò come colui che piange e dice.
Noi leggiavamo un giorno per diletto
   di Lancialotto come amor lo strinse;
   soli eravamo e sanza alcun sospetto.

Paolo Malatesta y Francesca de Rímini acuden a la invocación de Dante, deseoso de preguntar por el motivo que les ha conducido a tan fatal destino. Francesca le relata cómo la lectura de la historia de Lanzarote y su amor por la esposa del rey Arturo les llevó a convertirse en amantes. Conmovido, Dante desfallece de nuevo.

Per più fïate li occhi ci sospinse
    quella lettura, e scolorocci il viso;
    ma solo un punto fu quel che ci vinse.
Quando leggemmo il disïato riso
    esser basciato da cotanto amante,
    questi, che mai da me non fia diviso,
la bocca mi basciò tutto tremante.
    Galeotto fu 'l libro e chi lo scrisse:
    quel giorno più non vi leggemmo avante".
Mentre che l'uno spirto questo disse,
    l'altro piangëa; sì che di pietade
    io venni men così com'io morisse.
E caddi come corpo morto cade.

CANTO 6

Al tornar de la mente, che si chiuse
   dinanzi a la pietà d'i due cognati,
   che di trestizia tutto mi confuse,
novi tormenti e novi tormentati
   mi veggio intorno, come ch'io mi mova
   e ch'io mi volga, e come che io guati.
Io sono al terzo cerchio, de la piova
   etterna, maladetta, fredda e greve;
   regola e qualità mai non l'è nova.
Grandine grossa, acqua tinta e neve
   per l'aere tenebroso si riversa;
   pute la terra che questo riceve.
Cerbero, fiera crudele e diversa,
   con tre gole caninamente latra
   sovra la gente che quivi è sommersa.
Li occhi ha vermigli, la barba unta e atra,
   e 'l ventre largo, e unghiate le mani;
   graffia li spirti ed iscoia ed isquatra.
Urlar li fa la pioggia come cani;
   de l'un de' lati fanno a l'altro schermo;
   volgonsi spesso i miseri profani.
Quando ci scorse Cerbero, il gran vermo,
   le bocche aperse e mostrocci le sanne;
   non avea membro che tenesse fermo.
E 'l duca mio distese le sue spanne,
   prese la terra, e con piene le pugna
   la gittò dentro a le bramose canne.
Qual è quel cane ch'abbaiando agogna,
   e si racqueta poi che 'l pasto morde,
   ché solo a divorarlo intende e pugna,

cotai si fecer quelle facce lorde
    de lo demonio Cerbero, che 'ntrona
    l'anime sì, ch'esser vorrebber sorde.
Noi passavam su per l'ombre che adona
    la greve pioggia, e ponavam le piante
    sovra lor vanità che par persona.
Elle giacean per terra tutte quante,
    fuor d'una ch'a seder si levò, ratto
    ch'ella ci vide passarsi davante.
"O tu che se' per questo 'nferno tratto",
    mi disse, "riconoscimi, se sai:
    tu fosti, prima ch'io disfatto, fatto".
E io a lui: "L'angoscia che tu hai
    forse ti tira fuor de la mia mente,
    sì che non par ch'i' ti vedessi mai.
Ma dimmi chi tu se' che 'n sì dolente
    loco se' messo, e hai sì fatta pena,
    che, s'altra è maggio, nulla è sì spiacente".
Ed elli a me: "La tua città, ch'è piena
    d'invidia sì che già trabocca il sacco,
    seco mi tenne in la vita serena.
Voi Cittadini mi chiamaste Ciacco
    per la dannosa colpa de la gola,
    come tu vedi, a la pioggia mi fiacco.
E io anima trista non son sola,
    ché tutte queste a simil pena stanno
    per simil colpa". E più non fé parola.
Io li rispuosi: "Ciacco, il tuo affanno
    mi pesa sì, ch'a lagrimar mi 'nvita;
    ma dimmi, se tu sai, a che verranno
li cittadin de la città partita;
    s'alcun v'è giusto; e dimmi la cagione
    per che l' ha tanta discordia assalita".

El tercer círculo del Infierno está sometido eternamente a una lluvia gélida. Cerbero, el perro de tres cabezas, custodia la entrada, pero Virgilio consigue zafarse de su acoso lanzando a la fiera un puñado de tierra como si se tratara de comida.

E quelli a me: "Dopo lunga tencione
   verranno al sangue, e la parte selvaggia
   caccerà l'altra con molta offensione.
Poi appresso convien che questa caggia
   infra tre soli, e che l'altra sormonti
   con la forza di tal che testé piaggia.
Alte terrà lungo tempo le fronti,
   tenendo l'altra sotto gravi pesi,
   come che di ciò pianga o che n'aonti.
Giusti son due, e non vi sono intesi;
   superbia, invidia e avarizia sono
   le tre faville c' hanno i cuori accesi".
Qui puose fine al lagrimabil suono.
   E io a lui: "Ancor vo' che mi 'nsegni
   e che di più parlar mi facci dono.
Farinata e 'l Tegghiaio, che fuor sì degni,
   Iacopo Rusticucci, Arrigo e 'l Mosca
   e li altri ch'a ben far puoser li 'ngegni,
dimmi ove sono e fa ch'io li conosca;
   ché gran disio mi stringe di savere
   se 'l ciel li addolcia o lo 'nferno li attosca".
E quelli: "Ei son tra l'anime più nere;
   diverse colpe giù li grava al fondo:
   se tanto scendi, là i potrai vedere.
Ma quando tu sarai nel dolce mondo,
   priegoti ch'a la mente altrui mi rechi:
   più non ti dico e più non ti rispondo".
Li diritti occhi torse allora in biechi;
   guardommi un poco e poi chinò la testa:
   cadde con essa a par de li altri ciechi.
E 'l duca disse a me: "Più non si desta
   di qua dal suon de l'angelica tromba,
   quando verrà la nimica podesta:

En este círculo los glotones se ven sometidos a una intensa lluvia helada. Ciacco, uno de los condenados, reconoce a Dante y le predice el destierro que le espera y las desgracias que caerán sobre Florencia. Dante se pregunta si los tormentos de estos desdichados disminuirán o aumentarán después del Juicio Final.

ciascun rivederà la trista tomba,
ripiglierà sua carne e sua figura,
udirà quel ch'in etterno rimbomba".
Sì trapassammo per sozza mistura
de l'ombre e de la pioggia, a passi lenti,
toccando un poco la vita futura;
per ch'io dissi: "Maestro, esti tormenti
crescerann'ei dopo la gran sentenza,
o fier minori, o saran sì cocenti?".
Ed elli a me: "Ritorna a tua scïenza,
che vuol, quanto la cosa è più perfetta,
più senta il bene, e così la doglienza.
Tutto che questa gente maladetta
in vera perfezion già mai non vada,
di là più che di qua essere aspetta".
Noi aggirammo a tondo quella strada,
parlando più assai ch'i' non ridico;
venimmo al punto dove si digrada:
quivi trovammo Pluto, il gran nemico.

CANTO 7

"Pape Satàn, pape Satàn aleppe!",
    cominciò Pluto con la voce chioccia;
    e quel savio gentil, che tutto seppe,
disse per confortarmi: "Non ti noccia
    la tua paura; ché, poder ch'elli abbia,
    non ci torrà lo scender questa roccia".
Poi si rivolse a quella 'nfiata labbia,
    e disse: "Taci, maladetto lupo!
    consuma dentro te con la tua rabbia.
Non è sanza cagion l'andare al cupo:
    vuolsi ne l'alto, là dove Michele
    fé la vendetta del superbo strupo".
Quali dal vento le gonfiate vele
    caggiono avvolte, poi che l'alber fiacca,
    tal cadde a terra la fiera crudele.
Così scendemmo ne la quarta lacca,
    pigliando più de la dolente ripa
    che 'l mal de l'universo tutto insacca.
Ahi giustizia di Dio! tante chi stipa
    nove travaglie e pene quant'io viddi?
    e perché nostra colpa sì ne scipa?
Come fa l'onda là sovra Cariddi,
    che si frange con quella in cui s'intoppa,
    così convien che qui la gente riddi.
Qui vid'i' gente più ch'altrove troppa,
    e d'una parte e d'altra, con grand'urli,
    voltando pesi per forza di poppa.
Percotëansi 'ncontro; e poscia pur lì
    si rivolgea ciascun, voltando a retro,
    gridando: "Perché tieni?" e "Perché burli?".

Così tornavan per lo cerchio tetro
    da ogne mano a l'opposito punto,
    gridandosi anche loro ontoso metro;
poi si volgea ciascun, quand'era giunto,
    per lo suo mezzo cerchio a l'altra giostra.
    E io, ch'avea lo cor quasi compunto,
dissi: "Maestro mio, or mi dimostra
    che gente è questa, e se tutti fuor cherci
    questi chercuti a la sinistra nostra".
Ed elli a me: "Tutti quanti fuor guerci
    sì de la mente in la vita primaia,
    che con misura nullo spendio ferci.
Assai la voce lor chiaro l'abbaia,
    quando vegnono a' due punti del cerchio
    dove colpa contraria li dispaia.
Questi fuor cherci, che non han coperchio
    piloso al capo, e papi e cardinali,
    in cui usa avarizia il suo soperchio".
E io: "Maestro, tra questi cotali
    dovre' io ben riconoscere alcuni
    che furo immondi di cotesti mali".
Ed elli a me: "Vano pensiero aduni:
    la sconoscente vita che i fé sozzi,
    ad ogne conoscenza or li fa bruni.
In etterno verranno a li due cozzi:
    questi resurgeranno del sepulcro
    col pugno chiuso, e questi coi crin mozzi.
Mal dare e mal tener lo mondo pulcro
    ha tolto loro, e posti a questa zuffa:
    qual ella sia, parole non ci appulcro.
Or puoi, figliuol, veder la corta buffa
    d'i ben che son commessi a la fortuna,
    per che l'umana gente si rabuffa;

Cuarto círculo presidido por Plutón, que al notar la llegada de los dos poetas exclama: «¡Pape Satàn, pape Satàn aleppe!». Virgilio menciona entonces al arcángel Miguel y el demonio se desploma en el suelo dejando el paso libre.

ché tutto l'oro ch'è sotto la luna
   e che già fu, di quest'anime stanche
   non poterebbe farne posare una".
"Maestro mio", diss'io, "or mi dì anche:
   questa fortuna di che tu mi tocche,
   che è, che i ben del mondo ha sì tra branche?".
E quelli a me: "Oh creature sciocche,
   quanta ignoranza è quella che v'offende!
   Or vo' che tu mia sentenza ne 'mbocche.
Colui lo cui saver tutto trascende,
   fece li cieli e diè lor chi conduce
   sì, ch'ogne parte ad ogne parte splende,
distribuendo igualmente la luce.
   Similemente a li splendor mondani
   ordinò general ministra e duce
che permutasse a tempo li ben vani
   di gente in gente e d'uno in altro sangue,
   oltre la difension d'i senni umani;
per ch'una gente impera e l'altra langue,
   seguendo lo giudicio di costei,
   che è occulto come in erba l'angue.
Vostro saver non ha contasto a lei:
   questa provede, giudica, e persegue
   suo regno come il loro li altri dèi.
Le sue permutazion non hanno triegue:
   necessità la fa esser veloce;
   sì spesso vien chi vicenda consegue.
Quest'è colei ch'è tanto posta in croce
   pur da color che le dovrien dar lode,
   dandole biasmo a torto e mala voce;
ma ella s'è beata e ciò non ode:
   con l'altre prime creature lieta
   volve sua spera e beata si gode.

Los avaros y los pródigos hacen rodar grandes pesos —símbolos de los bienes materiales— con el pecho y chocando entre sí. Virgilio razona sobre el engaño de los bienes confiados a la Fortuna. Los dos poetas avanzan hasta el quinto círculo.

Or discendiamo omai a maggior pieta;
　già ogne stella cade che saliva
　quand'io mi mossi, e 'l troppo star si vieta".
Noi ricidemmo il cerchio a l'altra riva
　sovr'una fonte che bolle e riversa
　per un fossato che da lei deriva.
L'acqua era buia assai più che persa;
　e noi, in compagnia de l'onde bige,
　intrammo giù per una via diversa.
In la palude va c' ha nome Stige
　questo tristo ruscel, quand'è disceso
　al piè de le maligne piagge grige.
E io, che di mirare stava inteso,
　vidi genti fangose in quel pantano,
　ignude tutte, con sembiante offeso.
Queste si percotean non pur con mano,
　ma con la testa e col petto e coi piedi,
　troncandosi co' denti a brano a brano.
Lo buon maestro disse: "Figlio, or vedi
　l'anime di color cui vinse l'ira;
　e anche vo' che tu per certo credi
che sotto l'acqua è gente che sospira,
　e fanno pullular quest'acqua al summo,
　come l'occhio ti dice, u' che s'aggira.
Fitti nel limo dicon: "Tristi fummo
　ne l'aere dolce che dal sol s'allegra,
　portando dentro accidïoso fummo:
or ci attristiam ne la belletta negra".
　Quest'inno si gorgoglian ne la strozza,
　ché dir nol posson con parola integra".
Così girammo de la lorda pozza
　grand'arco, tra la ripa secca e 'l mézzo,
　con li occhi vòlti a chi del fango ingozza.
Venimmo al piè d'una torre al da sezzo.

CANTO 8

Io dico, seguitando, ch'assai prima
    che noi fossimo al piè de l'alta torre,
    li occhi nostri n'andar suso a la cima
per due fiammette che i vedemmo porre,
    e un'altra da lungi render cenno,
    tanto ch'a pena il potea l'occhio tòrre.
E io mi volsi al mar di tutto 'l senno;
    dissi: "Questo che dice? e che risponde
    quell'altro foco? e chi son quei che 'l fenno?".
Ed elli a me: "Su per le sucide onde
    già scorgere puoi quello che s'aspetta,
    se 'l fummo del pantan nol ti nasconde".
Corda non pinse mai da sé saetta
    che sì corresse via per l'aere snella,
    com'io vidi una nave piccioletta
venir per l'acqua verso noi in quella,
    sotto 'l governo d'un sol galeoto,
    che gridava: "Or se' giunta, anima fella!".
"Flegïàs, Flegïàs, tu gridi a vòto",
    disse lo mio segnore, "a questa volta:
    più non ci avrai che sol passando il loto".
Qual è colui che grande inganno ascolta
    che li sia fatto, e poi se ne rammarca,
    fecesi Flegïàs ne l'ira accolta.
Lo duca mio discese ne la barca,
    e poi mi fece intrare appresso lui;
    e sol quand'io fui dentro parve carca.
Tosto che 'l duca e io nel legno fui,
    segando se ne va l'antica prora
    de l'acqua più che non suol con altrui.

Mentre noi corravam la morta gora,
   dinanzi mi si fece un pien di fango,
   e disse: "Chi se' tu che vieni anzi ora?".
E io a lui: "S'i' vegno, non rimango;
   ma tu chi se', che sì se' fatto brutto?".
   Rispuose: "Vedi che son un che piango".
E io a lui: "Con piangere e con lutto,
   spirito maladetto, ti rimani;
   ch'i' ti conosco, ancor sie lordo tutto".
Allor distese al legno ambo le mani;
   per che 'l maestro accorto lo sospinse,
   dicendo: "Via costà con li altri cani!".
Lo collo poi con le braccia mi cinse;
   basciommi 'l volto e disse: "Alma sdegnosa,
   benedetta colei che 'n te s'incinse!
Quei fu al mondo persona orgogliosa;
   bontà non è che sua memoria fregi:
   così s'è l'ombra sua qui furïosa.
Quanti si tegnon or là sù gran regi
   che qui staranno come porci in brago,
   di sé lasciando orribili dispregi!".
E io: "Maestro, molto sarei vago
   di vederlo attuffare in questa broda
   prima che noi uscissimo del lago".
Ed elli a me: "Avante che la proda
   ti si lasci veder, tu sarai sazio:
   di tal disïo convien che tu goda".
Dopo ciò poco vid'io quello strazio
   far di costui a le fangose genti,
   che Dio ancor ne lodo e ne ringrazio.
Tutti gridavano: "A Filippo Argenti!";
   e 'l fiorentino spirito bizzarro
   in sé medesmo si volvea co' denti.

Aparece ante ellos la laguna Estigia en la que yacen, sumidos en el fango, los iracundos, golpeándose y mordiéndose los unos a los otros. El camino les lleva hasta el pie de una torre elevada en la que ven brillar unas luces de señal a las que responde otra en la lejanía.

Quivi il lasciammo, che più non ne narro;
　　ma ne l'orecchie mi percosse un duolo,
　　per ch'io avante l'occhio intento sbarro.
Lo buon maestro disse: "Omai, figliuolo,
　　s'appressa la città c' ha nome Dite,
　　coi gravi cittadin, col grande stuolo".
E io: "Maestro, già le sue meschite
　　là entro certe ne la valle cerno,
　　vermiglie come se di foco uscite
fossero". Ed ei mi disse: "Il foco etterno
　　ch'entro l'affoca le dimostra rosse,
　　come tu vedi in questo basso inferno".
Noi pur giugnemmo dentro a l'alte fosse
　　che vallan quella terra sconsolata:
　　le mura mi parean che ferro fosse.
Non sanza prima far grande aggirata,
　　venimmo in parte dove il nocchier forte
　　"Usciteci", gridò: "qui è l'intrata".
Io vidi più di mille in su le porte
　　da ciel piovuti, che stizzosamente
　　dicean: "Chi è costui che sanza morte
va per lo regno de la morta gente?".
　　E 'l savio mio maestro fece segno
　　di voler lor parlar segretamente.
Allor chiusero un poco il gran disdegno
　　e disser: "Vien tu solo, e quei sen vada
　　che sì ardito intrò per questo regno.
Sol si ritorni per la folle strada:
　　pruovi, se sa; ché tu qui rimarrai,
　　che li ha' iscorta sì buia contrada".
Pensa, lettor, se io mi sconfortai
　　nel suon de le parole maladette,
　　ché non credetti ritornarci mai.

Flegias acude con su barca para cruzar la Estigia con los poetas y llevarlos hasta la ciudad infernal de Dite. Dante percibe que la barca solo nota el peso de su cuerpo a pesar de no ser el único viajero. En medio de la ciénaga encuentran enfangado a Filippo Argenti, que intenta sin éxito subir a la barca.

"O caro duca mio, che più di sette
　　volte m' hai sicurtà renduta e tratto
　　d'alto periglio che 'ncontra mi stette,
non mi lasciar", diss'io, "così disfatto;
　　e se 'l passar più oltre ci è negato,
　　ritroviam l'orme nostre insieme ratto".
E quel segnor che lì m'avea menato,
　　mi disse: "Non temer; ché 'l nostro passo
　　non ci può tòrre alcun: da tal n'è dato.
Ma qui m'attendi, e lo spirito lasso
　　conforta e ciba di speranza buona,
　　ch'i' non ti lascerò nel mondo basso".
Così sen va, e quivi m'abbandona
　　lo dolce padre, e io rimagno in forse,
　　che sì e no nel capo mi tenciona.
Udir non potti quello ch'a lor porse;
　　ma ei non stette là con essi guari,
　　che ciascun dentro a pruova si ricorse.
Chiuser le porte que' nostri avversari
　　nel petto al mio segnor, che fuor rimase
　　e rivolsesi a me con passi rari.
Li occhi a la terra e le ciglia avea rase
　　d'ogne baldanza, e dicea ne' sospiri:
　　"Chi m' ha negate le dolenti case!".
E a me disse: "Tu, perch'io m'adiri,
　　non sbigottir, ch'io vincerò la prova,
　　qual ch'a la difension dentro s'aggiri.
Questa lor tracotanza non è nova;
　　ché già l'usaro a men segreta porta,
　　la qual sanza serrame ancor si trova.
Sovr'essa vedestù la scritta morta:
　　e già di qua da lei discende l'erta,
　　passando per li cerchi sanza scorta,
tal che per lui ne fia la terra aperta".

Cuando la barca llega a la otra orilla, a las puertas de Dite, se encuentran con una turba de diablos que se niegan a aceptar la presencia de un mortal como Dante, pero Virgilio, una vez más, conjura el peligro y los demonios se retiran.

CANTO 9

Quel color che viltà di fuor mi pinse
   veggendo il duca mio tornare in volta,
   più tosto dentro il suo novo ristrinse.
Attento si fermò com'uom ch'ascolta;
   ché l'occhio nol potea menare a lunga
   per l'aere nero e per la nebbia folta.
"Pur a noi converrà vincer la punga",
   cominciò el, "se non ... Tal ne s'offerse.
   Oh quanto tarda a me ch'altri qui giunga!".
I' vidi ben sì com'ei ricoperse
   lo cominciar con l'altro che poi venne,
   che fur parole a le prime diverse;
ma nondimen paura il suo dir dienne,
   perch'io traeva la parola tronca
   forse a peggior sentenzia che non tenne.
"In questo fondo de la trista conca
   discende mai alcun del primo grado,
   che sol per pena ha la speranza cionca?".
Questa question fec'io; e quei "Di rado
   incontra", mi rispuose, "che di noi
   faccia il cammino alcun per qual io vado.
Ver è ch'altra fiata qua giù fui,
   congiurato da quella Eritón cruda
   che richiamava l'ombre a' corpi sui.
Di poco era di me la carne nuda,
   ch'ella mi fece intrar dentr'a quel muro,
   per trarne un spirto del cerchio di Giuda.
Quell'è 'l più basso loco e 'l più oscuro,
   e 'l più lontan dal ciel che tutto gira:
   ben so 'l cammin; però ti fa sicuro.

Questa palude che 'l gran puzzo spira
   cigne dintorno la città dolente,
   u' non potemo intrare omai sanz'ira".
E altro disse, ma non l' ho a mente;
   però che l'occhio m'avea tutto tratto
   ver' l'alta torre a la cima rovente,
dove in un punto furon dritte ratto
   tre furïe infernal di sangue tinte,
   che membra feminine avieno e atto,
e con idre verdissime eran cinte;
   serpentelli e ceraste avien per crine,
   onde le fiere tempie erano avvinte.
E quei, che ben conobbe le meschine
   de la regina de l'etterno pianto,
   "Guarda", mi disse, "le feroci Erine.
Quest'è Megera dal sinistro canto;
   quella che piange dal destro è Aletto;
   Tesifón è nel mezzo"; e tacque a tanto.
Con l'unghie si fendea ciascuna il petto;
   battiensi a palme e gridavan sì alto,
   ch'i' mi strinsi al poeta per sospetto.
"Vegna Medusa: sì 'l farem di smalto",
   dicevan tutte riguardando in giuso;
   "mal non vengiammo in Tesëo l'assalto".
"Volgiti 'n dietro e tien lo viso chiuso;
   ché se 'l Gorgón si mostra e tu 'l vedessi,
   nulla sarebbe di tornar mai suso".
Così disse 'l maestro; ed elli stessi
   mi volse, e non si tenne a le mie mani,
   che con le sue ancor non mi chiudessi.
O voi ch'avete li 'ntelletti sani,
   mirate la dottrina che s'asconde
   sotto 'l velame de li versi strani.

Mientras Virgilio narra a Dante su anterior descenso al Infierno y le explica los cuatro grados más que hay que bajar, aparecen, en lo alto de la torre de Dite, las tres Furias: Megera, Alecto y Tisífone, que invocan la presencia de Medusa. El maestro tapa los ojos de Dante para preservarlo de la mirada maléfica de la diosa, que lo convertiría en piedra. Un ángel se presenta e interviene en favor de los viajeros. Abre con un golpe de su vara las puertas de la ciudad. Los poetas entran en ella sin encontrar resistencia.

E già venìa su per le torbide onde
   un fracasso d'un suon, pien di spavento,
   per cui tremavano amendue le sponde,
non altrimenti fatto che d'un vento
   impetüoso per li avversi ardori,
   che fier la selva e sanz'alcun rattento
li rami schianta, abbatte e porta fori;
   dinanzi polveroso va superbo,
   e fa fuggir le fiere e li pastori.
Li occhi mi sciolse e disse: "Or drizza il nerbo
   del viso su per quella schiuma antica
   per indi ove quel fummo è più acerbo".
Come le rane innanzi a la nimica
   biscia per l'acqua si dileguan tutte,
   fin ch'a la terra ciascuna s'abbica,
vid'io più di mille anime distrutte
   fuggir così dinanzi ad un ch'al passo
   passava Stige con le piante asciutte.
Dal volto rimovea quell'aere grasso,
   menando la sinistra innanzi spesso;
   e sol di quell'angoscia parea lasso.
Ben m'accorsi ch'elli era da ciel messo,
   e volsimi al maestro; e quei fé segno
   ch'i' stessi queto ed inchinassi ad esso.
Ahi quanto mi parea pien di disdegno!
   Venne a la porta e con una verghetta
   l'aperse, che non v'ebbe alcun ritegno.
"O cacciati del ciel, gente dispetta",
   cominciò elli in su l'orribil soglia,
   "ond'esta oltracotanza in voi s'alletta?
Perché recalcitrate a quella voglia
   a cui non puote il fin mai esser mozzo,
   e che più volte v' ha cresciuta doglia?

Che giova ne le fata dar di cozzo?
    Cerbero vostro, se ben vi ricorda,
    ne porta ancor pelato il mento e 'l gozzo".
Poi si rivolse per la strada lorda,
    e non fé motto a noi, ma fé sembiante
    d'omo cui altra cura stringa e morda
che quella di colui che li è davante;
    e noi movemmo i piedi inver' la terra,
    sicuri appresso le parole sante.
Dentro li 'ntrammo sanz'alcuna guerra;
    e io, ch'avea di riguardar disio
    la condizion che tal fortezza serra,
com'io fui dentro, l'occhio intorno invio:
    e veggio ad ogne man grande campagna,
    piena di duolo e di tormento rio.
Sì come ad Arli, ove Rodano stagna,
    sì com'a Pola, presso del Carnaro
    ch'Italia chiude e suoi termini bagna,
fanno i sepulcri tutt'il loco varo,
    così facevan quivi d'ogne parte,
    salvo che 'l modo v'era più amaro;
ché tra li avelli fiamme erano sparte,
    per le quali eran sì del tutto accesi,
    che ferro più non chiede verun'arte.
Tutti li lor coperchi eran sospesi,
    e fuor n'uscivan sì duri lamenti,
    che ben parean di miseri e d'offesi.
E io: "Maestro, quai son quelle genti
    che, seppellite dentro da quell'arche,
    si fan sentir coi sospiri dolenti?".
E quelli a me: "Qui son li eresïarche
    con lor seguaci, d'ogne setta, e molto
    più che non credi son le tombe carche.

Simile qui con simile è sepolto,
   e i monimenti son più e men caldi".
   E poi ch'a la man destra si fu vòlto,
passammo tra i martìri e li alti spaldi.

CANTO 10

Ora sen va per un secreto calle,
 tra 'l muro de la terra e li martìri,
 lo mio maestro, e io dopo le spalle.
"O virtù somma, che per li empi giri
 mi volvi", cominciai, "com'a te piace,
 parlami, e sodisfammi a' miei disiri.
La gente che per li sepolcri giace
 potrebbesi veder? già son levati
 tutt'i coperchi, e nessun guardia face".
E quelli a me: "Tutti saran serrati
 quando di Iosafàt qui torneranno
 coi corpi che là sù hanno lasciati.
Suo cimitero da questa parte hanno
 con Epicuro tutti suoi seguaci,
 che l'anima col corpo morta fanno.
Però a la dimanda che mi faci
 quinc'entro satisfatto sarà tosto,
 e al disio ancor che tu mi taci".
E io: "Buon duca, non tegno riposto
 a te mio cuor se non per dicer poco,
 e tu m' hai non pur mo a ciò disposto".
"O Tosco che per la città del foco
 vivo ten vai così parlando onesto,
 piacciati di restare in questo loco.
La tua loquela ti fa manifesto
 di quella nobil patrïa natio,
 a la qual forse fui troppo molesto".
Subitamente questo suono uscìo
 d'una de l'arche; però m'accostai,
 temendo, un poco più al duca mio.

Ed el mi disse: "Volgiti! Che fai?
  Vedi là Farinata che s'è dritto:
  da la cintola in sù tutto 'l vedrai".
Io avea già il mio viso nel suo fitto;
  ed el s'ergea col petto e con la fronte
  com'avesse l'inferno a gran dispitto.
E l'animose man del duca e pronte
  mi pinser tra le sepulture a lui,
  dicendo: "Le parole tue sien conte".
Com'io al piè de la sua tomba fui,
  guardommi un poco, e poi, quasi sdegnoso,
  mi dimandò: "Chi fuor li maggior tui?".
Io ch'era d'ubidir disideroso,
  non gliel celai, ma tutto gliel'apersi;
  ond'ei levò le ciglia un poco in suso;
poi disse: "Fieramente furo avversi
  a me e a miei primi e a mia parte,
  sì che per due fiate li dispersi".
"S'ei fur cacciati, ei tornar d'ogne parte",
  rispuos'io lui, "l'una e l'altra fiata;
  ma i vostri non appreser ben quell'arte".
Allor surse a la vista scoperchiata
  un'ombra, lungo questa, infino al mento:
  credo che s'era in ginocchie levata.
Dintorno mi guardò, come talento
  avesse di veder s'altri era meco;
  e poi che 'l sospecciar fu tutto spento,
piangendo disse: "Se per questo cieco
  carcere vai per altezza d'ingegno,
  mio figlio ov'è? e perché non è teco?".
E io a lui: "Da me stesso non vegno:
  colui ch'attende là, per qui mi mena
  forse cui Guido vostro ebbe a disdegno".

Bajada al sexto círculo, territorio de castigo de los incrédulos y los herejes. En su camino entre muros y sepulcros, Dante manifiesta el deseo de hablar con uno de los sepultados. Una sombra que se alza de una de las tumbas ardientes le interpela. Se trata de Farinata degli Uberti. Dante se enzarza en una discusión con Farinata sobre las luchas políticas que tienen lugar en Florencia.

Le sue parole e 'l modo de la pena
    m'avean di costui già letto il nome;
    però fu la risposta così piena.
Di sùbito drizzato gridò: "Come?
    dicesti "elli ebbe"? non viv'elli ancora?
    non fiere li occhi suoi lo dolce lume?".
Quando s'accorse d'alcuna dimora
    ch'io facëa dinanzi a la risposta,
    supin ricadde e più non parve fora.
Ma quell'altro magnanimo, a cui posta
    restato m'era, non mutò aspetto,
    né mosse collo, né piegò sua costa;
e sé continüando al primo detto,
    "S'elli han quell'arte", disse, "male appresa,
    ciò mi tormenta più che questo letto.
Ma non cinquanta volte fia raccesa
    la faccia de la donna che qui regge,
    che tu saprai quanto quell'arte pesa.
E se tu mai nel dolce mondo regge,
    dimmi: perché quel popolo è sì empio
    incontr'a' miei in ciascuna sua legge?".
Ond'io a lui: "Lo strazio e 'l grande scempio
    che fece l'Arbia colorata in rosso,
    tal orazion fa far nel nostro tempio".
Poi ch'ebbe sospirando il capo mosso,
    "A ciò non fu' io sol", disse, "né certo
    sanza cagion con li altri sarei mosso.
Ma fu' io solo, là dove sofferto
    fu per ciascun di tòrre via Fiorenza,
    colui che la difesi a viso aperto".
"Deh, se riposi mai vostra semenza",
    prega' io lui, "solvetemi quel nodo
    che qui ha 'nviluppata mia sentenza.

El par che voi veggiate, se ben odo,
    dinanzi quel che 'l tempo seco adduce,
    e nel presente tenete altro modo".
"Noi veggiam, come quei c' ha mala luce,
    le cose", disse, "che ne son lontano;
    cotanto ancor ne splende il sommo duce.
Quando s'appressano o son, tutto è vano
    nostro intelletto; e s'altri non ci apporta,
    nulla sapem di vostro stato umano.
Però comprender puoi che tutta morta
    fia nostra conoscenza da quel punto
    che del futuro fia chiusa la porta".
Allor, come di mia colpa compunto,
    dissi: "Or direte dunque a quel caduto
    che 'l suo nato è co' vivi ancor congiunto;
e s'i' fui, dianzi, a la risposta muto,
    fate i saper che 'l fei perché pensava
    già ne l'error che m'avete soluto".
E già 'l maestro mio mi richiamava;
    per ch'i' pregai lo spirto più avaccio
    che mi dicesse chi con lu' istava.
Dissemi: "Qui con più di mille giaccio:
    qua dentro è 'l secondo Federico
    e 'l Cardinale; e de li altri mi taccio".
Indi s'ascose; e io inver' l'antico
    poeta volsi i passi, ripensando
    a quel parlar che mi parea nemico.
Elli si mosse; e poi, così andando,
    mi disse: "Perché se' tu sì smarrito?".
    E io li sodisfeci al suo dimando.
"La mente tua conservi quel ch'udito
    hai contra te", mi comandò quel saggio;
    "e ora attendi qui", e drizzò 'l dito:

"quando sarai dinanzi al dolce raggio
   di quella il cui bell'occhio tutto vede,
   da lei saprai di tua vita il vïaggio".
Appresso mosse a man sinistra il piede:
   lasciammo il muro e gimmo inver' lo mezzo
   per un sentier ch'a una valle fiede,
che 'nfin là sù facea spiacer suo lezzo.

CANTO 11

In su l'estremità d'un'alta ripa
    che facevan gran pietre rotte in cerchio,
    venimmo sopra più crudele stipa;
e quivi, per l'orribile soperchio
    del puzzo che 'l profondo abisso gitta,
    ci raccostammo, in dietro, ad un coperchio
d'un grand'avello, ov'io vidi una scritta
    che dicea: 'Anastasio papa guardo,
    lo qual trasse Fotin de la via dritta'.
"Lo nostro scender conviene esser tardo,
    sì che s'ausi un poco in prima il senso
    al tristo fiato; e poi no i fia riguardo".
Così 'l maestro; e io "Alcun compenso",
    dissi lui, "trova che 'l tempo non passi
    perduto". Ed elli: "Vedi ch'a ciò penso".
"Figliuol mio, dentro da cotesti sassi",
    cominciò poi a dir, "son tre cerchietti
    di grado in grado, come que' che lassi.
Tutti son pien di spirti maladetti;
    ma perché poi ti basti pur la vista,
    intendi come e perché son costretti.
D'ogne malizia, ch'odio in cielo acquista,
    ingiuria è 'l fine, ed ogne fin cotale
    o con forza o con frode altrui contrista.
Ma perché frode è de l'uom proprio male,
    più spiace a Dio; e però stan di sotto
    li frodolenti, e più dolor li assale.
Di vïolenti il primo cerchio è tutto;
    ma perché si fa forza a tre persone,
    in tre gironi è distinto e costrutto.

A Dio, a sé, al prossimo si pòne
    far forza, dico in loro e in lor cose,
    come udirai con aperta ragione.
Morte per forza e ferute dogliose
    nel prossimo si danno, e nel suo avere
    ruine, incendi e tollette dannose;
onde omicide e ciascun che mal fiere,
    guastatori e predon, tutti tormenta
    lo giron primo per diverse schiere.
Puote omo avere in sé man vïolenta
    e ne' suoi beni; e però nel secondo
    giron convien che sanza pro si penta
qualunque priva sé del vostro mondo,
    biscazza e fonde la sua facultade,
    e piange là dov'esser de' giocondo.
Puossi far forza ne la dëitade,
    col cor negando e bestemmiando quella,
    e spregiando natura e sua bontade;
e però lo minor giron suggella
    del segno suo e Soddoma e Caorsa
    e chi, spregiando Dio col cor, favella.
La frode, ond'ogne coscïenza è morsa,
    può l'omo usare in colui che 'n lui fida
    e in quel che fidanza non imborsa.
Questo modo di retro par ch'incida
    pur lo vinco d'amor che fa natura;
    onde nel cerchio secondo s'annida
ipocresia, lusinghe e chi affattura,
    falsità, ladroneccio e simonia,
    ruffian, baratti e simile lordura.
Per l'altro modo quell'amor s'oblia
    che fa natura, e quel ch'è poi aggiunto,
    di che la fede spezïal si cria;

onde nel cerchio minore, ov'è 'l punto
  de l'universo in su che Dite siede,
  qualunque trade in etterno è consunto".
E io: "Maestro, assai chiara procede
  la tua ragione, e assai ben distingue
  questo baràtro e 'l popol ch'e' possiede.
Ma dimmi: quei de la palude pingue,
  che mena il vento, e che batte la pioggia,
  e che s'incontran con sì aspre lingue,
perché non dentro da la città roggia
  sono ei puniti, se Dio li ha in ira?
  e se non li ha, perché sono a tal foggia?".
Ed elli a me "Perché tanto delira",
  disse, "lo 'ngegno tuo da quel che sòle?
  o ver la mente dove altrove mira?
Non ti rimembra di quelle parole
  con le quai la tua Etica pertratta
  le tre disposizion che 'l ciel non vole,
incontenenza, malizia e la matta
  bestialitade? e come incontenenza
  men Dio offende e men biasimo accatta?
Se tu riguardi ben questa sentenza,
  e rechiti a la mente chi son quelli
  che sù di fuor sostegnon penitenza,
tu vedrai ben perché da questi felli
  sien dipartiti, e perché men crucciata
  la divina vendetta li martelli".
"O sol che sani ogne vista turbata,
  tu mi contenti sì quando tu solvi,
  che, non men che saver, dubbiar m'aggrata.
Ancora in dietro un poco ti rivolvi",
  diss'io, "là dove di' ch'usura offende
  la divina bontade, e 'l groppo solvi".

"Filosofia", mi disse, "a chi la 'ntende,
   nota, non pure in una sola parte,
   come natura lo suo corso prende
dal divino 'ntelletto e da sua arte;
   e se tu ben la tua Fisica note,
   tu troverai, non dopo molte carte,
che l'arte vostra quella, quanto pote,
   segue, come 'l maestro fa 'l discente;
   sì che vostr'arte a Dio quasi è nepote.
Da queste due, se tu ti rechi a mente
   lo Genesì dal principio, convene
   prender sua vita e avanzar la gente;
e perché l'usuriere altra via tene,
   per sé natura e per la sua seguace
   dispregia, poi ch'in altro pon la spene.
Ma seguimi oramai che 'l gir mi piace;
   ché i Pesci guizzan su per l'orizzonta,
   e 'l Carro tutto sovra 'l Coro giace,
e 'l balzo via là oltra si dismonta".

CANTO 12

Era lo loco ov'a scender la riva
    venimmo, alpestro e, per quel che v'er'anco,
    tal, ch'ogne vista ne sarebbe schiva.
Qual è quella ruina che nel fianco
    di qua da Trento l'Adice percosse,
    o per tremoto o per sostegno manco,
che da cima del monte, onde si mosse,
    al piano è sì la roccia discoscesa,
    ch'alcuna via darebbe a chi sù fosse:
cotal di quel burrato era la scesa;
    e 'n su la punta de la rotta lacca
    l'infamïa di Creti era distesa
che fu concetta ne la falsa vacca;
    e quando vide noi, sé stesso morse,
    sì come quei cui l'ira dentro fiacca.
Lo savio mio inver' lui gridò: "Forse
    tu credi che qui sia 'l duca d'Atene,
    che sù nel mondo la morte ti porse?
Pàrtiti, bestia, ché questi non vene
    ammaestrato da la tua sorella,
    ma vassi per veder le vostre pene".
Qual è quel toro che si slaccia in quella
    c' ha ricevuto già 'l colpo mortale,
    che gir non sa, ma qua e là saltella,
vid'io lo Minotauro far cotale;
    e quello accorto gridò: "Corri al varco;
    mentre ch'e' 'nfuria, è buon che tu ti cale".
Così prendemmo via giù per lo scarco
    di quelle pietre, che spesso moviensi
    sotto i miei piedi per lo novo carco.

Io gia pensando; e quei disse: "Tu pensi
   forse a questa ruina, ch'è guardata
   da quell'ira bestial ch'i' ora spensi.
Or vo' che sappi che l'altra fïata
   ch'i' discesi qua giù nel basso inferno,
   questa roccia non era ancor cascata.
Ma certo poco pria, se ben discerno,
   che venisse colui che la gran preda
   levò a Dite del cerchio superno,
da tutte parti l'alta valle feda
   tremò sì, ch'i' pensai che l'universo
   sentisse amor, per lo qual è chi creda
più volte il mondo in caòsso converso;
   e in quel punto questa vecchia roccia,
   qui e altrove, tal fece riverso.
Ma ficca li occhi a valle, ché s'approccia
   la riviera del sangue in la qual bolle
   qual che per vïolenza in altrui noccia".
Oh cieca cupidigia e ira folle,
   che sì ci sproni ne la vita corta,
   e ne l'etterna poi sì mal c'immolle!
Io vidi un'ampia fossa in arco torta,
   come quella che tutto 'l piano abbraccia,
   secondo ch'avea detto la mia scorta;
e tra 'l piè de la ripa ed essa, in traccia
   corrien centauri, armati di saette,
   come solien nel mondo andare a caccia.
Veggendoci calar, ciascun ristette,
   e de la schiera tre si dipartiro
   con archi e asticciuole prima elette;
e l'un gridò da lungi: "A qual martiro
   venite voi che scendete la costa?
   Ditel costinci; se non, l'arco tiro".

Lo mio maestro disse: "La risposta
   farem noi a Chirón costà di presso:
   mal fu la voglia tua sempre sì tosta".
Poi mi tentò, e disse: "Quelli è Nesso,
   che morì per la bella Deianira,
   e fé di sé la vendetta elli stesso.
E quel di mezzo, ch'al petto si mira,
   è il gran Chirón, il qual nodrì Achille;
   quell'altro è Folo, che fu sì pien d'ira.
Dintorno al fosso vanno a mille a mille,
   saettando qual anima si svelle
   del sangue più che sua colpa sortille".
Noi ci appressammo a quelle fiere isnelle:
   Chirón prese uno strale, e con la cocca
   fece la barba in dietro a le mascelle.
Quando s'ebbe scoperta la gran bocca,
   disse a' compagni: "Siete voi accorti
   che quel di retro move ciò ch'el tocca?
Così non soglion far li piè d'i morti".
   E 'l mio buon duca, che già li er'al petto,
   dove le due nature son consorti,
rispuose: "Ben è vivo, e sì soletto
   mostrar li mi convien la valle buia;
   necessità 'l ci 'nduce, e non diletto.
Tal si partì da cantare alleluia
   che mi commise quest'officio novo:
   non è ladron, né io anima fuia.
Ma per quella virtù per cu' io movo
   li passi miei per sì selvaggia strada,
   danne un de' tuoi, a cui noi siamo a provo,
e che ne mostri là dove si guada,
   e che porti costui in su la groppa,
   ché non è spirto che per l'aere vada".

Chirón si volse in su la destra poppa,
    e disse a Nesso: "Torna, e sì li guida,
    e fa cansar s'altra schiera v'intoppa".
Or ci movemmo con la scorta fida
    lungo la proda del bollor vermiglio,
    dove i bolliti facieno alte strida.
Io vidi gente sotto infino al ciglio;
    e 'l gran centauro disse: "E' son tiranni
    che dier nel sangue e ne l'aver di piglio.
Quivi si piangon li spietati danni;
    quivi è Alessandro, e Dïonisio fero
    che fé Cicilia aver dolorosi anni.
E quella fronte c' ha 'l pel così nero,
    è Azzolino; e quell'altro ch'è biondo,
    è Opizzo da Esti, il qual per vero
fu spento dal figliastro sù nel mondo".
    Allor mi volsi al poeta, e quei disse:
    "Questi ti sia or primo, e io secondo".
Poco più oltre il centauro s'affisse
    sovr'una gente che 'nfino a la gola
    parea che di quel bulicame uscisse.
Mostrocci un'ombra da l'un canto sola,
    dicendo: "Colui fesse in grembo a Dio
    lo cor che 'n su Tamisi ancor si cola".
Poi vidi gente che di fuor del rio
    tenean la testa e ancor tutto 'l casso;
    e di costoro assai riconobb'io.
Così a più a più si facea basso
    quel sangue, sì che cocea pur li piedi;
    e quindi fu del fosso il nostro passo.
"Sì come tu da questa parte vedi
    lo bulicame che sempre si scema",
    disse 'l centauro, "voglio che tu credi

che da quest'altra a più a più giù prema
   lo fondo suo, infin ch'el si raggiunge
   ove la tirannia convien che gema.
La divina giustizia di qua punge
   quell'Attila che fu flagello in terra,
   e Pirro e Sesto; e in etterno munge
le lagrime, che col bollor diserra,
   a Rinier da Corneto, a Rinier Pazzo,
   che fecero a le strade tanta guerra".
Poi si rivolse e ripassossi 'l guazzo.

CANTO 13

Non era ancor di là Nesso arrivato,
    quando noi ci mettemmo per un bosco
    che da neun sentiero era segnato.
Non fronda verde, ma di color fosco;
    non rami schietti, ma nodosi e 'nvolti;
    non pomi v'eran, ma stecchi con tòsco.
Non han sì aspri sterpi né sì folti
    quelle fiere selvagge che 'n odio hanno
    tra Cecina e Corneto i luoghi cólti.
Quivi le brutte Arpie lor nidi fanno,
    che cacciar de le Strofade i Troiani
    con tristo annunzio di futuro danno.
Ali hanno late, e colli e visi umani,
    piè con artigli, e pennuto 'l gran ventre;
    fanno lamenti in su li alberi strani.
E 'l buon maestro "Prima che più entre,
    sappi che se' nel secondo girone",
    mi cominciò a dire, "e sarai mentre
che tu verrai ne l'orribil sabbione.
    Però riguarda ben; sì vederai
    cose che torrien fede al mio sermone".
Io sentia d'ogne parte trarre guai
    e non vedea persona che 'l facesse;
    per ch'io tutto smarrito m'arrestai.
Cred'ïo ch'ei credette ch'io credesse
    che tante voci uscisser, tra quei bronchi,
    da gente che per noi si nascondesse.
Però disse 'l maestro: "Se tu tronchi
    qualche fraschetta d'una d'este piante,
    li pensier c' hai si faran tutti monchi".

Allor porsi la mano un poco avante
  e colsi un ramicel da un gran pruno;
  e 'l tronco suo gridò: "Perché mi schiante?".
Da che fatto fu poi di sangue bruno,
  ricominciò a dir: "Perché mi scerpi?
  non hai tu spirto di pietade alcuno?
Uomini fummo, e or siam fatti sterpi:
  ben dovrebb'esser la tua man più pia,
  se state fossimo anime di serpi".
Come d'un stizzo verde ch'arso sia
  da l'un de' capi, che da l'altro geme
  e cigola per vento che va via,
sì de la scheggia rotta usciva insieme
  parole e sangue; ond'io lasciai la cima
  cadere, e stetti come l'uom che teme.
"S'elli avesse potuto creder prima",
  rispuose 'l savio mio, "anima lesa,
  ciò c' ha veduto pur con la mia rima,
non averebbe in te la man distesa;
  ma la cosa incredibile mi fece
  indurlo ad ovra ch'a me stesso pesa.
Ma dilli chi tu fosti, sì che 'n vece
  d'alcun'ammenda tua fama rinfreschi
  nel mondo sù, dove tornar li lece".
E 'l tronco: "Sì col dolce dir m'adeschi,
  ch'i' non posso tacere; e voi non gravi
  perch'ïo un poco a ragionar m'inveschi.
Io son colui che tenni ambo le chiavi
  del cor di Federigo, e che le volsi,
  serrando e diserrando, sì soavi,
che dal secreto suo quasi ogn'uom tolsi;
  fede portai al glorïoso offizio,
  tanto ch'i' ne perde' li sonni e ' polsi.

Los poetas alcanzan la orilla del Flegetonte, río de sangre hirviente en el que yacen sumergidos los violentos contra el prójimo y los tiranos sanguinarios. A continuación, se adentran en un espeso bosque. Allí las Arpías anidan en los árboles doloridos que contienen en el tronco las almas de los suicidas.

La meretrice che mai da l'ospizio
   di Cesare non torse li occhi putti,
   morte comune e de le corti vizio,
infiammò contra me li animi tutti;
   e li 'nfiammati infiammar sì Augusto,
   che ' lieti onor tornaro in tristi lutti.
L'animo mio, per disdegnoso gusto,
   credendo col morir fuggir disdegno,
   ingiusto fece me contra me giusto.
Per le nove radici d'esto legno
   vi giuro che già mai non ruppi fede
   al mio segnor, che fu d'onor sì degno.
E se di voi alcun nel mondo riede,
   conforti la memoria mia, che giace
   ancor del colpo che 'nvidia le diede".
Un poco attese, e poi "Da ch'el si tace",
   disse 'l poeta a me, "non perder l'ora;
   ma parla, e chiedi a lui, se più ti piace".
Ond'ïo a lui: "Domandal tu ancora
   di quel che credi ch'a me satisfaccia;
   ch'i' non potrei, tanta pietà m'accora".
Perciò ricominciò: "Se l'om ti faccia
   liberamente ciò che 'l tuo dir priega,
   spirito incarcerato, ancor ti piaccia
di dirne come l'anima si lega
   in questi nocchi; e dinne, se tu puoi,
   s'alcuna mai di tai membra si spiega".
Allor soffiò il tronco forte, e poi
   si convertì quel vento in cotal voce:
   "Brievemente sarà risposto a voi.
Quando si parte l'anima feroce
   dal corpo ond'ella stessa s'è disvelta,
   Minòs la manda a la settima foce.

Dante dialoga con una de las almas encerradas en el interior de los árboles. Pier della Vigna, consejero del rey Federico II, cuenta que le arrancaron los ojos como castigo al ser acusado falsamente de traición.

Cade in la selva, e non l'è parte scelta;
  ma là dove fortuna la balestra,
  quivi germoglia come gran di spelta.
Surge in vermena e in pianta silvestra:
  l'Arpie, pascendo poi de le sue foglie,
  fanno dolore, e al dolor fenestra.
Come l'altre verrem per nostre spoglie,
  ma non però ch'alcuna sen rivesta,
  ché non è giusto aver ciò ch'om si toglie.
Qui le strascineremo, e per la mesta
  selva saranno i nostri corpi appesi,
  ciascuno al prun de l'ombra sua molesta".
Noi eravamo ancora al tronco attesi,
  credendo ch'altro ne volesse dire,
  quando noi fummo d'un romor sorpresi,
similemente a colui che venire
  sente 'l porco e la caccia a la sua posta,
  ch'ode le bestie, e le frasche stormire.
Ed ecco due da la sinistra costa,
  nudi e graffiati, fuggendo sì forte,
  che de la selva rompieno ogne rosta.
Quel dinanzi: "Or accorri, accorri, morte!".
  E l'altro, cui pareva tardar troppo,
  gridava: "Lano, sì non furo accorte
le gambe tue a le giostre dal Toppo!".
  E poi che forse li fallia la lena,
  di sé e d'un cespuglio fece un groppo.
Di rietro a loro era la selva piena
  di nere cagne, bramose e correnti
  come veltri ch'uscisser di catena.
In quel che s'appiattò miser li denti,
  e quel dilaceraro a brano a brano;
  poi sen portar quelle membra dolenti.

Después de sufrir la tortura, en la soledad del calabozo, Pier della Vigna decide quitarse la vida. Por ello Minos le ha enviado al séptimo círculo. Allí, convertido en planta silvestre, sufrirá el tormento al que lo someten las Arpías.

Presemi allor la mia scorta per mano,
 e menommi al cespuglio che piangea
 per le rotture sanguinenti in vano.
"O Iacopo", dicea, "da Santo Andrea,
 che t'è giovato di me fare schermo?
 che colpa ho io de la tua vita rea?".
Quando 'l maestro fu sovr'esso fermo,
 disse: "Chi fosti, che per tante punte
 soffi con sangue doloroso sermo?".
Ed elli a noi: "O anime che giunte
 siete a veder lo strazio disonesto
 c' ha le mie fronde sì da me disgiunte,
raccoglietele al piè del tristo cesto.
 I' fui de la città che nel Batista
 mutò 'l primo padrone; ond'ei per questo
sempre con l'arte sua la farà trista;
 e se non fosse che 'n sul passo d'Arno
 rimane ancor di lui alcuna vista,
que' cittadin che poi la rifondarno
 sovra 'l cener che d'Attila rimase,
 avrebber fatto lavorare indarno.
Io fei gibetto a me de le mie case".

CANTO 14

Poi che la carità del natio loco
    mi strinse, raunai le fronde sparte
    e rende' le a colui, ch'era già fioco.
Indi venimmo al fine ove si parte
    lo secondo giron dal terzo, e dove
    si vede di giustizia orribil arte.
A ben manifestar le cose nove,
    dico che arrivammo ad una landa
    che dal suo letto ogne pianta rimove.
La dolorosa selva l'è ghirlanda
    intorno, come 'l fosso tristo ad essa;
    quivi fermammo i passi a randa a randa.
Lo spazzo era una rena arida e spessa,
    non d'altra foggia fatta che colei
    che fu da' piè di Caton già soppressa.
O vendetta di Dio, quanto tu dei
    esser temuta da ciascun che legge
    ciò che fu manifesto a li occhi mei!
D'anime nude vidi molte gregge
    che piangean tutte assai miseramente,
    e parea posta lor diversa legge.
Supin giacea in terra alcuna gente,
    alcuna si sedea tutta raccolta,
    e altra andava continüamente.
Quella che giva 'ntorno era più molta,
    e quella men che giacëa al tormento,
    ma più al duolo avea la lingua sciolta.
Sovra tutto 'l sabbion, d'un cader lento,
    piovean di foco dilatate falde,
    come di neve in alpe sanza vento.

Quali Alessandro in quelle parti calde
   d'Indïa vide sopra 'l süo stuolo
   fiamme cadere infino a terra salde,
per ch'ei provide a scalpitar lo suolo
   con le sue schiere, acciò che lo vapore
   mei si stingueva mentre ch'era solo:
tale scendeva l'etternale ardore;
   onde la rena s'accendea, com'esca
   sotto focile, a doppiar lo dolore.
Sanza riposo mai era la tresca
   de le misere mani, or quindi or quinci
   escotendo da sé l'arsura fresca.
I' cominciai: "Maestro, tu che vinci
   tutte le cose, fuor che ' demon duri
   ch'a l'intrar de la porta incontra uscinci,
chi è quel grande che non par che curi
   lo 'ncendio e giace dispettoso e torto,
   sì che la pioggia non par che 'l marturi?".
E quel medesmo, che si fu accorto
   ch'io domandava il mio duca di lui,
   gridò: "Qual io fui vivo, tal son morto.
Se Giove stanchi 'l suo fabbro da cui
   crucciato prese la folgore aguta
   onde l'ultimo dì percosso fui;
o s'elli stanchi li altri a muta a muta
   in Mongibello a la focina negra,
   chiamando "Buon Vulcano, aiuta, aiuta!",
sì com'el fece a la pugna di Flegra,
   e me saetti con tutta sua forza:
   non ne potrebbe aver vendetta allegra".
Allora il duca mio parlò di forza
   tanto, ch'i' non l'avea sì forte udito:
   "O Capaneo, in ciò che non s'ammorza

la tua superbia, se' tu più punito;
   nullo martiro, fuor che la tua rabbia,
   sarebbe al tuo furor dolor compito".
Poi si rivolse a me con miglior labbia,
   dicendo: "Quei fu l'un d'i sette regi
   ch'assiser Tebe; ed ebbe e par ch'elli abbia
Dio in disdegno, e poco par che 'l pregi;
   ma, com'io dissi lui, li suoi dispetti
   sono al suo petto assai debiti fregi.
Or mi vien dietro, e guarda che non metti,
   ancor, li piedi ne la rena arsiccia;
   ma sempre al bosco tien li piedi stretti".
Tacendo divenimmo là 've spiccia
   fuor de la selva un picciol fiumicello,
   lo cui rossore ancor mi raccapriccia.
Quale del Bulicame esce ruscello
   che parton poi tra lor le peccatrici,
   tal per la rena giù sen giva quello.
Lo fondo suo e ambo le pendici
   fatt'era 'n pietra, e ' margini dallato;
   per ch'io m'accorsi che 'l passo era lici.
"Tra tutto l'altro ch'i' t' ho dimostrato,
   poscia che noi intrammo per la porta
   lo cui sogliare a nessuno è negato,
cosa non fu da li tuoi occhi scorta
   notabile com'è 'l presente rio,
   che sovra sé tutte fiammelle ammorta".
Queste parole fuor del duca mio;
   per ch'io 'l pregai che mi largisse 'l pasto
   di cui largito m'avëa il disio.
"In mezzo mar siede un paese guasto",
   diss'elli allora, "che s'appella Creta,
   sotto 'l cui rege fu già 'l mondo casto.

Una montagna v'è che già fu lieta
   d'acqua e di fronde, che si chiamò Ida;
   or è diserta come cosa vieta.
Rëa la scelse già per cuna fida
   del suo figliuolo, e per celarlo meglio,
   quando piangea, vi facea far le grida.
Dentro dal monte sta dritto un gran veglio,
   che tien volte le spalle inver' Dammiata
   e Roma guarda come süo speglio.
La sua testa è di fin oro formata,
   e puro argento son le braccia e 'l petto,
   poi è di rame infino a la forcata;
da indi in giuso è tutto ferro eletto,
   salvo che 'l destro piede è terra cotta;
   e sta 'n su quel, più che 'n su l'altro, eretto.
Ciascuna parte, fuor che l'oro, è rotta
   d'una fessura che lagrime goccia,
   le quali, accolte, fóran quella grotta.
Lor corso in questa valle si diroccia;
   fanno Acheronte, Stige e Flegetonta;
   poi sen van giù per questa stretta doccia,
infin, là ove più non si dismonta,
   fanno Cocito; e qual sia quello stagno
   tu lo vedrai, però qui non si conta".
E io a lui: "Se 'l presente rigagno
   si diriva così dal nostro mondo,
   perché ci appar pur a questo vivagno?".
Ed elli a me: "Tu sai che 'l loco è tondo;
   e tutto che tu sie venuto molto,
   pur a sinistra, giù calando al fondo,
non se' ancor per tutto 'l cerchio vòlto;
   per che, se cosa n'apparisce nova,
   non de' addur maraviglia al tuo volto".

Los poetas llegan al tercer cerco del séptimo círculo: un desierto de arena ceñido por el bosque de los suicidas. Sobre el arenal llueven grandes lenguas de fuego que abrasan a los condenados. Aquí se castiga a los violentos contra Dios, contra la naturaleza y contra el arte.

E io ancor: "Maestro, ove si trova
  Flegetonta e Letè? ché de l'un taci,
  e l'altro di' che si fa d'esta piova".
"In tutte tue question certo mi piaci",
  rispuose, "ma 'l bollor de l'acqua rossa
  dovea ben solver l'una che tu faci.
Letè vedrai, ma fuor di questa fossa,
  là dove vanno l'anime a lavarsi
  quando la colpa pentuta è rimossa".
Poi disse: "Omai è tempo da scostarsi
  dal bosco; fa che di retro a me vegne:
  li margini fan via, che non son arsi,
e sopra loro ogne vapor si spegne".

Entre los condenados está Capaneo, que sigue blasfemando y muestra su fanfarronería simulando que el suplicio no le supone ningún sufrimiento. Virgilio, encolerizado, le dice: «¡Capaneo, tu mayor castigo está en tu propia soberbia, que ni tan solo aquí se aplaca, pues ningún tormento, aparte de tu rabia, serviría de apropiado correctivo a tu arrogancia!». El riachuelo sanguinoliento y burbujeante despierta la curiosidad de Dante. Virgilio le explica el origen de los ríos misteriosos del Infierno.

CANTO 15

Ora cen porta l'un de' duri margini;
　e 'l fummo del ruscel di sopra aduggia,
　sì che dal foco salva l'acqua e li argini.
Quali Fiamminghi tra Guizzante e Bruggia,
　temendo 'l fiotto che 'nver' lor s'avventa,
　fanno lo schermo perché 'l mar si fuggia;
e quali Padoan lungo la Brenta,
　per difender lor ville e lor castelli,
　anzi che Carentana il caldo senta:
a tale imagine eran fatti quelli,
　tutto che né sì alti né sì grossi,
　qual che si fosse, lo maestro félli.
Già eravam da la selva rimossi
　tanto, ch'i' non avrei visto dov'era,
　perch'io in dietro rivolto mi fossi,
quando incontrammo d'anime una schiera
　che venian lungo l'argine, e ciascuna
　ci riguardava come suol da sera
guardare uno altro sotto nuova luna;
　e sì ver' noi aguzzavan le ciglia
　come 'l vecchio sartor fa ne la cruna.
Così adocchiato da cotal famiglia,
　fui conosciuto da un, che mi prese
　per lo lembo e gridò: "Qual maraviglia!".
E io, quando 'l suo braccio a me distese,
　ficcaï li occhi per lo cotto aspetto,
　sì che 'l viso abbrusciato non difese
la conoscenza süa al mio 'ntelletto;
　e chinando la mano a la sua faccia,
　rispuosi: "Siete voi qui, ser Brunetto?".

E quelli: "O figliuol mio, non ti dispiaccia
  se Brunetto Latino un poco teco
  ritorna 'n dietro e lascia andar la traccia".
I' dissi lui: "Quanto posso, ven preco;
  e se volete che con voi m'asseggia,
  faròl, se piace a costui che vo seco".
"O figliuol", disse, "qual di questa greggia
  s'arresta punto, giace poi cent'anni
  sanz'arrostarsi quando 'l foco il feggia.
Però va oltre: i' ti verrò a' panni;
  e poi rigiugnerò la mia masnada,
  che va piangendo i suoi etterni danni".
Io non osava scender de la strada
  per andar par di lui; ma 'l capo chino
  tenea com'uom che reverente vada.
El cominciò: "Qual fortuna o destino
  anzi l'ultimo dì qua giù ti mena?
  e chi è questi che mostra 'l cammino?".
"Là sù di sopra, in la vita serena",
  rispuos'io lui, "mi smarri' in una valle,
  avanti che l'età mia fosse piena.
Pur ier mattina le volsi le spalle:
  questi m'apparve, tornand'ïo in quella,
  e reducemi a ca per questo calle".
Ed elli a me: "Se tu segui tua stella,
  non puoi fallire a glorïoso porto,
  se ben m'accorsi ne la vita bella;
e s'io non fossi sì per tempo morto,
  veggendo il cielo a te così benigno,
  dato t'avrei a l'opera conforto.
Ma quello ingrato popolo maligno
  che discese di Fiesole ab antico,
  e tiene ancor del monte e del macigno,

ti si farà, per tuo ben far, nimico;
    ed è ragion, ché tra li lazzi sorbi
    si disconvien fruttare al dolce fico.
Vecchia fama nel mondo li chiama orbi;
    gent'è avara, invidiosa e superba:
    dai lor costumi fa che tu ti forbi.
La tua fortuna tanto onor ti serba,
    che l'una parte e l'altra avranno fame
    di te; ma lungi fia dal becco l'erba.
Faccian le bestie fiesolane strame
    di lor medesme, e non tocchin la pianta,
    s'alcuna surge ancora in lor letame,
in cui riviva la sementa santa
    di que' Roman che vi rimaser quando
    fu fatto il nido di malizia tanta".
"Se fosse tutto pieno il mio dimando",
    rispuos'io lui, "voi non sareste ancora
    de l'umana natura posto in bando;
ché 'n la mente m'è fitta, e or m'accora,
    la cara e buona imagine paterna
    di voi quando nel mondo ad ora ad ora
m'insegnavate come l'uom s'etterna:
    e quant'io l'abbia in grado, mentr'io vivo
    convien che ne la mia lingua si scerna.
Ciò che narrate di mio corso scrivo,
    e serbolo a chiosar con altro testo
    a donna che saprà, s'a lei arrivo.
Tanto vogl'io che vi sia manifesto,
    pur che mia coscïenza non mi garra,
    ch'a la Fortuna, come vuol, son presto.
Non è nuova a li orecchi miei tal arra:
    però giri Fortuna la sua rota
    come le piace, e 'l villan la sua marra".

Lo mio maestro allora in su la gota
   destra si volse in dietro e riguardommi;
   poi disse: "Bene ascolta chi la nota".
Né per tanto di men parlando vommi
   con ser Brunetto, e dimando chi sono
   li suoi compagni più noti e più sommi.
Ed elli a me: "Saper d'alcuno è buono;
   de li altri fia laudabile tacerci,
   ché 'l tempo saria corto a tanto suono.
In somma sappi che tutti fur cherci
   e litterati grandi e di gran fama,
   d'un peccato medesmo al mondo lerci.
Priscian sen va con quella turba grama,
   e Francesco d'Accorso anche; e vedervi,
   s'avessi avuto di tal tigna brama,
colui potei che dal servo de' servi
   fu trasmutato d'Arno in Bacchiglione,
   dove lasciò li mal protesi nervi.
Di più direi; ma 'l venire e 'l sermone
   più lungo esser non può, però ch'i' veggio
   là surger nuovo fummo del sabbione.
Gente vien con la quale esser non deggio.
   Sieti raccomandato il mio Tesoro,
   nel qual io vivo ancora, e più non cheggio".
Poi si rivolse, e parve di coloro
   che corrono a Verona il drappo verde
   per la campagna; e parve di costoro
quelli che vince, non colui che perde.

CANTO 16

Già era in loco onde s'udia 'l rimbombo
    de l'acqua che cadea ne l'altro giro,
    simile a quel che l'arnie fanno rombo,
quando tre ombre insieme si partiro,
    correndo, d'una torma che passava
    sotto la pioggia de l'aspro martiro.
Venian ver' noi, e ciascuna gridava:
    "Sòstati tu ch'a l'abito ne sembri
    essere alcun di nostra terra prava".
Ahimè, che piaghe vidi ne' lor membri,
    ricenti e vecchie, da le fiamme incese!
    Ancor men duol pur ch'i' me ne rimembri.
A le lor grida il mio dottor s'attese;
    volse 'l viso ver' me, e "Or aspetta",
    disse, "a costor si vuole esser cortese.
E se non fosse il foco che saetta
    la natura del loco, i' dicerei
    che meglio stesse a te che a lor la fretta".
Ricominciar, come noi restammo, ei
    l'antico verso; e quando a noi fuor giunti,
    fenno una rota di sé tutti e trei.
Qual sogliono i campion far nudi e unti,
    avvisando lor presa e lor vantaggio,
    prima che sien tra lor battuti e punti,
così rotando, ciascuno il visaggio
    drizzava a me, sì che 'n contraro il collo
    faceva ai piè continüo vïaggio.
E "Se miseria d'esto loco sollo
    rende in dispetto noi e nostri prieghi",
    cominciò l'uno, "e 'l tinto aspetto e brollo,

la fama nostra il tuo animo pieghi
   a dirne chi tu se', che i vivi piedi
   così sicuro per lo 'nferno freghi.
Questi, l'orme di cui pestar mi vedi,
   tutto che nudo e dipelato vada,
   fu di grado maggior che tu non credi:
nepote fu de la buona Gualdrada;
   Guido Guerra ebbe nome, e in sua vita
   fece col senno assai e con la spada.
L'altro, ch'appresso me la rena trita,
   è Tegghiaio Aldobrandi, la cui voce
   nel mondo sù dovria esser gradita.
E io, che posto son con loro in croce,
   Iacopo Rusticucci fui, e certo
   la fiera moglie più ch'altro mi nuoce".
S'i' fossi stato dal foco coperto,
   gittato mi sarei tra lor di sotto,
   e credo che 'l dottor l'avria sofferto;
ma perch'io mi sarei brusciato e cotto,
   vinse paura la mia buona voglia
   che di loro abbracciar mi facea ghiotto.
Poi cominciai: "Non dispetto, ma doglia
   la vostra condizion dentro mi fisse,
   tanta che tardi tutta si dispoglia,
tosto che questo mio segnor mi disse
   parole per le quali i' mi pensai
   che qual voi siete, tal gente venisse.
Di vostra terra sono, e sempre mai
   l'ovra di voi e li onorati nomi
   con affezion ritrassi e ascoltai.
Lascio lo fele e vo per dolci pomi
   promessi a me per lo verace duca;
   ma 'nfino al centro pria convien ch'i' tomi".

"Se lungamente l'anima conduca
 le membra tue", rispuose quelli ancora,
 "e se la fama tua dopo te luca,
cortesia e valor dì se dimora
 ne la nostra città sì come suole,
 o se del tutto se n'è gita fora;
ché Guiglielmo Borsiere, il qual si duole
 con noi per poco e va là coi compagni,
 assai ne cruccia con le sue parole".
"La gente nuova e i sùbiti guadagni
 orgoglio e dismisura han generata,
 Fiorenza, in te, sì che tu già ten piagni".
Così gridai con la faccia levata;
 e i tre, che ciò inteser per risposta,
 guardar l'un l'altro com'al ver si guata.
"Se l'altre volte sì poco ti costa",
 rispuoser tutti, "il satisfare altrui,
 felice te se sì parli a tua posta!
Però, se campi d'esti luoghi bui
 e torni a riveder le belle stelle,
 quando ti gioverà dicere "I' fui",
fa che di noi a la gente favelle".
 Indi rupper la rota, e a fuggirsi
 ali sembiar le gambe loro isnelle.
Un amen non saria possuto dirsi
 tosto così com'e' fuoro spariti;
 per ch'al maestro parve di partirsi.
Io lo seguiva, e poco eravam iti,
 che 'l suon de l'acqua n'era sì vicino,
 che per parlar saremmo a pena uditi.
Come quel fiume c' ha proprio cammino
 prima dal Monte Viso 'nver' levante,
 da la sinistra costa d'Apennino,

che si chiama Acquacheta suso, avante
   che si divalli giù nel basso letto,
   e a Forlì di quel nome è vacante,
rimbomba là sovra San Benedetto
   de l'Alpe per cadere ad una scesa
   ove dovea per mille esser recetto;
così, giù d'una ripa discoscesa,
   trovammo risonar quell'acqua tinta,
   sì che 'n poc'ora avria l'orecchia offesa.
Io avea una corda intorno cinta,
   e con essa pensai alcuna volta
   prender la lonza a la pelle dipinta.
Poscia ch'io l'ebbi tutta da me sciolta,
   sì come 'l duca m'avea comandato,
   porsila a lui aggroppata e ravvolta.
Ond'ei si volse inver' lo destro lato,
   e alquanto di lunge da la sponda
   la gittò giuso in quell'alto burrato.
'E' pur convien che novità risponda',
   dicea fra me medesmo, 'al novo cenno
   che 'l maestro con l'occhio sì seconda'.
Ahi quanto cauti li uomini esser dienno
   presso a color che non veggion pur l'ovra,
   ma per entro i pensier miran col senno!
El disse a me: "Tosto verrà di sovra
   ciò ch'io attendo e che il tuo pensier sogna;
   tosto convien ch'al tuo viso si scovra".
Sempre a quel ver c' ha faccia di menzogna
   de' l'uom chiuder le labbra fin ch'el puote,
   però che sanza colpa fa vergogna;
ma qui tacer nol posso; e per le note
   di questa comedìa, lettor, ti giuro,
   s'elle non sien di lunga grazia vòte,

ch'i' vidi per quell' aere grosso e scuro
   venir notando una figura in suso,
   maravigliosa ad ogne cor sicuro,
sì come torna colui che va giuso
   talora a solver l'àncora ch'aggrappa
   o scoglio o altro che nel mare è chiuso,
che 'n sù si stende e da piè si rattrappa.

CANTO 17

"Ecco la fiera con la coda aguzza,
    che passa i monti e rompe i muri e l'armi!
    Ecco colei che tutto 'l mondo appuzza!".
Sì cominciò lo mio duca a parlarmi;
    e accennolle che venisse a proda,
    vicino al fin d'i passeggiati marmi.
E quella sozza imagine di froda
    sen venne, e arrivò la testa e 'l busto,
    ma 'n su la riva non trasse la coda.
La faccia sua era faccia d'uom giusto,
    tanto benigna avea di fuor la pelle,
    e d'un serpente tutto l'altro fusto;
due branche avea pilose insin l'ascelle;
    lo dosso e 'l petto e ambedue le coste
    dipinti avea di nodi e di rotelle.
Con più color, sommesse e sovraposte
    non fer mai drappi Tartari né Turchi,
    né fuor tai tele per Aragne imposte.
Come talvolta stanno a riva i burchi,
    che parte sono in acqua e parte in terra,
    e come là tra li Tedeschi lurchi
lo bivero s'assetta a far sua guerra,
    così la fiera pessima si stava
    su l'orlo ch'è di pietra e 'l sabbion serra.
Nel vano tutta sua coda guizzava,
    torcendo in sù la venenosa forca
    ch'a guisa di scorpion la punta armava.
Lo duca disse: "Or convien che si torca
    la nostra via un poco insino a quella
    bestia malvagia che colà si corca".

Però scendemmo a la destra mammella,
  e diece passi femmo in su lo stremo,
  per ben cessar la rena e la fiammella.
E quando noi a lei venuti semo,
  poco più oltre veggio in su la rena
  gente seder propinqua al loco scemo.
Quivi 'l maestro "Acciò che tutta piena
  esperïenza d'esto giron porti",
  mi disse, "va, e vedi la lor mena.
Li tuoi ragionamenti sian là corti;
  mentre che torni, parlerò con questa,
  che ne conceda i suoi omeri forti".
Così ancor su per la strema testa
  di quel settimo cerchio tutto solo
  andai, dove sedea la gente mesta.
Per li occhi fora scoppiava lor duolo;
  di qua, di là soccorrien con le mani
  quando a' vapori, e quando al caldo suolo:
non altrimenti fan di state i cani
  or col ceffo or col piè, quando son morsi
  o da pulci o da mosche o da tafani.
Poi che nel viso a certi li occhi porsi,
  ne' quali 'l doloroso foco casca,
  non ne conobbi alcun; ma io m'accorsi
che dal collo a ciascun pendea una tasca
  ch'avea certo colore e certo segno,
  e quindi par che 'l loro occhio si pasca.
E com'io riguardando tra lor vegno,
  in una borsa gialla vidi azzurro
  che d'un leone avea faccia e contegno.
Poi, procedendo di mio sguardo il curro,
  vidine un'altra come sangue rossa,
  mostrando un'oca bianca più che burro.

E un che d'una scrofa azzurra e grossa
   segnato avea lo suo sacchetto bianco,
   mi disse: "Che fai tu in questa fossa?
Or te ne va; e perché se' vivo anco,
   sappi che 'l mio vicin Vitalïano
   sederà qui dal mio sinistro fianco.
Con questi Fiorentin son padoano:
   spesse fïate mi 'ntronan li orecchi
   gridando: "Vegna 'l cavalier sovrano,
che recherà la tasca con tre becchi!"".
   Qui distorse la bocca e di fuor trasse
   la lingua, come bue che 'l naso lecchi.
E io, temendo no 'l più star crucciasse
   lui che di poco star m'avea 'mmonito,
   torna' mi in dietro da l'anime lasse.
Trova' il duca mio ch'era salito
   già su la groppa del fiero animale,
   e disse a me: "Or sie forte e ardito.
Omai si scende per sì fatte scale;
   monta dinanzi, ch'i' voglio esser mezzo,
   sì che la coda non possa far male".
Qual è colui che sì presso ha 'l riprezzo
   de la quartana, c' ha già l'unghie smorte,
   e triema tutto pur guardando 'l rezzo,
tal divenn'io a le parole porte;
   ma vergogna mi fé le sue minacce,
   che innanzi a buon segnor fa servo forte.
I' m'assettai in su quelle spallacce;
   sì volli dir, ma la voce non venne
   com'io credetti: 'Fa che tu m'abbracce'.
Ma esso, ch'altra volta mi sovvenne
   ad altro forse, tosto ch'i' montai
   con le braccia m'avvinse e mi sostenne;

e disse: "Gerïon, moviti omai:
   le rote larghe, e lo scender sia poco;
   pensa la nova soma che tu hai".
Come la navicella esce di loco
   in dietro in dietro, sì quindi si tolse;
   e poi ch'al tutto si sentì a gioco,
là 'v'era 'l petto, la coda rivolse,
   e quella tesa, come anguilla, mosse,
   e con le branche l'aere a sé raccolse.
Maggior paura non credo che fosse
   quando Fetonte abbandonò li freni,
   per che 'l ciel, come pare ancor, si cosse;
né quando Icaro misero le reni
   sentì spennar per la scaldata cera,
   gridando il padre a lui "Mala via tieni!",
che fu la mia, quando vidi ch'i' era
   ne l'aere d'ogne parte, e vidi spenta
   ogne veduta fuor che de la fera.
Ella sen va notando lenta lenta;
   rota e discende, ma non me n'accorgo
   se non che al viso e di sotto mi venta.
Io sentia già da la man destra il gorgo
   far sotto noi un orribile scroscio,
   per che con li occhi 'n giù la testa sporgo.
Allor fu' io più timido a lo stoscio,
   però ch'i' vidi fuochi e senti' pianti;
   ond'io tremando tutto mi raccoscio.
E vidi poi, ché nol vedea davanti,
   lo scendere e 'l girar per li gran mali
   che s'appressavan da diversi canti.
Come 'l falcon ch'è stato assai su l'ali,
   che sanza veder logoro o uccello
   fa dire al falconiere "Omè, tu cali!",

Los dos poetas marchan penosamente por el margen del arroyo, rodeando el tercer cerco del séptimo círculo para llegar al sitio en el que se castiga a los violentos contra la naturaleza o sodomitas. En el centro del círculo el agua del Flegetonte se precipita en el vasto pozo del círculo inferior. Virgilio convence a Dante para que monte a lomos de Gerión, el monstruo alado, único modo de descender al octavo círculo.

discende lasso onde si move isnello,
per cento rote, e da lunge si pone
dal suo maestro, disdegnoso e fello;
così ne puose al fondo Gerïone
al piè al piè de la stagliata rocca,
e, discarcate le nostre persone,
si dileguò come da corda cocca.

CANTO 18

Luogo è in inferno detto Malebolge,
   tutto di pietra di color ferrigno,
   come la cerchia che dintorno il volge.
Nel dritto mezzo del campo maligno
   vaneggia un pozzo assai largo e profondo,
   di cui suo loco dicerò l'ordigno.
Quel cinghio che rimane adunque è tondo
   tra 'l pozzo e 'l piè de l'alta ripa dura,
   e ha distinto in dieci valli il fondo.
Quale, dove per guardia de le mura
   più e più fossi cingon li castelli,
   la parte dove son rende figura,
tale imagine quivi facean quelli;
   e come a tai fortezze da' lor sogli
   a la ripa di fuor son ponticelli,
così da imo de la roccia scogli
   movien che ricidien li argini e ' fossi
   infino al pozzo che i tronca e raccogli.
In questo luogo, de la schiena scossi
   di Gerïon, trovammoci; e 'l poeta
   tenne a sinistra, e io dietro mi mossi.
A la man destra vidi nova pieta,
   novo tormento e novi frustatori,
   di che la prima bolgia era repleta.
Nel fondo erano ignudi i peccatori;
   dal mezzo in qua ci venien verso 'l volto,
   di là con noi, ma con passi maggiori,
come i Roman per l'essercito molto,
   l'anno del giubileo, su per lo ponte
   hanno a passar la gente modo colto,

che da l'un lato tutti hanno la fronte
    verso 'l castello e vanno a Santo Pietro,
    da l'altra sponda vanno verso 'l monte.
Di qua, di là, su per lo sasso tetro
    vidi demon cornuti con gran ferze,
    che li battien crudelmente di retro.
Ahi come facean lor levar le berze
    a le prime percosse! già nessuno
    le seconde aspettava né le terze.
Mentr'io andava, li occhi miei in uno
    furo scontrati; e io sì tosto dissi:
    "Già di veder costui non son digiuno".
Per ch'ïo a figurarlo i piedi affissi;
    e 'l dolce duca meco si ristette,
    e assentio ch'alquanto in dietro gissi.
E quel frustato celar si credette
    bassando 'l viso; ma poco li valse,
    ch'io dissi: "O tu che l'occhio a terra gette,
se le fazion che porti non son false,
    Venedico se' tu Caccianemico.
    Ma che ti mena a sì pungenti salse?".
Ed elli a me: "Mal volontier lo dico;
    ma sforzami la tua chiara favella,
    che mi fa sovvenir del mondo antico.
I' fui colui che la Ghisolabella
    condussi a far la voglia del marchese,
    come che suoni la sconcia novella.
E non pur io qui piango bolognese;
    anzi n'è questo loco tanto pieno,
    che tante lingue non son ora apprese
a dicer 'sipa' tra Sàvena e Reno;
    e se di ciò vuoi fede o testimonio,
    rècati a mente il nostro avaro seno".

Così parlando il percosse un demonio
   de la sua scurïada, e disse: "Via,
   ruffian! qui non son femmine da conio".
I' mi raggiunsi con la scorta mia;
   poscia con pochi passi divenimmo
   là 'v'uno scoglio de la ripa uscia.
Assai leggeramente quel salimmo;
   e vòlti a destra su per la sua scheggia,
   da quelle cerchie etterne ci partimmo.
Quando noi fummo là dov'el vaneggia
   di sotto per dar passo a li sferzati,
   lo duca disse: "Attienti, e fa che feggia
lo viso in te di quest'altri mal nati,
   ai quali ancor non vedesti la faccia
   però che son con noi insieme andati".
Del vecchio ponte guardavam la traccia
   che venìa verso noi da l'altra banda,
   e che la ferza similmente scaccia.
E 'l buon maestro, sanza mia dimanda,
   mi disse: "Guarda quel grande che vene,
   e per dolor non par lagrime spanda:
quanto aspetto reale ancor ritene!
   Quelli è Iasón, che per cuore e per senno
   li Colchi del monton privati féne.
Ello passò per l'isola di Lenno
   poi che l'ardite femmine spietate
   tutti li maschi loro a morte dienno.
Ivi con segni e con parole ornate
   Isifile ingannò, la giovinetta
   che prima avea tutte l'altre ingannate.
Lasciolla quivi, gravida, soletta;
   tal colpa a tal martiro lui condanna;
   e anche di Medea si fa vendetta.

Con lui sen va chi da tal parte inganna;
   e questo basti de la prima valle
   sapere e di color che 'n sé assanna".
Già eravam là 've lo stretto calle
   con l'argine secondo s'incrocicchia,
   e fa di quello ad un altr'arco spalle.
Quindi sentimmo gente che si nicchia
   ne l'altra bolgia e che col muso scuffa,
   e sé medesma con le palme picchia.
Le ripe eran grommate d'una muffa,
   per l'alito di giù che vi s'appasta,
   che con li occhi e col naso facea zuffa.
Lo fondo è cupo sì, che non ci basta
   loco a veder sanza montare al dosso
   de l'arco, ove lo scoglio più sovrasta.
Quivi venimmo; e quindi giù nel fosso
   vidi gente attuffata in uno sterco
   che da li uman privadi parea mosso.
E mentre ch'io là giù con l'occhio cerco,
   vidi un col capo sì di merda lordo,
   che non parëa s'era laico o cherco.
Quei mi sgridò: "Perché se' tu sì gordo
   di riguardar più me che li altri brutti?".
   E io a lui: "Perché, se ben ricordo,
già t' ho veduto coi capelli asciutti,
   e se' Alessio Interminei da Lucca:
   però t'adocchio più che li altri tutti".
Ed elli allor, battendosi la zucca:
   "Qua giù m' hanno sommerso le lusinghe
   ond'io non ebbi mai la lingua stucca".
Appresso ciò lo duca "Fa che pinghe",
   mi disse, "il viso un poco più avante,
   sì che la faccia ben con l'occhio attinghe

El octavo círculo está dividido en diez fosas circulares y concéntricas, conectadas por un puente de piedra. Los diablos no dejan de atizar sus látigos sobre las espaldas de los condenados. En cada una de las diez fosas se castiga a una categoría de fraudulentos. En la primera residen los rufianes y los seductores. En la segunda los aduladores.

di quella sozza e scapigliata fante
    che là si graffia con l'unghie merdose,
    e or s'accoscia e ora è in piedi stante.
Taïde è, la puttana che rispuose
    al drudo suo quando disse "Ho io grazie
    grandi apo te?": "Anzi maravigliose!".
E quinci sian le nostre viste sazie".

Desde uno de los arcos del puente que atraviesa las fosas, los poetas, después de encontrarse con Jasón, divisan bajo sus pies una fosa apestosa y maloliente. Desde la altura contemplan el terrible espectáculo que ofrecen los aduladores, cubiertos de mugre y sumergidos en las hediondas aguas.

CANTO 19

O Simon mago, o miseri seguaci
    che le cose di Dio, che di bontate
    deon essere spose, e voi rapaci
per oro e per argento avolterate,
    or convien che per voi suoni la tromba,
    però che ne la terza bolgia state.
Già eravamo, a la seguente tomba,
    montati de lo scoglio in quella parte
    ch'a punto sovra mezzo 'l fosso piomba.
O somma sapïenza, quanta è l'arte
    che mostri in cielo, in terra e nel mal mondo,
    e quanto giusto tua virtù comparte!
Io vidi per le coste e per lo fondo
    piena la pietra livida di fóri,
    d'un largo tutti e ciascun era tondo.
Non mi parean men ampi né maggiori
    che que' che son nel mio bel San Giovanni,
    fatti per loco d'i battezzatori;
l'un de li quali, ancor non è molt'anni,
    rupp'io per un che dentro v'annegava:
    e questo sia suggel ch'ogn'omo sganni.
Fuor de la bocca a ciascun soperchiava
    d'un peccator li piedi e de le gambe
    infino al grosso, e l'altro dentro stava.
Le piante erano a tutti accese intrambe;
    per che sì forte guizzavan le giunte,
    che spezzate averien ritorte e strambe.
Qual suole il fiammeggiar de le cose unte
    muoversi pur su per la strema buccia,
    tal era lì dai calcagni a le punte.

"Chi è colui, maestro, che si cruccia
  guizzando più che li altri suoi consorti",
  diss'io, "e cui più roggia fiamma succia?".
Ed elli a me: "Se tu vuo' ch'i' ti porti
  là giù per quella ripa che più giace,
  da lui saprai di sé e de' suoi torti".
E io: "Tanto m'è bel, quanto a te piace:
  tu se' segnore, e sai ch'i' non mi parto
  dal tuo volere, e sai quel che si tace".
Allor venimmo in su l'argine quarto;
  volgemmo e discendemmo a mano stanca
  là giù nel fondo foracchiato e arto.
Lo buon maestro ancor de la sua anca
  non mi dipuose, sì mi giunse al rotto
  di quel che si piangeva con la zanca.
"O qual che se' che 'l di sù tien di sotto,
  anima trista come pal commessa",
  comincia' io a dir, "se puoi, fa motto".
Io stava come 'l frate che confessa
  lo perfido assessin, che, poi ch'è fitto,
  richiama lui per che la morte cessa.
Ed el gridò: "Se' tu già costì ritto,
  se' tu già costì ritto, Bonifazio?
  Di parecchi anni mi mentì lo scritto.
Se' tu sì tosto di quell'aver sazio
  per lo qual non temesti tòrre a 'nganno
  la bella donna, e poi di farne strazio?".
Tal mi fec'io, quai son color che stanno,
  per non intender ciò ch'è lor risposto,
  quasi scornati, e risponder non sanno.
Allor Virgilio disse: "Dilli tosto:
  "Non son colui, non son colui che credi"";
  e io rispuosi come a me fu imposto.

Per che lo spirto tutti storse i piedi;
   poi, sospirando e con voce di pianto,
   mi disse: "Dunque che a me richiedi?
Se di saper ch'i' sia ti cal cotanto,
   che tu abbi però la ripa corsa,
   sappi ch'i' fui vestito del gran manto;
e veramente fui figliuol de l'orsa,
   cupido sì per avanzar li orsatti,
   che sù l'avere e qui me misi in borsa.
Di sotto al capo mio son li altri tratti
   che precedetter me simoneggiando,
   per le fessure de la pietra piatti.
Là giù cascherò io altresì quando
   verrà colui ch'i' credea che tu fossi,
   allor ch'i' feci 'l sùbito dimando.
Ma più è 'l tempo già che i piè mi cossi
   e ch'i' son stato così sottosopra,
   ch'el non starà piantato coi piè rossi:
ché dopo lui verrà di più laida opra,
   di ver' ponente, un pastor sanza legge,
   tal che convien che lui e me ricuopra.
Nuovo Iasón sarà, di cui si legge
   ne' Maccabei; e come a quel fu molle
   suo re, così fia lui chi Francia regge".
Io non so s'i' mi fui qui troppo folle,
   ch'i' pur rispuosi lui a questo metro:
   "Deh, or mi dì: quanto tesoro volle
Nostro Segnore in prima da san Pietro
   ch'ei ponesse le chiavi in sua balìa?
   Certo non chiese se non "Viemmi retro".
Né Pier né li altri tolsero a Matia
   oro od argento, quando fu sortito
   al loco che perdé l'anima ria.

Però ti sta, ché tu se' ben punito;
   e guarda ben la mal tolta moneta
   ch'esser ti fece contra Carlo ardito.
E se non fosse ch'ancor lo mi vieta
   la reverenza de le somme chiavi
   che tu tenesti ne la vita lieta,
io userei parole ancor più gravi;
   ché la vostra avarizia il mondo attrista,
   calcando i buoni e sollevando i pravi.
Di voi pastor s'accorse il Vangelista,
   quando colei che siede sopra l'acque
   puttaneggiar coi regi a lui fu vista;
quella che con le sette teste nacque,
   e da le diece corna ebbe argomento,
   fin che virtute al suo marito piacque.
Fatto v'avete dio d'oro e d'argento;
   e che altro è da voi a l'idolatre,
   se non ch'elli uno, e voi ne orate cento?
Ahi, Costantin, di quanto mal fu matre,
   non la tua conversion, ma quella dote
   che da te prese il primo ricco patre!".
E mentr'io li cantava cotai note,
   o ira o cosc̈ıenza che 'l mordesse,
   forte spingava con ambo le piote.
I' credo ben ch'al mio duca piacesse,
   con sì contenta labbia sempre attese
   lo suon de le parole vere espresse.
Però con ambo le braccia mi prese;
   e poi che tutto su mi s'ebbe al petto,
   rimontò per la via onde discese.
Né si stancò d'avermi a sé distretto,
   sì men portò sovra 'l colmo de l'arco
   che dal quarto al quinto argine è tragetto.

Quivi soavemente spuose il carco,
    soave per lo scoglio sconcio ed erto
    che sarebbe a le capre duro varco.
Indi un altro vallon mi fu scoperto.

CANTO 20

Di nova pena mi conven far versi
   e dar matera al ventesimo canto
   de la prima canzon, ch'è d'i sommersi.
Io era già disposto tutto quanto
   a riguardar ne lo scoperto fondo,
   che si bagnava d'angoscioso pianto;
e vidi gente per lo vallon tondo
   venir, tacendo e lagrimando, al passo
   che fanno le letane in questo mondo.
Come 'l viso mi scese in lor più basso,
   mirabilmente apparve esser travolto
   ciascun tra 'l mento e 'l principio del casso,
ché da le reni era tornato 'l volto,
   e in dietro venir li convenia,
   perché 'l veder dinanzi era lor tolto.
Forse per forza già di parlasia
   si travolse così alcun del tutto;
   ma io nol vidi, né credo che sia.
Se Dio ti lasci, lettor, prender frutto
   di tua lezione, or pensa per te stesso
   com'io potea tener lo viso asciutto,
quando la nostra imagine di presso
   vidi sì torta, che 'l pianto de li occhi
   le natiche bagnava per lo fesso.
Certo io piangea, poggiato a un de' rocchi
   del duro scoglio, sì che la mia scorta
   mi disse: "Ancor se' tu de li altri sciocchi?
Qui vive la pietà quand'è ben morta;
   chi è più scellerato che colui
   che al giudicio divin passion comporta?

Drizza la testa, drizza, e vedi a cui
   s'aperse a li occhi d'i Teban la terra;
   per ch'ei gridavan tutti: "Dove rui,
Anfïarao? perché lasci la guerra?".
   E non restò di ruinare a valle
   fino a Minòs che ciascheduno afferra.
Mira c' ha fatto petto de le spalle;
   perché volse veder troppo davante,
   di retro guarda e fa retroso calle.
Vedi Tiresia, che mutò sembiante
   quando di maschio femmina divenne,
   cangiandosi le membra tutte quante;
e prima, poi, ribatter li convenne
   li duo serpenti avvolti, con la verga,
   che rïavesse le maschili penne.
Aronta è quel ch'al ventre li s'atterga,
   che ne' monti di Luni, dove ronca
   lo Carrarese che di sotto alberga,
ebbe tra ' bianchi marmi la spelonca
   per sua dimora; onde a guardar le stelle
   e 'l mar non li era la veduta tronca.
E quella che ricuopre le mammelle,
   che tu non vedi, con le trecce sciolte,
   e ha di là ogne pilosa pelle,
Manto fu, che cercò per terre molte;
   poscia si puose là dove nacqu' io;
   onde un poco mi piace che m'ascolte.
Poscia che 'l padre suo di vita uscìo
   e venne serva la città di Baco,
   questa gran tempo per lo mondo gio.
Suso in Italia bella giace un laco,
   a piè de l'Alpe che serra Lamagna
   sovra Tiralli, c' ha nome Benaco.

Cuarta fosa. Procesión silenciosa de los adivinos, que caminan con las cabezas vueltas hacia atrás y obligados a caminar de espaldas. Virgilio reprueba a Dante que se sienta conmovido ante el castigo de los condenados —«¿También tú eres uno de esos tontos piadosos?»— y relata los lamentables hechos que protagonizaron algunos de los más famosos adivinos de la Antigüedad.

Per mille fonti, credo, e più si bagna
   tra Garda e Val Camonica e Pennino
   de l'acqua che nel detto laco stagna.
Loco è nel mezzo là dove 'l trentino
   pastore e quel di Brescia e 'l veronese
   segnar poria, s'e' fesse quel cammino.
Siede Peschiera, bello e forte arnese
   da fronteggiar Bresciani e Bergamaschi,
   ove la riva 'ntorno più discese.
Ivi convien che tutto quanto caschi
   ciò che 'n grembo a Benaco star non può,
   e fassi fiume giù per verdi paschi.
Tosto che l'acqua a correr mette co,
   non più Benaco, ma Mencio si chiama
   fino a Governol, dove cade in Po.
Non molto ha corso, ch'el trova una lama,
   ne la qual si distende e la 'mpaluda;
   e suol di state talor esser grama.
Quindi passando la vergine cruda
   vide terra, nel mezzo del pantano,
   sanza coltura e d'abitanti nuda.
Lì, per fuggire ogne consorzio umano,
   ristette con suoi servi a far sue arti,
   e visse, e vi lasciò suo corpo vano.
Li uomini poi che 'ntorno erano sparti
   s'accolsero a quel loco, ch'era forte
   per lo pantan ch'avea da tutte parti.
Fer la città sovra quell'ossa morte;
   e per colei che 'l loco prima elesse,
   Mantüa l'appellar sanz'altra sorte.
Già fuor le genti sue dentro più spesse,
   prima che la mattia da Casalodi
   da Pinamonte inganno ricevesse.

Llegada a la quinta fosa. En ella pueden ver un lago de espesa e hirviente brea en la que chapotean sumergidos los corruptos. Dante se asusta cuando se les acerca un amenazador diablo negro. Virgilio parlamenta con los demonios que se oponen a su paso.

Però t'assenno che, se tu mai odi
   originar la mia terra altrimenti,
   la verità nulla menzogna frodi".
E io: "Maestro, i tuoi ragionamenti
   mi son sì certi e prendon sì mia fede,
   che li altri mi sarien carboni spenti.
Ma dimmi, de la gente che procede,
   se tu ne vedi alcun degno di nota;
   ché solo a ciò la mia mente rifiede".
Allor mi disse: "Quel che da la gota
   porge la barba in su le spalle brune,
   fu — quando Grecia fu di maschi vòta,
sì ch'a pena rimaser per le cune —
   augure, e diede 'l punto con Calcanta
   in Aulide a tagliar la prima fune.
Euripilo ebbe nome, e così 'l canta
   l'alta mia tragedìa in alcun loco:
   ben lo sai tu che la sai tutta quanta.
Quell'altro che ne' fianchi è così poco,
   Michele Scotto fu, che veramente
   de le magiche frode seppe 'l gioco.
Vedi Guido Bonatti; vedi Asdente,
   ch'avere inteso al cuoio e a lo spago
   ora vorrebbe, ma tardi si pente.
Vedi le triste che lasciaron l'ago,
   la spuola e 'l fuso, e fecersi 'ndivine;
   fecer malie con erbe e con imago.
Ma vienne omai, ché già tiene 'l confine
   d'amendue li emisperi e tocca l'onda
   sotto Sobilia Caino e le spine;
e già iernotte fu la luna tonda:
   ben ten de' ricordar, ché non ti nocque
   alcuna volta per la selva fonda".
Sì mi parlava, e andavamo introcque.

CANTO 21

Così di ponte in ponte, altro parlando
    che la mia comedìa cantar non cura,
    venimmo; e tenavamo 'l colmo, quando
restammo per veder l'altra fessura
    di Malebolge e li altri pianti vani;
    e vidila mirabilmente oscura.
Quale ne l'arzanà de' Viniziani
    bolle l'inverno la tenace pece
    a rimpalmare i legni lor non sani,
ché navicar non ponno — in quella vece
    chi fa suo legno novo e chi ristoppa
    le coste a quel che più vïaggi fece;
chi ribatte da proda e chi da poppa;
    altri fa remi e altri volge sarte;
    chi terzeruolo e artimon rintoppa —:
tal, non per foco ma per divin'arte,
    bollia là giuso una pegola spessa,
    che 'nviscava la ripa d'ogne parte.
I' vedea lei, ma non vedëa in essa
    mai che le bolle che 'l bollor levava,
    e gonfiar tutta, e riseder compressa.
Mentr'io là giù fisamente mirava,
    lo duca mio, dicendo "Guarda, guarda!",
    mi trasse a sé del loco dov'io stava.
Allor mi volsi come l'uom cui tarda
    di veder quel che li convien fuggire
    e cui paura sùbita sgagliarda,
che, per veder, non indugia 'l partire:
    e vidi dietro a noi un diavol nero
    correndo su per lo scoglio venire.

Ahi quant'elli era ne l'aspetto fero!
   e quanto mi parea ne l'atto acerbo,
     con l'ali aperte e sovra i piè leggero!
L'omero suo, ch'era aguto e superbo,
   carcava un peccator con ambo l'anche,
     e quei tenea de' piè ghermito 'l nerbo.
Del nostro ponte disse: "O Malebranche,
   ecco un de li anzïan di Santa Zita!
     Mettetel sotto, ch'i' torno per anche
a quella terra, che n'è ben fornita:
   ogn'uom v'è barattier, fuor che Bonturo;
     del no, per li denar, vi si fa ita".
Là giù 'l buttò, e per lo scoglio duro
   si volse; e mai non fu mastino sciolto
     con tanta fretta a seguitar lo furo.
Quel s'attuffò, e tornò sù convolto;
   ma i demon che del ponte avean coperchio,
     gridar: "Qui non ha loco il Santo Volto!
qui si nuota altrimenti che nel Serchio!
   Però, se tu non vuo' di nostri graffi,
     non far sopra la pegola soverchio".
Poi l'addentar con più di cento raffi,
   disser: "Coverto convien che qui balli,
     sì che, se puoi, nascosamente accaffi".
Non altrimenti i cuoci a' lor vassalli
   fanno attuffare in mezzo la caldaia
     la carne con li uncin, perché non galli.
Lo buon maestro "Acciò che non si paia
   che tu ci sia", mi disse, "giù t'acquatta
     dopo uno scheggio, ch'alcun schermo t'aia;
e per nulla offension che mi sia fatta,
   non temer tu, ch'i' ho le cose conte,
     perch'altra volta fui a tal baratta".

Poscia passò di là dal co del ponte;
 e com'el giunse in su la ripa sesta,
 mestier li fu d'aver sicura fronte.
Con quel furore e con quella tempesta
 ch'escono i cani a dosso al poverello
 che di sùbito chiede ove s'arresta,
usciron quei di sotto al ponticello,
 e volser contra lui tutt'i runcigli;
 ma el gridò: "Nessun di voi sia fello!
Innanzi che l'uncin vostro mi pigli,
 traggasi avante l'un di voi che m'oda,
 e poi d'arruncigliarmi si consigli".
Tutti gridaron: "Vada Malacoda!";
 per ch'un si mosse — e li altri stetter fermi —
 e venne a lui dicendo: "Che li approda?".
"Credi tu, Malacoda, qui vedermi
 esser venuto", disse 'l mio maestro,
 "sicuro già da tutti vostri schermi,
sanza voler divino e fato destro?
 Lascian'andar, ché nel cielo è voluto
 ch'i' mostri altrui questo cammin silvestro".
Allor li fu l'orgoglio sì caduto,
 ch'e' si lasciò cascar l'uncino a' piedi,
 e disse a li altri: "Omai non sia feruto".
E 'l duca mio a me: "O tu che siedi
 tra li scheggion del ponte quatto quatto,
 sicuramente omai a me ti riedi".
Per ch'io mi mossi e a lui venni ratto;
 e i diavoli si fecer tutti avanti,
 sì ch'io temetti ch'ei tenesser patto;
così vid'ïo già temer li fanti
 ch'uscivan patteggiati di Caprona,
 veggendo sé tra nemici cotanti.

I' m'accostai con tutta la persona
　　lungo 'l mio duca, e non torceva li occhi
　　da la sembianza lor ch'era non buona.
Ei chinavan li raffi e "Vuo' che 'l tocchi",
　　diceva l'un con l'altro, "in sul groppone?".
　　E rispondien: "Sì, fa che gliel'accocchi".
Ma quel demonio che tenea sermone
　　col duca mio, si volse tutto presto
　　e disse: "Posa, posa, Scarmiglione!".
Poi disse a noi: "Più oltre andar per questo
　　iscoglio non si può, però che giace
　　tutto spezzato al fondo l'arco sesto.
E se l'andare avante pur vi piace,
　　andatevene su per questa grotta;
　　presso è un altro scoglio che via fac
Ier, più oltre cinqu' ore che quest'otta,
　　mille dugento con sessanta sei
　　anni compié che qui la via fu rotta.
Io mando verso là di questi miei
　　a riguardar s'alcun se ne sciorina;
　　gite con lor, che non saranno rei".
"Tra' ti avante, Alichino, e Calcabrina",
　　cominciò elli a dire, "e tu, Cagnazzo;
　　e Barbariccia guidi la decina.
Libicocco vegn'oltre e Draghignazzo,
　　Ciriatto sannuto e Graffiacane
　　e Farfarello e Rubicante pazzo.
Cercate 'ntorno le boglienti pane;
　　costor sian salvi infino a l'altro scheggio
　　che tutto intero va sovra le tane".
"Omè, maestro, che è quel ch'i' veggio?",
　　diss'io, "deh, sanza scorta andianci soli,
　　se tu sa' ir; ch'i' per me non la cheggio.

Virgilio convence al jefe de los demonios para que les deje pasar y este escoge a diez de ellos para que acompañen a los poetas por el camino que rodea el sexto arco —derrumbado— del puente que salva las fosas. Antes ordena a los amenazadores diablos que bajo ningún concepto ataquen a Dante y Virgilio con sus garfios.

Se tu se' sì accorto come suoli,
   non vedi tu ch'e' digrignan li denti
   e con le ciglia ne minaccian duoli?".
Ed elli a me: "Non vo' che tu paventi;
   lasciali digrignar pur a lor senno,
   ch'e' fanno ciò per li lessi dolenti".
Per l'argine sinistro volta dienno;
   ma prima avea ciascun la lingua stretta
   coi denti, verso lor duca, per cenno;
ed elli avea del cul fatto trombetta.

CANTO 22

Io vidi già cavalier muover campo,
    e cominciare stormo e far lor mostra,
    e talvolta partir per loro scampo;
corridor vidi per la terra vostra,
    o Aretini, e vidi gir gualdane,
    fedir torneamenti e correr giostra;
quando con trombe, e quando con campane,
    con tamburi e con cenni di castella,
    e con cose nostrali e con istrane;
né già con sì diversa cennamella
    cavalier vidi muover né pedoni,
    né nave a segno di terra o di stella.
Noi andavam con li diece demoni.
    Ahi fiera compagnia! ma ne la chiesa
    coi santi, e in taverna coi ghiottoni.
Pur a la pegola era la mia 'ntesa,
    per veder de la bolgia ogne contegno
    e de la gente ch'entro v'era incesa.
Come i dalfini, quando fanno segno
    a' marinar con l'arco de la schiena
    che s'argomentin di campar lor legno,
talor così, ad alleggiar la pena,
    mostrav'alcun de' peccatori 'l dosso
    e nascondea in men che non balena.
E come a l'orlo de l'acqua d'un fosso
    stanno i ranocchi pur col muso fuori,
    sì che celano i piedi e l'altro grosso,
sì stavan d'ogne parte i peccatori;
    ma come s'appressava Barbariccia,
    così si ritraén sotto i bollori.

I' vidi, e anco il cor me n'accapriccia,
   uno aspettar così, com'elli 'ncontra
   ch'una rana rimane e l'altra spiccia;
e Graffiacan, che li era più di contra,
   li arrunciglò le 'mpegolate chiome
   e trassel sù, che mi parve una lontra.
I' sapea già di tutti quanti 'l nome,
   sì li notai quando fuorono eletti,
   e poi ch'e' si chiamaro, attesi come.
"O Rubicante, fa che tu li metti
   li unghioni a dosso, sì che tu lo scuoi!",
   gridavan tutti insieme i maladetti.
E io: "Maestro mio, fa, se tu puoi,
   che tu sappi chi è lo sciagurato
   venuto a man de li avversari suoi".
Lo duca mio li s'accostò allato;
   domandollo ond'ei fosse, e quei rispuose:
   "I' fui del regno di Navarra nato.
Mia madre a servo d'un segnor mi puose,
   che m'avea generato d'un ribaldo,
   distruggitor di sé e di sue cose.
Poi fui famiglia del buon re Tebaldo;
   quivi mi misi a far baratteria,
   di ch'io rendo ragione in questo caldo".
E Ciriatto, a cui di bocca uscia
   d'ogne parte una sanna come a porco,
   li fé sentir come l'una sdruscia.
Tra male gatte era venuto 'l sorco;
   ma Barbariccia il chiuse con le braccia
   e disse: "State in là, mentr'io lo 'nforco".
E al maestro mio volse la faccia;
   "Domanda", disse, "ancor, se più disii
   saper da lui, prima ch'altri 'l disfaccia".

La comitiva de los poetas se detiene ante la presencia del estafador Ciampolo de Navarra, que intenta huir de los tormentos a los que se ve sometido por los diablos y se lanza al lago. Estos, burlados, se enzarzan en una riña culpándose los unos a los otros de la huida del condenado.

Lo duca dunque: "Or dì: de li altri rii
　conosci tu alcun che sia latino
　sotto la pece?". E quelli: "I' mi partii,
poco è, da un che fu di là vicino.
　Così foss'io ancor con lui coperto,
　ch'i' non temerei unghia né uncino!".
E Libicocco "Troppo avem sofferto",
　disse; e preseli 'l braccio col runciglio,
　sì che, stracciando, ne portò un lacerto.
Draghignazzo anco i volle dar di piglio
　giuso a le gambe; onde 'l decurio loro
　si volse intorno intorno con mal piglio.
Quand'elli un poco rappaciati fuoro,
　a lui, ch'ancor mirava sua ferita,
　domandò 'l duca mio sanza dimoro:
"Chi fu colui da cui mala partita
　di' che facesti per venire a proda?".
　Ed ei rispuose: "Fu frate Gomita,
quel di Gallura, vasel d'ogne froda,
　ch'ebbe i nemici di suo donno in mano,
　e fé sì lor, che ciascun se ne loda.
Danar si tolse e lasciolli di piano,
　sì com'e' dice; e ne li altri offici anche
　barattier fu non picciol, ma sovrano.
Usa con esso donno Michel Zanche
　di Logodoro; e a dir di Sardigna
　le lingue lor non si sentono stanche.
Omè, vedete l'altro che digrigna;
　i' direi anche, ma i' temo ch'ello
　non s'apparecchi a grattarmi la tigna".
E 'l gran proposto, vòlto a Farfarello
　che stralunava li occhi per fedire,
　disse: "Fatti 'n costà, malvagio uccello!".

Los diablos se lanzan al lago para encontrar y ensartar con sus garfios al navarro fugitivo. En la búsqueda, algunos se impregnan de brea las alas, lo que aumenta su ferocidad. Los poetas aprovechan la confusión y se alejan del lago de brea hirviente.

"Se voi volete vedere o udire",
　　ricominciò lo spaürato appresso,
　　"Toschi o Lombardi, io ne farò venire;
ma stieno i Malebranche un poco in cesso,
　　sì ch'ei non teman de le lor vendette;
　　e io, seggendo in questo loco stesso,
per un ch'io son, ne farò venir sette
　　quand'io suffolerò, com'è nostro uso
　　di fare allor che fori alcun si mette".
Cagnazzo a cotal motto levò 'l muso,
　　crollando 'l capo, e disse: "Odi malizia
　　ch'elli ha pensata per gittarsi giuso!".
Ond'ei, ch'avea lacciuoli a gran divizia,
　　rispuose: "Malizioso son io troppo,
　　quand'io procuro a' mia maggior trestizia".
Alichin non si tenne e, di rintoppo
　　a li altri, disse a lui: "Se tu ti cali,
　　io non ti verrò dietro di gualoppo,
ma batterò sovra la pece l'ali.
　　Lascisi 'l collo, e sia la ripa scudo,
　　a veder se tu sol più di noi vali".
O tu che leggi, udirai nuovo ludo:
　　ciascun da l'altra costa li occhi volse,
　　quel prima, ch'a ciò fare era più crudo.
Lo Navarrese ben suo tempo colse;
　　fermò le piante a terra, e in un punto
　　saltò e dal proposto lor si sciolse.
Di che ciascun di colpa fu compunto,
　　ma quei più che cagion fu del difetto;
　　però si mosse e gridò: "Tu se' giunto!".
Ma poco i valse: ché l'ali al sospetto
　　non potero avanzar; quelli andò sotto,
　　e quei drizzò volando suso il petto:

Los dos poetas continúan solitarios su marcha. Dante teme que los diablos les sigan cuando se percaten de su ausencia. De pronto aparecen amenazantes volando por encima de sus cabezas. Virgilio no duda en sujetar a Dante y lanzarse por el abismo que separa la quinta fosa de la siguiente.

non altrimenti l'anitra di botto,
quando 'l falcon s'appressa, giù s'attuffa,
ed ei ritorna sù crucciato e rotto.
Irato Calcabrina de la buffa,
volando dietro li tenne, invaghito
che quei campasse per aver la zuffa;
e come 'l barattier fu disparito,
così volse li artigli al suo compagno,
e fu con lui sopra 'l fosso ghermito.
Ma l'altro fu bene sparvier grifagno
ad artigliar ben lui, e amendue
cadder nel mezzo del bogliente stagno.
Lo caldo sghermitor sùbito fue;
ma però di levarsi era neente,
sì avieno inviscate l'ali sue.
Barbariccia, con li altri suoi dolente,
quattro ne fé volar da l'altra costa
con tutt'i raffi, e assai prestamente
di qua, di là discesero a la posta;
porser li uncini verso li 'mpaniati,
ch'eran già cotti dentro da la crosta.
E noi lasciammo lor così 'mpacciati.

CANTO 23

Taciti, soli, sanza compagnia
   n'andavam l'un dinanzi e l'altro dopo,
   come frati minor vanno per via.
Vòlt'era in su la favola d'Isopo
   lo mio pensier per la presente rissa,
   dov'el parlò de la rana e del topo;
ché più non si pareggia 'mo' e 'issa'
   che l'un con l'altro fa, se ben s'accoppia
   principio e fine con la mente fissa.
E come l'un pensier de l'altro scoppia,
   così nacque di quello un altro poi,
   che la prima paura mi fé doppia.
Io pensava così: 'Questi per noi
   sono scherniti con danno e con beffa
   sì fatta, ch'assai credo che lor nòi.
Se l'ira sovra 'l mal voler s'aggueffa,
   ei ne verranno dietro più crudeli
   che 'l cane a quella lievre ch'elli acceffa'.
Già mi sentia tutti arricciar li peli
   de la paura e stava in dietro intento,
   quand'io dissi: "Maestro, se non celi
te e me tostamente, i' ho pavento
   d'i Malebranche. Noi li avem già dietro;
   io li 'magino sì, che già li sento".
E quei: "S'i' fossi di piombato vetro,
   l'imagine di fuor tua non trarrei
   più tosto a me, che quella dentro 'mpetro.
Pur mo venieno i tuo' pensier tra ' miei,
   con simile atto e con simile faccia,
   sì che d'intrambi un sol consiglio fei.

S'elli è che sì la destra costa giaccia,
    che noi possiam ne l'altra bolgia scendere,
    noi fuggirem l'imaginata caccia".
Già non compié di tal consiglio rendere,
    ch'io li vidi venir con l'ali tese
    non molto lungi, per volerne prendere.
Lo duca mio di sùbito mi prese,
    come la madre ch'al romore è desta
    e vede presso a sé le fiamme accese,
che prende il figlio e fugge e non s'arresta,
    avendo più di lui che di sé cura,
    tanto che solo una camiscia vesta;
e giù dal collo de la ripa dura
    supin si diede a la pendente roccia,
    che l'un de' lati a l'altra bolgia tura.
Non corse mai sì tosto acqua per doccia
    a volger ruota di molin terragno,
    quand'ella più verso le pale approccia,
come 'l maestro mio per quel vivagno,
    portandosene me sovra 'l suo petto,
    come suo figlio, non come compagno.
A pena fuoro i piè suoi giunti al letto
    del fondo giù, ch'e' furon in sul colle
    sovresso noi; ma non lì era sospetto:
ché l'alta providenza che lor volle
    porre ministri de la fossa quinta,
    poder di partirs'indi a tutti tolle.
Là giù trovammo una gente dipinta
    che giva intorno assai con lenti passi,
    piangendo e nel sembiante stanca e vinta.
Elli avean cappe con cappucci bassi
    dinanzi a li occhi, fatte de la taglia
    che in Clugnì per li monaci fassi.

Los demonios, furiosos, persiguen a los poetas hasta la pendiente donde acaba la quinta fosa. Virgilio abraza a Dante y se deja caer por el precipicio rocoso. Los diablos no pueden continuar persiguiéndolos y se quedan al borde del abismo, impotentes y furiosos. Tienen vedado salir de la quinta fosa.

Di fuor dorate son, sì ch'elli abbaglia;
   ma dentro tutte piombo, e gravi tanto,
   che Federigo le mettea di paglia.
Oh in etterno faticoso manto!
   Noi ci volgemmo ancor pur a man manca
   con loro insieme, intenti al tristo pianto;
ma per lo peso quella gente stanca
   venìa sì pian, che noi eravam nuovi
   di compagnia ad ogne mover d'anca.
Per ch'io al duca mio: "Fa che tu trovi
   alcun ch'al fatto o al nome si conosca,
   e li occhi, sì andando, intorno movi".
E un che 'ntese la parola tosca,
   di retro a noi gridò: "Tenete i piedi,
   voi che correte sì per l'aura fosca!
Forse ch'avrai da me quel che tu chiedi".
   Onde 'l duca si volse e disse: "Aspetta,
   e poi secondo il suo passo procedi".
Ristetti, e vidi due mostrar gran fretta
   de l'animo, col viso, d'esser meco;
   ma tardavali 'l carco e la via stretta.
Quando fuor giunti, assai con l'occhio bieco
   mi rimiraron sanza far parola;
   poi si volsero in sé, e dicean seco:
"Costui par vivo a l'atto de la gola;
   e s'e' son morti, per qual privilegio
   vanno scoperti de la grave stola?".
Poi disser me: "O Tosco, ch'al collegio
   de l'ipocriti tristi se' venuto,
   dir chi tu se' non avere in dispregio".
E io a loro: "I' fui nato e cresciuto
   sovra 'l bel fiume d'Arno a la gran villa,
   e son col corpo ch'i' ho sempre avuto.

A salvo de los diablos, los viajeros siguen su camino y topan con los hipócritas que marchan en procesión, vestidos con pesadas túnicas de plomo cubiertas de oro. Virgilio, muy contrariado, descubre que el jefe de los diablos les ha mentido: el camino a seguir es distinto del que les indicó. Deben subir por un derrumbe para salir del círculo.

Ma voi chi siete, a cui tanto distilla
   quant'i' veggio dolor giù per le guance?
   e che pena è in voi che sì sfavilla?".
E l'un rispuose a me: "Le cappe rance
   son di piombo sì grosse, che li pesi
   fan così cigolar le lor bilance.
Frati godenti fummo, e bolognesi;
   io Catalano e questi Loderingo
   nomati, e da tua terra insieme presi
come suole esser tolto un uom solingo,
   per conservar sua pace; e fummo tali,
   ch'ancor si pare intorno dal Gardingo".
Io cominciai: "O frati, i vostri mali...";
   ma più non dissi, ch'a l'occhio mi corse
   un, crucifisso in terra con tre pali.
Quando mi vide, tutto si distorse,
   soffiando ne la barba con sospiri;
   e 'l frate Catalan, ch'a ciò s'accorse,
mi disse: "Quel confitto che tu miri,
   consigliò i Farisei che convenia
   porre un uom per lo popolo a' martìri.
Attraversato è, nudo, ne la via,
   come tu vedi, ed è mestier ch'el senta
   qualunque passa, come pesa, pria.
E a tal modo il socero si stenta
   in questa fossa, e li altri dal concilio
   che fu per li Giudei mala sementa".
Allor vid'io maravigliar Virgilio
   sovra colui ch'era disteso in croce
   tanto vilmente ne l'etterno essilio.
Poscia drizzò al frate cotal voce:
   "Non vi dispiaccia, se vi lece, dirci
   s'a la man destra giace alcuna foce

onde noi amendue possiamo uscirci,
   sanza costrigner de li angeli neri
   che vegnan d'esto fondo a dipartirci".
Rispuose adunque: "Più che tu non speri
   s'appressa un sasso che da la gran cerchia
   si move e varca tutt'i vallon feri,
salvo che 'n questo è rotto e nol coperchia;
   montar potrete su per la ruina,
   che giace in costa e nel fondo soperchia".
Lo duca stette un poco a testa china;
   poi disse: "Mal contava la bisogna
   colui che i peccator di qua uncina".
E 'l frate: "Io udi' già dire a Bologna
   del diavol vizi assai, tra ' quali udi'
   ch'elli è bugiardo e padre di menzogna".
Appresso il duca a gran passi sen gì,
   turbato un poco d'ira nel sembiante;
   ond'io da li 'ncarcati mi parti'
dietro a le poste de le care piante.

CANTO 24

In quella parte del giovanetto anno
    che 'l sole i crin sotto l'Aquario tempra
    e già le notti al mezzo dì sen vanno,
quando la brina in su la terra assempra
    l'imagine di sua sorella bianca,
    ma poco dura a la sua penna tempra,
lo villanello a cui la roba manca,
    si leva, e guarda, e vede la campagna
    biancheggiar tutta; ond'ei si batte l'anca,
ritorna in casa, e qua e là si lagna,
    come 'l tapin che non sa che si faccia;
    poi riede, e la speranza ringavagna,
veggendo 'l mondo aver cangiata faccia
    in poco d'ora, e prende suo vincastro
    e fuor le pecorelle a pascer caccia.
Così mi fece sbigottir lo mastro
    quand'io li vidi sì turbar la fronte,
    e così tosto al mal giunse lo 'mpiastro;
ché, come noi venimmo al guasto ponte,
    lo duca a me si volse con quel piglio
    dolce ch'io vidi prima a piè del monte.
Le braccia aperse, dopo alcun consiglio
    eletto seco riguardando prima
    ben la ruina, e diedemi di piglio.
E come quei ch'adopera ed estima,
    che sempre par che 'nnanzi si proveggia,
    così, levando me sù ver' la cima
d'un ronchione, avvisava un'altra scheggia
    dicendo: "Sovra quella poi t'aggrappa;
    ma tenta pria s'è tal ch'ella ti reggia".

Non era via da vestito di cappa,
   ché noi a pena, ei lieve e io sospinto,
   potavam sù montar di chiappa in chiappa.
E se non fosse che da quel precinto
   più che da l'altro era la costa corta,
   non so di lui, ma io sarei ben vinto.
Ma perché Malebolge inver' la porta
   del bassissimo pozzo tutta pende,
   lo sito di ciascuna valle porta
che l'una costa surge e l'altra scende;
   noi pur venimmo al fine in su la punta
   onde l'ultima pietra si scoscende.
La lena m'era del polmon sì munta
   quand'io fui sù, ch'i' non potea più oltre,
   anzi m'assisi ne la prima giunta.
"Omai convien che tu così ti spoltre",
   disse 'l maestro; "ché, seggendo in piuma,
   in fama non si vien, né sotto coltre;
sanza la qual chi sua vita consuma,
   cotal vestigio in terra di sé lascia,
   qual fummo in aere e in acqua la schiuma.
E però leva sù; vinci l'ambascia
   con l'animo che vince ogne battaglia,
   se col suo grave corpo non s'accascia.
Più lunga scala convien che si saglia;
   non basta da costoro esser partito.
   Se tu mi 'ntendi, or fa sì che ti vaglia".
Leva' mi allor, mostrandomi fornito
   meglio di lena ch'i' non mi sentia,
   e dissi: "Va, ch'i' son forte e ardito".
Su per lo scoglio prendemmo la via,
   ch'era ronchioso, stretto e malagevole,
   ed erto più assai che quel di pria.

Los dos poetas, después de salir de la sexta fosa, trepan penosamente por las ruinas de un puente derrumbado hasta dominar el valle de la séptima fosa. Virgilio, con sus palabras, logra alentar a un cansado Dante. Encuentro con las almas de los ladrones atormentados por reptiles venenosos. Uno de ellos recibe la mordedura de una enorme serpiente y se convierte en ceniza para luego recobrar su figura original y volver a sufrir el mismo tormento en una rueda incesante de transformaciones.

Parlando andava per non parer fievole;
   onde una voce uscì de l'altro fosso,
   a parole formar disconvenevole.
Non so che disse, ancor che sovra 'l dosso
   fossi de l'arco già che varca quivi;
   ma chi parlava ad ire parea mosso.
Io era vòlto in giù, ma li occhi vivi
   non poteano ire al fondo per lo scuro;
   per ch'io: "Maestro, fa che tu arrivi
da l'altro cinghio e dismontiam lo muro;
   ché, com'i' odo quinci e non intendo,
   così giù veggio e neente affiguro".
"Altra risposta", disse, "non ti rendo
   se non lo far; ché la dimanda onesta
   si de' seguir con l'opera tacendo".
Noi discendemmo il ponte da la testa
   dove s'aggiugne con l'ottava ripa,
   e poi mi fu la bolgia manifesta:
e vidivi entro terribile stipa
   di serpenti, e di sì diversa mena
   che la memoria il sangue ancor mi scipa.
Più non si vanti Libia con sua rena;
   ché se chelidri, iaculi e faree
   produce, e cencri con anfisibena,
né tante pestilenzie né sì ree
   mostrò già mai con tutta l'Etïopia
   né con ciò che di sopra al Mar Rosso èe.
Tra questa cruda e tristissima copia
   corrëan genti nude e spaventate,
   sanza sperar pertugio o elitropia:
con serpi le man dietro avean legate;
   quelle ficcavan per le ren la coda
   e 'l capo, ed eran dinanzi aggroppate.

Ed ecco a un ch'era da nostra proda,
 s'avventò un serpente che 'l trafisse
 là dove 'l collo a le spalle s'annoda.
Né O sì tosto mai né I si scrisse,
 com'el s'accese e arse, e cener tutto
 convenne che cascando divenisse;
e poi che fu a terra sì distrutto,
 la polver si raccolse per sé stessa
 e 'n quel medesmo ritornò di butto.
Così per li gran savi si confessa
 che la fenice more e poi rinasce,
 quando al cinquecentesimo anno appressa;
erba né biado in sua vita non pasce,
 ma sol d'incenso lagrime e d'amomo,
 e nardo e mirra son l'ultime fasce.
E qual è quel che cade, e non sa como,
 per forza di demon ch'a terra il tira,
 o d'altra oppilazion che lega l'omo,
quando si leva, che 'ntorno si mira
 tutto smarrito de la grande angoscia
 ch'elli ha sofferta, e guardando sospira:
tal era 'l peccator levato poscia.
 Oh potenza di Dio, quant'è severa,
 che cotai colpi per vendetta croscia!
Lo duca il domandò poi chi ello era;
 per ch'ei rispuose: "Io piovvi di Toscana,
 poco tempo è, in questa gola fiera.
Vita bestial mi piacque e non umana,
 sì come a mul ch'i' fui; son Vanni Fucci
 bestia, e Pistoia mi fu degna tana".
E ïo al duca: "Dilli che non mucci,
 e domanda che colpa qua giù 'l pinse;
 ch'io 'l vidi omo di sangue e di crucci".

E 'l peccator, che 'ntese, non s'infinse,
   ma drizzò verso me l'animo e 'l volto,
   e di trista vergogna si dipinse;
poi disse: "Più mi duol che tu m' hai colto
   ne la miseria dove tu mi vedi,
   che quando fui de l'altra vita tolto.
Io non posso negar quel che tu chiedi;
   in giù son messo tanto perch'io fui
   ladro a la sagrestia d'i belli arredi,
e falsamente già fu apposto altrui.
   Ma perché di tal vista tu non godi,
   se mai sarai di fuor da' luoghi bui,
apri li orecchi al mio annunzio, e odi.
   Pistoia in pria d'i Neri si dimagra;
   poi Fiorenza rinova gente e modi.
Tragge Marte vapor di Val di Magra
   ch'è di torbidi nuvoli involuto;
   e con tempesta impetüosa e agra
sovra Campo Picen fia combattuto;
   ond'ei repente spezzerà la nebbia,
   sì ch'ogne Bianco ne sarà feruto.
E detto l' ho perché doler ti debbia!".

CANTO 25

Al fine de le sue parole il ladro
　le mani alzò con amendue le fiche,
　gridando: "Togli, Dio, ch'a te le squadro!".
Da indi in qua mi fuor le serpi amiche,
　perch'una li s'avvolse allora al collo,
　come dicesse 'Non vo' che più diche';
e un'altra a le braccia, e rilegollo,
　ribadendo sé stessa sì dinanzi,
　che non potea con esse dare un crollo.
Ahi Pistoia, Pistoia, ché non stanzi
　d'incenerarti sì che più non duri,
　poi che 'n mal fare il seme tuo avanzi?
Per tutt'i cerchi de lo 'nferno scuri
　non vidi spirto in Dio tanto superbo,
　non quel che cadde a Tebe giù da' muri.
El si fuggì che non parlò più verbo;
　e io vidi un centauro pien di rabbia
　venir chiamando: "Ov'è, ov'è l'acerbo?".
Maremma non cred'io che tante n'abbia,
　quante bisce elli avea su per la groppa
　infin ove comincia nostra labbia.
Sovra le spalle, dietro da la coppa,
　con l'ali aperte li giacea un draco;
　e quello affuoca qualunque s'intoppa.
Lo mio maestro disse: "Questi è Caco,
　che, sotto 'l sasso di monte Aventino,
　di sangue fece spesse volte laco.
Non va co' suoi fratei per un cammino,
　per lo furto che frodolente fece
　del grande armento ch'elli ebbe a vicino;

onde cessar le sue opere biece
    sotto la mazza d'Ercule, che forse
    gliene diè cento, e non sentì le diece".
Mentre che sì parlava, ed el trascorse,
    e tre spiriti venner sotto noi,
    de' quai né io né 'l duca mio s'accorse,
se non quando gridar: "Chi siete voi?";
    per che nostra novella si ristette,
    e intendemmo pur ad essi poi.
Io non li conoscea; ma ei seguette,
    come suol seguitar per alcun caso,
    che l'un nomar un altro convenette,
dicendo: "Cianfa dove fia rimaso?";
    per ch'io, acciò che 'l duca stesse attento,
    mi puosi 'l dito su dal mento al naso.
Se tu se' or, lettore, a creder lento
    ciò ch'io dirò, non sarà maraviglia,
    ché io che 'l vidi, a pena il mi consento.
Com'io tenea levate in lor le ciglia,
    e un serpente con sei piè si lancia
    dinanzi a l'uno, e tutto a lui s'appiglia.
Co' piè di mezzo li avvinse la pancia
    e con li anterïor le braccia prese;
    poi li addentò e l'una e l'altra guancia;
li diretani a le cosce distese,
    e miseli la coda tra 'mbedue
    e dietro per le ren sù la ritese.
Ellera abbarbicata mai non fue
    ad alber sì, come l'orribil fiera
    per l'altrui membra avviticchiò le sue.
Poi s'appiccar, come di calda cera
    fossero stati, e mischiar lor colore,
    né l'un né l'altro già parea quel ch'era:

come procede innanzi da l'ardore,
    per lo papiro suso, un color bruno
    che non è nero ancora e 'l bianco more.
Li altri due 'l riguardavano, e ciascuno
    gridava: "Omè, Agnel, come ti muti!
    Vedi che già non se' né due né uno".
Già eran li due capi un divenuti,
    quando n'apparver due figure miste
    in una faccia, ov'eran due perduti.
Fersi le braccia due di quattro liste;
    le cosce con le gambe e 'l ventre e 'l casso
    divenner membra che non fuor mai viste.
Ogne primaio aspetto ivi era casso:
    due e nessun l'imagine perversa
    parea; e tal sen gio con lento passo.
Come 'l ramarro sotto la gran fersa
    dei dì canicular, cangiando sepe,
    folgore par se la via attraversa,
sì pareva, venendo verso l'epe
    de li altri due, un serpentello acceso,
    livido e nero come gran di pepe;
e quella parte onde prima è preso
    nostro alimento, a l'un di lor trafisse;
    poi cadde giuso innanzi lui disteso.
Lo trafitto 'l mirò, ma nulla disse;
    anzi, co' piè fermati, sbadigliava
    pur come sonno o febbre l'assalisse.
Elli 'l serpente e quei lui riguardava;
    l'un per la piaga e l'altro per la bocca
    fummavan forte, e 'l fummo si scontrava.
Taccia Lucano omai là dov'e' tocca
    del misero Sabello e di Nasidio,
    e attenda a udir quel ch'or si scocca.

Taccia di Cadmo e d'Aretusa Ovidio,
    ché se quello in serpente e quella in fonte
    converte poetando, io non lo 'nvidio;
ché due nature mai a fronte a fronte
    non trasmutò sì ch'amendue le forme
    a cambiar lor matera fosser pronte.
Insieme si rispuosero a tai norme,
    che 'l serpente la coda in forca fesse,
    e 'l feruto ristrinse insieme l'orme.
Le gambe con le cosce seco stesse
    s'appiccar sì, che 'n poco la giuntura
    non facea segno alcun che si paresse.
Togliea la coda fessa la figura
    che si perdeva là, e la sua pelle
    si facea molle, e quella di là dura.
Io vidi intrar le braccia per l'ascelle,
    e i due piè de la fiera, ch'eran corti,
    tanto allungar quanto accorciavan quelle.
Poscia li piè di rietro, insieme attorti,
    diventaron lo membro che l'uom cela,
    e 'l misero del suo n'avea due porti.
Mentre che 'l fummo l'uno e l'altro vela
    di color novo, e genera 'l pel suso
    per l'una parte e da l'altra il dipela,
l'un si levò e l'altro cadde giuso,
    non torcendo però le lucerne empie,
    sotto le quai ciascun cambiava muso.
Quel ch'era dritto, il trasse ver' le tempie,
    e di troppa matera ch'in là venne
    uscir li orecchi de le gote scempie;
ciò che non corse in dietro e si ritenne
    di quel soverchio, fé naso a la faccia
    e le labbra ingrossò quanto convenne.

Continuación de la séptima fosa. Vanni Fucci, el ladrón que ha formulado algunas predicciones a Dante se atreve a blasfemar contra el Cielo y es castigado de inmediato. Una serpiente de seis patas muerde a un ladrón y se produce una transmutación de este, que acaba convertido en un monstruo mitad hombre, mitad reptil.

Quel che giacëa, il muso innanzi caccia,
   e li orecchi ritira per la testa
   come face le corna la lumaccia;
e la lingua, ch'avëa unita e presta
   prima a parlar, si fende, e la forcuta
   ne l'altro si richiude; e 'l fummo resta.
L'anima ch'era fiera divenuta,
   suffolando si fugge per la valle,
   e l'altro dietro a lui parlando sputa.
Poscia li volse le novelle spalle,
   e disse a l'altro: "I' vo' che Buoso corra,
   com' ho fatt'io, carpon per questo calle".
Così vid'io la settima zavorra
   mutare e trasmutare; e qui mi scusi
   la novità se fior la penna abborra.
E avvegna che li occhi miei confusi
   fossero alquanto e l'animo smagato,
   non poter quei fuggirsi tanto chiusi,
ch'i' non scorgessi ben Puccio Sciancato;
   ed era quel che sol, di tre compagni
   che venner prima, non era mutato;
l'altr'era quel che tu, Gaville, piagni.

CANTO 26

Godi, Fiorenza, poi che se' sì grande
   che per mare e per terra batti l'ali,
   e per lo 'nferno tuo nome si spande!
Tra li ladron trovai cinque cotali
   tuoi cittadini onde mi ven vergogna,
   e tu in grande orranza non ne sali.
Ma se presso al mattin del ver si sogna,
   tu sentirai, di qua da picciol tempo,
   di quel che Prato, non ch'altri, t'agogna.
E se già fosse, non saria per tempo.
   Così foss'ei, da che pur esser dee!
   ché più mi graverà, com' più m'attempo.
Noi ci partimmo, e su per le scalee
   che n'avea fatto iborni a scender pria,
   rimontò 'l duca mio e trasse mee;
e proseguendo la solinga via,
   tra le schegge e tra ' rocchi de lo scoglio
   lo piè sanza la man non si spedia.
Allor mi dolsi, e ora mi ridoglio
   quando drizzo la mente a ciò ch'io vidi,
   e più lo 'ngegno affreno ch'i' non soglio,
perché non corra che virtù nol guidi;
   sì che, se stella bona o miglior cosa
   m' ha dato 'l ben, ch'io stessi nol m'invidi.
Quante 'l villan ch'al poggio si riposa,
   nel tempo che colui che 'l mondo schiara
   la faccia sua a noi tien meno ascosa,
come la mosca cede a la zanzara,
   vede lucciole giù per la vallea,
   forse colà dov'e' vendemmia e ara:

di tante fiamme tutta risplendea
   l'ottava bolgia, sì com'io m'accorsi
   tosto che fui là 've 'l fondo parea.
E qual colui che si vengiò con li orsi
   vide 'l carro d'Elia al dipartire,
   quando i cavalli al cielo erti levorsi,
che nol potea sì con li occhi seguire,
   ch'el vedesse altro che la fiamma sola,
   sì come nuvoletta, in sù salire:
tal si move ciascuna per la gola
   del fosso, ché nessuna mostra 'l furto,
   e ogne fiamma un peccatore invola.
Io stava sovra 'l ponte a veder surto,
   sì che s'io non avessi un ronchion preso,
   caduto sarei giù sanz'esser urto.
E 'l duca, che mi vide tanto atteso,
   disse: "Dentro dai fuochi son li spirti;
   catun si fascia di quel ch'elli è inceso".
"Maestro mio", rispuos'io, "per udirti
   son io più certo; ma già m'era avviso
   che così fosse, e già voleva dirti:
chi è 'n quel foco che vien sì diviso
   di sopra, che par surger de la pira
   dov'Eteòcle col fratel fu miso?".
Rispuose a me: "Là dentro si martira
   Ulisse e Dïomede, e così insieme
   a la vendetta vanno come a l'ira;
e dentro da la lor fiamma si geme
   l'agguato del caval che fé la porta
   onde uscì de' Romani il gentil seme.
Piangevisi entro l'arte per che, morta,
   Deïdamìa ancor si duol d'Achille,
   e del Palladio pena vi si porta".

"S'ei posson dentro da quelle faville
    parlar", diss'io, "maestro, assai ten priego
    e ripriego, che 'l priego vaglia mille,
che non mi facci de l'attender niego
    fin che la fiamma cornuta qua vegna;
    vedi che del disio ver' lei mi piego!".
Ed elli a me: "La tua preghiera è degna
    di molta loda, e io però l'accetto;
    ma fa che la tua lingua si sostegna.
Lascia parlare a me, ch'i' ho concetto
    ciò che tu vuoi; ch'ei sarebbero schivi,
    perch'e' fuor greci, forse del tuo detto".
Poi che la fiamma fu venuta quivi
    dove parve al mio duca tempo e loco,
    in questa forma lui parlare audivi:
"O voi che siete due dentro ad un foco,
    s'io meritai di voi mentre ch'io vissi,
    s'io meritai di voi assai o poco
quando nel mondo li alti versi scrissi,
    non vi movete; ma l'un di voi dica
    dove, per lui, perduto a morir gissi".
Lo maggior corno de la fiamma antica
    cominciò a crollarsi mormorando,
    pur come quella cui vento affatica;
indi la cima qua e là menando,
    come fosse la lingua che parlasse,
    gittò voce di fuori e disse: "Quando
mi diparti' da Circe, che sottrasse
    me più d'un anno là presso a Gaeta,
    prima che sì Enëa la nomasse,
né dolcezza di figlio, né la pieta
    del vecchio padre, né 'l debito amore
    lo qual dovea Penelopè far lieta,

vincer potero dentro a me l'ardore
   ch'i' ebbi a divenir del mondo esperto
   e de li vizi umani e del valore;
ma misi me per l'alto mare aperto
   sol con un legno e con quella compagna
   picciola da la qual non fui diserto.
L'un lito e l'altro vidi infin la Spagna,
   fin nel Morrocco, e l'isola d'i Sardi,
   e l'altre che quel mare intorno bagna.
Io e' compagni eravam vecchi e tardi
   quando venimmo a quella foce stretta
   dov'Ercule segnò li suoi riguardi
acciò che l'uom più oltre non si metta;
   da la man destra mi lasciai Sibilia,
   da l'altra già m'avea lasciata Setta.
"O frati," dissi, "che per cento milia
   perigli siete giunti a l'occidente,
   a questa tanto picciola vigilia
d'i nostri sensi ch'è del rimanente
   non vogliate negar l'esperïenza,
   di retro al sol, del mondo sanza gente.
Considerate la vostra semenza:
   fatti non foste a viver come bruti,
   ma per seguir virtute e canoscenza".
Li miei compagni fec'io sì aguti,
   con questa orazion picciola, al cammino,
   che a pena poscia li avrei ritenuti;
e volta nostra poppa nel mattino,
   de' remi facemmo ali al folle volo,
   sempre acquistando dal lato mancino.
Tutte le stelle già de l'altro polo
   vedea la notte, e 'l nostro tanto basso,
   che non surgëa fuor del marin suolo.

Cinque volte racceso e tante casso
    lo lume era di sotto da la luna,
    poi che 'ntrati eravam ne l'alto passo,
quando n'apparve una montagna, bruna
    per la distanza, e parvemi alta tanto
    quanto veduta non avëa alcuna.
Noi ci allegrammo, e tosto tornò in pianto;
    ché de la nova terra un turbo nacque
    e percosse del legno il primo canto.
Tre volte il fé girar con tutte l'acque;
    a la quarta levar la poppa in suso
    e la prora ire in giù, com'altrui piacque,

CANTO 27

Già era dritta in sù la fiamma e queta
    per non dir più, e già da noi sen gia
    con la licenza del dolce poeta,
quand'un'altra, che dietro a lei venìa,
    ne fece volger li occhi a la sua cima
    per un confuso suon che fuor n'uscia.
Come 'l bue cicilian che mugghiò prima
    col pianto di colui, e ciò fu dritto,
    che l'avea temperato con sua lima,
mugghiava con la voce de l'afflitto,
    sì che, con tutto che fosse di rame,
    pur el pareva dal dolor trafitto;
così, per non aver via né forame
    dal principio nel foco, in suo linguaggio
    si convertïan le parole grame.
Ma poscia ch'ebber colto lor vïaggio
    su per la punta, dandole quel guizzo
    che dato avea la lingua in lor passaggio,
udimmo dire: "O tu a cu' io drizzo
    la voce e che parlavi mo lombardo,
    dicendo "Istra ten va, più non t'adizzo",
perch'io sia giunto forse alquanto tardo,
    non t'incresca restare a parlar meco;
    vedi che non incresce a me, e ardo!
Se tu pur mo in questo mondo cieco
    caduto se' di quella dolce terra
    latina ond'io mia colpa tutta reco,
dimmi se Romagnuoli han pace o guerra;
    ch'io fui d'i monti là intra Orbino
    e 'l giogo di che Tever si diserra".

Io era in giuso ancora attento e chino,
    quando il mio duca mi tentò di costa,
    dicendo: "Parla tu; questi è latino".
E io, ch'avea già pronta la risposta,
    sanza indugio a parlare incominciai:
    "O anima che se' là giù nascosta,
Romagna tua non è, e non fu mai,
    sanza guerra ne' cuor de' suoi tiranni;
    ma 'n palese nessuna or vi lasciai.
Ravenna sta come stata è molt'anni:
    l'aguglia da Polenta la si cova,
    sì che Cervia ricuopre co' suoi vanni.
La terra che fé già la lunga prova
    e di Franceschi sanguinoso mucchio,
    sotto le branche verdi si ritrova.
E 'l mastin vecchio e 'l nuovo da Verrucchio,
    che fecer di Montagna il mal governo,
    là dove soglion fan d'i denti succhio.
Le città di Lamone e di Santerno
    conduce il lïoncel dal nido bianco,
    che muta parte da la state al verno.
E quella cu' il Savio bagna il fianco,
    così com'ella sie' tra 'l piano e 'l monte,
    tra tirannia si vive e stato franco.
Ora chi se', ti priego che ne conte;
    non esser duro più ch'altri sia stato,
    se 'l nome tuo nel mondo tegna fronte".
Poscia che 'l foco alquanto ebbe rugghiato
    al modo suo, l'aguta punta mosse
    di qua, di là, e poi diè cotal fiato:
"S'i' credesse che mia risposta fosse
    a persona che mai tornasse al mondo,
    questa fiamma staria sanza più scosse;

ma però che già mai di questo fondo
    non tornò vivo alcun, s'i' odo il vero,
    sanza tema d'infamia ti rispondo.
Io fui uom d'arme, e poi fui cordigliero,
    credendomi, sì cinto, fare ammenda;
    e certo il creder mio venìa intero,
se non fosse il gran prete, a cui mal prenda!,
    che mi rimise ne le prime colpe;
    e come e quare, voglio che m'intenda.
Mentre ch'io forma fui d'ossa e di polpe
    che la madre mi diè, l'opere mie
    non furon leonine, ma di volpe.
Li accorgimenti e le coperte vie
    io seppi tutte, e sì menai lor arte,
    ch'al fine de la terra il suono uscìe.
Quando mi vidi giunto in quella parte
    di mia etade ove ciascun dovrebbe
    calar le vele e raccoglier le sarte,
ciò che pria mi piacëa, allor m'increbbe,
    e pentuto e confesso mi rendei;
    ahi miser lasso! e giovato sarebbe.
Lo principe d'i novi Farisei,
    avendo guerra presso a Laterano,
    e non con Saracin né con Giudei,
ché ciascun suo nimico era cristiano,
    e nessun era stato a vincer Acri
    né mercatante in terra di Soldano,
né sommo officio né ordini sacri
    guardò in sé, né in me quel capestro
    che solea fare i suoi cinti più macri.
Ma come Costantin chiese Silvestro
    d'entro Siratti a guerir de la lebbre,
    così mi chiese questi per maestro

a guerir de la sua superba febbre;
   domandommi consiglio, e io tacetti
   perché le sue parole parver ebbre.
E' poi ridisse: "Tuo cuor non sospetti;
   finor t'assolvo, e tu m'insegna fare
   sì come Penestrino in terra getti.
Lo ciel poss'io serrare e diserrare,
   come tu sai; però son due le chiavi
   che 'l mio antecessor non ebbe care".
Allor mi pinser li argomenti gravi
   là 've 'l tacer mi fu avviso 'l peggio,
   e dissi: "Padre, da che tu mi lavi
di quel peccato ov'io mo cader deggio,
   lunga promessa con l'attender corto
   ti farà triünfar ne l'alto seggio".
Francesco venne poi, com'io fu' morto,
   per me; ma un d'i neri cherubini
   li disse: "Non portar; non mi far torto.
Venir se ne dee giù tra ' miei meschini
   perché diede 'l consiglio frodolente,
   dal quale in qua stato li sono a' crini;
ch'assolver non si può chi non si pente,
   né pentere e volere insieme puossi
   per la contradizion che nol consente".
Oh me dolente! come mi riscossi
   quando mi prese dicendomi: "Forse
   tu non pensavi ch'io löico fossi!".
A Minòs mi portò; e quelli attorse
   otto volte la coda al dosso duro;
   e poi che per gran rabbia la si morse,
disse: "Questi è d'i rei del foco furo";
   per ch'io là dove vedi son perduto,
   e sì vestito, andando, mi rancuro".

Quand'elli ebbe 'l suo dir così compiuto,
   la fiamma dolorando si partio,
   torcendo e dibattendo 'l corno aguto.
Noi passamm'oltre, e io e 'l duca mio,
   su per lo scoglio infino in su l'altr'arco
   che cuopre 'l fosso in che si paga il fio
a quei che scommettendo acquistan carco.

CANTO 28

Chi poria mai pur con parole sciolte
    dicer del sangue e de le piaghe a pieno
    ch'i' ora vidi, per narrar più volte?
Ogne lingua per certo verria meno
    per lo nostro sermone e per la mente
    c' hanno a tanto comprender poco seno.
S'el s'aunasse ancor tutta la gente
    che già, in su la fortunata terra
    di Puglia, fu del suo sangue dolente
per li Troiani e per la lunga guerra
    che de l'anella fé sì alte spoglie,
    come Livïo scrive, che non erra,
con quella che sentio di colpi doglie
    per contastare a Ruberto Guiscardo;
    e l'altra il cui ossame ancor s'accoglie
a Ceperan, là dove fu bugiardo
    ciascun Pugliese, e là da Tagliacozzo,
    dove sanz'arme vinse il vecchio Alardo;
e qual forato suo membro e qual mozzo
    mostrasse, d'aequar sarebbe nulla
    il modo de la nona bolgia sozzo.
Già veggia, per mezzul perdere o lulla,
    com'io vidi un, così non si pertugia,
    rotto dal mento infin dove si trulla.
Tra le gambe pendevan le minugia;
    la corata pareva e 'l tristo sacco
    che merda fa di quel che si trangugia.
Mentre che tutto in lui veder m'attacco,
    guardommi e con le man s'aperse il petto,
    dicendo: "Or vedi com'io mi dilacco!

vedi come storpiato è Mäometto!
  Dinanzi a me sen va piangendo Alì,
  fesso nel volto dal mento al ciuffetto.
E tutti li altri che tu vedi qui,
  seminator di scandalo e di scisma
  fuor vivi, e però son fessi così.
Un diavolo è qua dietro che n'accisma
  sì crudelmente, al taglio de la spada
  rimettendo ciascun di questa risma,
quand'avem volta la dolente strada;
  però che le ferite son richiuse
  prima ch'altri dinanzi li rivada.
Ma tu chi se' che 'n su lo scoglio muse,
  forse per indugiar d'ire a la pena
  ch'è giudicata in su le tue accuse?".
"Né morte 'l giunse ancor, né colpa 'l mena",
  rispuose 'l mio maestro, "a tormentarlo;
  ma per dar lui esperïenza piena,
a me, che morto son, convien menarlo
  per lo 'nferno qua giù di giro in giro;
  e quest'è ver così com'io ti parlo".
Più fuor di cento che, quando l'udiro,
  s'arrestaron nel fosso a riguardarmi
  per maraviglia, oblïando il martiro.
"Or dì a fra Dolcin dunque che s'armi,
  tu che forse vedra' il sole in breve,
  s'ello non vuol qui tosto seguitarmi,
sì di vivanda, che stretta di neve
  non rechi la vittoria al Noarese,
  ch'altrimenti acquistar non saria leve".
Poi che l'un piè per girsene sospese,
  Mäometto mi disse esta parola;
  indi a partirsi in terra lo distese.

En la novena fosa son castigados los que siembran la discordia. Las espadas de los diablos mutilan y descuartizan sin descanso cuerpos de los condenados que desfilan en círculo ante la mirada atónita de Dante.

Un altro, che forata avea la gola
 e tronco 'l naso infin sotto le ciglia,
 e non avea mai ch'una orecchia sola,
ristato a riguardar per maraviglia
 con li altri, innanzi a li altri aprì la canna,
 ch'era di fuor d'ogne parte vermiglia,
e disse: "O tu cui colpa non condanna
 e cu' io vidi in su terra latina,
 se troppa simiglianza non m'inganna,
rimembriti di Pier da Medicina,
 se mai torni a veder lo dolce piano
 che da Vercelli a Marcabò dichina.
E fa sapere a' due miglior da Fano,
 a messer Guido e anco ad Angiolello,
 che, se l'antiveder qui non è vano,
gittati saran fuor di lor vasello
 e mazzerati presso a la Cattolica
 per tradimento d'un tiranno fello.
Tra l'isola di Cipri e di Maiolica
 non vide mai sì gran fallo Nettuno,
 non da pirate, non da gente argolica.
Quel traditor che vede pur con l'uno,
 e tien la terra che tale qui meco
 vorrebbe di vedere esser digiuno,
farà venirli a parlamento seco;
 poi farà sì, ch'al vento di Focara
 non sarà lor mestier voto né preco".
E io a lui: "Dimostrami e dichiara,
 se vuo' ch'i' porti sù di te novella,
 chi è colui da la veduta amara".
Allor puose la mano a la mascella
 d'un suo compagno e la bocca li aperse,
 gridando: "Questi è desso, e non favella.

El decapitado Bertran de Born, mal consejero de Enrique III, lleva su cabeza en las manos a modo de farol para alumbrarse. De la cabeza colgante surgen estas palabras: «Porque dividí a personas tan unidas por la sangre, llevo yo el cerebro dividido, ¡mísero de mí!, desde su mismo principio, la médula espinal, que está en el tronco. Así puede observarse en mí la ley del contrapaso a la que están sujetos los condenados».

Questi, scacciato, il dubitar sommerse
   in Cesare, affermando che 'l fornito
   sempre con danno l'attender sofferse".
Oh quanto mi pareva sbigottito
   con la lingua tagliata ne la strozza
   Curïo, ch'a dir fu così ardito!
E un ch'avea l'una e l'altra man mozza,
   levando i moncherin per l'aura fosca,
   sì che 'l sangue facea la faccia sozza,
gridò: "Ricordera' ti anche del Mosca,
   che disse, lasso!, 'Capo ha cosa fatta',
   che fu mal seme per la gente tosca".
E io li aggiunsi: "E morte di tua schiatta";
   per ch'elli, accumulando duol con duolo,
   sen gio come persona trista e matta.
Ma io rimasi a riguardar lo stuolo,
   e vidi cosa ch'io avrei paura,
   sanza più prova, di contarla solo;
se non che coscïenza m'assicura,
   la buona compagnia che l'uom francheggia
   sotto l'asbergo del sentirsi pura.
Io vidi certo, e ancor par ch'io 'l veggia,
   un busto sanza capo andar sì come
   andavan li altri de la trista greggia;
e 'l capo tronco tenea per le chiome,
   pesol con mano a guisa di lanterna:
   e quel mirava noi e dicea: "Oh me!".
Di sé facea a sé stesso lucerna,
   ed eran due in uno e uno in due;
   com'esser può, quei sa che sì governa.
Quando diritto al piè del ponte fue,
   levò 'l braccio alto con tutta la testa
   per appressarne le parole sue,

che fuoro: "Or vedi la pena molesta,
    tu che, spirando, vai veggendo i morti:
    vedi s'alcuna è grande come questa.
E perché tu di me novella porti,
    sappi ch'i' son Bertram dal Bornio, quelli
    che diedi al re giovane i ma' conforti.
Io feci il padre e 'l figlio in sé ribelli;
    Achitofèl non fé più d'Absalone
    e di Davìd coi malvagi punzelli.
Perch'io parti' così giunte persone,
    partito porto il mio cerebro, lasso!,
    dal suo principio ch'è in questo troncone.
Così s'osserva in me lo contrapasso".

CANTO 29

La molta gente e le diverse piaghe
   avean le luci mie sì inebrïate,
   che de lo stare a piangere eran vaghe.
Ma Virgilio mi disse: "Che pur guate?
   perché la vista tua pur si soffolge
   là giù tra l'ombre triste smozzicate?
Tu non hai fatto sì a l'altre bolge;
   pensa, se tu annoverar le credi,
   che miglia ventidue la valle volge.
E già la luna è sotto i nostri piedi;
   lo tempo è poco omai che n'è concesso,
   e altro è da veder che tu non vedi".
"Se tu avessi", rispuos'io appresso,
   "atteso a la cagion per ch'io guardava,
   forse m'avresti ancor lo star dimesso".
Parte sen giva, e io retro li andava,
   lo duca, già faccendo la risposta,
   e soggiugnendo: "Dentro a quella cava
dov'io tenea or li occhi sì a posta,
   credo ch'un spirto del mio sangue pianga
   la colpa che là giù cotanto costa".
Allor disse 'l maestro: "Non si franga
   lo tuo pensier da qui innanzi sovr'ello.
   Attendi ad altro, ed ei là si rimanga;
ch'io vidi lui a piè del ponticello
   mostrarti e minacciar forte col dito,
   e udi' 'l nominar Geri del Bello.
Tu eri allor sì del tutto impedito
   sovra colui che già tenne Altaforte,
   che non guardasti in là, sì fu partito".

"O duca mio, la vïolenta morte
   che non li è vendicata ancor", diss'io,
   "per alcun che de l'onta sia consorte,
fece lui disdegnoso; ond'el sen gio
   sanza parlarmi, sì com'ïo estimo:
   e in ciò m' ha el fatto a sé più pio".
Così parlammo infino al loco primo
   che de lo scoglio l'altra valle mostra,
   se più lume vi fosse, tutto ad imo.
Quando noi fummo sor l'ultima chiostra
   di Malebolge, sì che i suoi conversi
   potean parere a la veduta nostra,
lamenti saettaron me diversi,
   che di pietà ferrati avean li strali;
   ond'io li orecchi con le man copersi.
Qual dolor fora, se de li spedali
   di Valdichiana tra 'l luglio e 'l settembre
   e di Maremma e di Sardigna i mali
fossero in una fossa tutti 'nsembre,
   tal era quivi, e tal puzzo n'usciva
   qual suol venir de le marcite membre.
Noi discendemmo in su l'ultima riva
   del lungo scoglio, pur da man sinistra;
   e allor fu la mia vista più viva
giù ver' lo fondo, là 've la ministra
   de l'alto Sire infallibil giustizia
   punisce i falsador che qui registra.
Non credo ch'a veder maggior tristizia
   fosse in Egina il popol tutto infermo,
   quando fu l'aere sì pien di malizia,
che li animali, infino al picciol vermo,
   cascaron tutti, e poi le genti antiche,
   secondo che i poeti hanno per fermo,

si ristorar di seme di formiche;
   ch'era a veder per quella oscura valle
   languir li spirti per diverse biche.
Qual sovra 'l ventre e qual sovra le spalle
   l'un de l'altro giacea, e qual carpone
   si trasmutava per lo tristo calle.
Passo passo andavam sanza sermone,
   guardando e ascoltando li ammalati,
   che non potean levar le lor persone.
Io vidi due sedere a sé poggiati,
   com'a scaldar si poggia tegghia a tegghia,
   dal capo al piè di schianze macolati;
e non vidi già mai menare stregghia
   a ragazzo aspettato dal segnorso,
   né a colui che mal volontier vegghia,
come ciascun menava spesso il morso
   de l'unghie sopra sé per la gran rabbia
   del pizzicor, che non ha più soccorso;
e sì traevan giù l'unghie la scabbia,
   come coltel di scardova le scaglie
   o d'altro pesce che più larghe l'abbia.
"O tu che con le dita ti dismaglie",
   cominciò 'l duca mio a l'un di loro,
   "e che fai d'esse talvolta tanaglie,
dinne s'alcun Latino è tra costoro
   che son quinc'entro, se l'unghia ti basti
   etternalmente a cotesto lavoro".
"Latin siam noi, che tu vedi sì guasti
   qui ambedue", rispuose l'un piangendo;
   "ma tu chi se' che di noi dimandasti?".
E 'l duca disse: "I' son un che discendo
   con questo vivo giù di balzo in balzo,
   e di mostrar lo 'nferno a lui intendo".

Allor si ruppe lo comun rincalzo;
 e tremando ciascuno a me si volse
 con altri che l'udiron di rimbalzo.
Lo buon maestro a me tutto s'accolse,
 dicendo: "Dì a lor ciò che tu vuoli";
 e io incominciai, poscia ch'ei volse:
"Se la vostra memoria non s'imboli
 nel primo mondo da l'umane menti,
 ma s'ella viva sotto molti soli,
ditemi chi voi siete e di che genti;
 la vostra sconcia e fastidiosa pena
 di palesarvi a me non vi spaventi".
"Io fui d'Arezzo, e Albero da Siena",
 rispuose l'un, "mi fé mettere al foco;
 ma quel per ch'io mori' qui non mi mena.
Vero è ch'i' dissi lui, parlando a gioco:
 'I' mi saprei levar per l'aere a volo';
 e quei, ch'avea vaghezza e senno poco,
volle ch'i' li mostrassi l'arte; e solo
 perch'io nol feci Dedalo, mi fece
 ardere a tal che l'avea per figliuolo.
Ma ne l'ultima bolgia de le diece
 me per l'alchìmia che nel mondo usai
 dannò Minòs, a cui fallar non lece".
E io dissi al poeta: "Or fu già mai
 gente sì vana come la sanese?
 Certo non la francesca sì d'assai!".
Onde l'altro lebbroso, che m'intese,
 rispuose al detto mio: "Tra' mene Stricca
 che seppe far le temperate spese,
e Niccolò che la costuma ricca
 del garofano prima discoverse
 ne l'orto dove tal seme s'appicca;

e tra' ne la brigata in che disperse
   Caccia d'Ascian la vigna e la gran fonda,
   e l'Abbagliato suo senno proferse.
Ma perché sappi chi sì ti seconda
   contra i Sanesi, aguzza ver' me l'occhio,
   sì che la faccia mia ben ti risponda:
sì vedrai ch'io son l'ombra di Capocchio,
   che falsai li metalli con l'alchìmia;
   e te dee ricordar, se ben t'adocchio,
com'io fui di natura buona scimia".

CANTO 30

Nel tempo che Iunone era crucciata
    per Semelè contra 'l sangue tebano,
    come mostrò una e altra fiata,
Atamante divenne tanto insano,
    che veggendo la moglie con due figli
    andar carcata da ciascuna mano,
gridò: "Tendiam le reti, sì ch'io pigli
    la leonessa e ' leoncini al varco";
    e poi distese i dispietati artigli,
prendendo l'un ch'avea nome Learco,
    e rotollo e percosselo ad un sasso;
    e quella s'annegò con l'altro carco.
E quando la fortuna volse in basso
    l'altezza de' Troian che tutto ardiva,
    sì che 'nsieme col regno il re fu casso,
Ecuba trista, misera e cattiva,
    poscia che vide Polissena morta,
    e del suo Polidoro in su la riva
del mar si fu la dolorosa accorta,
    forsennata latrò sì come cane;
    tanto il dolor le fé la mente torta.
Ma né di Tebe furie né troiane
    si vider mäi in alcun tanto crude,
    non punger bestie, nonché membra umane,
quant'io vidi in due ombre smorte e nude,
    che mordendo correvan di quel modo
    che 'l porco quando del porcil si schiude.
L'una giunse a Capocchio, e in sul nodo
    del collo l'assannò, sì che, tirando,
    grattar li fece il ventre al fondo sodo.

E l'Aretin che rimase, tremando
   mi disse: "Quel folletto è Gianni Schicchi,
   e va rabbioso altrui così conciando".
"Oh", diss'io lui, "se l'altro non ti ficchi
   li denti a dosso, non ti sia fatica
   a dir chi è, pria che di qui si spicchi".
Ed elli a me: "Quell'è l'anima antica
   di Mirra scellerata, che divenne
   al padre, fuor del dritto amore, amica.
Questa a peccar con esso così venne,
   falsificando sé in altrui forma,
   come l'altro che là sen va, sostenne,
per guadagnar la donna de la torma,
   falsificare in sé Buoso Donati,
   testando e dando al testamento norma".
E poi che i due rabbiosi fuor passati
   sovra cu' io avea l'occhio tenuto,
   rivolsilo a guardar li altri mal nati.
Io vidi un, fatto a guisa di lëuto,
   pur ch'elli avesse avuta l'anguinaia
   tronca da l'altro che l'uomo ha forcuto.
La grave idropesì, che sì dispaia
   le membra con l'omor che mal converte,
   che 'l viso non risponde a la ventraia,
faceva lui tener le labbra aperte
   come l'etico fa, che per la sete
   l'un verso 'l mento e l'altro in sù rinverte.
"O voi che sanz'alcuna pena siete,
   e non so io perché, nel mondo gramo",
   diss'elli a noi, "guardate e attendete
a la miseria del maestro Adamo;
   io ebbi, vivo, assai di quel ch'i' volli,
   e ora, lasso!, un gocciol d'acqua bramo.

Los dos poetas entran en la décima y última fosa del octavo círculo. Una multitud de lamentos obliga a Dante a taparse los oídos. Los falsificadores y los alquimistas reciben el suplicio de verse cubiertos por dolorosas llagas. También aquí se encuentran los calumniadores. Hinchados por la hidropesía, los condenados se devoran entre ellos. Se establece un diálogo entre los dos viajeros en el que Virgilio reprende a Dante que atienda las estúpidas manifestaciones de los falsificadores.

Li ruscelletti che d'i verdi colli
    del Casentin discendon giuso in Arno,
    faccendo i lor canali freddi e molli,
sempre mi stanno innanzi, e non indarno,
    ché l'imagine lor vie più m'asciuga
    che 'l male ond'io nel volto mi discarno.
La rigida giustizia che mi fruga
    tragge cagion del loco ov'io peccai
    a metter più li miei sospiri in fuga.
Ivi è Romena, là dov'io falsai
    la lega suggellata del Batista;
    per ch'io il corpo sù arso lasciai.
Ma s'io vedessi qui l'anima trista
    di Guido o d'Alessandro o di lor frate,
    per Fonte Branda non darei la vista.
Dentro c'è l'una già, se l'arrabbiate
    ombre che vanno intorno dicon vero;
    ma che mi val, c' ho le membra legate?
S'io fossi pur di tanto ancor leggero
    ch'i' potessi in cent'anni andare un'oncia,
    io sarei messo già per lo sentiero,
cercando lui tra questa gente sconcia,
    con tutto ch'ella volge undici miglia,
    e men d'un mezzo di traverso non ci ha.
Io son per lor tra sì fatta famiglia;
    e' m'indussero a batter li fiorini
    ch'avean tre carati di mondiglia".
E io a lui: "Chi son li due tapini
    che fumman come man bagnate 'l verno,
    giacendo stretti a' tuoi destri confini?".
"Qui li trovai — e poi volta non dierno —",
    rispuose, "quando piovvi in questo greppo,
    e non credo che dieno in sempiterno.

L'una è la falsa ch'accusò Gioseppo;
    l'altr'è 'l falso Sinon greco di Troia:
    per febbre aguta gittan tanto leppo".
E l'un di lor, che si recò a noia
    forse d'esser nomato sì oscuro,
    col pugno li percosse l'epa croia.
Quella sonò come fosse un tamburo;
    e mastro Adamo li percosse il volto
    col braccio suo, che non parve men duro,
dicendo a lui: "Ancor che mi sia tolto
    lo muover per le membra che son gravi,
    ho io il braccio a tal mestiere sciolto".
Ond'ei rispuose: "Quando tu andavi
    al fuoco, non l'avei tu così presto;
    ma sì e più l'avei quando coniavi".
E l'idropico: "Tu di' ver di questo:
    ma tu non fosti sì ver testimonio
    là 've del ver fosti a Troia richesto".
"S'io dissi falso, e tu falsasti il conio",
    disse Sinon; "e son qui per un fallo,
    e tu per più ch'alcun altro demonio!".
"Ricorditi, spergiuro, del cavallo",
    rispuose quel ch'avëa infiata l'epa;
    "e sieti reo che tutto il mondo sallo!".
"E te sia rea la sete onde ti crepa",
    disse 'l Greco, "la lingua, e l'acqua marcia
    che 'l ventre innanzi a li occhi sì t'assiepa!".
Allora il monetier: "Così si squarcia
    la bocca tua per tuo mal come suole;
    ché, s'i' ho sete e omor mi rinfarcia,
tu hai l'arsura e 'l capo che ti duole,
    e per leccar lo specchio di Narcisso,
    non vorresti a 'nvitar molte parole".

Ad ascoltarli er'io del tutto fisso,
    quando 'l maestro mi disse: "Or pur mira,
    che per poco che teco non mi risso!".
Quand'io 'l senti' a me parlar con ira,
    volsimi verso lui con tal vergogna,
    ch'ancor per la memoria mi si gira.
Qual è colui che suo dannaggio sogna,
    che sognando desidera sognare,
    sì che quel ch'è, come non fosse, agogna,
tal mi fec'io, non possendo parlare,
    che disïava scusarmi, e scusava
    me tuttavia, e nol mi credea fare.
"Maggior difetto men vergogna lava",
    disse 'l maestro, "che 'l tuo non è stato;
    però d'ogne trestizia ti disgrava.
E fa ragion ch'io ti sia sempre allato,
    se più avvien che fortuna t'accoglia
    dove sien genti in simigliante piato:
ché voler ciò udire è bassa voglia".

CANTO 31

Una medesma lingua pria mi morse,
    sì che mi tinse l'una e l'altra guancia,
    e poi la medicina mi riporse;
così od'io che solea far la lancia
    d'Achille e del suo padre esser cagione
    prima di trista e poi di buona mancia.
Noi demmo il dosso al misero vallone
    su per la ripa che 'l cinge dintorno,
    attraversando sanza alcun sermone.
Quiv'era men che notte e men che giorno,
    sì che 'l viso m'andava innanzi poco;
    ma io senti' sonare un alto corno,
tanto ch'avrebbe ogne tuon fatto fioco,
    che, contra sé la sua via seguitando,
    dirizzò li occhi miei tutti ad un loco.
Dopo la dolorosa rotta, quando
    Carlo Magno perdé la santa gesta,
    non sonò sì terribilmente Orlando.
Poco portäi in là volta la testa,
    che me parve veder molte alte torri;
    ond'io: "Maestro, dì, che terra è questa?".
Ed elli a me: "Però che tu trascorri
    per le tenebre troppo da la lungi,
    avvien che poi nel maginare abborri.
Tu vedrai ben, se tu là ti congiungi,
    quanto 'l senso s'inganna di lontano;
    però alquanto più te stesso pungi".
Poi caramente mi prese per mano
    e disse: "Pria che noi siam più avanti,
    acciò che 'l fatto men ti paia strano,

sappi che non son torri, ma giganti,
 e son nel pozzo intorno da la ripa
 da l'umbilico in giuso tutti quanti".
Come quando la nebbia si dissipa,
 lo sguardo a poco a poco raffigura
 ciò che cela 'l vapor che l'aere stipa,
così forando l'aura grossa e scura,
 più e più appressando ver' la sponda,
 fuggiemi errore e cresciemi paura;
però che, come su la cerchia tonda
 Montereggion di torri si corona,
 così la proda che 'l pozzo circonda
torreggiavan di mezza la persona
 li orribili giganti, cui minaccia
 Giove del cielo ancora quando tuona.
E io scorgeva già d'alcun la faccia,
 le spalle e 'l petto e del ventre gran parte,
 e per le coste giù ambo le braccia.
Natura certo, quando lasciò l'arte
 di sì fatti animali, assai fé bene
 per tòrre tali essecutori a Marte.
E s'ella d'elefanti e di balene
 non si pente, chi guarda sottilmente,
 più giusta e più discreta la ne tene;
ché dove l'argomento de la mente
 s'aggiugne al mal volere e a la possa,
 nessun riparo vi può far la gente.
La faccia sua mi parea lunga e grossa
 come la pina di San Pietro a Roma,
 e a sua proporzione eran l'altre ossa;
sì che la ripa, ch'era perizoma
 dal mezzo in giù, ne mostrava ben tanto
 di sovra, che di giugnere a la chioma

Dante oye el sonido de un cuerno. Buscando su origen dirige su mirada hasta un punto en el que cree distinguir una ciudad. Virgilio le saca de su engaño, pues lo que Dante ve como torres de una muralla son, en realidad, los cuerpos semihundidos en un pozo de los Gigantes del noveno círculo. Uno de los titanes, Nemrod, los recibe con misteriosas palabras: «¡Raphèl maì amècche zabì almi!».

tre Frison s'averien dato mal vanto;
però ch'i' ne vedea trenta gran palmi
dal loco in giù dov'omo affibbia 'l manto.
"Raphèl maì amècche zabì almi",
cominciò a gridar la fiera bocca,
cui non si convenia più dolci salmi.
E 'l duca mio ver' lui: "Anima sciocca,
tienti col corno, e con quel ti disfoga
quand'ira o altra passïon ti tocca!
Cércati al collo, e troverai la soga
che 'l tien legato, o anima confusa,
e vedi lui che 'l gran petto ti doga".
Poi disse a me: "Elli stessi s'accusa;
questi è Nembrotto per lo cui mal coto
pur un linguaggio nel mondo non s'usa.
Lasciànlo stare e non parliamo a vòto;
ché così è a lui ciascun linguaggio
come 'l suo ad altrui, ch'a nullo è noto".
Facemmo adunque più lungo vïaggio,
vòlti a sinistra; e al trar d'un balestro
trovammo l'altro assai più fero e maggio.
A cigner lui qual che fosse 'l maestro,
non so io dir, ma el tenea soccinto
dinanzi l'altro e dietro il braccio destro
d'una catena che 'l tenea avvinto
dal collo in giù, sì che 'n su lo scoperto
si ravvolgëa infino al giro quinto.
"Questo superbo volle esser esperto
di sua potenza contra 'l sommo Giove",
disse 'l mio duca, "ond'elli ha cotal merto.
Fïalte ha nome, e fece le gran prove
quando i giganti fer paura a' dèi;
le braccia ch'el menò, già mai non move".

Virgilio no se amilana ante la imponente presencia de los Gigantes y logra que uno de ellos, Anteo, los ayude a salvar el abismo que se interpone en su camino. Los dos poetas se unen en un abrazo y el gigante los toma con las manos y, suavemente, los deposita en el fondo. De este modo han llegado hasta el noveno círculo.

E io a lui: "S'esser puote, io vorrei
   che de lo smisurato Brïareo
   esperïenza avesser li occhi mei".
Ond'ei rispuose: "Tu vedrai Anteo
   presso di qui che parla ed è disciolto,
   che ne porrà nel fondo d'ogne reo.
Quel che tu vuo' veder, più là è molto
   ed è legato e fatto come questo,
   salvo che più feroce par nel volto".
Non fu tremoto già tanto rubesto,
   che scotesse una torre così forte,
   come Fïalte a scuotersi fu presto.
Allor temett'io più che mai la morte,
   e non v'era mestier più che la dotta,
   s'io non avessi viste le ritorte.
Noi procedemmo più avante allotta,
   e venimmo ad Anteo, che ben cinque alle,
   sanza la testa, uscia fuor de la grotta.
"O tu che ne la fortunata valle
   che fece Scipïon di gloria reda,
   quand'Anibàl co' suoi diede le spalle,
recasti già mille leon per preda,
   e che, se fossi stato a l'alta guerra
   de' tuoi fratelli, ancor par che si creda
ch'avrebber vinto i figli de la terra:
   mettine giù, e non ten vegna schifo,
   dove Cocito la freddura serra.
Non ci fare ire a Tizio né a Tifo:
   questi può dar di quel che qui si brama;
   però ti china e non torcer lo grifo.
Ancor ti può nel mondo render fama,
   ch'el vive, e lunga vita ancor aspetta
   se 'nnanzi tempo grazia a sé nol chiama".

Così disse 'l maestro; e quelli in fretta
   le man distese, e prese 'l duca mio,
   ond'Ercule sentì già grande stretta.
Virgilio, quando prender si sentio,
   disse a me: "Fatti qua, sì ch'io ti prenda";
   poi fece sì ch'un fascio era elli e io.
Qual pare a riguardar la Carisenda
   sotto 'l chinato, quando un nuvol vada
   sovr'essa sì, ched ella incontro penda:
tal parve Antëo a me che stava a bada
   di vederlo chinare, e fu tal ora
   ch'i' avrei voluto ir per altra strada.
Ma lievemente al fondo che divora
   Lucifero con Giuda, ci sposò;
   né, sì chinato, lì fece dimora,
e come albero in nave si levò.

CANTO 32

S'ïo avessi le rime aspre e chiocce,
    come si converrebbe al tristo buco
    sovra 'l qual pontan tutte l'altre rocce,
io premerei di mio concetto il suco
    più pienamente; ma perch'io non l'abbo,
    non sanza tema a dicer mi conduco;
ché non è impresa da pigliare a gabbo
    discriver fondo a tutto l'universo,
    né da lingua che chiami mamma o babbo.
Ma quelle donne aiutino il mio verso
    ch'aiutaro Anfione a chiuder Tebe,
    sì che dal fatto il dir non sia diverso.
Oh sovra tutte mal creata plebe
    che stai nel loco onde parlare è duro,
    mei foste state qui pecore o zebe!
Come noi fummo giù nel pozzo scuro
    sotto i piè del gigante assai più bassi,
    e io mirava ancora a l'alto muro,
dicere udi' mi: "Guarda come passi:
    va sì, che tu non calchi con le piante
    le teste de' fratei miseri lassi".
Per ch'io mi volsi, e vidimi davante
    e sotto i piedi un lago che per gelo
    avea di vetro e non d'acqua sembiante.
Non fece al corso suo sì grosso velo
    di verno la Danoia in Osterlicchi,
    né Tanaï là sotto 'l freddo cielo,
com'era quivi; che se Tambernicchi
    vi fosse sù caduto, o Pietrapana,
    non avria pur da l'orlo fatto cricchi.

E come a gracidar si sta la rana
   col muso fuor de l'acqua, quando sogna
   di spigolar sovente la villana,
livide, insin là dove appar vergogna
   eran l'ombre dolenti ne la ghiaccia,
   mettendo i denti in nota di cicogna.
Ognuna in giù tenea volta la faccia;
   da bocca il freddo, e da li occhi il cor tristo
   tra lor testimonianza si procaccia.
Quand'io m'ebbi dintorno alquanto visto,
   volsimi a' piedi, e vidi due sì stretti,
   che 'l pel del capo avieno insieme misto.
"Ditemi, voi che sì strignete i petti",
   diss'io, "chi siete?". E quei piegaro i colli;
   e poi ch'ebber li visi a me eretti,
li occhi lor, ch'eran pria pur dentro molli,
   gocciar su per le labbra, e 'l gelo strinse
   le lagrime tra essi e riserrolli.
Con legno legno spranga mai non cinse
   forte così; ond'ei come due becchi
   cozzaro insieme, tanta ira li vinse.
E un ch'avea perduti ambo li orecchi
   per la freddura, pur col viso in giùe,
   disse: "Perché cotanto in noi ti specchi?
Se vuoi saper chi son cotesti due,
   la valle onde Bisenzo si dichina
   del padre loro Alberto e di lor fue.
D'un corpo usciro; e tutta la Caina
   potrai cercare, e non troverai ombra
   degna più d'esser fitta in gelatina:
non quelli a cui fu rotto il petto e l'ombra
   con esso un colpo per la man d'Artù;
   non Focaccia; non questi che m'ingombra

col capo sì, ch'i' non veggio oltre più,
 e fu nomato Sassol Mascheroni;
 se tosco se', ben sai omai chi fu.
E perché non mi metti in più sermoni,
 sappi ch'i' fu' il Camiscion de' Pazzi;
 e aspetto Carlin che mi scagioni".
Poscia vid'io mille visi cagnazzi
 fatti per freddo; onde mi vien riprezzo,
 e verrà sempre, de' gelati guazzi.
E mentre ch'andavamo inver' lo mezzo
 al quale ogne gravezza si rauna,
 e io tremava ne l'etterno rezzo;
se voler fu o destino o fortuna,
 non so; ma, passeggiando tra le teste,
 forte percossi 'l piè nel viso ad una.
Piangendo mi sgridò: "Perché mi peste?
 se tu non vieni a crescer la vendetta
 di Montaperti, perché mi moleste?".
E io: "Maestro mio, or qui m'aspetta,
 sì ch'io esca d'un dubbio per costui;
 poi mi farai, quantunque vorrai, fretta".
Lo duca stette, e io dissi a colui
 che bestemmiava duramente ancora:
 "Qual se' tu che così rampogni altrui?".
"Or tu chi se' che vai per l'Antenora,
 percotendo", rispuose, "altrui le gote,
 sì che, se fossi vivo, troppo fora?".
"Vivo son io, e caro esser ti puote",
 fu mia risposta, "se dimandi fama,
 ch'io metta il nome tuo tra l'altre note".
Ed elli a me: "Del contrario ho io brama.
 Lèvati quinci e non mi dar più lagna,
 ché mal sai lusingar per questa lama!".

Allor lo presi per la cuticagna
    e dissi: "El converrà che tu ti nomi,
    o che capel qui sù non ti rimagna".
Ond'elli a me: "Perché tu mi dischiomi,
    né ti dirò ch'io sia, né mosterrolti
    se mille fiate in sul capo mi tomi".
Io avea già i capelli in mano avvolti,
    e tratti glien'avea più d'una ciocca,
    latrando lui con li occhi in giù raccolti,
quando un altro gridò: "Che hai tu, Bocca?
    non ti basta sonar con le mascelle,
    se tu non latri? qual diavol ti tocca?".
"Omai", diss'io, "non vo' che più favelle,
    malvagio traditor; ch'a la tua onta
    io porterò di te vere novelle".
"Va via", rispuose, "e ciò che tu vuoi conta;
    ma non tacer, se tu di qua entro eschi,
    di quel ch'ebbe or così la lingua pronta.
El piange qui l'argento de' Franceschi:
    "Io vidi", potrai dir, "quel da Duera
    là dove i peccatori stanno freschi".
Se fossi domandato "Altri chi v'era?",
    tu hai dallato quel di Beccheria
    di cui segò Fiorenza la gorgiera.
Gianni de' Soldanier credo che sia
    più là con Ganellone e Tebaldello,
    ch'aprì Faenza quando si dormia".
Noi eravam partiti già da ello,
    ch'io vidi due ghiacciati in una buca,
    sì che l'un capo a l'altro era cappello;
e come 'l pan per fame si manduca,
    così 'l sovran li denti a l'altro pose
    là 've 'l cervel s'aggiugne con la nuca:

A los pies de Anteo, Virgilio le dice a Dante que vigile en no pisar las cabezas de los pecadores que se encuentran sumergidos en el Cocito, enorme lago helado que cubre todo el círculo. Aquí se encuentran los traidores a la patria que, al paso de los poetas, van contando los hechos por los cuales fueron condenados.

non altrimenti Tidëo si rose
   le tempie a Menalippo per disdegno,
   che quei faceva il teschio e l'altre cose.
"O tu che mostri per sì bestial segno
   odio sovra colui che tu ti mangi,
   dimmi 'l perché", diss'io, "per tal convegno,
che se tu a ragion di lui ti piangi,
   sappiendo chi voi siete e la sua pecca,
   nel mondo suso ancora io te ne cangi,
se quella con ch'io parlo non si secca".

Mientras avanzan por la helada superficie del Cocito, Dante tropieza con la cabeza de un condenado que le increpa. Le agarra por el cabello y le pregunta quién es, pero este se niega a dar su nombre. Finalmente averigua que se trata de Bocca degli Abati, un noble florentino al que Danté considera un traidor.

CANTO 33

La bocca sollevò dal fiero pasto
   quel peccator, forbendola a' capelli
   del capo ch'elli avea di retro guasto.
Poi cominciò: "Tu vuo' ch'io rinovelli
   disperato dolor che 'l cor mi preme
   già pur pensando, pria ch'io ne favelli.
Ma se le mie parole esser dien seme
   che frutti infamia al traditor ch'i' rodo,
   parlare e lagrimar vedrai insieme.
Io non so chi tu se' né per che modo
   venuto se' qua giù; ma fiorentino
   mi sembri veramente quand'io t'odo.
Tu dei saper ch'i' fui conte Ugolino,
   e questi è l'arcivescovo Ruggieri:
   or ti dirò perché i son tal vicino.
Che per l'effetto de' suo' mai pensieri,
   fidandomi di lui, io fossi preso
   e poscia morto, dir non è mestieri;
però quel che non puoi avere inteso,
   cioè come la morte mia fu cruda,
   udirai, e saprai s'e' m' ha offeso.
Breve pertugio dentro da la Muda,
   la qual per me ha 'l titol de la fame,
   e che conviene ancor ch'altrui si chiuda,
m'avea mostrato per lo suo forame
   più lune già, quand'io feci 'l mal sonno
   che del futuro mi squarciò 'l velame.
Questi pareva a me maestro e donno,
   cacciando il lupo e ' lupicini al monte
   per che i Pisan veder Lucca non ponno.

Con cagne magre, studïose e conte
    Gualandi con Sismondi e con Lanfranchi
    s'avea messi dinanzi da la fronte.
In picciol corso mi parieno stanchi
    lo padre e ' figli, e con l'agute scane
    mi parea lor veder fender li fianchi.
Quando fui desto innanzi la dimane,
    pianger senti' fra 'l sonno i miei figliuoli
    ch'eran con meco, e dimandar del pane.
Ben se' crudel, se tu già non ti duoli
    pensando ciò che 'l mio cor s'annunziava;
    e se non piangi, di che pianger suoli?
Già eran desti, e l'ora s'appressava
    che 'l cibo ne solëa essere addotto,
    e per suo sogno ciascun dubitava;
e io senti' chiavar l'uscio di sotto
    a l'orribile torre; ond'io guardai
    nel viso a' mie' figliuoi sanza far motto.
Io non piangëa, sì dentro impetrai:
    piangevan elli; e Anselmuccio mio
    disse: "Tu guardi sì, padre! che hai?".
Perciò non lagrimai né rispuos'io
    tutto quel giorno né la notte appresso,
    infin che l'altro sol nel mondo uscìo.
Come un poco di raggio si fu messo
    nel doloroso carcere, e io scorsi
    per quattro visi il mio aspetto stesso,
ambo le man per lo dolor mi morsi;
    ed ei, pensando ch'io 'l fessi per voglia
    di manicar, di sùbito levorsi
e disser: "Padre, assai ci fia men doglia
    se tu mangi di noi: tu ne vestisti
    queste misere carni, e tu le spoglia".

Los poetas prosiguen su camino sobre la helada superficie esquivando las cabezas de aquellos que cometieron actos de traición de cualquier índole: a la patria, a la familia, a los huéspedes o a sus benefactores. Para Dante se trata del peor pecado que puede cometer un ser humano.

Queta' mi allor per non farli più tristi;
  lo dì e l'altro stemmo tutti muti;
  ahi dura terra, perché non t'apristi?
Poscia che fummo al quarto dì venuti,
  Gaddo mi si gittò disteso a' piedi,
  dicendo: "Padre mio, ché non m'aiuti?".
Quivi morì; e come tu mi vedi,
  vid'io cascar li tre ad uno ad uno
  tra 'l quinto dì e 'l sesto; ond'io mi diedi,
già cieco, a brancolar sovra ciascuno,
  e due dì li chiamai, poi che fur morti.
  Poscia, più che 'l dolor, poté 'l digiuno".
Quand'ebbe detto ciò, con li occhi torti
  riprese 'l teschio misero co' denti,
  che furo a l'osso, come d'un can, forti.
Ahi Pisa, vituperio de le genti
  del bel paese là dove 'l sì suona,
  poi che i vicini a te punir son lenti,
muovasi la Capraia e la Gorgona,
  e faccian siepe ad Arno in su la foce,
  sì ch'elli annieghi in te ogne persona!
Che se 'l conte Ugolino aveva voce
  d'aver tradita te de le castella,
  non dovei tu i figliuoi porre a tal croce.
Innocenti facea l'età novella,
  novella Tebe, Uguiccione e 'l Brigata
  e li altri due che 'l canto suso appella.
Noi passammo oltre, là 've la gelata
  ruvidamente un'altra gente fascia,
  non volta in giù, ma tutta riversata.
Lo pianto stesso lì pianger non lascia,
  e 'l duol che truova in su li occhi rintoppo,
  si volge in entro a far crescer l'ambascia;

Uno de los condenados, el conde Ugolino, cuenta su historia. De cómo fue emparedado en la torre de Pisa, juntamente con sus cuatro hijos, la agonía de estos y cómo fueron muriendo de hambre. Ugolino les sobrevivió y para ello no tuvo más remedio que caer en el canibalismo.

ché le lagrime prime fanno groppo,
 e sì come visiere di cristallo,
 rïempion sotto 'l ciglio tutto il coppo.
E avvegna che, sì come d'un callo,
 per la freddura ciascun sentimento
 cessato avesse del mio viso stallo,
già mi parea sentire alquanto vento;
 per ch'io: "Maestro mio, questo chi move?
 non è qua giù ogne vapore spento?".
Ond'elli a me: "Avaccio sarai dove
 di ciò ti farà l'occhio la risposta,
 veggendo la cagion che 'l fiato piove".
E un de' tristi de la fredda crosta
 gridò a noi: "O anime crudeli
 tanto che data v'è l'ultima posta,
levatemi dal viso i duri veli,
 sì ch'ïo sfoghi 'l duol che 'l cor m'impregna,
 un poco, pria che 'l pianto si raggeli".
Per ch'io a lui: "Se vuo' ch'i' ti sovvegna,
 dimmi chi se', e s'io non ti disbrigo,
 al fondo de la ghiaccia ir mi convegna".
Rispuose adunque: "I' son frate Alberigo;
 i' son quel da le frutta del mal orto,
 che qui riprendo dattero per figo".
"Oh", diss'io lui, "or se' tu ancor morto?".
 Ed elli a me: "Come 'l mio corpo stea
 nel mondo sù, nulla scïenza porto.
Cotal vantaggio ha questa Tolomea,
 che spesse volte l'anima ci cade
 innanzi ch'Atropòs mossa le dea.
E perché tu più volontier mi rade
 le 'nvetrïate lagrime dal volto,
 sappie che, tosto che l'anima trade

come fec'ïo, il corpo suo l'è tolto
   da un demonio, che poscia il governa
   mentre che 'l tempo suo tutto sia vòlto.
Ella ruina in sì fatta cisterna;
   e forse pare ancor lo corpo suso
   de l'ombra che di qua dietro mi verna.
Tu 'l dei saper, se tu vien pur mo giuso:
   elli è ser Branca Doria, e son più anni
   poscia passati ch'el fu sì racchiuso".
"Io credo", diss'io lui, "che tu m'inganni;
   ché Branca Doria non morì unquanche,
   e mangia e bee e dorme e veste panni".
"Nel fosso sù", diss'el, "de' Malebranche,
   là dove bolle la tenace pece,
   non era ancora giunto Michel Zanche,
che questi lasciò il diavolo in sua vece
   nel corpo suo, ed un suo prossimano
   che 'l tradimento insieme con lui fece.
Ma distendi oggimai in qua la mano;
   aprimi li occhi". E io non gliel'apersi;
   e cortesia fu lui esser villano.
Ahi Genovesi, uomini diversi
   d'ogne costume e pien d'ogne magagna,
   perché non siete voi del mondo spersi?
Ché col peggiore spirto di Romagna
   trovai di voi un tal, che per sua opra
   in anima in Cocito già si bagna,
e in corpo par vivo ancor di sopra.

CANTO 34

"Vexilla regis prodeunt inferni
   verso di noi; però dinanzi mira",
   disse 'l maestro mio, "se tu 'l discerni".
Come quando una grossa nebbia spira,
   o quando l'emisperio nostro annotta,
   par di lungi un molin che 'l vento gira,
veder mi parve un tal dificio allotta;
   poi per lo vento mi ristrinsi retro
   al duca mio, ché non lì era altra grotta.
Già era, e con paura il metto in metro,
   là dove l'ombre tutte eran coperte,
   e trasparien come festuca in vetro.
Altre sono a giacere; altre stanno erte,
   quella col capo e quella con le piante;
   altra, com'arco, il volto a' piè rinverte.
Quando noi fummo fatti tanto avante,
   ch'al mio maestro piacque di mostrarmi
   la creatura ch'ebbe il bel sembiante,
d'innanzi mi si tolse e fé restarmi,
   "Ecco Dite", dicendo, "ed ecco il loco
   ove convien che di fortezza t'armi".
Com'io divenni allor gelato e fioco,
   nol dimandar, lettor, ch'i' non lo scrivo,
   però ch'ogne parlar sarebbe poco.
Io non mori' e non rimasi vivo;
   pensa oggimai per te, s' hai fior d'ingegno,
   qual io divenni, d'uno e d'altro privo.
Lo 'mperador del doloroso regno
   da mezzo 'l petto uscia fuor de la ghiaccia;
   e più con un gigante io mi convegno,

che i giganti non fan con le sue braccia:
   vedi oggimai quant'esser dee quel tutto
   ch'a così fatta parte si confaccia.
S'el fu sì bel com'elli è ora brutto,
   e contra 'l suo fattore alzò le ciglia,
   ben dee da lui procedere ogne lutto.
Oh quanto parve a me gran maraviglia
   quand'io vidi tre facce a la sua testa!
   L'una dinanzi, e quella era vermiglia;
l'altr'eran due, che s'aggiugnieno a questa
   sovresso 'l mezzo di ciascuna spalla,
   e sé giugnieno al loco de la cresta:
e la destra parea tra bianca e gialla;
   la sinistra a vedere era tal, quali
   vegnon di là onde 'l Nilo s'avvalla.
Sotto ciascuna uscivan due grand'ali,
   quanto si convenia a tanto uccello:
   vele di mar non vid'io mai cotali.
Non avean penne, ma di vispistrello
   era lor modo; e quelle svolazzava,
   sì che tre venti si movean da ello:
quindi Cocito tutto s'aggelava.
   Con sei occhi piangëa, e per tre menti
   gocciava 'l pianto e sanguinosa bava.
Da ogne bocca dirompea co' denti
   un peccatore, a guisa di maciulla,
   sì che tre ne facea così dolenti.
A quel dinanzi il mordere era nulla
   verso 'l graffiar, che talvolta la schiena
   rimanea de la pelle tutta brulla.
"Quell'anima là sù c' ha maggior pena",
   disse 'l maestro, "è Giuda Scarïotto,
   che 'l capo ha dentro e fuor le gambe mena.

Cuarta y última esfera del círculo noveno. Llegada a la Judeca. Aquí los traidores apenas sobresalen del hielo. Dante queda completamente aterrorizado al ver la figura tricéfala de Lucifer y Virgilio le recomienda armarse de valor. El batir de las alas del rey del Infierno es el causante del aire polar que hiela el Cocito.

De li altri due c' hanno il capo di sotto,
    quel che pende dal nero ceffo è Bruto:
    vedi come si storce, e non fa motto!;
e l'altro è Cassio, che par sì membruto.
    Ma la notte risurge, e oramai
    è da partir, ché tutto avem veduto".
Com'a lui piacque, il collo li avvinghiai;
    ed el prese di tempo e loco poste,
    e quando l'ali fuoro aperte assai,
appigliò sé a le vellute coste;
    di vello in vello giù discese poscia
    tra 'l folto pelo e le gelate croste.
Quando noi fummo là dove la coscia
    si volge, a punto in sul grosso de l'anche,
    lo duca, con fatica e con angoscia,
volse la testa ov'elli avea le zanche,
    e aggrappossi al pel com'om che sale,
    sì che 'n inferno i' credea tornar anche.
"Attienti ben, ché per cotali scale",
    disse 'l maestro, ansando com'uom lasso,
    "conviensi dipartir da tanto male".
Poi uscì fuor per lo fóro d'un sasso
    e puose me in su l'orlo a sedere;
    appresso porse a me l'accorto passo.
Io levai li occhi e credetti vedere
    Lucifero com'io l'avea lasciato,
    e vidili le gambe in sù tenere;
e s'io divenni allora travagliato,
    la gente grossa il pensi, che non vede
    qual è quel punto ch'io avea passato.
"Lèvati sù", disse 'l maestro, "in piede:
    la via è lunga e 'l cammino è malvagio,
    e già il sole a mezza terza riede".

Al acercarse a Lucifer, los poetas ven cómo devora, al mismo tiempo con sus tres fauces, a Judas, Bruto y Casio. Abrazado Dante al cuello de Virgilio, los poetas descienden a lo largo del cuerpo del señor del Infierno, a través del centro de la Tierra, y se encuentran finalmente boca abajo, en una cavidad rocosa. Siguen el curso del río Lete, atravesando el otro hemisferio, y alcanzan la superficie. Han salido por fin del interior de la Tierra y se hallan bajo la luz de las estrellas.

Non era camminata di palagio
   là 'v'eravam, ma natural burella
   ch'avea mal suolo e di lume disagio.
"Prima ch'io de l'abisso mi divella,
   maestro mio", diss'io quando fui dritto,
   "a trarmi d'erro un poco mi favella:
ov'è la ghiaccia? e questi com'è fitto
   sì sottosopra? e come, in sì poc'ora,
   da sera a mane ha fatto il sol tragitto?".
Ed elli a me: "Tu imagini ancora
   d'esser di là dal centro, ov'io mi presi
   al pel del vermo reo che 'l mondo fóra.
Di là fosti cotanto quant'io scesi;
   quand'io mi volsi, tu passasti 'l punto
   al qual si traggon d'ogne parte i pesi.
E se' or sotto l'emisperio giunto
   ch'è contraposto a quel che la gran secca
   coverchia, e sotto 'l cui colmo consunto
fu l'uom che nacque e visse sanza pecca;
   tu haï i piedi in su picciola spera
   che l'altra faccia fa de la Giudecca.
Qui è da man, quando di là è sera;
   e questi, che ne fé scala col pelo,
   fitto è ancora sì come prim'era.
Da questa parte cadde giù dal cielo;
   e la terra, che pria di qua si sporse,
   per paura di lui fé del mar velo,
e venne a l'emisperio nostro; e forse
   per fuggir lui lasciò qui loco vòto
   quella ch'appar di qua, e sù ricorse".
Luogo è là giù da Belzebù remoto
   tanto quanto la tomba si distende,
   che non per vista, ma per suono è noto

d'un ruscelletto che quivi discende
    per la buca d'un sasso, ch'elli ha roso,
    col corso ch'elli avvolge, e poco pende.
Lo duca e io per quel cammino ascoso
    intrammo a ritornar nel chiaro mondo;
    e sanza cura aver d'alcun riposo,
salimmo sù, el primo e io secondo,
    tanto ch'i' vidi de le cose belle
    che porta 'l ciel, per un pertugio tondo.
E quindi uscimmo a riveder le stelle.

INFIERNO

PROSA

Versión en prosa:
Natalino Sapegno (1901-1990). Crítico literario y académico italiano, uno de los mayores especialistas en Dante y su época. Fue catedrático de literatura italiana de la Universidad La Sapienza de Roma desde 1937 hasta 1976. Participó en la Resistencia antifascista y fue miembro del Partido Comunista, que abandonaría en 1956 tras la intervención soviética en Hungría. Como crítico, evolucionó desde posiciones próximas a las de Benedetto Croce a postulados afines a los de Antonio Gramsci.

Página anterior:
...mi ritrovai per una selva oscura...
...me encontré en un oscuro bosque...
Bosque de Aokigahara, o bosque de los suicidas (2020), Toshiharu Arakawa.

CANTO 1

**PERDIDO EN MEDIO DE UN BOSQUE TENEBROSO.
ATAQUE DE TRES FIERAS SALVAJES.
APARICIÓN DE UN ESPÍRITU.**

A la edad de treinta y cinco años, es decir, a mitad del transcurso de la vida de un hombre, me encontré en un oscuro bosque, pues había extraviado el camino del bien. Es ciertamente difícil expresar con palabras hasta qué punto era salvaje, intrincado y difícil de atravesar: ¡solo de recordarlo siento el mismo temor de entonces! Tan angustioso resultaba que apenas lo es más la muerte; pero para explicar cuánto bien saqué de aquella experiencia, relataré otras cosas que pude ver allí.

No puedo explicar muy bien cómo entré en aquella espesura: tan ofuscada estaba mi alma por el sueño del pecado en el momento en que abandoné el camino del verdadero bien. Pero cuando llegué al pie de una colina, donde terminaba el bosque que había empavorecido mi corazón, miré hacia arriba y vi las laderas cubiertas ahora por los rayos del sol, el astro que guía a todo hombre por el camino de la auténtica virtud.

Entonces se calmó, al menos en parte, el miedo que había embargado mi corazón durante la noche que con tanta angustia había transcurrido. Y como quien acaba de llegar a la orilla tras escapar de un naufragio, y se vuelve todavía jadeante para contemplar la extensión de agua que le ha hecho correr tan gran riesgo, así mi alma, huyendo aún del peligro del bosque, se volvió a observar de nuevo aquel pasaje al que nadie ha sobrevivido jamás.

EL BOSQUE DEL MIEDO
«Desde tiempos inmemoriales, el bosque casi impenetrable en el que nos perdemos ha simbolizado el mundo tenebroso, oculto y casi recóndito de nuestro inconsciente» (Bruno Bettelheim, *Psicoanálisis de los cuentos de hadas*). Numerosas son las historias en las que el bosque aparece como *locus horridus*: *Beowulf* (anónimo, s. VIII), las fábulas *Caperucita roja* o *Blancanieves*, *La leyenda de Sleepy Hollow*, de Washington Irving... El bosque de Aokigahara, en las laderas del monte Fuji, es el lugar en el que más gente se ha suicidado en Japón y el segundo en el mundo después del puente Golden Gate de San Francisco.

EL DÍA DE LA CREACIÓN

Según nos dice Dante, la Creación tuvo lugar en primavera, bajo la constelación de Aries (del 21 de marzo al 19 de abril). Sin embargo, no hay acuerdo sobre estas fechas. Según el calendario judío, establecido por Jose ben Halafta hacia el 160, la Creación se inició el domingo 7 de octubre del 3761 a. C. Años más tarde, los científicos propusieron fechas distintas: Johannes Kepler estableció el 27 de abril de 3997 a. C., mientras que el arzobispo James Ussher indicó las 18 horas del domingo 22 de octubre de 4004 a. C. como el momento en que empezó todo.

Tras haber descansado un rato mi fatigado cuerpo, reemprendí el camino por la desierta pendiente que precedía a la empinada colina, de tal manera que el pie en el que me apoyaba era siempre el más bajo (como sucede cuando se asciende). Pero al llegar al pie de la colina propiamente dicha de repente se me adelantó un leopardo, ágil y tremendamente veloz, cubierto de moteado pelaje. Y aquella bestia no se apartaba de mi presencia; al contrario, obstruía hasta tal punto mi camino que varias veces me di la vuelta dispuesto a retroceder.

Era la primera hora de la mañana y el sol asomaba por el horizonte en compañía de la constelación de Aries, como cuando Dios inició la Creación y dio el primer movimiento a los astros. La temprana hora matutina y la suave estación primaveral me infundieron esperanzas sobre el peligro que representaba la bestia de pelo moteado; pero no me reconfortaron lo bastante para evitar asustarme ante la aparición de un león.

Aquella nueva bestia parecía venir hacia mí con la cabeza erguida y con un hambre tan voraz que hasta el aire parecía temerle; y también se me apareció una loba que en su flacura parecía llevar todos los signos de la avidez, y que ya había infligido dolor a muchos otros. Esta última bestia me causó tal congoja, por el miedo que me infundía su aspecto, que perdí la esperanza de poder llegar a la cima de la colina.

Y como el avaro, codicioso de bienes materiales, que en el momento en que pierde las riquezas que ha atesorado se desespera y se lamenta profundamente, a similar condición

...questa [la lupa] mi porse tanto di gravezza...
...la loba me causó tal congoja...

Dante y las tres fieras (s. XIV), manuscrito de la *Divina comedia* conservado en la Biblioteca Nacional de España.

me redujo aquella bestia insaciable que, viniendo hacia mí, poco a poco me obligaba a retroceder hacia el bosque donde no penetra la luz del sol. Y mientras me precipitaba infaustamente hacia el valle, apareció ante mis ojos una figura humana que, habituada al silencio desde hacía largo tiempo, parecía tener apenas un hilo de voz. Cuando vi a aquella figura en medio de la enorme soledad reinante, le grité:

—¡Ten piedad de mí, seas una sombra o un hombre de carne y hueso!

Él me respondió:

—Ya no soy un hombre; lo fui una vez, y mis padres procedían del norte de Italia, ambos originarios de Mantua. Nací en tiempos de Julio César, aunque demasiado tarde para conocerlo, y viví en Roma bajo el buen Augusto, en una época en la que se creía en dioses paganos, falsos y engañosos. Fui poeta y narré la historia de Eneas, hijo de Anquises y hombre justo, que huyó de Troya al Lacio después de que se incendiaran la ciudad y su soberbia fortaleza. Pero ¿por qué regresas al angustioso bosque y no prosigues tu ascenso al monte que da gozo y es principio y causa de la felicidad perfecta?

—¿Eres tú, entonces, el famoso Virgilio, eres tú el manantial de poesía del que brota tan ancho río de elocuencia? —le respondí, bajando la cabeza en señal de ruboroso respeto; y añadí—: ¡Honor y luz magistral de todos los demás poetas, ojalá me valgan contigo el continuo esfuerzo y el gran amor con que he estudiado a fondo tus obras! Tú eres mi maestro y para mí la máxima autoridad, solo de ti aprendí el elevado estilo que me hizo digno de la gloria poética. Mira, pues, la bestia que me ha hecho retroceder; ¡oh!, famoso maestro de sabiduría, bríndame tu ayuda contra ella, pues infunde temblor en todas mis venas.

—Debes seguir otro camino —replicó Virgilio al verme llorar— si quieres salir de este bosque, porque la loba que te hace suplicar mi ayuda impide a todos el paso, tanto es así que llega a matarlos; y tan perversa e inicua es su naturaleza que nunca logra saciar su propia avidez, y después de comer aún está más hambrienta que antes.

»Son muchos los animales con los que se aparea, y serán aún más en el futuro hasta que llegue un lebrel que le dé muerte en medio de grandes sufrimientos. Ese sabueso no se alimentará ni de posesiones terrenales ni de riquezas, sino de sabiduría, amor y virtud, y su nacimiento tendrá lugar entre humildes paños. Será el salvador de esa pobre Italia por la que murieron luchando héroes como la virgen Camila, Turno, Euríalo y Niso. El lebrel echará a la loba de todas las ciudades hasta devolverla al Infierno, el lugar del que la expulsó originalmente el odio de Satanás.

»Así pues, por tu propio bien, considero conveniente que me sigas: desde aquí te conduciré por todo el Infierno, lugar de penas eternas, donde oirás los gritos desesperados de los condenados y verás a los espíritus que sufren desde tiempo inmemorial mientras invocan la condenación eterna del Juicio Final; y verás también a las almas que, en cambio, se contentan con purificarse en el fuego, pues las sostiene la esperanza cierta de llegar a contarse, no importa dentro de cuánto tiempo, entre los bienaventurados del Paraíso.

»Y si entonces quieres ascender al lugar de los bienaventurados, habrá un alma más digna que la mía para conducirte a ellos; te dejaré con ella cuando parta: pues Dios, que reina en el Paraíso, no quiere que llegues a la Ciudad Celeste por medio de mi guía, en tanto yo, como pagano, no estaba sujeto a su ley. Dios, que ejerce su poder como emperador en toda la Creación, reina directamente en el Paraíso; allí están su ciudad y su trono. ¡Dichoso aquel a quien elige para gozar de tal celestial bienaventuranza!

Entonces le dije a Virgilio:

—A mi vez te pido, en nombre de ese Dios que no has conocido, que para poder escapar de la esclavitud del pecado y, más aún, de la condenación que lleva aparejada, me conduzcas por los reinos de ultratumba que acabas de mencionar para que pueda ver la puerta del Paraíso y a los condenados a quienes describes tan infelices.

Entonces el poeta se puso en camino, y yo le seguí.

CANTO 2

VIRGILIO REVELA QUIÉN LO ENVÍA CON EL ENCARGO DE CONDUCIR A DANTE HASTA EL INFIERNO.

El día llegaba a su fin, y el crepúsculo apartaba de sus actividades a todos los seres que habitan la Tierra; solo yo entre todos ellos me disponía a soportar la dura batalla de aquel viaje y la angustia que llevaría aparejada: será la memoria, que describe con veracidad lo que ha experimentado, la que narrará todo esto. ¡Oh, musas inspiradoras, oh, genio poderoso, ayudadme en este empeño!; ¡y también tú, memoria, que has transcrito lo que he visto!: justamente esta ocasión tan afanosa te permitirá probar tu valía.

Empecé a decir:

—Poeta, tú que eres mi guía, considera si mis capacidades son lo bastante firmes antes de asignarme tan ardua tarea. Tú cuentas que Eneas, el progenitor de Silvio, todavía vivo, se fue con su cuerpo al otro mundo.

»Ahora bien, si Dios, adversario de todo mal, concedió al troyano este privilegio, previendo las excepcionales consecuencias y la estirpe que de ello nacería, eso no ha de parecer impropio a quien tiene el don del intelecto: pues Eneas fue elegido en el más elevado cielo, el Empíreo, como progenitor de la grandeza de Roma y de su imperio, y Roma, en verdad, fue establecida como sede del papa, sucesor del gran san Pedro. Gracias a este viaje por el que le honraste, Eneas pudo así escuchar profecías que condujeron a su victoria y, en consecuencia, al nacimiento de la autoridad papal.

HABLO DE MÍ

La *Divina comedia* es la primera gran obra literaria narrada en primera persona. Después, son muchas las obras que han utilizado esta técnica: el *Lazarillo de Tormes*; *Robinson Crusoe*, de Daniel Defoe; *Los viajes de Gulliver*, de Jonathan Swift; *La isla del tesoro*, de R. L. Stevenson; *Moby Dick*, de Herman Melville; *El extranjero*, de Albert Camus; *Pedro Páramo*, de Juan Rulfo; *El guardián entre el centeno*, de J. D. Salinger, *La amiga genial*, de Elena Ferrante, o las obras de Annie Ernaux y Amélie Nothomb.

¡VIAJEROS, AL INFIERNO!

Dante no es el primero en visitar el infierno en vida. Antes que él habían bajado al inframundo, entre otros, Gilgamesh en busca de la inmortalidad (*Poema de Gilgamesh*, tablilla XII); Orfeo para recuperar a su esposa Eurídice (Virgilio, *Geórgicas*, libro IV); Hércules para enfrentarse y derrotar a Cerbero (Apolodoro, *Biblioteca*, libro II); Ulises para consultar al adivino Tiresias (Homero, *Odisea*, canto XI); Eneas guiado por la Sibila de Cumas (Virgilio, *Eneida*, canto VI); y el monje irlandés Tundal, protagonista de la *Visio Tnugdali* (1149), poema que narra un viaje al inframundo de tres días, y que probablemente Dante debió conocer, puesto que tiene muchas similitudes con el *Infierno*.

»Luego viajó al más allá san Pablo, el receptáculo elegido por el Espíritu Santo para fortalecer la fe cristiana, necesaria para la salvación del alma. Pero ¿con qué motivo puedo yo hacer el mismo viaje? ¿Y quién me lo concede? Ciertamente no soy Eneas ni san Pablo, no me considero digno de tal empresa, ni nadie podría jamás considerarme así. Por eso, si me dejo persuadir para aventurarme en este viaje, temo hacer un gesto demasiado temerario; dada tu sabiduría, tú entenderás mi discurso mejor de lo que yo puedo expresarme.

Y como el que ya no quiere lo que antes quería, y a causa de la aparición de nuevas consideraciones cambia de propósito hasta el punto de abandonar por completo lo que había empezado, así me encontraba yo mientras recorría aquella pendiente sobre la que ahora había caído la noche. En efecto, imaginando las dificultades que podrían surgir, agoté en mi mente la audacia necesaria para llevar a cabo aquella empresa que con tanta confianza había aceptado al principio.

—Si he entendido bien el sentido de tu discurso —replicó el espíritu del magnánimo Virgilio—, tu alma se ve asediada por la cobardía, que a menudo entorpece a los hombres hasta el punto de inducirles a desistir de una empresa honrosa, igual que una bestia retrocede asustada ante algo que cree haber visto. Pero, para que te liberes de ese temor, te explicaré por qué he acudido en tu ayuda y lo que oí en el momento en que por primera vez sentí compasión por tu mísera condición. Me encontraba entre las almas del Limbo, que están suspendidas entre el deseo y la imposibilidad de ver a Dios, cuando me llamó una mujer tan hermosa y hasta tal punto circundada del esplendor de la dicha que no pude sino pedirle que me ordenara lo que quisiese.

»Sus ojos brillaban más que las estrellas, y empezó a hablarme con dulce sosiego y voz angelical: "Noble alma, nacida en Mantua, cuya fama aún perdura y perdurará hasta el fin del mundo; Dante, a quien yo amo, pero que no es igualmente amado por la fortuna, se ve tan entorpecido en su camino por la desierta ladera de la colina que se ha vuelto atrás atemorizado. Y, según lo que he oído de él en el Cielo, temo que ya se haya extraviado tanto que yo haya acudido en su ayuda demasiado tarde. Ahora ve y corre en su ayuda, y emplea toda la eficacia de tus palabras y todos los medios que sean necesarios para salvarle, de manera que también yo me tranquilice. Yo, que ahora te pido que vayas, soy Beatriz, y vengo del Cielo, adonde deseo volver. Es el amor el que me ha impulsado a acudir a ti, y es también el que inspira mis palabras. Cuando me halle de nuevo ante Dios, le cantaré a menudo tus alabanzas".

»Entonces calló; y yo empecé a hablar.

»—¡Oh!, mujer plena de toda virtud, por quien el género humano es superior a cualquier otro ser viviente sobre la Tierra, y por ello contenido bajo el cielo de la Luna, que es el que tiene la órbita más pequeña de todos; tu mandato me es tan grato que sentiría que tardo en cumplirlo aunque ya hubiera empezado a obedecerte. No hace falta que me aclares más tu deseo; pero, en su lugar, explícame cómo es que no temes descender aquí al centro de la Tierra, viniendo como vienes del más extenso de los cielos, el Empíreo, al que deseas ardientemente regresar.

»—Puesto que quieres saber la razón profunda por la que no temo descender al abismo infernal —respondió Beatriz—, te la explicaré en pocas palabras. Solo hay que temer aquello que puede dañarnos; no hay razón para temer nada más. Por su gracia, Dios me ha hecho tal que no me afecta vuestra miserable condición de condenados, ni pueden tocarme las llamas del Infierno.

MARIDO IDEAL

Dante estuvo toda su vida enamorado de Beatriz Portinari, a la que conoció muy joven. La convirtió en su musa, le dedicó la *Vita nuova* y le reservó un papel relevante en la *Divina comedia*. Beatriz se casó con el banquero Simone Bardi y murió muy joven. Dante se casó con Gemma Donati, de una rica familia florentina, con la que tuvo cuatro hijos, pero a la que no menciona ni una sola vez en toda su obra.

»En el Cielo hay una mujer nobilísima que está tan afligida por el obstáculo que se interpone en el camino de Dante —la razón por la que te exhorto a ir— que es capaz de doblegar el severo juicio de Dios. Esta mujer se dirigió entonces a Lucía, diciéndole: "Tu fiel Dante te necesita, y yo te lo encomiendo". Y Lucía, enemiga de toda maldad, acudió al Cielo donde yo me hallaba, sentada junto a Raquel, un alma bienaventurada que llevaba largo tiempo allí.

»Lucía me dijo: "Beatriz, auténtica loa de Dios, ¿por qué vacilas en ayudar a quien te amó tanto que destacó de entre la multitud para honrarte? ¿Acaso no detestas la angustia de su llanto? ¿No ves cómo le asedia el peligro de la condenación en el río tumultuoso del pecado, que es más impetuoso que el mar?". Nunca ha habido nadie en el mundo que corriera con tal rapidez a alcanzar una ventaja o escapar de un peligro como yo cuando, al oír esas palabras, descendí de mi bendito trono al Infierno. Pues confío en tu noble elocuencia, que te honra a ti y a cuantos la han escuchado.

»Tras decirme esas palabras, Beatriz volvió hacia mí sus ojos, que brillaban por el llanto, y eso hizo que me apresurara aún más a cumplir la tarea que me había encomendado: así he llegado hasta ti tal como ella deseaba, y te he apartado de la presencia de esa loba que te impedía tomar el camino más corto y directo para subir a la colina de la virtud.

»¿Qué ocurre, pues? ¿Por qué vacilas? ¿Por qué alberga tu corazón tal cobardía? ¿Por qué no muestras ánimo y coraje, cuando tres benditas almas de tal estatura defienden tu causa ante el tribunal divino, y yo te prometo que obtendrás tan grande bien?

Como las florecillas encorvadas y marchitas por el frío de la noche vuelven a alzarse abiertas sobre sus tallos cuando el sol las alumbra al amanecer, así me ocurrió a mí con las fuerzas que me habían faltado; y mi corazón se llenó de nuevo de un valor tan resuelto que no pude sino exclamar con aplomo:

—¡Cuán misericordiosa es Beatriz, que ha acudido en mi auxilio! ¡Y generoso tú, Virgilio, que tan presto has obedecido las palabras veraces que ella te ha traído! Con tu discurso has despertado en mi corazón tal deseo de emprender este viaje que he recuperado mi antiguo propósito. Precédeme, pues, porque una sola voluntad nos une: tú serás mi guía, señor y maestro.

Así le hablé, y en cuanto echó a andar, emprendí el tortuoso e inhóspito camino.

16 — PARIS (Montmartre) — L'Enfer - Boulevard de Clichy
The « Enfer » - Clichy Boulevard   A. P.

CANTO 3

LA PUERTA DEL INFIERNO.
PRIMER ENCUENTRO CON LOS CONDENADOS.
CARONTE, EL BARQUERO FURIOSO.

«A través de mí se va a la doliente ciudad infernal, a través de mí se va al dolor que perdura eternamente, a través de mí se va junto a las almas por siempre condenadas. La justicia indujo a Dios a crearme, y me engendraron el poder divino del Padre, la sabiduría suprema del Hijo y el amor primero del Espíritu Santo. Nada se creó antes de mí que no fuera eterno, y también yo perduro eternamente. Abandonad toda esperanza, los que aquí entráis.

Vi estas palabras escritas en amenazadoras letras negras en el dintel de una puerta, y dije:

—Maestro, su significado me turba.

Y él, presto a captar mi estado de ánimo, me respondió:

—Ahora es necesario dejar a un lado todo temor y eliminar toda cobardía, pues hemos llegado al lugar donde, como te he dicho, verás entre tormentos a las almas condenadas que han perdido la posibilidad de ver a Dios, que es el bien supremo del intelecto.

'Per me si va ne la città dolente...
A través de mí se va a la doliente ciudad...
El ***Cabaret de l'Enfer,*** que hasta 1950 estuvo situado en el Boulevard de Clichy, 53, en Montmartre, París.

EL PRIMER AMOR

«El *Infierno* es el poema más monstruoso de la literatura mundial; un poema que página tras página va despachando letanías de tormentos, listados de torturas. El amor primero, justamente este su amor primero, desvela de pronto toda la monstruosidad de la empresa. Y su bajeza. El Infierno no es castigo, ya que el castigo lleva a la purificación, tiene un fin. El Infierno es tortura eterna, y ese condenado dentro de diez millones de años gritará de dolor del mismo modo que está gritando ahora: nada, jamás, cambiará para él. Algo intolerable, que nuestro sentido de la justicia rechaza».

Witold Gombrowicz

¿AMOR U ODIO?

«Me parece que Dante se equivocó burdamente cuando, con una estremecedora ingenuidad, puso sobre la puerta de su Infierno aquella inscripción "también a mí me creó el amor eterno": sobre la puerta del Paraíso cristiano y de su "bienaventuranza eterna" podría estar, con mejor derecho, la inscripción "también a mí me creó el odio eterno", ¡suponiendo que pudiese haber una verdad sobre la puerta que conduce a una mentira!».

Friedrich Nietzsche, *Genealogía de la moral.*

Entonces, tras tomarme de la mano con semblante sereno, infundiéndome confianza, me hizo entrar en aquel mundo, secreto para los vivos.

Aquí, a través del aire privado de la luz de las estrellas, resonaban suspiros, gritos y lamentos, tan desgarradores que yo, al oírlos por primera vez, no pude evitar el llanto. Lenguas extrañas, pronunciaciones deformadas, palabras de dolor, exclamaciones rabiosas, voces agudas y apagadas, junto con los manotazos que las acompañaban, formaban un tumulto que por siempre resuena en aquella atmósfera eternamente oscura como la arena agitada cuando sopla un remolino.

Y yo, con la mente cercada y aturdida por el horror, pregunté:

—Maestro, aclárame un poco lo que estoy oyendo: ¿quiénes son esas almas que parecen tan abrumadas de dolor?

Él me respondió:

—Esta miserable condición es propia de las deleznables almas que vivieron sin mancillarse de infamia y sin hacer obras dignas de alabanza. Están unidas a la malvada hueste de ángeles que, pensando solo en sí mismos, ni se rebelaron contra Dios ni le mostraron lealtad. Los cielos los desechan para no desfigurar su propia belleza, pero ni siquiera el abismo infernal les acoge, porque hasta los malvados podrían de algún modo gloriarse en comparación con ellos.

Pregunté entonces:

—¿Qué pena resulta para ellos tan espantosa que con tal fuerza se lamentan?

Y Virgilio me respondió:

—Te lo diré de inmediato: estas almas no pueden confiar ni siquiera en la disolución, y su oscura existencia es de tan vil condición que envidian cualquier otra suerte. El mundo no permite que quede de ellas fama alguna; la misericordia y la justicia divinas las desdeñan. Pero no merece la pena razonar sobre ellas: echa un vistazo a su condición, y sigamos adelante.

Volviéndome de nuevo a mirar aquel grupo de almas, vi una bandera que ondeaba y giraba en círculo tan deprisa que me pareció incapaz de detenerse; y detrás le seguía una fila de condenados tan larga que nunca imaginé que la muerte hubiera aniquilado a tantos. Tras haber reconocido a más de uno en aquella fila, vi y reconocí también el alma de aquel que, por cobardía, hizo la mayor de las renuncias.

Comprendí entonces a ciencia cierta que se trataba del grupo de los viles, despreciados tanto por Dios como por los demonios. Estos seres deleznables, que nunca estuvieron realmente vivos, estaban desnudos y eran continuamente atacados por moscas y avispas que allí había, que hacían que sus rostros estuvieran surcados de sangre: esta, mezclada con sus lágrimas, era recogida a sus pies por unos molestos gusanos.

Luego, tras dirigir la mirada más allá de aquellos condenados, divisé otros grupos de almas reunidas en la orilla de un gran río, por lo que pregunté:

—Maestro, permíteme saber quiénes son, y qué ley les hace parecer tan ansiosos por cruzar el río según lo que alcanzo a discernir a través de esta tenue luz.

Virgilio me respondió:

—Todo te será revelado cuando pisemos la doliente orilla del río Aqueronte.

Entonces, bajando los ojos por la vergüenza, temeroso de molestar a mi guía con mis palabras, me abstuve de decir nada más hasta que hubiéramos llegado al río. Y cuando hubimos llegado, he aquí que vino hacia nosotros, en una nave, un anciano con los cabellos y la barba blancos por su avanzada edad, que gritaba:

CUANDO EL SILENCIO ES TRAICIÓN

El episodio de los ángeles neutrales condenados por Dante al Infierno ha sido utilizado en distintas ocasiones en discursos políticos. Por ejemplo, por Theodore Roosevelt en su libro *America and the World War* (1915), a favor de la intervención norteamericana en la Primera Guerra Mundial; o por Martin Luther King, en su discurso del 30 de abril de 1967 contra la guerra de Vietnam: «Estoy de acuerdo con Dante en que hay un lugar en el Infierno para los que mantienen la neutralidad en un período de crisis moral. Llega un momento en que el silencio se convierte en traición».

LOS GUARDIANES DEL INFIERNO

En el Infierno dantesco hay una serie de personajes encargados de la vigilancia y la seguridad: Caronte es el primero de ellos en aparecer. Se trata de figuras pertenecientes al mundo mitológico, y que, por esta razón, han quedado probablemente exentas del juicio divino: en ningún momento, en efecto, nos dirá Dante que están en el Infierno como condenados, y en más de una ocasión les veremos disfrutar sádicamente de su función. Tampoco queda claro cuándo se incorporaron al trabajo: si están allí desde el inicio, antes de la llegada de los primeros condenados, o si se han ido incorporando paulatinamente.

—¡Condenación eterna para vosotras, almas perversas! No esperéis ver nunca el Cielo; vengo a conduciros a la otra orilla, a las tinieblas eternas, entre los tormentos del fuego y del hielo. Y tú que estás ahí, aún vivo, apártate de los que ya están muertos.

Pero al ver que yo no cumplía la orden y no me alejaba, añadió:

—Irás a una playa muy distinta por otro camino y embarcando en otros puertos, ciertamente no pasarás por aquí, pues conviene que te transporte una nave más ligera.

Entonces intervino mi guía:

—Caronte, aplaca tu ira, pues así lo quiere el Cielo, donde la voluntad es poder; no pidas más explicaciones.

Desde aquel momento las barbudas mejillas del timonel del oscuro y fangoso pantano, que tenía los ojos centelleantes de un rojo ardiente, permanecieron inmóviles, sin pronunciar más palabras.

Pero las almas condenadas, desesperadas e indefensas, palidecieron y rechinaron los dientes en cuanto oyeron aquellas crueles palabras: blasfemaban contra Dios y contra sus padres, contra el género humano, y contra el lugar y el momento de su nacimiento y el de los progenitores de su linaje. Luego se agruparon todos, llorando a voz en grito, en la orilla maldita que espera a todo aquel que no ha temido a Dios.

Haciendo una señal, Caronte, demonio del Infierno con ojos como brasas ardientes, reúne a todas las almas en la barca, golpeando con su remo a cualquiera que osa detenerse. Así como en otoño las hojas se van desprendiendo una tras otra hasta que la rama ve todos sus despojos en el suelo, de modo similar los malvados descendientes de Adán se precipitan uno a uno de la orilla a la barca, obedeciendo a las

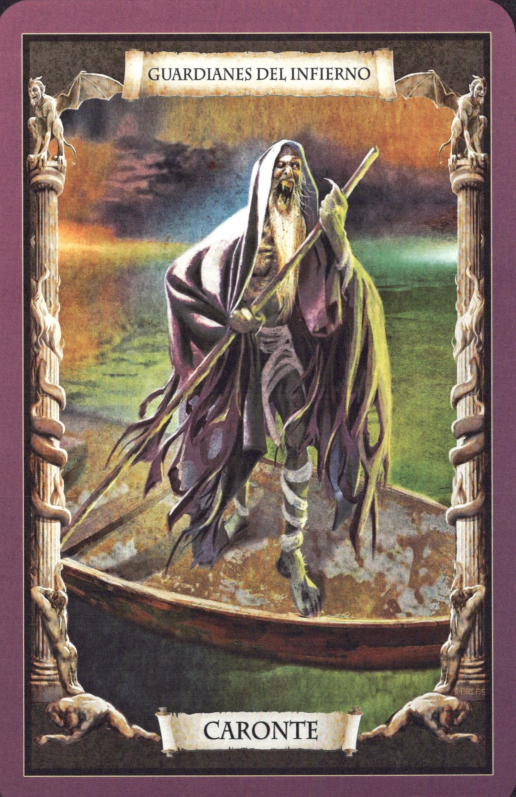

CARONTE

Nombre - En griego antiguo Χάρων (*Khárôn*), forma poética de χαρωπός (*charopós*), que significa «de aguda mirada» o «de intensa mirada», por sus ojos iracundos, rasgo de lo despiadado de la muerte.

Aspecto - Vestido con harapos, deformado por la podredumbre y la avaricia eterna y sin fondo. De ojos ardientes como ascuas.

Es el anciano barquero del Hades, en cuya barca las sombras de los muertos que han cumplido los apropiados ritos funerarios cruzan el río Aqueronte o la laguna Estigia —según el autor— hasta el inframundo.

Origen - Ninguna fuente antigua menciona su genealogía. Podría ser una importación de Egipto o quizás influencia de la religión etrusca, en la que abundan los seres infernales. Aparece por primera vez en el poema épico *Miníada* del siglo VI a. C. En su función de psicopompo («guía de almas»), tiene incontables correspondencias: el egipcio Anubis, el hindú Yama, el azteca Xólotl, las valkirias nórdicas...

Modus operandi - Es tiránico y brutal con las almas, grosero, insultante, como lo muestra Aristófanes en *Las ranas*, donde hace remar a Dioniso mientras él maneja el timón. Otras veces es solo la imagen de la inevitabilidad de la muerte (*Alcestis* y *Los siete contra Tebas* de Esquilo). En *Diálogos de los muertos*, Luciano lo retrata como un anciano inmortal preocupado por la decadencia del género humano.

Exige una moneda por sus servicios, obligando a errar como un fantasma a quien no la tiene. Durante la Antigüedad fue habitual que en muchos territorios de Europa y Oriente Próximo se enterrara a los muertos con una moneda en la boca para pagar este pasaje, en general un óbolo.

Principales apariciones - Virgilio narra en la *Eneida* que ningún mortal puede subir a bordo de su barca a menos que presente una rama de oro consagrada a Proserpina. La Sibila de Cumas da una a Eneas como salvoconducto. Hércules lo obliga a pasarlo en su barca pegándole con la pértiga. Luego Caronte es castigado por haberle permitido la entrada (Eurípides en la tragedia *Heracles* y Séneca en *La locura de Hércules*). Orfeo lo encanta con su música para entrar, pero luego paga el precio de no poder volver para rescatar a Eurídice (Ovidio, *Metamorfosis*).

señales de Caronte como lo hace un pájaro cuando responde a la llamada que a él va dirigida. Así las almas cruzan las negras olas del Aqueronte, y antes siquiera de que hayan bajado en la otra orilla, en esta primera se congrega ya un nuevo grupo de condenados.

—Hijo mío —me explicó mi amable maestro—, los que mueren privados de la gracia divina se reúnen aquí desde todos los países, y se aprestan a cruzar el río porque les espolea la justicia divina, de tal manera que el temor al castigo se traduce en un deseo impaciente de que se ejecute. Ningún alma destinada a la salvación pasa jamás por aquí; por eso, si Caronte se irrita por tu presencia, bien puedes comprender lo que entrañan sus palabras.

Cuando dejó de hablar, la oscura tierra tembló con tal fuerza que solo el recuerdo del espanto que sentí me inunda todavía de sudor. De aquel lugar bañado en llanto surgió un viento que a su vez hizo destellar un relámpago de color rojo bermellón; perdí entonces el sentido y caí desplomado, como un hombre vencido por el sueño.

CANTO 4

**PRIMER CÍRCULO: EL LIMBO.
DANTE Y VIRGILIO SON RECIBIDOS POR
LOS GRANDES POETAS DE LA ANTIGÜEDAD.**

Un fuerte trueno que retumbaba en mi cabeza interrumpió mi profunda somnolencia, de modo que me recobré como cuando a uno le despiertan de forma violenta; y, recuperando la facultad de ver, moví los ojos en derredor, poniéndome en pie e inspeccionando el lugar con atención para saber dónde estaba: me hallaba de hecho al borde del doliente abismo infernal, donde se recoge el estruendo de infinitos lamentos. Tan oscuro, profundo y brumoso era ese valle que por mucho que mirase hacia abajo no podía distinguir nada.

—Nos disponemos a descender al mundo de las tinieblas —empezó a decir el poeta con el rostro blanquecino—; yo iré delante de ti y tú me seguirás.

Pero, notando su palidez, le pregunté:

—¿Con qué valor descenderé cuando hasta tú, que sueles aliviar mis temores, pareces tan asustado?

Y él me respondió:

—Es el tormento de las almas aquí abajo desterradas el que dibuja en mi rostro los signos de la congoja que tú interpretas como miedo. Pongámonos, pues, en marcha, ya que la longitud del viaje requiere que nos apresuremos.

...così sen vanno su per l'onda bruna...
...así las almas cruzan las negras olas...
Embarcación con migrantes frente a las costas de Cádiz, 2021.

PECADO ORIGINAL

Cuando Dios creó al primer hombre y a la primera mujer, Adán y Eva, los colocó en el Paraíso Terrenal, con una única prohibición: la de comer de la fruta del árbol del bien y del mal. Como desobedecieron, pecaron, y este pecado, llamado pecado original, se transmite por herencia a toda la humanidad que de ellos desciende. Jesucristo instauró el bautismo, que borra este pecado, pero los nacidos antes que él, y los que no han sido bautizados, lo conservan, por lo que no pueden ir al Paraíso de los buenos. Los que han cometido crímenes van al Infierno; los que no, van a esta tierra de nadie llamada Limbo, incluídos los niños. En los años 2005 y 2006 el tema de los niños fue discutido por la Comisión Teológica Internacional, que publicó sus conclusiones en el documento titulado *La esperanza de salvación para los niños que mueren sin bautismo.*

Diciendo esto entró y me hizo entrar a mí en el primer círculo que rodea el infernal abismo.

Dentro, por lo que se podía deducir escuchando, no había otra expresión de dolor que unos suspiros tales que hacían temblar la atmósfera de aquel lugar eterno. Todo ello a causa del dolor, no originado por penas materiales, que afligía a aquellos grupos de almas, que eran numerosos y estaban compuestos cada uno de ellos por multitudes de niños, mujeres y hombres.

Mi buen maestro se volvió hacia mí y me preguntó:

—¿Cómo es que no tratas de saber a qué categoría pertenecen los espíritus que ahora ves? Pues bien, quiero que sepas, antes de proseguir, que esas almas no han cometido ningún pecado digno de castigo; antes bien, aunque hayan alcanzado méritos en vida, eso no les basta, pues no han recibido el bautismo, que es esencial para la fe en la que tú también crees. Y si esas almas vivieron antes de la llegada del cristianismo no adoraron a Dios como es debido; yo mismo formo parte de esta última categoría. Por estas faltas, y no por otra culpa, se nos excluye de la salvación, y se nos castiga solo con esta pena: que, sin esperanza de que tal cosa llegue a suceder, deseamos eternamente ver a Dios.

Mi corazón se llenó de una enorme aflicción cuando oí hablar así a Virgilio, pues me di cuenta de que, suspendidos entre la ausencia de una auténtica pena y la ausencia de felicidad, se hallaban en aquel borde del Infierno personajes de gran valía moral.

—Dime, maestro y señor mío —pregunté para fortalecerme en la fe que vence todas las dudas—, dime si alguien, por mérito propio o ajeno, ha salido alguna vez de aquí para alcanzar la dicha celestial.

Y Virgilio, que comprendió la alusión oculta en mis palabras, me respondió:

—Llevaba poco tiempo aquí cuando vi descender una figura majestuosa, coronada con el halo de la victoria. De aquí sacó las almas del padre de la humanidad, Adán; de su hijo Abel y de Noé; de Moisés, legislador obediente a la voluntad divina; del patriarca Abraham y del rey David; de Jacob, junto con su padre Isaac y sus doce hijos, y Raquel, la mujer que obtuvo por esposa después de tantos sacrificios; y también se llevó a muchas otras almas y las condujo entre los bienaventurados. Quiero que sepas que antes de ellos ningún otro espíritu humano se salvó jamás.

Aunque Virgilio hablaba, no dejamos de caminar y seguíamos atravesando la espesura, me refiero a la que formaban las almas amontonadas. No nos habíamos alejado mucho del borde más alto del círculo, donde antes me había vencido el sueño, cuando divisé un fuego que, venciendo a las tinieblas, recortaba en aquel punto una semiesfera de luz en la oscuridad. Estábamos aún a cierta distancia de él, pero no tanto como para que no pudiera discernir, al menos parcialmente, que aquel lugar se había asignado a algunas almas dignas de honor.

Pregunté, pues, a Virgilio:

—Dime, tú que eres la honra del saber y el arte poéticos, ¿quiénes son esos espíritus que gozan de tan distintivo honor que los diferencia de las demás almas?

Y él me respondió:

—Su loable fama, que aún resuena en vuestro mundo, les lleva a obtener en el Cielo una gracia especial que de este modo les privilegia.

Mientras así hablaba, oí una voz que decía: «¡Honrad al altísimo poeta: su alma, que había partido, ha retornado!».

OLVIDO

Según cuenta el Génesis, el patriarca Jacob, hijo de Isaac y nieto de Abraham, tuvo doce hijos, que dieron nombre a las doce tribus de Israel, y una esposa llamada Raquel. Cuenta Virgilio que Jesús, la «figura majestuosa», los liberó del limbo en la visita que realizó al infierno durante el tiempo que transcurrió entre su muerte y su resurrección. Pero Jacob tuvo también una hija, Dina, que por ser mujer no mereció dar nombre a ninguna tribu; además, sus trece hijos eran de cuatro madres distintas: Raquel, su hermana Lía, y Bilhá y Zilpá, esclavas de las anteriores. No sabemos si a Dina, Lía, Bilhá y Zilpá las liberó también Jesús, y Dante olvidó mencionarlo, o si fue Jesús quien decidió que con los hijos varones y la esposa legítima era suficiente.

VANIDAD DE POETA

Dante no tiene reparos en ponerse a la altura de los grandes poetas de la Antigüedad. Ya lo dijo don Quijote: «No hay poeta que no sea arrogante y piense de sí que es el mayor poeta del mundo».

NOBLE CASTILLO

J. R. R. Tolkien, autor de *El señor de los anillos*, fue un buen conocedor de la obra de Dante, y miembro conspicuo de la Oxford Dante Society. Con todo, afirmaba: «Dante no me atrae, está repleto de malicia y rencor. No me interesan sus insignificantes relaciones con gente insignificante en ciudades insignificantes». Pese a ello, se inspiró en el noble castillo del primer círculo para describir la ciudadela de Minas Tirith, en la Tierra Media, con sus siete puertas y sus siete murallas.

Cuando aquella voz se interrumpió y guardó silencio, vi a cuatro nobles espíritus que venían hacia nosotros; su expresión no parecía ni triste ni alegre. Mi buen maestro me dijo entonces:

—Observa con atención el alma que lleva una espada en la mano y avanza delante de las otras tres con regio porte. Es Homero, el más grande de todos los poetas; el que le sigue es Horacio, autor de sátiras; el tercero es Ovidio, y el último es Lucano. Puesto que cada uno de ellos comparte conmigo el título de poeta, como ha recordado esa sola voz que has oído antes, me rinden honores, y en ese sentido obran bien.

Vi así reunida a toda la cofradía de Homero, señor de la más alta poesía, la épica, que se eleva por encima de todas las demás como lo hace el águila con las otras aves. Tras conversar entre ellos durante un rato, los poetas se volvieron hacia mí saludándome con un gesto, y Virgilio, mi maestro, sonrió; y me concedieron un honor aún mayor, pues me acogieron en sus filas para convertirme en el sexto miembro de tan alta escuela, entre tan grandes sabios y poetas. Proseguimos así en dirección al fuego, hablando de temas sobre los que ahora conviene callar, tal como convenía hablar de ellos donde yo estaba entonces.

Llegamos al pie de un noble castillo, rodeado de siete círculos concéntricos de altas murallas y defendido en derredor por un hermoso riachuelo. Lo cruzamos como si fuera un lecho seco, y atravesamos siete puertas en compañía de

Venimmo al piè d'un nobile castello...
Llegamos al pie de un noble castillo...
La ciudadela de Minas Tirith en la película *El señor de los anillos: la comunidad del anillo* (2001), de Peter Jackson.

aquellos sabios hasta llegar a un prado cubierto de hierba fresca. Allí había almas de expresión grave y austera, que parecían tener gran autoridad, y hablaban poco, solo cuando era oportuno y en tono afable.

Nos dirigimos así a uno de los rincones del prado, un lugar abierto, bien iluminado y elevado, de modo que pudiéramos ver a todos aquellos nobles personajes: y allí delante, sobre la verde alfombra, se me mostraron las grandes almas de cuya visión aún me regocijo. Vi a Electra junto con muchos de sus conciudadanos, y entre ellos reconocí a Héctor y a Eneas; a César, todavía armado, y con el aspecto de un ave de rapiña.

Luego vi a Camila y a Pentesilea, y, en el lado opuesto, frente a ellas, al rey Latino sentado con su hija Lavinia. Vi al primer Bruto, el que encabezó la revuelta para expulsar a Tarquinio el Soberbio, y luego a Lucrecia, Julia, Marcia y Cornelia; y vi a Saladino, solo y apartado.

Tras alzar un poco más la vista, vi al maestro de todos los sabios, Aristóteles, sentado en medio del grupo de los filósofos, todos los cuales lo admiraban y lo honraban. Entre ellos vi a Sócrates y Platón, más próximos al pensamiento de Aristóteles que ningún otro filósofo; y luego a Demócrito, según el cual el mundo se genera por el movimiento aleatorio de los átomos; a Diógenes, Anaxágoras y Tales, Empédocles, Heráclito y Zenón.

Luego vi al filósofo que tan bien conocía las hierbas y sus cualidades, quiero decir Dioscórides; y después a Orfeo, a Marco Tulio Cicerón, y a Lino, y a Séneca, el filósofo moral; a Euclides, el célebre estudioso de la geometría, y a Ptolomeo, Hipócrates, Avicena y Galeno; y a Averroes, autor del famoso comentario a las obras de Aristóteles.

No puedo dar cuenta detallada de todos ellos, pues me apremia la propia vastedad de la materia que trato, de modo que muchas veces mi relato resulta insuficiente en relación con la magnitud de los hechos narrados. En aquel momento, el grupo de los seis poetas se dividió en dos, y mi sabio guía me condujo por otro camino, fuera del aire tranquilo del castillo, a la atmósfera del Limbo que tiembla con los suspiros de las almas. Llegué así a una zona del Infierno donde no hay un solo rincón iluminado.

CANTO 5

SEGUNDO CÍRCULO. MINOS AGITA SU AMENAZANTE COLA ANTE LOS RECIÉN LLEGADOS. UN TORBELLINO FORMADO POR ESPÍRITUS EN DANZA CONSTANTE.

Descendimos así más abajo del primer círculo, al segundo, que encierra un espacio menor pero un tormento tan grande que empuja a los condenados a proferir continuos lamentos. Apostado en la entrada está Minos, gruñendo en actitud terrible: examina las faltas de los condenados cuando entran, dicta sentencia y determina qué lugar infernal se les asigna, que luego indica trazando espirales con su cola. Quiero decir que, cuando un alma condenada se presenta ante él, confiesa plenamente todas sus faltas; y ese juez, profundo conocedor de los pecados humanos, identifica la zona infernal más apropiada para su caso, y enrolla su cola en torno a sí tantas veces como círculos tenga que descender el alma condenada para encontrar su ubicación definitiva.

Ante Minos hay siempre muchas almas; una a una van pasando ante él para someterse a juicio; se confiesan, oyen la sentencia, y luego se precipitan al correspondiente círculo infernal.

—Tú que llegas a este doliente abismo —empezó a decir Minos en cuanto me vio, interrumpiendo el ejercicio de tan grave tarea—, ¡ten cuidado de cómo entras y a quién te confías; que no te engañe la facilidad de la ancha entrada por la que has venido!

Pero Virgilio le respondió:

—¿Por qué te empeñas en gritar? No obstaculices su camino: así se ha decidido en el lugar donde querer es poder; no hagas, pues, más preguntas.

Desde ese mismo momento empecé a oír voces llenas de dolor, hasta el punto de que mi facultad auditiva se vio trastornada por un gran llanto. Pues llegué a un lugar desprovisto de toda luz, en el que se oía un bramido semejante al que emite el mar durante una tempestad, cuando lo agitan vientos contrarios. Esa tormenta infernal, que nunca cesa, arrastra en su torbellino arrollador a los espíritus allí encerrados, y los atormenta haciéndolos girar y golpeándolos. Cuando llegan ante la falla que conduce al segundo círculo, se oyen sus gritos, llantos y lamentos; y sus blasfemias contra el poder divino.

Comprendí que los condenados a semejante tormento eran los lujuriosos, que someten la razón a la pasión de los sentidos. Y como las alas llevan a los estorninos cuando, con la llegada del invierno, emigran volando en anchas y densas bandadas, así llevaba aquel viento a esas almas condenadas, zarandeándolas de acá para allá: no podía consolarlas esperanza alguna, no ya de que cesara aquel suplicio, sino ni tan siquiera de ver aliviado en algo su castigo.

Y al igual que las grullas vuelan y emiten sus plañideros cantos disponiéndose en el cielo en una larga hilera, del mismo modo vi llegar, entre exclamaciones de dolor, algunas almas transportadas por la tempestad que acabo de describir. Por ello le pregunté a Virgilio:

—Maestro, ¿quiénes son esas almas así atormentadas por el tenebroso torbellino?

Y él me respondió:

—La primera alma del grupo que deseas conocer fue la emperatriz de muchos pueblos, que hablaban lenguas muy distintas. Estaba tan corrompida por el vicio de la lujuria que, para eliminar las críticas de que era objeto, hizo lícito con sus leyes lo que a cada cual diese placer. Y Semíramis, de quien leemos que sucedió a Nino en el trono, tras haber sido su esposa, gobernó así la tierra donde ahora reina el Sultán. El alma que le sigue es la de Dido, que se suicidó devastada por su amor a Eneas, por quien quebrantó su fidelidad a la memoria de su difunto esposo Siqueo; luego le sigue el alma de la lujuriosa Cleopatra. Puedes ver después a Helena de Troya, por quien se combatió durante tanto tiempo y con tan grande luto, y al gran Aquiles, que finalmente murió asesinado por su amor a Políxena, y luego a Paris y Tristán.

Luego me señaló, mencionando sus nombres, más de mil almas llevadas a la muerte por la pasión amorosa. Tras oír nombrar a mi maestro a aquellas mujeres y héroes antiguos me sentí tan turbado que casi me desmayo. Entonces dije:

—Poeta, con gusto hablaría con esas dos almas que, ellas solas entre todas, van en pareja, y parecen volar tan ligeras en el viento impetuoso.

Y él me respondió:

—Presta atención al momento en que se hallen más cerca de nosotros: entonces implórales en nombre del amor que las empuja, y vendrán.

Así, en cuanto el viento nos las acercó, les dije:

—Almas atormentadas, venid a conversar con nosotros si Dios no os lo prohíbe.

Al igual que las palomas, convocadas por el deseo amoroso, se mueven por los aires con las alas extendidas transportadas por la voluntad de alcanzar su dulce nido, así salieron aquel par de almas del grupo donde se encuen-

MINOS

Nombre - En griego antiguo Μίνως (*Mínôs*) tal vez pudo significar «rey», pues se repite en monarcas fundadores semilegendarios desde Egipto a la India. El arqueólogo sir Arthur Evans denominó «minoica» la cultura de la Edad de Bronce que levantó el palacio cretense de Cnosos.

Aspecto - Dante lo convierte en un ser monstruoso con cola de serpiente, símbolo cristiano de lo demoníaco. No obstante, existe otra variante en la que es un rey humano muy respetado que gobierna con justicia, da a Creta leyes notables inspiradas por Zeus y es el primero en construir una flota que le da supremacía naval. Así lo refieren la *Ilíada* y la *Odisea*, Tucídides y Herodoto e incluso Aristóteles en la *Política*.

Origen - Hijo de Zeus y Europa, fue criado como hijastro del rey Asterio o Asterión. Se casó con Pasífae, hija de Helios, el dios del Sol. Vivió tres generaciones antes de la guerra de Troya.

Modus operandi **-** Dante lo muestra gruñón mientras imparte justicia y asigna los castigos enrollando su cola en torno al cuerpo tantas veces como tendrá que descender el pecador en los círculos infernales.

En su vida como rey, se le atribuyen múltiples aventuras amorosas e hijos ilegítimos, incluso la invención de la pederastia. Es difícil reconciliar los aspectos discordantes del personaje. Para racionalizarlo, autores como Diodoro Sículo y Plutarco defendieron que pudo tratarse de dos reyes distintos con el mismo nombre. El «buen» Minos contaría con la estima de los dioses, que habrían hecho de él uno de los tres jueces del Infierno, según explican Horacio en las *Odas*, Platón en el *Gorgias* y Virgilio en la *Eneida*.

Principales apariciones - Para demostrar que tiene el apoyo de los dioses en su pretensión al trono, pide a Poseidón que haga salir del mar un toro que le sacrificará después. Pero al ver al hermoso toro blanco, decide preservarlo. Poseidón se venga haciendo que Pasífae sienta una pasión loca por el animal. De la unión nacerá el Minotauro.

Más tarde se enfrenta duramente contra Atenas para vengar el asesinato de su hijo Androgeo mientras visitaba la polis. Con su poderío marítimo, fuerza la rendición de los atenienses y les exige un tributo anual de siete jóvenes de ambos sexos para alimentar al Minotauro.

tra Dido, atravesando el aire infernal hacia nosotros; tan poderosa había sido mi llamada, henchida de afectuoso interés.

—¡Oh, criatura viviente, amable y benévola, que a través de este aire tenebroso vienes a vernos a nosotras, cuya pasión tiñó el mundo de sangre!; si Dios, rey del universo, nos mostrara su benevolencia, le rogaríamos que te diera paz, dado que te compadeces de nuestro pecado, que nos ha apartado del recto amor. Por eso nos quedaremos a escuchar vuestras peticiones y os responderemos debidamente, mientras el viento sople, como hace ahora, con menos ímpetu y ruido.

»La ciudad donde nací se encuentra en la costa donde el Po calma su curso hacia el mar después de haber recogido las aguas de sus afluentes. Amor, que con tanta presteza inflama al que es noble de corazón, hizo que él se enamorara del hermoso cuerpo que me ha sido arrebatado, y la intensidad de ese amor aún me estremece. Amor, que no permite que quien es amado no ame a su vez, se apoderó de mí y me hizo enamorarme de la belleza física de Paolo con tal violencia que, como puedes ver, aún sufro las consecuencias. Amor nos condujo a ambos a una misma muerte: la Caína aguarda a quien extinguió nuestras vidas.

Tales fueron, pues, las palabras que nos dirigieron los dos amantes.

Tras haber escuchado a aquellas dos almas atormentadas, bajé los ojos, y los mantuve tanto tiempo fijos en el suelo que Virgilio me preguntó:

—¿En qué piensas?

—¡Ay de mí, cuántos dulces pensamientos y cuánto deseo —le respondí— llevaron a estos dos amantes al extremo de incurrir en tan dolorosa culpa!

AMOR MÁS ALLÁ DE LA MUERTE

«Con infinita piedad, Dante nos refiere el destino de los dos amantes y sentimos que él envidia ese destino. Paolo y Francesca están en el Infierno, él se salvará, pero ellos se han querido y él no ha logrado el amor de la mujer que ama, de Beatriz. En esto hay una jactancia también, y Dante tiene que sentirlo como algo terrible, porque él ya está ausente de ella. En cambio, esos dos réprobos están juntos, no pueden hablarse, giran en el negro remolino sin ninguna esperanza, ni siquiera nos habla Dante de la esperanza de que los sufrimientos cesen, pero están juntos. Cuando ella habla, usa el nosotros: habla por los dos, otra forma de estar juntos. Están juntos para la eternidad, comparten el Infierno y eso para Dante tiene que haber sido una suerte de Paraíso».

Jorge Luis Borges

Entonces me volví hacia ellos y les hablé así:

—Francesca, tus sufrimientos me afligen y me inspiran compasión hasta derramar lágrimas. Pero dime: ¿a través de qué indicios y en qué circunstancias Amor te permitió reconocer en el otro esos mismos sentimientos hacia los que, en tanto no se manifiestan abiertamente, uno no puede sino albergar dudas?

Y Francesca me respondió:

—No puede haber mayor aflicción que traer a la memoria episodios de tiempos felices cuando te hallas en un estado de infelicidad; y eso lo sabe bien tu maestro. Pero si de verdad deseas tan ardientemente conocer el origen de nuestro mutuo amor, entonces te lo contaré, aunque sea mezclando las lágrimas con las palabras. Leíamos un día, como agradable pasatiempo, la historia de Lanzarote del Lago, vencido por su amor ilícito a la esposa del rey Arturo; estábamos solos y sin presentimiento alguno de lo que iba a suceder.

»Varias veces la lectura de aquel texto nos hizo mirarnos a los ojos y palidecer; pero solo un punto del relato venció toda resistencia en nosotros: cuando leímos que la anhelada boca de Ginebra recibió el beso de tan valeroso amante, él, que jamás se separará de mí por toda la eternidad, besó tembloroso la mía.

»Aquel libro y su autor sirvieron de intermediario a nuestro amor, justamente como Galeoto en la historia de Ginebra y Lanzarote: desde aquel día no proseguimos más en nuestra lectura.

...la bella persona che mi fu tolta...
...el hermoso cuerpo que me ha sido arrebatado...
La poupée, Hans Bellmer, 1934.

DYLAN

Una estrofa de «Tangled up in blue», del álbum *Blood on the tracks*:

Then she opened up a book of poems / And handed it to me / Written by an Italian poet / From the 13th century / And every one of them words rang true / And glowed like burning coal / Pouring off every page / Like it was written in my soul / From me to you.

Luego abrió un libro de poemas / y me lo entregó. / Escrito por un poeta italiano / del siglo XIII. / Y cada una de esas palabras sonaba a verdad / y brillaba como carbón ardiente derramando de cada página / como si estuviera escrito en mi alma. / De mí hacia ti.

Mientras así hablaba el espíritu de Francesca, el de Paolo lloraba de tal manera que yo, por mi emocionada congoja, perdí el sentido como si me estuviera muriendo; y me desplomé, de hecho, como un cuerpo muerto.

CANTO 6

TERCER CÍRCULO. LLUVIA INCESANTE SOBRE LA TIERRA FÉTIDA. UN MONSTRUO DE TRES CABEZAS.

Cuando recobré el sentido, perdido al presenciar el sufrimiento de los dos cuñados, que había despertado en mí tal tristeza que me dejó completamente aturdido, vi a mi alrededor nuevos tormentos y nuevas almas atormentadas en cualquier dirección en la que me moviera o hacia la que volviera los ojos para observar.

Me hallo, pues, en el tercer círculo, al que distingue una lluvia que cae eternamente, siempre dañina, gélida y pesada, sin cambiar nunca de ritmo ni de naturaleza. Un enorme granizo, con agua oscura y nieve, se precipitan a través del aire sombrío, y la tierra, que recibe esa mezcla de elementos, exhala un olor fétido.

Aquí Cerbero, bestia cruel y monstruosa, ladra con sus tres gargantas como un perro, cerniéndose sobre las almas inmersas en esa bazofia. Tiene los ojos bermejos, la barba negra y grasienta, el vientre ancho y las patas con garras: con ellas araña a los espíritus, los despelleja y desgarra. La lluvia hace que esos condenados aúllen como perros; y los desdichados no paran de revolverse, tratando así de proteger un flanco con el otro.

Cuando Cerbero, un ser enorme y repugnante, nos divisó a Virgilio y a mí, abrió sus tres bocas y nos mostró sus colmillos; no había una sola parte de su cuerpo que permaneciera inmóvil. Virgilio, entonces, extendió las manos, cogió un poco de tierra y, con los puños llenos, la arrojó a aquellas tres gargantas ávidas. Así como un perro ladra para mostrar su hambre y se aplaca apenas puede empezar a morder su comida, pensando ya solo en devorarla, lo mismo hicieron los tres mugrientos morros del demoníaco Cerbero, que aturdía a las almas condenadas con sus ladridos hasta el punto de hacerles desear ser sordas.

Virgilio y yo pasábamos por encima de las almas consumidas por la intensa lluvia, poniendo los pies sobre sus insustanciales figuras, que parecían personas reales. Todas yacían tendidas en el suelo, excepto una, que se incorporó para sentarse en cuanto nos vio pasar junto a ella:

—¡Oh, tú, a quien conducen a través del Infierno —dijo—, trata de reconocerme, si puedes, ya que naciste antes de que yo muriera!

—La pena que te aflige —respondí— probablemente te desfigura hasta tal punto que hace imposible que mi memoria te reconozca; tanto, que me parece no haberte visto nunca. Pero dime quién eres, tú que te ves metido en tan doloroso lugar y con tal pena que, de haber otra mayor, seguramente ninguna será tan repugnante.

Respondió:

—Tu ciudad, que está tan llena de envidia que casi la rebosa, me acogió en la serena vida terrenal. Vosotros mis conciudadanos me llamasteis Ciacco: por la dañosa culpa de la gula, como puedes ver, me veo obligado a macerar bajo la lluvia. Pero no soy la única alma sometida a esa pena, pues todas las que están aquí sufren el mismo castigo por la misma culpa.

Dicho esto, interrumpió su discurso. Yo le respondí:

—Ciacco, tu sufrimiento me aflige tanto que me dan ganas de llorar; pero dime, si lo sabes, a qué conducirán las disputas entre los habitantes de Florencia, una ciudad divi-

GUARDIANES DEL INFIERNO

CERBERO

CERBERO

Nombre - También Cérbero o Cancerbero. En griego Κέρβερος (*Kérberos*) y en latín *Cerbĕrus*. De etimología incierta, podría proceder del protoindoeuropeo *k̂érberos*, «manchado», o del sánscrito सर्वरा —*sarvarā*—, epíteto de uno de los perros de Yama, el dios hindú de la muerte y el inframundo.

Aspecto - La tradición más extendida lo describe con tres cabezas —Veltesta, Tretesta y Drittesta—. Así es referenciado por Pausanias, Horacio, Ovidio, Higino o Séneca. Pero hay debate sobre este punto. Según la *Teogonía* de Hesíodo, las cabezas son cincuenta, mientras que Píndaro le atribuye hasta cien en las *Píticas*. Apolodoro dice en la *Biblioteca* que tiene cola de dragón y «todo tipo de serpientes» que le salen del torso y el lomo. En las *Odas* de Horacio aparece con una sola cabeza y cien colas de serpiente.

Origen - Es hijo del monstruo marino gigante Tifón y de la ninfa serpentina Equidna y, por lo tanto, hermano de otros célebres monstruos: la Hidra de Lerna, el León de Nemea, la Quimera, la Esfinge y Ortro, el perro bicéfalo de Gerión.

Modus operandi **-** Es el perro del dios Hades y guarda la entrada del inframundo desde su cubil en la orilla de la Estigia. Sus dientes negros perforan y desgarran hasta la médula de los huesos e inyectan un veneno mortal. Ataca y devora a las sombras que intentan salir, «y a los que entran les saluda alegremente con el rabo» (*Teogonía*).

Principales apariciones - Orfeo lo encanta con la magia de su lira cuando va a buscar a Eurídice (Ovidio, *Metamorfosis*). Cuando Eneas desciende al Hades acompañado de la Sibila de Cumas, esta aplaca y adormece al monstruo dándole una pasta hecha con miel y adormidera (Virgilio, *Eneida*). En el último trabajo de Hércules, el rey Euristeo obliga al héroe a ir a los infiernos para traerle a Cerbero. El dios Hades consiente que Hércules se lo lleve a condición de que lo venza sin armas. El héroe lucha con él a brazo partido y, casi ahogándolo, consigue someterlo. Tal es el terror de Euristeo cuando lo ve que le ordena devolverlo.

dida por facciones políticas; dime si queda en ella alguien que esté por encima de los bandos; y dime finalmente por qué Florencia se ha visto invadida por tan dañina discordia.

Ciacco respondió:

—Los ciudadanos, tras un largo conflicto, llegarán a una confrontación directa, y el bando de los Cerchi, gente rústica, expulsará a los Donati, con gran ultraje. Después los güelfos blancos perderán su supremacía antes de que pasen tres años, y los güelfos negros tomarán entonces la delantera con ayuda de uno que ahora se las compone entre un bando político y el otro. El bando negro dominará durante mucho tiempo, imponiendo pesadas leyes al otro bando, por mucho que este se lamente o se indigne. Solo quedan dos hombres justos, pero nadie les escucha. La soberbia, la envidia y la codicia son las chispas que han incendiado los corazones.

En ese momento Ciacco interrumpió sus tristes palabras, y entonces yo le insistí:

—Me gustaría que siguieras hablándome y me aclararas ciertas dudas: Farinata degli Uberti y Tegghiaio, que fueron hombres tan dignos de honor, ¿dónde están y cómo puedo reconocerlos? Y dime también dónde están Jacopo Rusticucci, Arrigo dei Fifanti y Mosca dei Lamberti, que junto con otros conciudadanos hicieron tanto por la virtud cívica. Porque siento un fuerte deseo de saber si el Cielo los consuela con su dulzura o los infesta el Infierno con sus tormentos.

Ciacco me contestó:

—Todos ellos purgan los peores pecados, y son varias las culpas que les pesan, confinándoles a los círculos más bajos del Infierno: si desciendes hasta allí podrás verlos. Pero cuando hayas regresado al dulce mundo de los vivos rememora mi recuerdo: nada más te diré, ni responderé a tus preguntas.

JUICIO FINAL

Según se cuenta en Apocalipsis 20, 12-15, después de la segunda venida de Jesucristo habrá un Juicio Final al que se someterán todas las almas. En el evangelio de Mateo 24, 27-31 se explica que el evento será anunciado por la trompeta de un ángel, y la Primera epístola a los corintios 15, 51-53 especifica que antes del juicio resucitarán todos los muertos. El Corán también anuncia un día del juicio, o de la resurrección. La creencia en ese día es uno de los seis artículos de fe de la teología islámica.

Inmediatamente después apartó los ojos, que hasta entonces habían estado fijos en mí, me miró un poco más, y finalmente inclinó la cabeza y con ella volvió a tenderse como las demás almas ciegas a la Gracia. Virgilio me dijo entonces:

—Ciacco no volverá a levantarse hasta que suenen las trompetas de los ángeles el Día del Juicio, cuando venga Cristo, el juez hostil a todos los condenados: entonces cada uno de ellos encontrará su tumba maldita, volverá a tomar su cuerpo y la apariencia que tuvo en vida, y escuchará la sentencia que fijará su condición eterna.

Pasamos así por el inmundo amasijo de almas y fango, con pasos lentos, discutiendo brevemente sobre la vida en el más allá, por lo que pregunté:

—Maestro, ¿los tormentos que se ven aquí aumentarán después del Juicio Final, disminuirán o seguirán siendo igual de dolorosos?

Virgilio respondió:

—Recuerda tus doctrinas filosóficas, según las cuales, cuanto más se acerca una criatura a la perfección, más siente tanto la alegría como la aflicción. Aunque estas almas condenadas nunca puedan alcanzar una auténtica perfección, les espera una mayor plenitud después del Juicio.

Recorrimos toda la circunferencia, debatiendo mucho más de lo que ahora explico, y llegamos al punto en el que se desciende al cuarto círculo. Aquí encontramos al demonio Plutón, gran enemigo del hombre.

CANTO 7

CUARTO CÍRCULO. EL PRÍNCIPE DE LOS DEMONIOS: PLUTÓN. LA CIÉNAGA PESTILENTE.

—¡Pape Satàn, pape Satàn aleppe! —empezó a gritar Plutón con voz ronca; y el noble y sapiente Virgilio, que todo lo sabía, dijo para confortarme:

—No te dejes asustar, pues, por mucho poder que tenga, Plutón no podrá impedir que descendamos al cuarto círculo.

Luego se volvió hacia aquel rostro hinchado de ira:

—¡Calla, lobo maldito, consúmete por dentro con tu rabia! No sin una buena razón nos dirigimos a las profundidades del Infierno: así se quiere en lo alto de los cielos, donde el arcángel Miguel castigó antaño la engreída violencia de los ángeles rebeldes.

Al igual que las velas hinchadas por el viento caen enroscadas sobre sí mismas cuando se rompe el mástil, del mismo modo cayó al suelo aquella cruel bestia. Y así Virgilio y yo descendimos a la cuarta hondonada, adentrándonos aún más en la penosa pendiente que encierra todo el mal del universo.

¡Ay, justicia divina! ¿Quién puede abarcar tantos y tan increíbles sufrimientos y penas como los que vi entonces? ¿Y por qué nuestra tendencia al pecado nos lleva de tal modo a la perdición? Como la ola que, en el estrecho de Mesina, entre Escila y Caribdis, rompe contra aquella otra con la que choca, así, a una parecida danza son condenados aquí los pecadores. En este círculo vi almas más numerosas que en ningún otro lugar, ya fuera en uno u otro grupo de los dos

LA PUERTA DEL INFIERNO

En la mitología romana Plutón era el custodio del inframundo. En 2013 un grupo de arqueólogos italianos reconstruyó parte de un templo dedicado al dios en la antigua ciudad romana de Hierápolis, cerca de Pamukkale, Turquía. El edificio estaba construido sobre una cueva de donde emanan, aún hoy en día, gases tóxicos y recibía el nombre de Plutonio, según relató Estrabón. Durante las excavaciones se encontraron restos de aves y otros vertebrados. Los sacerdotes encargados del culto impresionaban a los peregrinos entrando a la cueva con animales que morían en el acto, mientras que ellos no sufrían ningún daño. Estudios posteriores concluyeron que el dióxido de carbono —proveniente de la falla tectónica de Pamukkale— al ser más pesado que el aire no afectaba a los humanos, más altos.

en los que se dividían: entre fuertes alaridos hacían rodar unos pesos empujando con el pecho. Chocaban unos contra otros, y tras el choque cada uno se volvía atrás, haciendo rodar también hacia atrás los pesos, mientras se gritaban unos a otros: «¿Por qué acaparas el dinero?» y «¿Por qué lo derrochas?».

Entonces retrocedían a lo largo del tenebroso círculo, completando su ronda hasta el extremo opuesto, y volvían a gritarse su ofensivo estribillo; luego cada uno se volvía de nuevo y recorría en sentido inverso su mitad del círculo hasta que se producía un nuevo choque al otro lado. Y yo, con el corazón algo turbado, pregunté:

—Maestro, explícame: ¿qué almas son estas? Y dime: ¿esos condenados con tonsura de la izquierda fueron en vida todos clérigos?

Virgilio me respondió:

—Todos ellos fueron tan ciegos de mente durante su vida terrenal que no supieron gastar en la justa medida. Su cantinela lo grita claramente cuando llegan a los dos puntos del círculo donde se contraponen sus culpas opuestas. Aquellos de entre ellos que no tienen pelo en la cabeza fueron clérigos, papas y cardenales, en quienes la avaricia suele alcanzar su apogeo.

Inquirí:

—Maestro, entre estos pecadores yo debería reconocer a quienes se han mancillado con los pecados de avaricia o de prodigalidad.

Pero él me respondió:

—Tu mente alberga un pensamiento vano: la vida privada de discernimiento que los mancilló con tales culpas los hace ahora impenetrables a todo reconocimiento. Chocarán eternamente en los dos puntos opuestos del círculo; al final los avaros se alzarán de su tumba con el puño cerrado, y los pródigos, con el pelo rapado.

»Gastar y acaparar sin buen criterio los ha apartado del Paraíso y llevado a esta pugna; ya ves: ¡es inútil que gastes palabras en discernir cuál es su miserable condición! Así, hijo mío, puedes ver cuán fugaz es el engaño de los bienes confiados a la Fortuna, por los que tanto se afana el género humano: pues ni todo el oro del mundo, incluido el que ha existido en el pasado, podría dar paz a una sola de estas agotadas almas.

Inquirí de nuevo:

—Maestro, dime qué es en realidad esa Fortuna que has mencionado y que sujeta entre sus garras todos los bienes del mundo.

Me respondió:

—¡Oh, qué necios sois los vivos y cuánta la ignorancia que os ofusca! Pues bien, deseo ahora que recibas mi explicación como lo hace un niño cuando se le da de comer.

»Dios, cuyo conocimiento trasciende todas las cosas, creó los cielos y les asignó quienes los movieran de tal manera que cada inteligencia angélica hiciera refulgir por sí misma cada cielo material, distribuyendo así uniformemente la luz divina. Del mismo modo, estableció para las riquezas del mundo terrenal una inteligencia que las administrara y las hiciera cambiar de lugar, transfiriendo en el momento oportuno los bienes efímeros de un pueblo a otro y de una estirpe a otra, por encima de cualquier decisión o voluntad humana: por eso un pueblo manda y el otro declina, siguiendo el juicio de la Fortuna, que se oculta como la serpiente entre la hierba.

»El conocimiento humano no puede oponérsele: ella dispone, juzga y provee a su propio reino como las otras inteligencias angélicas atienden a los suyos. Los cambios que provoca son constantes, y se apresura a cumplir la voluntad divina, por lo que a menudo sucede que en cada momento siempre hay alguien a quien toca mudar de condición.

»Esta Fortuna es la misma a la que tanto maldicen incluso quienes deberían alabarla, y que, en cambio, la reprueban y le dan injustamente mala fama. Pero ella es una criatura bendita y hace oídos sordos a tales imprecaciones; solo atiende a sí misma, gobierna el curso de su propia esfera junto con las otras inteligencias angélicas engendradas al principio de la Creación. Pero es momento de descender a un lugar donde el tormento es aún mayor; todas las estrellas que ascendieron al Cielo cuando yo partí del Limbo se están poniendo ya, y no se nos permite demorarnos demasiado.

Atravesamos el círculo hasta llegar al borde opuesto, desde donde descendimos al siguiente círculo, a la altura de un manantial hirviente que vertía sus aguas en una fosa que él mismo había formado. Esas aguas eran más sombrías que negras, y nosotros, siguiendo el curso de sus turbias olas, entramos en el círculo inferior a través de un escabroso pasaje. Una vez que llegaba al pie de las oscuras crestas del cuarto círculo, aquel infernal riachuelo desembocaba en la ciénaga que lleva el nombre de Estigia, receptáculo del pecado y del dolor.

Observando con atención, vi inmersas en el lodo, dentro de la ciénaga, unas almas desnudas y de aspecto atormentado. Se golpeaban unas a otras no solo con las manos, sino también con la cabeza, el pecho y los pies, devorándose a mordiscos.

El buen maestro me dijo:

—Hijo mío, aquí puedes ver las almas de los que fueron vencidos por la ira; ten presente también que bajo el agua hay otras almas, cuyos suspiros hacen borbollar la superficie, como tú mismo puedes comprobar dondequiera que dirijas tu mirada.

»Estas almas, confinadas en el cieno, dicen: "Así como con sombría melancolía respirábamos el humo de la apatía cuando aún vivíamos en el dulce aire del mundo, que el sol alegra, del mismo modo ahora nos afligimos en el negro lodo". Gorgotean esta cantinela en sus gargantas, pues no pueden pronunciarla con palabras claras y fluidas.

Así Virgilio y yo recorrimos una larga distancia siguiendo la circunferencia de aquella fangosa ciénaga, avanzando entre la seca orilla y la charca, y manteniendo siempre la vista fija en los que se ven obligados a engullir aquel lodo. Finalmente llegamos al pie de una torre.

CANTO 8

QUINTO CÍRCULO. EL INFAME BARQUERO FLEGIAS CONDUCE A LOS DOS POETAS A TRAVÉS DE LA LAGUNA ESTIGIA HASTA LA CIUDAD MALDITA.

Continuando con la narración, puedo relatar que mucho antes de llegar al pie de la alta torre nuestros ojos se volvieron hacia su cúspide atraídos por dos pequeñas llamitas que vimos poner allí arriba, y por otra que había respondido a aquella señal desde tan lejos que nuestra mirada apenas podía percibirla. Entonces me dirigí a Virgilio, mar de toda sabiduría, y le pregunté:

—¿Qué significa la primera señal y a qué responde esa otra llama? ¿Y quién así las utiliza?

Me respondió:

—Por sobre las fangosas olas puedes ya ver lo que espera quien tales señales ha hecho, siempre que la bruma del cenagal no te lo esconda.

Jamás la cuerda de un arco lanzó una flecha que atravesara tan veloz el aire como en aquel momento vi venir sobre el agua una ágil embarcación hacia nosotros, conducida por un solo marinero, que gritaba:

—¡Por fin has caído en mi poder, alma perversa!

Allor distese al legno ambo le mani...
Entonces el espíritu extendió ambas manos hacia la barca...
Filippo Argenti intenta subir a la barca de Dante y Virgilio (h. 1480). Ilustración de Guglielmo Giraldi para el manuscrito de la *Divina comedia* de Federico da Montefeltro, conocido como códice *Dante Urbinate*, conservado en la Biblioteca Vaticana.

EL PESO DEL ALMA

La barca nota el peso de Dante pero no el de sus compañeros, que son espíritus sin cuerpo físico. El 11 de mayo de 1907, el médico Duncan MacDougall publicó en el *Journal of the American Society for Psychical Research* un artículo donde explicaba sus experimentos. Colocó un sistema de balanzas en las camas de seis moribundos. Afirmó que en el momento del deceso se registraba una pérdida de masa corporal equivalente a 21 gramos de media. Asimismo, hizo lo propio con quince perros sin percibir ningún cambio en el momento de la muerte. El *New York Times* se hizo eco de la noticia y la idea de que el alma pesa 21 gramos se propagó por todo el mundo. *21 gramos* es el título de la película de 2003 dirigida por Alejandro González Iñárritu y protagonizada por Sean Penn y Naomi Watts.

Pero mi guía le advirtió:

—¡Flegias, Flegias, esta vez gritas en vano!: no nos tendrás en tu poder más que el tiempo que tardemos en cruzar la fangosa ciénaga.

Como quien se da cuenta de haber sido engañado e inmediatamente se lamenta de ello, así hizo Flegias, reprimiendo su cólera para sí.

Virgilio subió a la barca y en seguida me invitó a embarcar tras él: solo cuando yo hube subido la barca pareció llevar carga. Apenas Virgilio y yo estuvimos a bordo, aquella embarcación, vieja como el Infierno, se puso en marcha, hendiendo más profundamente el agua de lo que normalmente hacía cuando solo almas transportaba.

Mientras atravesábamos la estancada ciénaga se me plantó delante una figura toda embarrada, preguntándome:

—¿Quién eres tú, que vienes aquí antes de tiempo?

Y yo le dije a mi vez:

—Si he venido, no es para quedarme. Pero ¿quién eres tú, a quien así afea el barro?

Respondió:

—¡Bien puedes ver que soy un condenado!

Y yo repliqué:

—¡Quédate ahí, espíritu maldito, con tu pena y tu dolor, pues te he reconocido aunque estés todo enfangado!

Entonces el espíritu extendió ambas manos hacia la barca, pero Virgilio, que se había percatado de ello, se apresuró a apartarlo, diciéndole:

—¡Vete, quédate allí con los otros perros!

Luego me echó los brazos al cuello, me besó en el rostro y me dijo:

—¡Alma capaz de mostrar tan justo desdén con el mal, bendita sea la mujer que te llevó en su seno! Esa alma condenada fue en el mundo de los vivos un arrogante, y no hay obra buena que adorne su memoria: por eso su alma está condenada a permanecer así enfurecida en esta ciénaga. ¡Y cuántos hay como él en el mundo, que se creen personajes reputados, pero en cambio terminarán aquí como cerdos en el fango, dejando un recuerdo de hechos horrendos y despreciables!

Entonces dije:

—Maestro, me gustaría mucho ver a este espíritu sumergido en el cieno antes de que salgamos de aquí.

Y Virgilio me respondió:

—Quedarás satisfecho aun antes de que llegues a ver la otra orilla, pues es justo que disfrutes viendo cumplido ese deseo tuyo.

Poco después vi a las almas embadurnadas de fango lacerar de tal modo al personaje que todavía alabo a Dios y le doy las gracias por ello. Los condenados gritaban al unísono: «¡A por Filippo Argenti!»; y el irascible espíritu florentino se corroía por dentro enfurecido. Así lo dejamos, y no hay necesidad de añadir más; pero he aquí que de repente oí un confuso sonido de lamentos, de modo que abrí los ojos como platos, proyectando hacia delante mi atenta mirada.

Mi buen maestro me dijo:

—Ahora, hijo mío, nos acercamos a la ciudad llamada Dite, con sus ciudadanos cargados de penas y su gran ejército de demonios.

Y yo a él:

—Maestro, ya distingo claramente en el foso sus torres, incandescentes como metal recién salido del fuego.

Y Virgilio me explicó:

—Son tan rojas a la vista por el fuego eterno que las abrasa por dentro, como puedes ver en esta parte más baja del Infierno.

¡VENGANZA!

Dante se muestra especialmente cruel con Filippo Argenti, que era un vecino suyo y adversario político, con quien mantenía una pésima relación. Según uno de los primeros comentaristas de la *Divina comedia*, Argenti habría abofeteado a Dante en público: «*Filippus percussit ipsum Dantem una maxima alapa*». No es infrecuente el uso de la literatura como forma de venganza. Chuck Palahniuk, autor de *El club de la lucha*, declaró: «Cada vez que me involucro sexualmente con una persona hermosa y me termina rechazando, la retrato como un personaje en un nuevo libro. Y en la ficción la mato. Es la única forma que he encontrado de vencer el rechazo».

Por fin llegamos al interior de los profundos fosos que rodean como una muralla esta desdichada ciudad, cuyos muros me parecieron de hierro. Después de dar un largo rodeo, llegamos a un punto en el que el timonel Flegias gritó con fuerza:

—¡Salid de aquí, esta es la entrada a la ciudad!

Entonces vi más de mil diablos en aquellas puertas, preguntándose unos a otros con fastidio: «¿Quién es este que aun estando vivo anda por el reino de los condenados?». Y mi sabio maestro les hizo una señal indicándoles que deseaba hablar con ellos en un aparte. Entonces los demonios contuvieron su gran indignación y le dijeron:

—Entra tú solo; y ese que se vaya, ya que ha sido tan osado como para atreverse a entrar aún vivo en este reino: que vuelva él solo por su temerario camino, si es capaz; pues tú, que le has conducido por este oscuro sendero, te quedarás aquí.

¡Imagina, lector, mi desaliento al oír aquellas terribles palabras, pues creía que jamás podría volver al mundo de los vivos! Por eso dije:

—¡Oh, mi querido guía, que ya tantas veces me has devuelto el valor sacándome de un grave peligro que me amenazaba, no me abandones en tan desesperada situación!; y si nos está prohibido seguir adelante, desandemos juntos, y pronto, el camino que acabamos de recorrer.

Y Virgilio, el guía que me había conducido hasta allí, me dijo:

—No temas: nadie puede impedirnos el paso, pues es la voluntad de Dios. Espérame aquí, y consuela tu alma tur-

Io vidi più di mille in su le porte…
Vi más de mil diablos en aquellas puertas…

Diablillos mexicanos del Día de los Muertos.

bada alimentándola con una bien fundada esperanza, pues ciertamente no te abandonaré en este bajo Infierno.

Así se alejó aquel dulce padre, dejándome solo en aquel lugar, y yo me quedé en un estado de dudosa incertidumbre, desgarrado entre el terror y la confianza que batallaban en mi mente.

No pude oír las palabras que Virgilio dirigió a los diablos; pero ciertamente no permaneció allí con ellos mucho tiempo antes de que todos corrieran a cuál más veloz a refugiarse dentro de los muros de la ciudad. Luego aquellos enemigos del género humano le cerraron las puertas en las narices a mi señor, que se quedó fuera y volvió hacia mí con pasos lentos. Con la vista fija en el suelo y la mirada desprovista de toda confianza, iba diciendo entre suspiros:

—¡Mira qué clase de gente me impide entrar en la ciudad del dolor!

Y a mí me dijo:

—Por muy afligido que esté, tú no te desanimes: saldré victorioso de la lucha, sea quien sea el que ahí dentro trate de impedirnos entrar en la ciudad. Esa arrogancia que muestran los diablos no es ciertamente nada nuevo: ya la demostraron a la hora de defender otra puerta más externa, que ahora yace desquiciada. Justamente en esa misma puerta has visto ya la inscripción que habla de la muerte; y ahora, traspasada esta, está descendiendo la pendiente del Infierno, pasando de un círculo a otro sin necesidad de escolta, alguien a través del cual se nos abrirá la puerta de la ciudad.

CANTO 9

LLEGADA A DITE, LA CIUDAD DE LOS MIL DEMONIOS. LA FURIA DE LAS TRES DIOSAS DE LA VENGANZA.

La palidez que el miedo había hecho aflorar en mi rostro al ver que mi maestro se volvía atrás indujo a Virgilio a desprenderse prontamente del inusitado color que la decepción había pintado en su rostro y tornar así a su aspecto habitual. Se detuvo con la expresión de quien escucha atentamente, ya que no podía proyectar demasiado lejos su mirada a través de aquella atmósfera oscura y aquella densa bruma.

—Y, sin embargo, ¡ganaremos de seguro esta batalla! —empezó a decir—, a menos que... ¡pero por otra parte es de tal entidad y poder quien se ha ofrecido a ayudarnos...! Mas ¡cuán larga se me hace la espera de aquel que ha de acudir en nuestro auxilio!

Yo me di perfecta cuenta de que Virgilio se había esforzado en ocultar la frase que acababa de iniciar con la siguiente, de tono muy distinto de la primera; pese a ello su discurso me asustó, porque atribuí su reticencia a un sentimiento quizá peor de aquel al que en realidad se refería.

Por eso pregunté:

—¿A esta parte inferior del abismo infernal ha descendido alguna vez algún alma del primer círculo, una de aquellas cuya única pena es verse privadas de la esperanza de ver a Dios?

Virgilio me respondió:

FURIAS AL PODER

La mitología de todas las civilizaciones está llena de monstruos representados bajo forma femenina: son mujeres que no respetan los límites, enfadadas, codiciosas, abiertamente sexuales. Fueron concebidas como engendros deformes, horripilantes, para con el paso del tiempo atribuirles una belleza e inteligencias sibilinas. Su pecado es poner en jaque el valor y la fortaleza masculinas, desafiar a los grandes héroes, amenazar la historia. El movimiento feminista las ha convertido en iconos de su lucha.

—Rara vez ocurre que uno de nosotros recorra el camino por el que yo voy ahora; es un hecho, sin embargo, que ya estuve una vez aquí abajo, conjurado por las fórmulas mágicas de la despiadada hechicera Erictón, que hacía retornar las almas a sus cuerpos muertos.

»Hacía poco que mi carne se había visto despojada de su alma cuando la hechicera me obligó a entrar en la ciudad de Dite para sacar a un espíritu de ese último círculo en el que se encuentra Judas. Ese es el lugar más bajo y tenebroso del Infierno, el más alejado del Primer Móvil, que imprime movimiento a todos los demás cielos; así pues, conozco bien el camino, de modo que puedes estar tranquilo. Esta ciénaga, que tal hedor exhala, rodea por todas partes esa ciudad del dolor, en la que ya es seguro que no podemos entrar sin entablar conflicto con los demonios.

Añadió algo más, pero mi memoria no conserva el recuerdo, pues en aquel momento mis ojos dirigieron toda su atención hacia la alta torre de cúspide incandescente, sobre la que en apenas un instante se alzaron tres Furias infernales tintas en sangre, de cuerpos y movimientos femeninos, que, ceñidas por hidras de un verde intenso, tenían por cabellos culebras y cerastas que enmarcaban sus espantosas sienes.

Y Virgilio, que de inmediato reconoció a las esclavas de la reina del Infierno, reino del llanto eterno, dijo:

—Mira a las feroces Erinias. La de la izquierda es Megera, la que llora a la derecha es Alecto, y en el centro está Tisífone.

En ese punto calló. Cada una de las Furias se desgarraba el pecho con las uñas, se golpeaba a sí misma con las palmas de las manos y gritaba con tal fuerza que yo, por temor, me acerqué más a Virgilio.

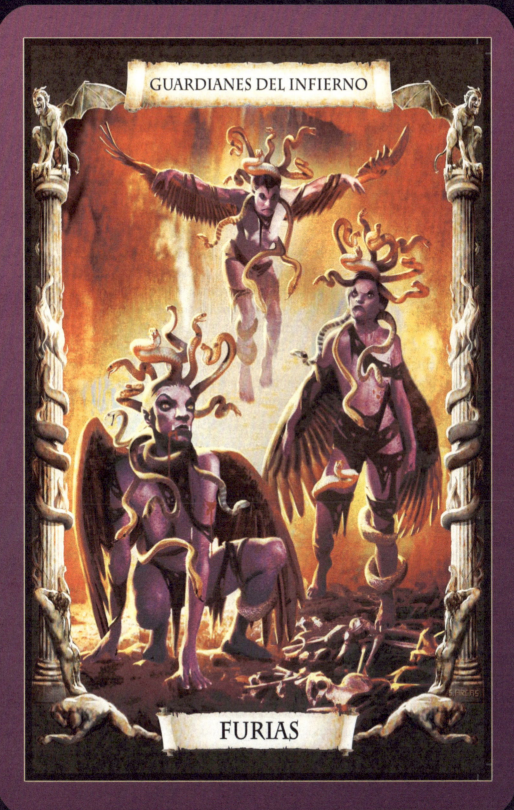

FURIAS

Nombre - Son las Erinias griegas (Ἐρινύες, *Erinýes*), de etimología en discusión; en latín Furias (*Furiæ*), las «terribles». A menudo son llamadas también las Euménides, las «Bondadosas», antífrasis utilizada para ganarse su favor y evitar su cólera.

Aspecto - Se representan como genios alados, con serpientes que se enroscan en su cabellera y antorchas o látigos en la mano, parecidas a Medusa. Lloran lágrimas de sangre y visten de negro.

Origen - Son divinidades preolímpicas. Como los Gigantes, nacieron de la violencia que supuso la castración de Urano. Primero su número era indeterminado, pero más tarde se fue concretando en tres: Alecto, Tisífone y Megera, esto es, la «implacable», la «vengadora» y la «celosa».

Su función en los castigos infernales se sugiere en la *Ilíada* y la *Odisea*, pero su plasmación canónica está en la *Eneida*, donde atormentan a las almas de los difuntos en el fondo del Tártaro. Estas ideas podrían proceder de la influencia etrusca, que imaginaba un mundo infernal con seres monstruosos que torturaban a los muertos, como Caronte y los demonios.

Modus operandi **-** Ejecutan el castigo de los asesinatos, en particular entre parientes, e intervienen contra la *hybris*, que hace olvidar al hombre su condición de mortal. Cuando se apoderan de una víctima, la enloquecen y la torturan de mil maneras (Esquilo, *Euménides*; Píndaro, *Olímpicas*; Cicerón, *De natura deorum*). En ellas se expresa la idea helénica del orden universal que debe protegerse contra el caos. Son fuerzas primitivas que no reconocen la autoridad de los dioses más jóvenes. El propio Zeus se ve forzado a obedecerlas.

Principales apariciones - Actúan ampliamente en la *Orestíada* de Esquilo, donde son las causantes de las desgracias de la familia de Agamenón causadas por el sacrificio de Ifigenia. Impulsan a Clitemnestra a matar a su esposo, castigándola luego por mano de su hijo, al cual persiguen como asesino de su madre. Igual papel les da Sófocles en la maldición que pesa sobre Edipo en la obra *Edipo en Colono*. También dictan a Altea el asesinato de su hijo Meleagro como venganza por haber matado a sus tíos (Hesíodo, *Catálogo de mujeres*; Ovidio, *Metamorfosis*).

—¡Venga Medusa, así lo convertiremos en piedra! —exclamaron a la vez mirando hacia abajo—. Mal hicimos en no vengarnos de Teseo por su ataque.

—Date la vuelta y mantén los ojos cerrados —me advirtió mi maestro—, porque si aparece la gorgona y tú la miras, no tendrás ninguna posibilidad de retornar al mundo.

Y él mismo me hizo volverme, y no confió solo en mis manos, sino que cubrió también mis ojos con las suyas. Vosotros, lectores de mente clara y capaz de percibir la verdad, considerad bien qué significado moral se oculta bajo el velo de estas enigmáticas palabras.

Pero ahora llegaba, como transportado por las oscuras olas, el fragor de un sonido espantoso que hacía temblar las dos orillas de la Estigia, no muy distinto del que puede causar el viento que, alimentado su ímpetu por el choque de corrientes opuestas, hiende el bosque y, al no encontrar oposición, destroza las ramas, las derriba y arrastra; y avanza decidido, levantando el polvo ante sí y obligando a huir a los animales y a los pastores.

Virgilio apartó sus manos de mis ojos y dijo:

—Ahora dirige atentamente tu mirada a la antigua superficie espumosa de la Estigia, hacia aquella parte donde la niebla es más espesa. Como las ranas desaparecen en el agua al ver a su enemiga la culebra hasta amontonarse todas en el fondo, así vi huir también a más de mil almas condenadas ante la visión de un personaje que cruzaba la Estigia sin mojarse las plantas de los pies.

Se quitaba el aire denso de la cara agitando con frecuencia la mano izquierda ante su rostro; y me pareció que aquella molestia era lo único que le perturbaba. De inmediato me di cuenta de que era un ángel y me volví hacia el maestro; y él me indicó por señas que estuviera tranquilo y me inclinara ante el celestial mensajero. ¡Ah, cuán indignado me pareció! Llegó a la puerta de Dite, y con una pequeña varita la abrió sin encontrar obstáculo alguno.

—Ángeles expulsados del Cielo, seres despreciables —dijo ante aquella espantosa puerta—, ¿de dónde nace y se alimenta en vosotros esa arrogancia? ¿Por qué os resistís a la voluntad divina, cuando nadie puede impedirle alcanzar el fin que se propone y cada vez que habéis intentado rebelaros contra ella ha acrecentado vuestro dolor? ¿Qué ventaja puede haber en oponerse a los decretos de Dios? Vuestro Cerbero, como recordaréis bien, aún lleva en la barbilla y la garganta, afeitadas por la cadena, las marcas de su castigada rebeldía.

Luego se volvió por aquel fangoso camino, y, sin decirnos palabra, adoptó en cambio la actitud de quien está apremiado y completamente absorto en cualquier otra cosa que no sea ocuparse de quienes tiene delante; y Virgilio y yo nos dirigimos hacia la ciudad, tranquilizados por sus santas palabras.

Entramos en Dite sin más resistencia; y yo, curioso por examinar bien qué características tenía el lugar y el castigo que tal fortaleza encerraba, en cuanto hube entrado miré a mi alrededor y vi en todas direcciones una gran extensión llana colmada de dolor y atroz tormento.

Al igual que en Arlés, donde el Ródano se estanca en un pantanoso delta, y en Pula, donde el golfo de Carnaro hace de puerta de Italia y baña sus fronteras, los sepulcros desnivelan el suelo, lo mismo sucedía aquí, solo que de modo mucho más cruel, pues entre las tumbas se esparcían llamas

Tutti li lor coperchi eran sospesi...
Todas las lápidas de los sepulcros estaban abiertas...
Fosas abiertas en el cementerio de Vila Formosa, en São Paulo, Brasil, durante la pandemia de coronavirus (2020).

que las calentaban hasta el punto de superar la incandescencia que necesita el hierro para que el herrero lo trabaje.

Todas las lápidas de los sepulcros estaban abiertas y apartadas, y de su interior salían lamentos tan desgarradores que sin duda parecían propios de almas desdichadas y atormentadas. Pregunté entonces:

—Maestro, ¿qué espíritus son estos que, sepultados en las tumbas de piedra, así hacen oír sus lamentos y dolorosos gemidos?

Me respondió:

—Aquí están encerrados los herejes de todas las sectas con sus discípulos, y las sepulturas están mucho más llenas de lo que crees. En una sola tumba están enterrados todos los adeptos de una misma secta, y los sepulcros arden con más o menos intensidad según sea el grado de su culpa.

Y después de que Virgilio se desviara hacia la derecha, atravesamos las ardientes tumbas y los altos muros de Dite.

CANTO 10

**SEXTO CÍRCULO. LAS TUMBAS ARDIENTES.
DANTE ESCUCHA RELATOS TERRIBLES
DE LOS SUMERGIDOS EN EL FUEGO.**

Mi maestro caminaba por un angosto sendero, bordeando por un lado los altos muros de Dite y por el otro las incendiadas tumbas, y yo iba tras él.

—Maestro de extraordinaria virtud —le dije— que me guías por los círculos infernales como mejor te parece, satisface mi curiosidad, dime: ¿es posible ver las almas que yacen en los sepulcros? Todas las lápidas están levantadas y ya nadie las vigila.

Me respondió:

—Todas las tumbas se cerrarán cuando las almas de quienes las ocupan regresen del valle de Josafat tras recuperar los cuerpos que dejaron en la tierra. En esta parte del círculo se encuentra el cementerio de Epicuro y sus seguidores, según los cuales el alma muere junto con el cuerpo. Así pues, aquí podrás ver cumplida la petición que me has hecho, y también el deseo que me ocultas.

A lo que respondí:

—Mi buen guía, no he revelado mis pensamientos por entero para no molestarte con demasiadas palabras, puesto que en otra ocasión ya me has mostrado que debo contenerme.

De pronto surgió una voz de una de las tumbas:

—¡Oh, toscano, que deambulas aún vivo por la ciudad de Dite expresándote con tanto decoro, dígnate detenerte

HEREJES

Quizás fue este canto, con los herejes asomando de sus sepulcros, el que inspiró la demoledora opinión de Nietzsche: «Dante es una hiena que versifica entre las tumbas».

en este punto; tu acento revela que eres oriundo de esa noble ciudad a la que tal vez he causado demasiado daño!

Presa del temor, me acerqué más a mi guía. Pero Virgilio me dijo:

—Vuélvete, ¿por qué te quedas ahí atemorizado? Mira a Farinata, que se ha puesto en pie; puedes ver su cuerpo de cintura para arriba.

Yo ya había clavado mi mirada en la suya, y él se erguía majestuoso alzando el pecho y la frente como si despreciara orgulloso el Infierno. Las atentas y solícitas manos de mi guía me empujaron entre las tumbas hacia Farinata, al tiempo que me advertía:

—Usa un lenguaje apropiado a la dignidad del personaje.

Al llegar al pie de la tumba, Farinata me miró un rato y luego, casi con altivez, me preguntó:

—¿Quiénes son tus antepasados?

Deseoso de complacerle, yo no solo no se lo oculté, sino que le revelé abiertamente mi linaje; y él, arqueando un poco las cejas, comentó:

—Los tuyos fueron feroces adversarios míos, de mis ancestros y de mi facción política, razón por la cual los expulsé dos veces de Florencia.

Repliqué entonces:

—Aunque fueran expulsados, las dos veces regresaron de allí donde se les había desterrado, mientras que vuestros partidarios no parecen haber aprendido tan bien el arte de volver a casa.

Entonces, junto a la de Farinata, asomó por la abertura de su tumba otra alma solo hasta la altura del mentón: creo que se había puesto de rodillas. Miró en derredor mío, como si quisiera ver si me acompañaba algún otro viviente; y cuando su recelo se disipó del todo, me preguntó llorando:

—Si atraviesas esta oscura prisión por los méritos de tu intelecto, ¿dónde está mi hijo? ¿Por qué no está contigo?

Le respondí:

—No estoy aquí por mi propia voluntad o mérito; quien apartado me aguarda me conduce a través de este lugar por aquella hacia la que, en cambio, vuestro Guido tal vez fue indiferente.

Sus palabras y el tipo de castigo ya me habían hecho comprender quién era aquella alma, y por eso mi respuesta fue tan precisa. Entonces el condenado, alzándose de repente, gritó:

—¿Por qué dices «fue»? ¿Es que mi hijo ya no vive? ¿Acaso la dulce luz del sol ya no hiere sus ojos?

Al ver que yo vacilaba en responder, cayó de espaldas en la tumba, desapareciendo de la vista. Pero aquel otro condenado, grande de espíritu, cuya petición me había inducido a detenerme, no cambió de actitud, no volvió la cabeza ni inclinó la espalda; y reanudando el hilo de su anterior discurso, dijo:

—Si mis parientes han aprendido mal el arte de volver a casa, eso me atormenta aún más que la condena a yacer en este ardiente féretro. Pero no tendrá tiempo el rostro de la Luna, reina del Infierno, de brillar cincuenta veces llena antes de que también tú sepas cuán difícil es ese arte. Así puedas retornar al dulce mundo de los vivos; pero ¿por qué el pueblo florentino, en todas sus leyes, es tan despiadado con mi familia?

Le respondí:

—La cruel masacre de Montaperti, que enrojeció de sangre el río Arbia, impone a nuestra ciudad tales medidas.

Tras sacudir la cabeza suspirando, Farinata dijo:

—No fui ciertamente el único en llevar a cabo aquella carnicería, ni lo habría hecho junto con los demás miembros de mi facción sin motivos serios; pero en cambio fui yo solo, cuando todos estaban dispuestos a avenirse a destruir Florencia, quien la defendió abiertamente.

Le dirigí entonces otra súplica:

—¡Que vuestros descendientes encuentren por fin la paz! Pero os ruego que disipéis una duda que ha perturbado mi facultad de juicio, pues me parece, si lo he entendido bien, que las almas infernales prevéis los acontecimientos futuros, pero que en lo que respecta al presente estáis sujetos a una regla distinta.

Y él me respondió:

—Vemos, como los que sufren presbicia, los acontecimientos lejanos: solo así sigue brillando en nosotros la luz divina. Pero cuando los acontecimientos se acercan, o están sucediendo ya, nuestra capacidad de leerlos se malogra por completo; y si alguna otra alma, al llegar, no nos informa, nada más podemos saber de los asuntos terrenales. Comprenderás entonces que nuestra facultad de conocimiento quedará del todo anulada con el Juicio Final, cuando ya no habrá futuro.

Entonces, sintiendo cierto remordimiento por mi involuntaria descortesía hacia Cavalcante, dije yo:

—Decidle a esa otra alma que ha vuelto a precipitarse en la tumba que su hijo vive todavía, y que antes no he respondido a su pregunta porque estaba absorto reflexionando sobre la duda que ahora me habéis aclarado.

Ya mi maestro me reclamaba, de modo que rogué al espíritu de Farinata que me dijera con más presteza quién yacía allí con él. Me respondió:

—Yazgo aquí con muchísimos condenados: entre ellos Federico II y el cardenal Ottaviano degli Ubaldini; omitiré el resto.

Entonces se ocultó de mi vista, y yo volví mis pasos hacia el antiguo poeta, reflexionando sobre aquellas palabras, que me parecieron hostiles. Virgilio se puso en marcha, y, mientras caminábamos, me preguntó:

—¿Por qué estás tan turbado? —y yo le expliqué la razón de mi inquietud.

Aquel sabio me exhortó:

—Guarda bien en la memoria cuanto de amenazador has oído acerca de tu futuro; —y, alzando un dedo, añadió—: y presta atención a las siguientes palabras: cuando te halles ante la dulce luz de Beatriz, cuyos hermosos ojos mirando a Dios lo comprenden todo, sabrás por ella el curso próximo de tu vida.

Luego se desvió hacia la izquierda: dejamos la muralla de la ciudad y nos dirigimos hacia la parte más interior del círculo por un sendero que terminaba en un valle, que hasta allí arriba exhalaba su nauseabundo hedor.

CANTO 11

**UN VALLE HEDIONDO.
VIRGILIO DESCRIBE LAS CATEGORÍAS DE LOS
PECADOS Y LOS CASTIGOS QUE LES CORRESPONDEN.**

Avanzando por el borde de una escarpada ladera formada por grandes peñascos rotos dispuestos en círculo, nos asomamos por encima de una multitud de almas muy severamente castigadas; y aquí, debido a la insoportable intensidad del hedor que emanaba de lo más profundo del Infierno, retrocedimos hacia la losa que cubría una gran tumba, donde vi una inscripción que rezaba: «Custodio al papa Anastasio II, que extravió de la recta fe al diácono Fotino».

—Conviene moderar nuestro descenso para que nuestro olfato se acostumbre a este aire pestilente; luego ya no habrá necesidad de tal precaución —dijo el maestro.

Entonces le pregunté:

—¿Podrías idear algún modo de evitar que se desaproveche el tiempo de espera, compensándolo con alguna enseñanza?

Y Virgilio respondió:

—Como ves, ya estoy pensando en ello —y entonces comenzó a explicar—: Hijo mío, estos grandes peñascos que forman el precipicio circunscriben otros tres círculos más pequeños, que descienden de forma similar a los que ya hemos atravesado. Todos ellos están llenos de almas condenadas, pero a fin de que en lo sucesivo te baste con ver a los condenados para comprender cuál es su condición, conviene que entiendas en qué orden y por qué culpa están hacinados en los tres círculos.

»El fin de todo pecado, que determina en el Cielo la condena divina, es la injusticia, y ese fin puede alcanzarse perjudicando a los demás, ya sea con violencia o con engaño. Pero como el engaño es una maldad peculiar del hombre, desagrada más a Dios: por eso los farsantes están más abajo y son atormentados con castigos más severos. El primero de los tres círculos está ocupado en su totalidad por los violentos, pero, puesto que puede cometerse violencia con tres clases diferentes de seres, se divide a su vez en tres cercos distintos.

»En efecto, se puede cometer violencia contra Dios, contra uno mismo y contra el prójimo; quiero decir que puede perpetrarse contra las tres clases de seres que he enumerado o contra sus bienes, como ahora escucharás por medio de un razonamiento más claro. Contra el prójimo se pueden cometer homicidios y lesiones, y, contra sus haberes, destrucciones, incendios y latrocinios muy dañinos; por eso los homicidas y quienes golpean a otros con violencia, los destructores, incendiarios y ladrones, son todos ellos castigados en grupos separados en el primer cerco.

»Con respecto a uno mismo, se puede emplear la violencia contra la propia persona y los propios bienes: por eso es justo que en el segundo cerco se aflija en inútiles remordimientos quien se suicida, juega y despilfarra sus haberes, llorando por las riquezas perdidas, por las que en cambio debería alegrarse.

»Se puede hacer violencia a la divinidad negando a Dios en lo más hondo o blasfemando contra él, y despreciando la naturaleza y lo que hay de hermoso en ella; por eso el menor de los tres cercos imprime su marca en los sodomitas y usureros, y en quien blasfema contra Dios porque lo desprecia en lo más profundo de su alma.

»El engaño, en el que siempre se es consciente del mal y que por ello corrompe la conciencia, puede usarse contra quienes confían y contra quienes, en cambio, no tienen ninguna razón especial para confiar en su prójimo. Este último modo solo parece quebrantar el vínculo natural de amor entre los hombres: de ahí que en el segundo de los tres círculos considerados estén la hipocresía, la adulación y la hechicería, la falsedad, el robo y la simonía, la rufianería, la corrupción y otras depravaciones similares.

»Con la otra clase de fraude se pisotea tanto el vínculo de amor natural como ese otro vínculo que se establece por especiales deberes de fidelidad mutua; así, en el círculo más pequeño, donde se halla el centro del universo y al que está confinado Lucifer, sufre su eterno castigo quien de traición se mancilla.

Intervine entonces:

—Maestro, tu razonamiento procede con extrema claridad, distinguiendo muy bien las diversas secciones del abismo infernal y las diferentes clases de condenados que lo pueblan. Dime, no obstante, ¿por qué a los iracundos de la fangosa ciénaga, los lujuriosos arrastrados por el viento, los glotones afligidos por la lluvia, los avaros y pródigos que chocan entre sí reprochándose mutuamente sus vicios, no se les castiga en la abrasadora ciudad de Dite, si todos están sujetos a la ira de Dios? Y si no están a ella sometidos, ¿por qué se les castiga de ese modo?

Virgilio me preguntó a su vez:

—¿Por qué tu intelecto, de costumbre tan lúcido, se aparta tanto de su habitual proceder? ¿Es que acaso razona conformándose con alguna otra doctrina errónea? ¿No recuerdas las palabras con que la *Ética* de Aristóteles trata extensamente de las tres inclinaciones pecaminosas rechazadas por el Cielo, a saber, la incontinencia de las pasiones, la malicia de ánimo y la insensata bestialidad? ¿Y que de ellas la incontinencia ofende menos a Dios y por eso suscita su ira en menor grado?

»Si reconsideras bien las afirmaciones de Aristóteles y recuerdas quiénes son los condenados que en los círculos superiores cumplen su pena fuera de la ciudad de Dite, entenderás claramente por qué están separados de estos espíritus malignos y por qué la justicia divina los atormenta con menor intensidad.

—¡Oh, sol de sabiduría, que disipas toda niebla de los ojos del intelecto, hasta tal punto me satisfaces cuando resuelves mis dudas, que dudar, en tanto me da la oportunidad de oír tus respuestas, me produce un placer no inferior al de saber! Pero —le pedí entonces— retrocede un poco, una vez más, al punto en que decías que la usura ofende la bondad divina, para aclararme también ese oscuro aspecto.

Virgilio me respondió:

—La doctrina de Aristóteles, para quien sepa entenderla, y no solo en un punto, muestra cómo la naturaleza procede del intelecto y de la acción de Dios; y si examinas con atención el libro de la *Física*, con el que tan familiarizado estás, encontrarás ya en las primeras páginas que el arte humano sigue hasta donde puede a la naturaleza, exactamente como el discípulo sigue al maestro, y por eso puede decirse que el arte humano es casi nieto de Dios, igual que la naturaleza es su hija.

»Ahora bien, partiendo justamente de la naturaleza y del arte, el hombre tiene el deber de obtener los medios para su sustento y para el progreso de su especie, como bien comprenderás si recuerdas el principio del Génesis; y puesto que el usurero toma un camino distinto, demuestra que desprecia la propia naturaleza y el arte que viene tras ella en tanto deposita en otra cosa su esperanza de subsistencia. Pero sígueme ahora; creo que es hora de partir, pues la constelación de Piscis ya se ha alzado en el horizonte y la Osa Mayor mira ahora hacia el Carro, hacia el noroeste, y un poco más allá se puede cruzar el barranco.

CANTO 12

**LLEGADA AL SÉPTIMO CÍRCULO.
MONSTRUOS SEMIHUMANOS.
UN RÍO DE SANGRE HIRVIENTE.**

El lugar al que llegamos para descender el despeñadero era escarpado y de aspecto salvaje, y lo que albergaba era tal que invitaba a apartar la vista.

Como aquel derrumbe que, por terremoto o erosión, arrolló el Adigio por debajo de Trento, y despeñó la roca desde la cima del monte de donde se desprendía hasta la llanura inferior, creando de ese modo un abrupto camino para quien de allí descendiera, así también era la pendiente de aquel barranco; y al borde del precipicio yacía tendido el Minotauro, vergüenza de Creta, concebido por Pasífae oculta en la falsa vaca de madera. En cuanto nos vio, este comenzó a morderse como si la ira lo devorara por dentro.

Mi sabio guía le gritó:

—¿Crees acaso ver volver al señor de Atenas, que en el mundo terrenal te dio la muerte? Aléjate, bestia, pues este no ha venido aquí por consejo de tu hermana Ariadna, sino para ver las penas de las criaturas del Infierno.

Como el toro que logra deshacerse de sus ataduras en el mismo momento en que ya ha recibido un golpe mortal y, no sabiendo ahora a dónde ir, brinca de aquí para allá, así vi comportarse al Minotauro; y Virgilio, siempre atento, me gritó:

—Corre hacia el paso: mientras el monstruo es presa de la ira, conviene que desciendas al fondo.

Empezamos, pues, a bajar por entre aquellas piedras amontonadas, que a menudo se movían bajo mis pies por el inusitado peso de mi cuerpo vivo. Yo descendía pensativo, y Virgilio me dijo entonces:

—Tal vez estás reflexionando sobre este desprendimiento, custodiado por la bestia iracunda que acabo de domar. Que sepas, pues, que la otra vez que descendí al Infierno inferior esa roca aún no se había desmoronado; antes bien, si mi memoria no me engaña, poco antes de que aquí llegara aquel que arrebató a Lucifer una grande y valerosa hueste de almas que se llevó del Limbo, el profundo y nefando abismo infernal se estremeció por todas partes, hasta tal punto que me hizo pensar que el universo había sido alcanzado por la fuerza del amor, gracias a la cual algunos creen que el mundo ha vuelto varias veces a su caos original; y en ese mismo instante la antigua roca del Infierno, en ese punto y en otros, se desmoronó como ves.

»Pero fija tu atención abajo en el valle, porque se acerca el río de sangre en el que hierve quien agravia a su prójimo con la violencia. ¡Oh, ciega codicia e imprudente ira, que tanto nos incitáis a actuar en la breve vida terrenal, y luego en la eterna nos hundís en sangre hirviente con tanto dolor!

Vi entonces un ancho raudal en forma de arco, exactamente tal como me había anunciado mi guía, que abarcaba toda la llanura; y entre la base del despeñadero y el foso corría una hueste de centauros armados con flechas, como solían hacer en el mundo durante la caza.

Al vernos descender se detuvieron todos, y tres se separaron del grupo tras echar mano de sus arcos y flechas. Uno de los tres gritó desde lejos:

—¿Hacia qué penalidad os dirigís, vosotros que descendéis la pendiente? Decidlo desde ahí, ¡o dispararé mi arco!

GUARDIANES DEL INFIERNO

MINOTAURO

MINOTAURO

Nombre - Del griego Μινώταυρος (*Minótauros*) y el latín *Minotaurus*, se traduce literalmente como «(el) toro de Minos». Se le conoce también por su nombre de nacimiento, Asterio o Asterión, heredado del anterior rey de Creta.

Aspecto - Cuerpo de ser humano pero cabeza, cuernos y cola de toro. Se trata de una criatura salvaje e irracional que come carne humana, incapaz de hablar, más bestia que hombre.

Origen - Explica Apolodoro en su *Biblioteca* que es el hijo que concibió Pasífae, esposa del rey Minos de Creta, como resultado de su unión contranatura con el hermoso toro blanco enviado por Poseidón. Cuando el rey vio, abrumado por el horror y la vergüenza, el monstruo que su esposa había alumbrado, pidió ayuda al ingenioso Dédalo. Este construyó un enorme palacio subterráneo con un trazado de pasadizos tan intrincados y engañosos que quien entraba no podía encontrar la salida. En las profundidades del llamado Laberinto recluyó al Minotauro.

Modus operandi **-** Con fuerza sobrehumana y resistencia propia de una bestia salvaje, embiste con sus grandes cuernos, muerde con los colmillos y es capaz de desmembrar con la potencia de sus brazos.

Principales apariciones - El rey Minos halló la manera de saciar el hambre de carne humana del monstruo haciendo de él un instrumento de su venganza contra los atenienses, que habían asesinado a su hijo Androgeo. Amenazando a Atenas con su poderosa flota, obligó a que se le pagasen como tributo siete jóvenes y siete doncellas cada año; o cada nueve, según Ovidio y Plutarco en las *Metamorfosis* y *Teseo* respectivamente.

La sangrienta exacción se pagó hasta tres veces. A la tercera, el héroe Teseo se presentó como voluntario para el sacrificio. Una vez en Creta, este despertó el amor de la princesa Ariadna («la más pura»), hermanastra del monstruo. Ella le dio un ovillo de hilo para que fuera soltándolo a medida que se internaba en el Laberinto. Así pudo llegar Teseo hasta el Minotauro, matarlo en combate singular y luego salir. Esta historia se encuentra entre las más célebres de la mitología griega y la trataron muchos autores.

Y mi maestro declaró:

—Responderemos a Quirón cuando nos hayamos acercado a vosotros; recuerda que esa impulsividad tuya siempre te ha traído problemas.

Luego, tocándome ligeramente, me explicó:

—Ese es Neso, que murió por la bella Deyanira, y vengó su propia muerte. El centauro del medio, con la cabeza inclinada sobre el pecho, es el gran Quirón, tutor de Aquiles; el otro es Folo, que tanto rebosó de ira. Rodean el río en apretadas filas, disparando sus flechas a cualquier condenado que intente liberarse de la sangre más de lo que le corresponde según la pena que le ha sido asignada.

Virgilio y yo nos acercamos a aquellas ágiles criaturas; y Quirón tomó una flecha, y con el culatín se apartó la barba de las fauces. Descubierta su bocaza, preguntó a sus compañeros:

—¿Os habéis percatado de que el que va detrás de Virgilio mueve todo lo que toca? Sin duda no hacen tal cosa los pies de las almas.

Entonces mi buen guía, que ya había llegado ante su pecho, el punto donde se unen la naturaleza humana y equina, le respondió:

—Este verdaderamente está vivo, y a él, solo entre los vivientes, debo mostrarle el oscuro valle infernal: es la necesidad la que le ha traído aquí, y ciertamente no el placer. Un alma bienaventurada, interrumpiendo sus loas a Dios, vino a encomendarme esta extraordinaria tarea: ni él es un ladrón, ni yo soy el alma de uno. En nombre de ese poder que me permite el libre acceso a este lugar tan inhóspito, concédenos que uno de tus centauros venga a nuestro lado y nos muestre el punto donde se puede vadear el río, y que lleve a este en su grupa, puesto que no es un espíritu que pueda elevarse en el aire.

Volviéndose a su derecha, Quirón le dijo a Neso:

—Vuelve atrás y guíales, y si alguna otra hueste de centauros os sale al encuentro, procura que os cedan el paso.

De ese modo partimos con nuestra fiel escolta por la orilla de aquel rojo e hirviente río, entre los fuertes gritos de las almas en él inmersas. Vi espíritus sumergidos hasta las cejas, y el poderoso centauro nos explicó:

—Son tiranos, que con violencia se mancharon las manos de sangre y atentaron contra los bienes ajenos. Aquí expían sin piedad las ofensas que hicieron a otros. Por eso están aquí Alejandro y el feroz Dionisio, que impuso dolorosos años a Sicilia. Y esa frente de cabello tan negro pertenece a Ezzelino, mientras que el rubio es Obizzo d'Este, quien de hecho allá arriba en el mundo murió a manos de su hijastro.

Me volví entonces hacia Virgilio, que me dijo:

—Escucha a Neso: en este momento él es el guía, y yo le sigo.

Un poco más adelante, el centauro se detuvo sobre un grupo de almas que asomaban de la sangre hirviente hasta la garganta. Nos señaló una que estaba sola y apartada, diciendo:

—Este atravesó en la morada de Dios el corazón de Arrigo de Inglaterra, que aún gotea sangre sobre el Támesis.

Luego vi otras almas que tenían la cabeza y el torso entero fuera del río, y entre ellas reconocí a muchas. Así, a medida que avanzábamos, el nivel de la sangre bajaba cada vez más, hasta que solo se cocían los pies; y en esa zona vadeamos el foso.

—Así como puedes ver que la sangre hirviente desciende por este lado —dijo el centauro—, puedes creer que más allá del vado el lecho del río se hace cada vez más profundo,

GUARDIANES DEL INFIERNO

CENTAUROS

CENTAUROS

Nombre - Del griego Κένταυρος (*Kentauros*), en plural Κένταυροι (*Kentauroi*), con la forma latina *Centaurus/Centauri*. Se ha sugerido el significado de «matador de toros» o «toro penetrante». En el *Infierno* de Dante se destacan los llamados Quirón, Folo y Neso.

Aspecto - Son criaturas salvajes con el torso humano unido a una grupa de caballo, si bien con un matiz: los más salvajes suelen ser caballos androcéfalos aunque cuadrúpedos, mientras que los más sabios a veces se muestran como hombres hipópodos.

Origen - Neso y los centauros salvajes nacieron de Centauro y las yeguas de Magnesia, según las *Píticas* de Píndaro. Los sabios Quirón y Folo tienen otro origen, como explica la *Biblioteca* de Apolodoro. Quirón es hijo de Crono, que adoptó la forma de un caballo para unirse a la ninfa Fílira. Folo, gran amigo de Heracles, nació de Sileno y una de las ninfas de los fresnos.

Modus operandi - Los centauros salvajes lucharon repetidamente contra Heracles y también son conocidos por la guerra que sostuvieron con los lapitas, pueblo de Tesalia acaudillado por Pirítoo y su amigo Teseo. Combaten con clavas, comen carne cruda y son de carácter brutal y lascivo.

Por el contrario, Quirón y Folo son benévolos, hospitalarios y no recurren a la violencia. Se les presenta como excelentes arqueros. Lo confirman todos los autores, desde Teócrito en *Idilios* y Pausanias en la *Descripción de Grecia*, hasta Diodoro Sículo y Apolodoro.

Principales apariciones - La guerra de centauros y lapitas es uno de los temas favoritos del arte antiguo, célebremente representado en las metopas del Partenón. La narran numerosos poetas épicos y trágicos, pues simboliza el triunfo de la civilización sobre la barbarie. El lapita Pirítoo los invitó a su boda por tener ascendencia común. Pero se excedieron con el vino y trataron de violentar a la novia. La pelea acabó en una gran matanza. Vencieron los lapitas y obligaron a los centauros a abandonar Tesalia.

Por sus amplios conocimientos, Quirón fue elegido como maestro de Asclepio, Eneas, Acteón, Peleo y su hijo Aquiles, Jasón y su hijo Medeo... Enseñaba música, medicina, caza, moral y el arte de la guerra. Higino lo hace inventor de la cirugía en las *Fábulas*.

hasta que vuelve a unirse con el punto donde está ordenado que se castigue a los tiranos.

»En este otro lado la justicia divina atormenta a Atila, azote del mundo, y a Pirro y Sexto; y exprime eternamente las lágrimas, que el hervor hace brotar, de Rinieri da Corneto y Rinieri dei Pazzi, que con sus numerosas correrías ensangrentaron las calles.

Luego dio media vuelta y cruzó el pantanoso trecho.

CANTO 13

ALMAS ENCERRADAS EN ARBUSTOS ESPINOSOS. AVES CON ROSTRO HUMANO. FEROCES PERRAS NEGRAS ÁVIDAS DE SANGRE.

Aún no había llegado Neso a la otra orilla del Flegetonte cuando empezamos a adentrarnos en un bosque sin sendero alguno. Aquí el follaje no era verde, sino de color oscuro; ni las ramas eran lisas, sino nudosas y retorcidas; y no había frutos, sino espinas venenosas. ¡Ni siquiera las bestias silvestres que escapan de las tierras cultivadas entre Cecina y Corneto tienen como usual morada tan enmarañados y densos espinos!

En esta espesura anidan las repugnantes Arpías, que expulsaron a Eneas y los troyanos de las islas Estrófades tras anunciar el doloroso presagio de sus futuras adversidades. Las Arpías tienen grandes alas, cuellos y rostros humanos, los pies provistos de garras y un ancho vientre cubierto de plumas; lanzan sus aterradores chillidos desde lo alto de los árboles.

Mi buen maestro empezó a decirme:

—Antes de adentrarte más, debes saber que estás en el segundo cerco, donde permanecerás hasta que llegues a una temible extensión de arena. Observa bien, pues, porque verás

EL BOSQUE DE LOS SUICIDAS

«Heart-shaped box» es un tema del grupo Nirvana, incluido en su último álbum en estudio, *In utero*. En el vídeo musical del tema aparece la banda tocando frente a un fondo muy peculiar que reproduce el bosque de los suicidas del séptimo círculo del Infierno dantesco. Nirvana ya había mostrado su fascinación por la *Divina comedia* utilizando un dibujo de los primeros círculos del Infierno en la camiseta promocional de su primer disco, *Bleach*. Kurt Cobain, su líder, se suicidó el 5 de abril de 1994.

...e che porti costui in su la groppa...
...y que lleve a este en su grupa...

Dante a lomos del centauro Neso (h. 1480).
Ilustración de Guglielmo Giraldi para el manuscrito de la *Divina comedia* de Federico da Montefeltro, conocido como códice *Dante Urbinate*, conservado en la Biblioteca Vaticana.

cosas tales que, si te las dijera de antemano, restarían credibilidad a mis palabras.

Yo oía gemidos procedentes de todas partes, pero no veía a nadie que pudiera proferirlos; de modo que me detuve, completamente desorientado.

Creo que Virgilio pensó que yo creía que los lamentos procedían de aquellos espinosos arbustos, proferidos por almas que se ocultaban de nuestra vista. Por eso me dijo:

—Si arrancas unas ramitas de una de esas plantas, verás que hasta tus dudas se truncarán.

Entonces extendí un poco la mano hacia delante y arranqué una ramita de un gran espino; y su tronco gritó:

—¿Por qué me rompes?

Después de que la rama se tiñera de sangre oscura, volvió a preguntar:

—¿Por qué me desgarras? ¿No tienes ni siquiera un poco de piedad? Hombres fuimos; ahora nos hemos convertido en arbustos. Tu mano debería haber sido más clemente aunque hubiéramos sido almas de serpientes.

Como cuando un tizón todavía verde se quema por un extremo mientras el otro rezuma y crepita a causa del aire que lo atraviesa, así de aquel tronco roto brotaban a la vez las palabras y la sangre; por eso dejé caer la ramita, y me quedé petrificado de asombro y de temor.

—Alma ofendida —replicó entonces mi sabio maestro—, si antes de acometer su acción hubiera podido creer lo que le ha narrado mi poesía, sin duda él no habría alargado la mano contra ti; pero el asunto es de por sí tan increíble que me veo obligado a hacerle cometer un acto que yo mismo deploro. Mas dile quién fuiste en vida, para que, a falta de una reparación por la ofensa que te ha hecho, pueda renovar tu fama en el mundo, entre los vivos, a donde le está permitido volver.

ARPÍAS

Nombre - Del griego Ἅρπυια (*Arpyia*), «arrebatadora», en el sentido de «raptora», ya que deriva del «arrebatar» (gr. *harpázō*). Por influencia de la forma latina —*harpȳia*—, se admite también con «h».

Aspecto - Cara de vieja, cuerpo de buitre, pico y garras retorcidas, pechos caídos, esparce un olor tan infecto que nadie puede acercarse, la personificación de la rapiña.

En un principio las arpías eran descritas como doncellas aladas; después como seres con rostro femenino y cuerpo de pájaro —similares a las sirenas clásicas—. Hesíodo no las concibe mal parecidas e incluso menciona sus «hermosos cabellos», pero Esquilo las presenta como espantosas en *Las Euménides*. Los romanos las convirtieron en monstruos repugnantes.

Origen - Pertenecen a la generación preolímpica. Son hijas del dios marino Taumante y la ninfa oceánide Electra.

Hesíodo y Apolodoro solo mencionan dos: Aelo y Ocípete, nombres que revelan su naturaleza, «Tormenta» y «Raudo vuelo». La mayoría de autores añade una tercera, habitualmente conocida como Celeno, «Oscura». Esta es la tríada que presenta Virgilio en la *Eneida* y la que sigue respetuosamente Dante.

Modus operandi **-** Originalmente se las consideraba los espíritus de las ráfagas de viento repentinas que arrasan con todo. Así lo recogen los autores más tempranos, como Homero en la *Odisea*, donde parecen ser una suerte de aves sagradas.

Actúan a las órdenes de Zeus, enviadas para raptar a niños y almas, pero también objetos, por lo que la superstición de la época les atribuía las desapariciones inesperadas y misteriosas.

Principales apariciones - En la historia de Jasón y los argonáutas, atormentan al rey adivino y ciego Fineo de Tracia, dejándolo sin comida (*Argonáuticas* de Apolonio). Los argonautas consiguen ponerlas en fuga. Según Virgilio, tras su huida, se establecen en las islas Estrófades, donde atacan a Eneas cuando fondea allí de camino a Italia. Celeno vaticina que los troyanos pasarán un hambre terrible antes de fundar una nueva ciudad.

Y el tronco dijo:

—Tanto me cautivas con tus dulces y persuasivas promesas que no puedo menos que hablar; y espero que no os importe si me dejo llevar del placer de recrearme en el relato. Yo fui Pier della Vigna, y era quien guardaba las llaves que abrían y cerraban el corazón de Federico II, y supe usarlas ambas con tan sagaz habilidad que llegué a sustraer a casi cualquier otro hombre de la confianza íntima del emperador. Tan leal fui a mis prestigiosas atribuciones que perdí primero la paz y luego la vida.

»La envidia, esa ramera que nunca aparta sus deshonestos ojos de los reinos imperiales, ruina general y vicio propio de las cortes, inflamó contra mí todos los ánimos, y estos, talmente inflamados, soliviantaron tanto al emperador que mis felices honores se convirtieron en tristes duelos. Mi ánimo entonces, por una especie de amarga complacencia, creyendo escapar con la muerte al escarnio general, me hizo autor de un acto contrario a la ley divina, y fui el inicuo asesino de mí mismo, de mí, que hasta entonces había sido un hombre probo e inocente víctima de los acontecimientos.

»Os juro, por las extrañas raíces de esta planta, que nunca traicioné a mi emperador, que fue un hombre tan digno de honor. Y si alguno de vosotros vuelve al mundo terrenal, redima mi fama, que aún yace postrada en el suelo a causa de los golpes que le infligió la envidia.

Virgilio aguardó un momento, y luego me dijo:

—Puesto que el alma calla, no pierdas el tiempo, toma la iniciativa: hazle más preguntas si te interesa saber más.

Yo le respondí:

—Pregúntale tú lo que creas que satisfará mi curiosidad: yo no puedo hacerlo, tal es la congoja que atenaza mi corazón.

EL GESTO ÚLTIMO

Cada año se suicidan en el mundo unas ochocientas mil personas, según datos de la OMS. Para la Iglesia católica, el suicidio no solo es pecado merecedor de las penas del infierno, sino que durante muchos años, además (hasta 1983) denegaba sepultura eclesiástica a los que se quitaban la vida. El legista Alfonso de Acevedo (1518-1598) relata que la costumbre en España era tirar el cadáver a un río. El abad Panormitano (1386-1445), arzobispo de Palermo, señala que la obligación cristiana es arrojar el cuerpo a un estercolero. El *Catecismo de la Iglesia católica* (1997) mantiene la condena del suicidio, pero introduce algunos atenuantes: «No se debe desesperar de la salvación eterna de las personas que se han dado muerte. Dios puede haberles facilitado por caminos que solo Él conoce la ocasión de un arrepentimiento salvador».

Entonces Virgilio prosiguió de nuevo:

—Te deseo, alma presa de la planta, que tu súplica sea atendida con espontánea y generosa voluntad; pero ten la bondad de explicarnos de qué modo el alma se ve aprisionada en estos nudosos troncos, y dinos, si lo sabes, si alguna vez se libera alguna de tales leñosos miembros.

Entonces el tronco sopló con fuerza, y aquella corriente de aire se convirtió en estas palabras:

—Os responderé con brevedad. Cuando el alma violenta del suicida se desprende del cuerpo del que ella misma se ha arrancado, Minos la envía al séptimo círculo. Cae en el bosque, y no se le asigna un lugar preciso, sino que en el punto donde la suerte la ha arrojado germina como semilla de escanda. Brota primero en forma de fino junco; luego se convierte en planta silvestre. Entonces las Arpías, alimentándose de sus hojas, la atormentan con dolorosos desgarros, y esas heridas son, cual bocas, las aberturas por donde afloran los lamentos.

»Como todas las demás almas, también nosotros acudiremos el Día del Juicio al valle de Josafat para recobrar nuestros cuerpos, pero a ninguno revestirán de nuevo, pues no es justo tener aquello de lo que uno voluntariamente se ha privado. En ese valle arrastraremos nuestros cuerpos, que luego se colgarán en el desolado bosque, cada uno en la planta correspondiente a su propia alma, que tan ferozmente hostil le fue.

Virgilio y yo seguíamos atentos a las palabras del tronco, creyendo que quería decirnos algo más, cuando de pronto nos sorprendió un ruido, de modo similar a como le sucede al cazador que oye acercarse a donde está apostado al jabalí

...per la mesta selva saranno i nostri corpi appesi...
...nuestros cuerpos se colgarán en el desolado bosque...
Fucking Hell (2008), instalación de Jake y Dinos Chapman.

acosado por los batidores y los perros, y escucha crujir las ramas que los animales mueven a su paso. Y he aquí que por la izquierda se acercaban dos almas, desnudas y llenas de arañazos, huyendo tan veloces que rompían cualquier obstáculo que se les ponía por delante en la maraña de ramas. El pecador que iba delante gritaba:

—¡Acude, acude, muerte!

Y el otro, que parecía no correr lo bastante, le respondía gritando a su vez:

—¡Lano, tus piernas no fueron tan ágiles en la batalla de Pieve al Toppo!

Y como tal vez le faltaba el aliento, se agazapó en un matojo, formando una misma maraña con él.

Tras ellos, el bosque estaba ya lleno de perras negras, ávidas y veloces como sabuesos a los que acabaran de liberar de su cadena. Mordiendo al condenado que se había escondido, lo despedazaron trozo a trozo, y se llevaron a rastras sus lacerados y adoloridos miembros.

Entonces mi guía me tomó de la mano y me condujo hacia el matojo que plañía inútilmente por las sangrantes heridas:

—¡Oh, Jacopo da Sant'Andrea! —se lamentaba—, ¿de qué te ha valido usarme como refugio? ¿Qué culpa tengo yo de tu perversa vida?

Cuando mi maestro se detuvo junto a él, le preguntó:

—¿Quién fuiste, que ahora por tan numerosas heridas emites a la vez sangre y palabras quejumbrosas?

Y él nos respondió:

—Almas que habéis venido aquí a ver el horrendo desgarro con el que me han sido arrancadas las hojas, recogedlas a los pies de este infortunado arbusto. Pertenecí a la ciudad que sustituyó por el Bautista a su primer protector, Marte; de ahí que este entristezca siempre a Florencia con su arte:

la guerra. Si no fuera porque en el puente que cruza el Arno hay todavía un fragmento de la estatua de Marte, aquellos ciudadanos que refundaron Florencia sobre sus escombros, después de que la arrasara Atila, sin duda la habrían reconstruido en vano. Yo hice de mi casa mi cadalso, y de allí me colgué.

CANTO 14

VIRGILIO MUESTRA A DANTE LOS RÍOS INFERNALES COMPUESTOS DE SANGRE Y FUEGO.

Por un sentimiento de compasión hacia mi ciudad natal que me había encogido el corazón, recogí las frondas esparcidas y se las entregué a aquel espíritu que ahora callaba. Entonces Virgilio y yo llegamos al límite que separaba el segundo cerco del tercero, y donde podía verse claramente la terrible acción de la justicia divina.

Para describir de forma apropiada las extraordinarias cosas que allí vi, digo que llegamos a una planicie que impedía que ninguna planta arraigara en ella. La ciñe el doliente bosque de los suicidas del mismo modo que el Flegetonte la circunda a ella; aquí, bordeando el lindero, detuvimos nuestros pasos. El claro estaba cubierto de una arena seca y gruesa, no muy distinta de la que pudieron pisar los pies de Catón el Joven.

¡Oh, justicia divina, cuánto no habrá de temerte quien lea la descripción de lo que entonces se presentó ante mis ojos! Vi muchos grupos de almas desnudas, todas llorando lastimosamente, que parecían sometidas a diversas condenas: unas yacían en el suelo boca arriba, otras se sentaban acurrucadas, y otras andaban sin parar de un lado a otro.

Las almas que veloces caminaban eran las más numerosas; menos lo eran, en cambio, las que de espaldas yacían, que, sin embargo, eran también las que tenían la lengua más proclive a las lamentaciones. Sobre el arenal entero llovían, con lenta cadencia, grandes copos de fuego, como la nieve sobre las montañas cuando no sopla el viento.

Así como Alejandro Magno, en las cálidas regiones de la India, vio caer sobre su ejército lenguas de fuego que seguían ardiendo aun después de haber tocado el suelo, por lo que dispuso que sus huestes las pisaran para que se extinguieran mejor estando aisladas, del mismo modo descendía aquel fuego eterno, que inflamaba la arena como el pedernal golpeado por el eslabón, redoblando el tormento de las almas.

Las manos de los condenados no tenían un momento de sosiego en el frenético batir con que trataban de apartar el fuego que caía sin cesar por todas partes. Pregunté entonces:

—Maestro, que a todos vences salvo a los irreductibles demonios que nos impedían la entrada en la ciudad de Dite, ¿quién es ese condenado de robusta complexión que se diría que el calor ignora y yace en actitud torva y desdeñosa de modo que la ardiente lluvia no parece atormentarle?

Aquel espíritu, que se había percatado de que preguntaba por él a Virgilio, exclamó entonces:

—Lo que fui cuando vivía, lo soy también ahora muerto. Aunque Júpiter, airado, cansara a su herrero Vulcano, de quien, enfurecido, tomó el rayo con el que me fulminó, o aunque fatigara uno tras otro a los Cíclopes en la oscura fragua del Etna, gritando: «¡Diestro Vulcano, ayúdame, ayúdame!», como hizo en la batalla librada en el valle de Flegra, y me asaeteara luego con todas sus fuerzas, no obtendría tal venganza como para darse por satisfecho.

Entonces Virgilio habló con tal violencia que nunca así le había oído, gritando:

—¡Capaneo, tu mayor castigo está en tu propia soberbia, que ni tan solo aquí se aplaca, pues ningún tormento, aparte de tu rabia, serviría de apropiado correctivo a tu arrogancia!

Luego se volvió hacia mí con expresión más tranquila, diciéndome:

—Este fue uno de los siete reyes que sitiaron Tebas; aborrecía a Dios y parece seguir haciéndolo, y parece asimismo tenerlo en muy poca estima; pero, como le he dicho, su actitud desdeñosa es digno ornamento de su espíritu. Ahora ven detrás de mí, teniendo cuidado aún de no poner los pies en la arena ardiente, y de mantenerte junto al bosque.

Caminando en silencio, llegamos al lugar donde brotaba de la espesura un riachuelo cuyo color sanguinolento aún me despierta horror al recordarlo. Como del Bulicame brota el arroyo que las peinadoras de lino se reparten, así corría burbujeante aquel riachuelo por la arena. Su lecho y ambas orillas eran de piedra, al igual que las márgenes; por ello supe que ese era el lugar adecuado para cruzar la arena ardiente.

—De todas las demás cosas que te he mostrado desde que cruzamos la puerta del Infierno, por la que a nadie se niega el paso, nada se había presentado tan digno de mención ante tus ojos como este río, que extingue sobre sí todas las llamas.

Tales fueron las palabras que pronunció mi guía, ante las cuales yo, intrigado, le rogué que me proporcionara los elementos con que saciar el hambre de conocimiento que había despertado en mí.

—En medio del mar hay una tierra, ahora devastada, llamada Creta —comenzó a decir Virgilio—, que tuvo como antiguo rey a Saturno, bajo el cual el mundo conoció una

...un picciol fiumicello, lo cui rossore ancor mi raccapriccia.
...un riachuelo cuyo color sanguinolento aún me despierta horror...

El río Palquella Pucamayu, también llamado Río Rojo o Río de Sangre, en Cusco, Perú.

EL ANCIANO DE CRETA

En el Libro de Daniel (s. II a. C.), uno de los libros incluidos en la Biblia, se relata el sueño que tuvo Nabucodonosor II el Grande, el rey de Babilonia que ocupó Jerusalén y destruyó el templo: «Tú, oh rey, veías, y he aquí una gran imagen. Esta imagen, que era muy grande, y cuya gloria era muy sublime, estaba en pie delante de ti, y su aspecto era terrible. La cabeza de esta imagen era de oro fino; su pecho y sus brazos, de plata; su vientre y sus muslos, de bronce; sus piernas, de hierro; sus pies, en parte de hierro y en parte de barro cocido».

época de inocencia. Hay allí un monte, llamado Ida, que antaño fue agraciado con ríos y bosques, y que ahora yace abandonado como cosa vieja y deteriorada. Rea lo eligió como cuna en la que mantener a salvo a su hijo el pequeño Júpiter, y para ocultarlo mejor cuando lloraba dio órdenes de que en derredor se prorrumpiera en ruidos y llantos.

»En el interior de este monte se alza la estatua de un gigantesco anciano, cuya espalda mira a Damieta, en Egipto, y cuya frente mira a Roma como si fuera su espejo. Su cabeza es de oro puro, y de plata pura sus brazos y su pecho; luego es de cobre hasta donde el tronco se bifurca en las dos piernas; de ahí hacia abajo es todo de refinado hierro, salvo su pie derecho, que es de barro; y se apoya más en este que en el otro.

»Cada una de estas partes, excepto la dorada cabeza, está surcada por una fisura de la que gotean lágrimas que, al acumularse, erosionan la roca de la caverna. Su curso desciende de roca en roca por la cavidad infernal, formando el Aqueronte, la Estigia y el Flegetonte; luego fluyen por este estrecho canal hasta el punto en que ya no es posible descender; aquí forman el Cocito; y no te explicaré ahora cómo es este último, pues lo verás por ti mismo.

Pregunté entonces:

—Si, como has dicho, este riachuelo proviene del mundo terrenal, ¿por qué solo es visible en esta remota orilla?

Me respondió:

—Sabes que el Infierno tiene forma circular, y aunque, descendiendo hacia el fondo siempre en dirección a la izquierda, has recorrido un arco muy extenso, no has completado aún toda su circunferencia; por eso no debes sorprenderte si te aparece algo nuevo.

Pregunté entonces:

—Maestro, ¿dónde están el Flegetonte y el Lete? ¿Por qué guardas silencio sobre este último y afirmas que el Flegetonte lo forma la lluvia de lágrimas?

Me respondió:

—Me complacen todas las preguntas que me haces, pero la sangre hirviente ya debería haber resuelto una de las cuestiones que me planteas. Verás el Lete, pero fuera del infernal abismo, en el lugar donde las almas van a lavarse cuando se ha extinguido la culpa redimida por el arrepentimiento.

Luego añadió:

—Y ahora que nos alejamos del bosque de los suicidas, ven tras de mí: formarán nuestro camino las márgenes del arroyo no abrasadas por el fuego, pues sobre él se extingue toda llama.

CANTO 15

LOS CONDENADOS APARECEN ENTRE LA NEBLINA. DANTE SE REENCUENTRA CON SU ANTIGUO MAESTRO.

Siguiendo una de las pedregosas márgenes, nos dejamos conducir ahora fuera del bosque; los vapores del arroyo creaban por encima de este una neblina que protegía el cauce y las márgenes de la lluvia de fuego.

Tales márgenes eran similares a los diques construidos por los flamencos entre Wissant y Brujas para protegerse de las amenazadoras olas del océano, o a los erigidos por los paduanos a lo largo del río Brenta para defender sus ciudades y aldeas antes de que en Carintia el calor derrita las nieves; aunque el maestro de obra que los construyó, quienquiera que fuese, no los hizo ni tan altos ni tan gruesos.

En ese momento, en que nos habíamos alejado tanto del bosque que ya no habría podido verlo por más que me volviera intentando divisarlo, nos encontramos con un grupo de almas que avanzaban por la margen, y cada una de ellas nos miraba fijamente como se hace en las noches de luna nueva cuando se intenta vislumbrar a alguien; aguzaban la vista mirándonos a Virgilio y a mí igual que hace un viejo sastre cuando tiene que introducir el hilo por el ojo de la aguja.

Mientras aquel grupo de almas me observaba con tal atención, fui reconocido por una de ellas, que me agarró por el borde de la túnica y exclamó:

—¡Qué increíble!

Y yo, a mi vez, mientras extendía su brazo hacia mí, escruté su rostro desfigurado por el fuego con tal atención que ni las quemaduras de su cara me impidieron reconocerle; e inclinando mi rostro hacia el suyo, le pregunté:

—¿Estáis aquí, señor Brunetto?

Me respondió:

—Hijo mío, espero que no te importe que Brunetto Latini retroceda un poco contigo, dejando que el grupo de las almas siga delante.

Yo le respondí:

—En cuanto me es posible os ruego que lo hagáis; y si queréis que me quede con vos, así lo haré, con tal de que este, que es mi guía, lo consienta.

—Hijo mío —replicó—, cualquiera de esta grey que se detenga, ni que sea solo un momento, deberá luego yacer durante cien años sin poder guarecerse cuando el fuego al caer lo alcance. Prosigue, pues, que yo caminaré a tu lado, para reincorporarme luego a la mesnada que lamenta eternamente sus tormentos.

Yo no osaba descender de la margen para ponerme a su altura, pero mantenía la cabeza inclinada por respeto. Empezó preguntándome:

—¿Qué destino o qué divino decreto te conduce aquí abajo antes de la muerte, y quién es el que te muestra el camino?

Le respondí:

—Arriba, en la tierra, antes de llegar a la edad madura, me extravié en un valle. Hasta ayer por la mañana no abandoné aquel bosque, y se me apareció este mientras, temeroso, me sumergía de nuevo en él, y ahora vuelve a llevarme por el camino recto en este viaje.

Y él me dijo:

—Si sigues lo que te indica tu constelación natal, no dejarás de alcanzar la gloria, si te he juzgado bien durante la vida terrena; y si yo no hubiera muerto demasiado pronto, viendo que el Cielo te es tan favorable, habría dado mi apoyo a tu obrar.

»Pero el ingrato y malvado pueblo florentino, que al descender en la antigüedad de Fiesole conserva aún toda la cerrazón y tosquedad de sus orígenes montanos, se enemistará contigo precisamente por tu recto proceder cívico: pero es justo que así suceda, porque no es posible que una dulce higuera pueda fructificar entre los amargos serbales.

»Un antiguo proverbio, muy extendido en el mundo, define a los florentinos como ciegos: son un pueblo de avaros, envidiosos y soberbios; asegúrate, pues, de mantenerte ajeno a sus costumbres. Tu suerte te reservará tal honor que ambas facciones querrán devorarte: pero la hierba se mantendrá alejada de la cabra que desearía comérsela.

»Que esas bestias fiesolanas hagan de sí mismas su forraje, pero que no toquen a los descendientes, si aún nace alguno entre su estiércol, de aquellos romanos que permanecieron en Florencia cuando se fundó el receptáculo de tantos males.

Le respondí:

—Si mis deseos pudieran cumplirse enteramente, vos no estaríais ahora desterrado del mundo por la muerte; porque siempre llevo impresa en mi memoria, y me entristece, vuestra buena y querida imagen paterna, de cuando en el mundo de tanto en tanto me enseñabais cómo se adquiere la fama eterna con el ejercicio de la virtud; y lo mucho que estimo este recuerdo lo mostrarán siempre, mientras yo viva, mis palabras.

»Lo que habéis predicho sobre mi futuro lo transcribo en la memoria, y lo conservo para que me lo explique, junto con otras profecías, una mujer que sabrá aclarármelo todo con tal que yo logre llegar hasta ella. Solo una cosa quiero dejaros clara: mientras no me lo recrimine mi conciencia, me declaro dispuesto a afrontar los golpes del destino. Esa predicción no es nueva para mis oídos. Pero hagan la Fortuna y los hombres cuanto deseen: yo estoy para todo preparado.

Entonces mi maestro volvió la cabeza hacia atrás, a su derecha, y me miró; luego dijo:

—Es buen oyente quien graba en su memoria lo que escucha.

No por eso dejé de hablar y caminar con *ser* Brunetto, y le pregunté quiénes eran sus compañeros de fatigas más famosos y notables.

Me respondió:

—De algunos conviene saber los nombres; pero de otros es más decoroso no hablar, pues el tiempo sería demasiado breve para tan larga lista. En resumen, has de saber que fueron eclesiásticos y hombres de letras de gran renombre, y que en vida se mancillaron todos con el mismo pecado.

»En esa desdichada multitud andan Prisciano y Francesco d'Accorso; y si te interesa ver a tan inmundo personaje, podrás reconocer también a aquel a quien el papa trasladó de las orillas del Arno a las del Bacchiglione; y aquí dejó al morir sus miembros, tan inclinados al vicio mientras vivía.

»Más diría, pero no es posible seguir caminando y hablando, pues ya veo ascender del arenal los vapores que levanta al llegar un nuevo grupo. Son almas con las que no me está permitido mezclarme: te encomiendo, pues, a mi *Tesoro*, en el que aún pervive mi fama; y no te pido más.

Entonces se volvió, y parecía uno de esos que corren en el palio de Verona por la campiña para conseguir un estandarte verde como premio; y corría con la celeridad de quien lo gana, no de quien pierde.

SODOMITAS

Brunetto Latini, maestro de Dante y autor del *Tesoro*, está condenado por sodomita. La sodomía, en tiempos de Dante, era un pecado grave para la Iglesia, pero no tanto para la sociedad civil: de hecho, las leyes que condenaban a los sodomitas a la hoguera no empezaron a promulgarse en distintas ciudades de Italia hasta después de la muerte de Dante. Leyes que perseguían la homosexualidad las ha habido en todos los países hasta hace muy poco tiempo: por su condición sexual sufrieron condena personalidades como Leonardo da Vinci, Oscar Wilde, Federico García Lorca o Alan Turing. En la actualidad sigue habiendo once países donde la homosexualidad es castigada con la pena de muerte. Curiosamente, Virgilio, el guía de Dante, era conocido por «su gran atracción hacia los muchachos», según relata el historiador Suetonio en su *Vida de Virgilio*.

CANTO 16

EL FRAGOR DE UNA CASCADA ATEMORIZA A DANTE. APARECE EL TERRORÍFICO GERIÓN.

Ya había llegado ahora a un lugar desde el que se oía el rumor del agua al precipitarse en el siguiente círculo, semejante al zumbido propio de las colmenas, cuando, de un grupo de almas que pasaban bajo el tormento de la lluvia, tres se escaparon corriendo.

Vinieron hacia nosotros, y cada una de ellas gritaba:

—¡Detente, tú que por tu aspecto pareces proceder de nuestra ciudad perversa! ¡Ay de mí, qué terribles llagas, antiguas y recientes, vi infligidas en sus miembros por las llamas! Solo de recordarlas aún me aflijo.

Los gritos llamaron la atención de Virgilio, que se volvió hacia mí y me dijo:

—Ahora espera; justo es que seas cortés con ellos. De no ser por el fuego que las reglas de este lugar hacen llover sobre el arenal, diría que deberías ser tú, más que ellos, quien apresurara este encuentro.

En cuanto Virgilio y yo nos detuvimos reanudaron sus acostumbrados lamentos, y cuando se hubieron unido a nosotros los tres se dispusieron en círculo. Avanzaban así en círculo y cada uno de ellos volvía el rostro hacia mí, de manera que mantenían constantemente el cuello torcido con respecto a los pies, como suelen hacen los desnudos y aceitados luchadores mientras estudian el momento de agarrar a su adversario y aventajarle antes de batirse y golpearse mutuamente.

Uno de ellos me rogó:

—Si la miserable condición de este lugar de condena y nuestro rostro oscurecido y desollado por las llamas nos hacen despreciables a nosotros y a nuestras súplicas por igual, que al menos nuestra fama predisponga a tu ánimo a decirnos quién eres tú que todavía vivo caminas sin penar por el Infierno.

»Este que me precede, aunque va desnudo y desollado, fue mucho más noble de lo que pensarías: fue nieto de la preciada Gualdrada Berti; se llamaba Guido Guerra, y mientras vivió se afanó mucho con su inteligencia y su destreza en las artes guerreras.

»Quien en cambio pisa la arena detrás de mí es Tegghiaio Aldobrandi, cuyas palabras en el mundo deberían haber hallado mayor eco. Y yo, con ellos sometido a este tormento, fui Jacopo Rusticucci; y sin duda mi condenación debe atribuirse, más que a ninguna otra cosa, a mi intratable consorte.

Si hubiese estado al abrigo del fuego, habría saltado de la margen para unirme a ellos, y creo que mi maestro me lo habría concedido; pero puesto que de ese modo me habría quemado y abrasado, el miedo venció al deseo que me hacía sentir ansioso de abrazarles.

Empecé a decir entonces:

—Vuestra condición ha impreso en mi corazón no desprecio, sino un dolor tan intenso que solo dentro de largo tiempo podré superarlo, ya desde el momento en que Virgilio me dio a entender que se nos acercaban almas de tan alta talla como lo sois.

»Soy conciudadano vuestro, y siempre he escuchado y repetido con emoción vuestras hazañas y vuestros honorables nombres. Hago este viaje para dejar para siempre la amargura del pecado y me encamino hacia los dulces frutos de la bienaventuranza que me ha prometido mi fiel guía; pero antes es necesario que descienda al centro del mundo.

—Que tu alma permanezca aún largo tiempo unida a tu cuerpo —respondieron los condenados— y tu fama resplandezca incluso más allá de tu muerte. Dinos, pues, si la cortesía y el valor habitan como solían en Florencia, o si han sido del todo abandonados; porque Guiglielmo Borsiere, que desde hace poco tiempo comparte nuestro tormento y camina con nuestro grupo de almas, nos aflige mucho al traernos malas noticias de la actual situación florentina.

—¡Los recién llegados y quienes se han enriquecido con fáciles ganancias han engendrado en ti, Florencia, altivez y excesos, de tal modo que ya te causa pesadumbre!

Así maldije, alzando la mirada; y los tres personajes, que habían comprendido que mi grito era la respuesta a su pregunta, se miraron entre sí con la actitud de quien debe tomar nota de una verdad desagradable. Entonces comentaron todos juntos:

—¡Dichoso tú, si tan fácil te resulta siempre responder a las preguntas de los otros, hablando a tu placer con tal presteza. Por eso, con el deseo de que salgas ileso de las tinieblas infernales y puedas volver a ver las hermosas estrellas, te pedimos que, cuando te plazca relatar este viaje tuyo, renueves nuestra memoria entre los vivos.

Entonces rompieron el círculo y huyeron tan deprisa que sus piernas parecían alas. Desaparecieron en un instante, de tal modo que ni siquiera un «amén» habría podido pronunciarse mientras tanto; y a mi maestro le pareció entonces oportuno que saliéramos de allí. Le seguí, y habíamos avanzado un poco cuando el ruido del agua se hizo tan cercano que, aunque hubiéramos hablado, a duras penas nos habríamos oído.

Al igual que el río Montone, que partiendo del Monviso hacia el este es el primero en tener su propio curso en la vertiente izquierda de los Apeninos, que allí arriba se llama Acquacheta, y que antes de descender a la llanura de Forlì, donde pierde ese nombre, se precipita con gran fragor en la cascada de San Benedetto in Alpe, donde cae de un solo salto en lugar de ramificarse y descender poco a poco, de igual manera oímos retumbar nosotros aquellas oscuras aguas al desplomarse por un escarpado barranco, con un ruido que al poco dañaría nuestro oído.

Llevaba yo una cuerda anudada a la cintura, y con ella había pensado en su momento capturar al leopardo de moteado pelaje. Después de que, a una orden de Virgilio, la desaté del todo, se la entregué recogida y enrollada de nuevo. Él se volvió hacia la derecha y la arrojó al profundo barranco, a cierta distancia del borde.

Me dije para mis adentros: «A tan insólita señal, que con tal atención sigue el maestro con la mirada, de seguro ha de responder algo nuevo». ¡Ah, qué prudentes deben ser los hombres cuando están cerca de quien no solo ve los actos externos, sino que, gracias al intelecto, también puede leer la mente ajena! En efecto, Virgilio me dijo entonces:

—No tardará en llegar aquí lo que yo espero y lo que tu pensamiento se esfuerza en imaginar de manera confusa; pronto lo verás directamente.

Conviene siempre callar un hecho cierto cuando los demás puedan suponer que es inventado, no sea que se nos considere mentirosos sin serlo.

Pero no puedo en este caso sino contar lo que vi, y te juro, lector, por las líneas de esta comedia mía —y porque estas puedan serte por mucho tiempo gratas—, que vi llegar de abajo, nadando en aquel aire pesado y oscuro, una figura que habría consternado incluso al alma más firme. Subía desde el fondo moviéndose de un modo semejante al del marinero que, tras descender a las profundidades del mar para liberar el ancla enganchada en una roca u otro obstáculo, estira la parte superior del cuerpo y recoge hacia sí las piernas para impulsarse a flote.

CANTO 17

DESCENSO AL OCTAVO CÍRCULO A LOMOS DE UN MONSTRUOSO DRAGÓN ALADO.

—¡He aquí el monstruo de afilada cola, tan fuerte que supera todo obstáculo: montes, murallas o armas! ¡He aquí al que apesta el mundo entero con su hedor!

Así empezó a hablar mi guía; y le hizo una señal a Gerión para que se acercara al borde, al extremo de las márgenes de piedra por donde caminábamos. Y aquella inmunda imagen del engaño se acercó, apoyando la cabeza y el torso en la orilla, pero no la cola.

Tenía el rostro de un hombre honesto, tan benévolo era su aspecto; pero el resto de su cuerpo era serpentino; tenía dos patas con garras, peludas hasta las axilas, y la espalda, el pecho y los costados pintados con rayas entrelazadas y redondos arabescos, tan ricos en su variedad de colores, fondos y relieves que superaban a todos los paños confeccionados por los tártaros y los turcos, y a todas las telas tejidas por Aracne.

Aquel espantoso monstruo estaba en el borde de la margen de piedra que encerraba el arenoso cerco de la misma manera en que a veces se paran las barcas en la orilla medio en el agua y medio en tierra, o como hace el castor, que se coloca mitad dentro del agua y mitad fuera para atraer a su futura presa. Toda su cola colgaba en el vacío semejante a la de un escorpión, torciendo hacia arriba el venenoso aguijón que armaba su punta.

Dijo Virgilio:

—Debemos ahora desviarnos un poco de la acostumbrada dirección de nuestro camino para alcanzar a esa bestia malvada que está ahí en el borde.

Así que descendimos de la margen girando hacia la derecha y avanzamos diez pasos por la parte más externa del círculo para evitar cuidadosamente la arena ardiente y los copos llameantes. Cuando llegamos hasta Gerión, divisé un poco más allá unas cuantas almas sentadas en la arena cerca del barranco.

Entonces dijo mi maestro:

—Ve a ver cuál es su condición para que así tengas un conocimiento completo de este círculo. No te entretengas a hablar con ellos; mientras tanto, hasta que regreses, yo persuadiré al monstruo para que ponga sus fuertes hombros a nuestro servicio.

De modo que fui solo, siguiendo la linde del séptimo círculo, allí donde se sentaban aquellas atormentadas almas. El dolor que por dentro las atenazaba estallaba hacia fuera en forma de lágrimas que brotaban de sus ojos; agitaban las manos de acá para allá para protegerse tanto de las llamas que caían como de la arena ardiente. No de otro modo se comportan los perros en verano, utilizando ora el hocico ora la pata, cuando les pican las pulgas, las moscas o los tábanos.

Luego observé atentamente los rostros de algunos de aquellos condenados sometidos a la lluvia de fuego, pero no reconocí a ninguno; noté, sin embargo, que todos y cada uno de ellos llevaban colgada al cuello una bolsita de un color y diseño bien definidos, y casi parecía que su sola contemplación diera energía a su mirada.

En cuanto llegué junto a ellos, sin dejar de escrutarlos con atención, vi una bolsa de fondo amarillo sobre el que destacaba un dibujo azul que por su forma y actitud se diría

GERIÓN

Nombre - Del griego (Γηρυών / *Gēryṓn*), a veces se le denomina en plural, Geriones. Podría significar «el que gruñe», si bien está en discusión.

Aspecto - La *Teogonía* lo describe con tres cabezas, pero en la tragedia *Agamenón* de Esquilo tiene tres cuerpos unidos por la cintura. En el arte suele tener también tres pares de piernas. Salvo por estos elementos, su aspecto es el de un guerrero, principalmente humanoide.

El Gerión de Dante tiene pocas semejanzas con estas descripciones. En este caso se trata de una mezcla de guiverno y mantícora. El guiverno es una criatura habitual en la heráldica, un dragón con dos patas, enormes alas y cola puntiaguda. La mantícora es un tipo de quimera con cabeza humana, cuerpo de león y cola de dragón o escorpión. Todo ello lo combina el poeta con una cara de «hombre honesto».

Origen - Hijo de Crisaor —hermano del caballo alado Pegaso— y de la oceánide Calírroe, es el más fuerte de todos los mortales. Habita en la isla de Eritia, que quiere decir «isla roja» en referencia al sol poniente, por lo cual designa una tierra situada al oeste, allí donde se acaba el mundo. Es una isla de la muerte como las que visitan el babilonio Gilgamesh o el celta Cú Chulainn. Probablemente Eritia se encuentra en el sur de España (Isócrates, *Arquidamo*), en las islas que los griegos llamaban Gadeiras, en la actual bahía de Cádiz. Lo afirman Plinio el Viejo en la *Historia natural*, la *Descripción de Grecia* de Pausanias y la *Geografía* de Estrabón.

Modus operandi - En Dante, conduce a los viajeros infernales sobre su espalda a través del abismo. Se mueve sin brusquedad y sin ruido. No habla a pesar de su rostro humano.

Principales apariciones - Gerión tiene un magnífico rebaño de bueyes guardado por el pastor Euritión y el perro bicéfalo Ortro. El décimo trabajo de Heracles consiste en robarlos. El héroe mata a los guardianes con su clava y al amo con una flecha envenenada que le atraviesa los tres cuerpos. El relato más completo está en la *Biblioteca* de Apolodoro, pero destaca la variante primitiva del poema *Gerioneida* de Estesícoro. En ella Gerión tiene alas y la historia se cuenta desde su punto de vista, el del defensor inocente de su propiedad. Es la versión más cercana a Dante.

un león. Luego, deslizando la mirada, vi otra de color rojo sangre que exhibía un ganso más blanco que la mantequilla.

Y uno de los espíritus, que llevaba una bolsita de fondo blanco en la que aparecía dibujada una gran cerda de color azul, me preguntó:

—¿Qué haces en esta cavidad infernal? ¡Vete!; y, puesto que aún vives, que sepas que mi conciudadano Vitaliano se sentará aquí a mi izquierda. Yo soy el único paduano en medio de tantos florentinos, que a menudo me atruenan los oídos gritando: "¡Venga el insigne caballero, que lleva una bolsita con tres machos cabríos dibujados!".

En ese punto torció la boca y sacó la lengua como un buey cuando se lame la nariz. Y yo, temiendo que si me quedaba allí más tiempo podría enfadar a Virgilio, que me había instado a que me entretuviera poco, di media vuelta y me alejé de aquellas almas debilitadas por los tormentos.

Encontré a mi guía ya a lomos de la malvada bestia, y de inmediato me dijo:

—Sé fuerte y valeroso: ahora nos vemos obligados a utilizar tales medios para descender; siéntate delante, pues, porque yo quiero permanecer en medio a fin de protegerte de la cola de Gerión para que no pueda hacerte daño.

Como le sucede a aquel que siente acercarse cada vez más el escalofrío de la fiebre cuartana, que tiene ya las uñas pálidas y tiembla con solo contemplar un lugar umbrío y fresco, así me ocurrió a mí al escuchar las palabras de Virgilio. Pero vencí mis temores por miedo a tener que avergonzarme después, comportándome como lo hace el siervo que saca su coraje del ejemplo de un valeroso señor.

Me acomodé, pues, sobre aquellos espantosos hombros, y en verdad habría querido decirle «¡Abrázame, Virgilio!»; pero la voz se me quebró en la garganta, y no creí que pudiera emitir sonido alguno. Mas él, que ya en otras ocasiones me había sustentado ante mis dudas y temores, apenas subí a la grupa me abrazó y me sujetó con sus brazos; y dijo:

—Es hora de partir, Gerión: pero con anchos giros y descendiendo poco a poco; ¡recuerda cuán especial carga llevas a la espalda!

Como la barca se aleja retrocediendo poco a poco de la orilla, así se apartó Gerión del borde; y en cuanto sintió que ya se hallaba del todo a sus anchas giró sobre sí mismo y volvió la cola hacia donde antes tenía el pecho; luego la tensó, moviéndola como hacen las anguilas, mientras recogía el aire hacia sí agitando las patas.

No creo que Faetón sintiera mayor temor cuando abandonó las riendas del carro del Sol, razón por la que el cielo se abrasó, como aún puede verse en la Vía Láctea; ni tampoco el pobre Ícaro cuando sintió que las plumas le caían de los hombros porque el calor estaba derritiendo la cera, mientras su padre le gritaba: «¡Vas en una dirección peligrosa!»; su temor no debió ser ciertamente mayor que el mío cuando me vi suspendido en el aire y sin posibilidad de ver otra cosa que a Gerión.

Este avanzaba nadando muy despacio por el aire, girando y descendiendo al mismo tiempo; pero yo no percibía el movimiento, salvo por el viento que soplaba en mi rostro desde abajo. Ya oía a mi derecha la cascada del Flegetonte, que causaba un terrible estruendo por debajo de nosotros, de manera que asomé la cabeza, mirando hacia abajo, para intentar ver algo.

En ese momento me asusté aún más ante la idea de tener que saltar de lomos del monstruo, pues vi llamas y escuché llantos, de modo que me acurruqué, todo tembloroso, sobre el dorso de Gerión. Entonces reparé en lo que antes no podía: percibí cómo era nuestro descenso en espiral, gracias a la secuencia de terribles tormentos que veía acercarse cada vez más desde distintos lados.

Como un halcón que ha volado durante largo tiempo y, sin atender a la llamada del halconero, le hace exclamar: «¡Ea, baja ya!», porque vuelve sin presa, y baja cansado después de tantas vueltas, mientras que había estado ágil al emprender el vuelo, y, habiendo descendido, se posa lejos de su instructor con aire desdeñoso y adusto; así se posó Gerión en el fondo, justo al pie de la rocosa pared cortada a pico; y, tras habernos descargado, desapareció veloz como la flecha tras separarse de la cuerda del arco.

CANTO 18

OCTAVO CÍRCULO. DANTE Y VIRGILIO CAMINAN POR PUENTES QUE SALVAN DIEZ FOSAS INFERNALES.

Hay en el Infierno un lugar llamado Malasbolsas, todo hecho de piedra del color del hierro, como la pared circular que por todas partes lo rodea. Justo en el centro de ese lugar maligno se abre un pozo muy ancho y profundo, cuya estructura explicaré a su debido tiempo. El anillo formado entre el pozo y la base de la pared rocosa es, pues, perfectamente circular, y su fondo se divide en diez fosas u hondonadas.

Formaban aquí las fosas de Malasbolsas la misma figura que ofrecen a la vista los muchos fosos que rodean un castillo para defender sus muros; y así como desde la entrada de tales fortalezas hasta la margen exterior del último foso se alzan pequeños puentes que los salvan, también aquí, desde la base de la pared rocosa, partían puentes de piedra que atravesando márgenes y fosas llegaban hasta el borde de aquel pozo que a la vez los interrumpía y conectaba.

En ese lugar nos encontramos Virgilio y yo una vez hubimos descendido de la espalda de Gerión; Virgilio caminó hacia la izquierda, y yo fui tras él. A la derecha vi entonces un nuevo tipo de dolor, de castigos y torturadores, que llenaban aquella primera fosa.

...un pozzo assai largo e profundo...
...un pozo muy ancho y profundo...
Pozo iniciático, en la Quinta da Regaleira, Sintra, Portugal.

AMNISTÍA

El papa Bonifacio VIII, que Dante coloca en el Infierno entre los simoníacos, instauró el primer año de jubileo en 1300: quien acudiera a Roma y visitara los santuarios de san Pedro y san Pablo durante aquel año obtendría el perdón de sus pecados. Se calcula que fueron más de doscientos mil los peregrinos que se acogieron a la medida y embotellaron el puente Sant'Angelo, que conduce al Vaticano. En la actualidad se celebra un jubileo cada veinticinco años: quien no haya aprovechado la oportunidad del 2025 tendrá que esperar al 2050.

Los pecadores del fondo iban desnudos; partiendo del centro de la fosa, un grupo avanzaba hacia nosotros, al tiempo que otro llevaba en cambio nuestra misma dirección, pero moviéndose más deprisa; hacían como los romanos con ocasión del jubileo, que, en vista de la enorme multitud de peregrinos reunida en la ciudad, habían ideado una forma de hacer pasar a la gente por el puente Sant'Angelo: que por un lado pasaran los que se dirigían al castillo camino de San Pedro, mientras transitaban por el otro los que encaminaban sus pasos al monte Giordano.

Aquí y allá, por todo el lóbrego pedregal, vi demonios cornudos que con grandes látigos golpeaban cruelmente a aquellos condenados en la espalda. ¡Ay, cómo les hacían alzar los talones ya a los primeros golpes! Ningún pecador se quedaba quieto esperando el segundo o el tercero.

Mientras avanzaba, mis ojos se toparon con uno de los condenados; y me dije de inmediato para mis adentros: «¡No es la primera vez que veo a este!». Así que me detuve para verlo mejor; mi amable guía se detuvo conmigo, y consintió en dejarme volver atrás.

El condenado, golpeado a latigazos, creyó ocultarse bajando el rostro, pero de poco le sirvió, pues le increpé:

—¡Oh, tú que arrojas al suelo tu mirada, si tus facciones no me engañan eres Venedico Caccianemico. Pero ¿qué culpa te ha condenado a tan hirientes penas?

Y él me respondió:

—De mala gana te lo confieso; pero a ello me obligan tus perspicaces palabras, que reavivan en mí el recuerdo del mundo ahora perdido. Fui yo quien persuadió a mi hija Ghisolabella para que satisficiera los deseos del marqués Obizzo d'Este, comoquiera que se cuente en el mundo esta vergonzosa historia. Y no soy el único aquí que se lamen-

GUARDIANES DEL INFIERNO

DEMONIOS

DEMONIOS

Nombre - En griego δαίμων (*dáimōn*), que no tenía originalmente el sentido actual, sino que significaba solo «espíritu» o «poder divino», similar al *numen* o al *genius* de los romanos.

Aspecto - Cuerpo deforme y huesudo, mirada torva, nariz aquilina, colmillos y orejas puntiagudas y de forma de animal, con alas. Armados de garfios y tridentes con los que atormentan a sus víctimas. Se comportan con violencia y desprecio. Son caóticos, se pelean y se engañan. Esta imagen proviene de la demonología etrusca, donde Charum, personificación de la muerte, y Tuchulca causan terror entre los vivos y los muertos.

Origen - La idea se remonta al Paleolítico, y tiene su origen en el miedo de la humanidad a lo desconocido, lo extraño y lo horrible. Por ese motivo está presente en todas las culturas. La demonología judía la adopta del zoroastrismo persa. Y de ahí llega al cristianismo y al islam.

***Modus operandi* -** Son entidades espirituales dañinas que pueden poseer a los vivos. Actúan de manera independiente, causando distintos tipos de males. Son los subordinados del Diablo principal que está enzarzado en una lucha eterna con Dios, espíritus menores que hacen el trabajo sucio. Inducen pensamientos pecaminosos en los humanos y los tientan a cometer malas acciones. Subyugan y atraen las almas hacia las cavernas del Infierno con engaños.

Principales apariciones - Pueden reconocerse en los asuras védicos, antagonistas de los dioses del hinduismo. Cuando Siva danza, los aplasta bajo sus pies. En el *Kojiki*, recopilación de mitología japonesa, son los seres diabólicos del trueno que persiguen al dios Izanagi cuando intenta huir del país de las tinieblas.

La concepción griega de *dáimōn* como espíritu intermediario, no hostil, aparece sobre todo en Platón, quien refiere a Sócrates. En el griego helenístico (*koiné*, «común»), el término evolucionó a «*daimonion*» (δαιμόνιον). Solo más tarde adquirió sus connotaciones negativas. Fue en la traducción de la Biblia hebrea al griego, la Septuaginta, donde se abandonó la ambivalencia griega y se sustituyó por la concepción persa, la de una fuerza malévola que solo busca la corrupción.

ta en boloñés: en efecto, este lugar rebosa hasta tal punto de conciudadanos míos que no hay en la tierra, en la zona comprendida entre los ríos Savena y Reno, tantos que hayan aprendido a hablar boloñés como los hay aquí; y si quieres un testimonio cierto de ello, ¡recuerda cuán ávida de dinero es nuestra naturaleza!

Mientras así hablaba, un demonio le golpeó con su látigo de cuero, gritando:

—¡Fuera, rufián! ¡Aquí no hay mujeres que prostituir con engaños!

Volví a reunirme entonces con Virgilio; luego, tras unos pasos, llegamos a un lugar donde afloraba de la pared un rocoso puente. Ascendimos por él con gran facilidad, y, girando a la derecha sobre la escabrosa roca que lo formaba, nos alejamos de aquellas orillas eternas.

Cuando llegamos sobre el arco del puente, destinado al paso de las fustigadas almas, Virgilio dijo:

—Detente, y mira si puedes identificar bien a esta nueva categoría de condenados, a los que hasta ahora no has podido ver la cara porque avanzaban en la misma dirección que nosotros.

Desde el ancestral puente observamos el grupo de almas que al otro lado venía hacia nosotros, empujado como el anterior por el látigo. Mi buen maestro, sin que yo le preguntara, me dijo:

—Mira a ese condenado de imponente figura que hacia nosotros viene, y que no muestra su sufrimiento a pesar del dolor: ¡cuán regio sigue siendo su porte aun ahora! Este es Jasón, que con valor y sabiduría consiguió privar a la Cólquida del vellocino de oro.

»Luego pasó por la isla de Lemnos, después de que las osadas mujeres del lugar hubieran matado sin piedad a todos sus hombres. Aquí, con gestos y palabras lisonjeros, engañó a Hipsípila, la joven que antes, a su vez, había engañado a todas las otras mujeres de Lemnos.

»Jasón la abandonó en la isla sola y encinta: tal es la culpa que a este tormento le condena; y con ella se hace también justicia por la seducción de Medea. Acompañan a Jasón todos los que cometen tales engaños. De la primera fosa, y de los pecadores a los que allí se atormenta, bastará saber esto.

Habíamos llegado al lugar donde el estrecho paso del puente cruzaba la segunda margen, y en aquel punto descansaba otro de sus arcos. Aquí oímos gemir a las almas de la siguiente fosa, resoplando y golpeándose con las palmas de las manos.

Estaban las paredes, a causa de los efluvios que subían del fondo y a ellas se adherían, incrustadas de una especie de moho, repulsivo a la vista y al olfato. El fondo era tan oscuro que desde ninguna parte se podía ver sin subirse a lo más alto del puente, en el punto donde este más dominaba la fosa.

Llegamos allí, y vi en la fosa almas sumergidas en un estiércol que parecía recogido de las letrinas de la humanidad entera. Mientras trataba de vislumbrar algo, divisé un espíritu con la cabeza tan sucia de mierda que no se sabía si llevaba o no tonsura.

Este me increpó:

—¿A qué esa avidez en observarme precisamente a mí antes que a todos estos mugrientos?

Y yo le respondí:

—Porque, si no recuerdo mal, yo ya te he visto en vida con el cabello seco; y tú eres Alessio Interminei, de Lucca; por eso te miraba más que a otros.

Y entonces él, golpeándose la cabeza, me dijo:

—Aquí abajo me empapan las lisonjas de las que nunca se sació mi lengua.

Después de lo cual Virgilio me exhortó:

—Alarga un poco más tu mirada para identificar mejor a esa ramera sucia y desgreñada que allá abajo se rasca con las uñas incrustadas de mierda, ora agachada ora en pie. Es Tais, aquella meretriz que cuando le preguntó su amante: «¿Tengo muchos motivos para que me estés agradecida?», le respondió: «¡Muchos no, muchísimos!». Y para esta fosa tal visión nos baste.

CANTO 19

ARDIENTES AGUJEROS DE LOS QUE SOBRESALEN LOS PIES DE LOS CONDENADOS ENVUELTOS EN LLAMAS.

¡Oh, Simón Mago, oh, desdichados seguidores suyos, que, ávidos de riquezas, prostituís los cargos espirituales que solo a los virtuosos deberían estar destinados, ha llegado la hora de que la trompeta de mi cántico suene por vosotros, puesto que os halláis en la tercera fosa!

Habíamos llegado ya a la siguiente fosa, en la parte del puente que caía perpendicular sobre el centro de ella. ¡Oh, suprema sabiduría de Dios, cuán gran dominio muestras en el Cielo, la Tierra y el Infierno, y con qué justicia tu poder distribuye premios y castigos!

Desde donde yo estaba, vi, a lo largo de las paredes y en el fondo de la fosa, la ferrugienta piedra llena de agujeros, todos redondos y de igual tamaño, del mismo, diría, ni mayor ni menor, que los que se utilizan como pilas bautismales en mi hermoso baptisterio de San Juan; justo uno de los que, no hace muchos años, rompí para salvar a una persona que estaba muriendo ahogada dentro: y valga esta declaración mía para poner definitivamente punto final a ese asunto.

De la boca de cada agujero sobresalían los pies y las piernas de un pecador, hasta el muslo, mientras que el resto del cuerpo estaba dentro. Todos tenían las plantas de los pies en llamas, y por ello las articulaciones de las rodillas se estremecían con tal fuerza que habrían podido romper hasta una cuerda de mimbre retorcido o de hierbas trenzadas. La llama corría de los talones a los dedos de los pies del mismo modo que se desliza sobre las cosas grasientas, es decir, desplazándose solo por su superficie exterior.

—¿Quién es ese condenado que manifiesta su tormento agitándose más que sus compañeros de infortunio, y al que lame una llama más ardiente? —pregunté entonces a mi maestro.

Él me respondió:

—Si quieres que te conduzca pendiente abajo hasta el fondo de la fosa, sabrás por él mismo su historia y sus maldades.

Y yo a mi vez:

—Todo lo que decidas me parece bien; tú eres mi guía, y sabes que no me separo de tu voluntad, y sabes también lo que no digo abiertamente.

Llegamos, pues, a la cuarta margen; giramos y descendimos hacia la izquierda, hasta el incómodo y agujereado fondo. Mi buen maestro no me separó de su cadera, en la que me apoyaba, hasta que me hubo bajado al hoyo de aquel condenado que tanto forcejeaba con sus piernas.

Dije:

—¡Oh, alma perversa, que estás patas arriba y como estaca clavada, háblame si puedes, quienquiera que seas!

Me hallaba yo como un fraile que confesara a un malvado asesino, el cual, condenado a morir con la cabeza clavada en el suelo, pidiera al religioso que retrasara el momento de la ejecución.

Aquella alma gritó:

—¿Ya has llegado, ya has llegado aquí, Bonifacio? ¡Entonces la profecía me burló por varios años! ¿Acaso estás ya saciado de esa riqueza de la que te has apoderado sin reparos, usurpando con engaño a la bella esposa de Cristo, la Iglesia, para luego devastarla?

Me sentí confundido como quien se queda atascado por no haber entendido lo que se le ha respondido y ya no sabe qué contestar. Entonces Virgilio me apremió:

—Dile de una vez: yo no soy ese, no soy quien tú crees —y así le respondí.

A esas palabras mías, el espíritu retorció por completo los pies; luego, suspirando con voz quejumbrosa, me preguntó:

—Y entonces, ¿qué queréis saber de mí? Si vuestra curiosidad es tal que os ha hecho descender el barranco, sabed que vestí el manto papal; y que pertenecí a los Orsini, y tan deseoso estaba de beneficiar a mi familia que me embolsé riquezas; y aquí estoy.

»Por debajo de mí están los otros papas simoníacos, aplastados entre las grietas de la piedra. Allí caeré yo también a la llegada de aquel que creía que eras tú cuando hace un momento te hice aquella impetuosa pregunta.

»Pero más largo es ya el tiempo de mi invertida postura con los pies ardiendo del que pasará, otro tanto clavado en el suelo y con las plantas de los pies enrojecidas, Bonifacio VIII; porque detrás de él vendrá de Occidente otro papa, desdeñoso de toda ley, mancillado de culpas aún más graves, que nos hará hundirnos más abajo a Bonifacio y a mí. Será un nuevo Jasón, el personaje del que leemos en el libro de los Macabeos; y como el rey Antíoco fue clemente con él, también con este lo será el rey de Francia.

No sé si en ese punto fui demasiado imprudente para responderle de tal guisa:

—Dime, ¿cuánto dinero quiso Jesús de san Pedro antes de confiarle las llaves de la Iglesia? Ciertamente, no otra cosa le pidió que «¡Sígueme!». Ni tampoco Pedro ni los otros apóstoles pidieron dinero a Matías cuando le tocó ocupar el lugar que el alma perversa de Judas había perdido.

»Quédate, pues, donde estás, pues eres castigado como mereces; y guarda bien los dineros ilícitos de los diezmos que te hicieron osado contra Carlos de Anjou. Y si no fuera porque me contiene el respeto por el cargo que ostentabas, usaría palabras aún más duras; porque vuestra codicia, simoníacos, envenena el mundo, pisotea a los buenos y enaltece a los malvados.

»En vosotros pensó en su profecía Juan Evangelista cuando vio a la gran ramera sentada sobre las aguas, prostituyéndose con los reyes; ella, que nació con siete cabezas y sacó su vigor de sus diez cuernos, mientras a su esposo agradó la virtud.

»Habéis hecho del oro y de la plata vuestros dioses; ¿qué diferencia hay entre vosotros y los judíos idólatras, salvo que estos adoraban a un dios y vosotros a cien? ¡Ay, Constantino, cuánto mal engendró no tu conversión, sino la donación que de ti obtuvo Silvestre, el primer papa que poseyó riquezas!

Mientras yo le hablaba en ese tono, él, no sé si espoleado por la ira o la conciencia, pataleaba con ambos pies con fuerza. Creo sin duda que a Virgilio le complacieron mis francas palabras, dada la satisfecha expresión de su rostro mientras su son escuchaba. Me cogió, pues, entre sus brazos, y, cuando me hubo elevado a la altura de su pecho, subió por el camino por el que yo había bajado.

Y no se cansó de estrecharme contra sí hasta que me hubo llevado a lo alto del puente que formaba el paso de la cuarta a la quinta margen. Aquí depositó la carga suavemente, tanto como lo permitía el incómodo y alto peñasco, que habría sido un arduo pasaje incluso para las cabras. Desde allí, otra fosa se hizo visible a mis ojos.

CANTO 20

ENCUENTRO CON LOS ADIVINOS CASTIGADOS CON EL TORMENTO DE CAMINAR CON LA CABEZA GIRADA HACIA ATRÁS.

Estaba yo absorto observando el fondo de la fosa, ahora visible y bañada de un angustioso llanto, cuando vi llegar por el redondo valle unas almas que lloraban en silencio, con el paso lento de las procesiones que en la tierra se hacen.

Bajando aún más los ojos hacia ellos, cada uno me pareció desfigurado de manera asombrosa entre la barbilla y el inicio del torso, pues tenían la cara vuelta del lado de los riñones, y se veían obligados a caminar hacia atrás puesto que se les impedía ver ante sí. Quizá por efecto de una parálisis haya habido algún enfermo de tal modo descompuesto; pero yo nunca lo he visto, ni creo que hoy los haya.

¡Oh, lector, que Dios te permita sacar de esta lectura un ejemplo fructífero! ¡Trata ahora de pensar si tú mismo habrías podido evitar llorar viendo tan de cerca la figura humana de tal modo deformada que el llanto que descendía de los ojos de las almas iba a bañar la rendija de sus nalgas!

Yo sin duda lloraba, apoyado en uno de los peñascos del pétreo puente, de tal modo que Virgilio me dijo:

...apparve esser travolto ciascun tra 'l mento e 'l principio del casso
...cada uno me pareció desfigurado entre la barbilla y el principio del torso...
Wang Saen Suk Hell Garden, Tailandia.

PARADOJA DE LA BONDAD

«... y así como una madre, poseída por el amor más profundo y sincero, advierte a su pequeño que, si no cierra los ojos y concilia el sueño, el coco irá a su encuentro, Dios amenaza a los humanos con el cruel y eterno tormento infernal si caen en el pecado. En ambos casos, se trata de una suprema manifestación de amor, que consiste en violentar la inclinación natural para crear una realidad en la que de ningún modo se espera ver caer al ser amado. La madre sabe que el coco no existe; Dios va aplazando a la eternidad futura la creación de ese lugar de espanto que describen la mitología y Dante Alighieri. Si Dios existe, será misericordioso, y deberíamos esperar por tanto que el día del Juicio Final no cumpla su amenaza».

Arthur Dobb, *The Paradox of kindness*, conferencia pronunciada en 1959 en la Universidad de Cardiff.

—¿También tú eres uno de esos tontos piadosos? Aquí el verdadero piadoso es el despiadado: en efecto, ¿quién es más perverso que aquel que se deja llevar por la compasión ante los efectos de la justicia divina?

»Alza la cabeza, álzala y contempla a aquel por quien se abrió la tierra ante los ojos de los tebanos, que le gritaban: "¿Dónde caes, Anfiarao? ¿Por qué abandonas la guerra?". No dejó de hundirse hasta llegar a Minos, que a todo pecador atrapa. Mira bien cómo ha cambiado el pecho por la espalda: como quería ver demasiado lejos en el futuro, ahora mira hacia atrás y camina al revés.

»Mira a Tiresias, que mudó de aspecto cuando de varón se convirtió en hembra, transformado en todos sus miembros; y luego, antes de recobrar su varonil apariencia, hubo de volver a golpear con la misma vara de siete años atrás a las dos serpientes abrazadas.

»El que hacia su vientre mira es Arunte, que tenía por morada una cueva entre los blancos mármoles de los montes de Lunigiana, donde los campesinos carrareses, que allá abajo viven, van a roturar la tierra; desde allí no se le impedía ciertamente ver el mar y las estrellas.

»Y la que con la suelta cabellera cubre sus pechos, que tú no puedes ver porque, como el pubis, están al otro lado, es Manto, que vagó por muchos lugares y luego se estableció en mi tierra natal; por eso deseo que me prestes un poco de atención. Después de la muerte de su padre, Tiresias, y de que la ciudad de Tebas, consagrada a Baco, fuera esclavizada, Manto vagó largo tiempo exiliada por el mundo.

»Arriba en la tierra, en la hermosa Italia, hay al pie de los Alpes un lago que por encima del Tirol marca el confín con Alemania; se llama Benaco. El territorio entre Garda, la Val Camonica y los Alpes Peninos se baña en agua de innumerables ríos recogida en ese lago.

»En medio del lago hay un lugar donde los obispos de Trento, Brescia y Verona pudieron, al pasar, impartir su bendición. Donde la orilla del lago más desciende se alza Peschiera, hermosa y sólida fortaleza erigida para su defensa por brescianos y bergamascos. Allí, en Peschiera, toda el agua que el lago de Benaco no puede albergar rebosa y da inicio al curso de un río entre verdes pastos. Apenas comienza a fluir, a esa agua no se le da ya el nombre de Benaco, sino de Mincio, hasta que llega a Governolo, donde confluye en el Po.

»Su curso es breve, pues poco después encuentra una llanura por la que se extiende hasta formar un pantano, en el que a menudo, en verano, escasea el agua. Al pasar por allí, aquella virgen cruel vio en medio del pantano una tierra inculta en la que nadie habitaba. Allí, para evitar cualquier contacto humano, se estableció con sus criados, practicando su magia; allí vivió y allí dejó sus restos. Luego los hombres que vivían en los alrededores se reunieron en aquel lugar, que tan bien defendido estaba por el pantano que lo rodeaba.

»Sobre los restos de Manto construyeron una ciudad, y, sin consultar más vaticinios ni hacer otros sortilegios, la llamaron Mantua, en memoria de la que primero había elegido el lugar. La población de la ciudad fue creciendo en número antes de que la estulticia del conde de Casalodi le hiciera sufrir el engaño de Pinamonte dei Bonacolsi.

»Por eso te advierto: si alguna vez oyes relatar de otro modo el origen de mi ciudad, no dejes que esta verdad sea usurpada por ninguna mentira.

Yo respondí:

—Tus razonamientos son para mí tan seguros y dignos de fe que en comparación otros argumentos me parecerían tan inútiles como brasas apagadas. Pero dime si entre las almas que pasan ves alguna digna de mención, pues a ese interés regresa mi pensamiento de nuevo.

—Aquel que desde sus mejillas extiende la barba sobre sus oscuros hombros —me dijo entonces— fue adivino en el tiempo en que todos los hombres griegos abandonaron su patria para ir a Troya, de modo que solo los niños permanecieron en Grecia; él, junto con Calcas, eligió el momento propicio para soltar las amarras de las naves griegas en el muelle de Áulide. Se llamaba Eurípilo, y como adivino lo recuerda un pasaje de mi poema; tú lo sabes bien, que lo has leído entero. El otro personaje, tan delgado de caderas, es aquel Miguel Escoto que de veras conocía el arte ilusorio de los trucos de magia.

»Mira a Guido Bonatti, y mira a Asdente, que ahora preferiría no haber abandonado en vida el cuero y el hilo del zapatero; pero demasiado tarde se arrepiente. Mira a esas desdichadas que descuidaron la aguja, el carrete y el huso para ser adivinas, practicando sortilegios con pócimas de hierbas e imágenes de sus víctimas.

»Pero ahora es tiempo de partir, pues la luna toca ya el confín entre el hemisferio austral y el boreal, hundiéndose en el mar cerca de Sevilla; anoche la luna estaba llena: debes recordarlo, pues esta luna llena ya te ayudó otra vez en el oscuro bosque.

Mientras Virgilio así me hablaba, seguimos caminando.

CANTO 21

**UNA FOSA LLENA DE BREA
DONDE CHAPOTEAN LOS CONDENADOS.
EL DIABLO MALACOLA. EL PUENTE DERRUMBADO.**

Pasamos así de un puente a otro, y estando en el punto más alto del puente nos detuvimos a ver la profunda e increíblemente oscura fosa de Malasbolsas, con sus implacables tormentos.

Como la resistente brea que en invierno hierve en la dársena de los venecianos para volver a untar con ella las embarcaciones maltrechas que ya no pueden navegar —y en ese trance se puede ver a quien renueva la embarcación y a quien sus flancos remienda con estopa cuando por el mucho viajar se ha desgastado; al que la refuerza de proa y al que lo hace de popa; a uno que fabrica remos y otro que teje cáñamo para hacer obenques; al que remienda la vela más pequeña o la más grande—, así también, y ciertamente no por el fuego sino en virtud del divino proceder, bullía abajo en el fondo una espesa brea que por todos lados empapaba viscosa las paredes.

Observaba yo la brea, pero no veía en ella más que las burbujas que el calor alzaba, que de manera constante la hacían hincharse y deshincharse. Mientras miraba fijamente hacia abajo, Virgilio tiró de mí hacia él desde donde se hallaba, diciéndome:

—¡Cuidado, cuidado!

Me volví entonces como quien está ansioso por ver de frente el peligro del que debe huir al tiempo que se ve debilitado por el miedo, de manera que no frena su huida por más que quiera verlo: y vi llegar a un diablo negro que, por detrás de nosotros, subía corriendo hacia el puente.

¡Ah, cuán feroz era en su aspecto! ¡Y cuán cruel me pareció en su ademán, con las alas abiertas y separado del suelo! Sobre su hombros fuertes y angulosos cargaba a un pecador que con ambas ancas se le aferraba, mientras él por los tendones de los pies lo sujetaba con firmeza.

Desde nuestro puente gritó:

—¡Oh, Malasgarras, he aquí uno de los magistrados de la ciudad de Lucca! Arrojadlo a la brea; yo de nuevo regreso a esa tierra tan bien provista de tales pecadores: ¡todos son allí corruptos, salvo Bonturo Dati; y allí basta pagar para que el «no» en «sí» se convierta!

Arrojó al pecador a la fosa y dio la vuelta sobre el rocoso puente; y nunca hubo mastín que, al desatarse, tan raudo partiera tras un ladrón.

El condenado se hundió, y volvió a salir del todo embadurnado; pero los diablos que bajo el puente se escondían le gritaron:

—¡Aquí se nada de manera distinta que en el río de tu ciudad! De modo que, si no quieres probar nuestros garfios, mejor que no te asomes fuera de la brea.

Tras haberle ensartado con más de cien hierros ganchudos, le dijeron:

—Aquí debes chapotear bajo la brea para pescar a escondidas, si es que puedes.

No de otro modo los cocineros hacen sumergir a sus marmitones la carne con el gancho en el caldero para que no flote.

Mi buen maestro me aconsejó entonces:

—Para que no te vean, escóndete tras un saliente rocoso que te ofrezca algún abrigo; no te inquietes si me hacen alguna ofensa: yo sé cómo son aquí las cosas, pues ya otra vez he tenido que enfrentarme a parecido obstáculo.

Luego dejó atrás el extremo del puente, y en cuanto llegó a la margen entre la quinta y la sexta fosa hubo de adoptar un gesto imperturbable.

Los diablos salieron de debajo del puentecillo y volvieron contra él todos sus garfios, con la misma furia e impetuosidad con que los perros se abalanzan sobre un mendigo cuando, sin que nadie lo espere, se detiene a pedir limosna en una casa. Mas Virgilio gritó:

—¡Ninguno de vosotros sea alevoso! Antes de aferrarme con los garfios, que uno de vosotros se acerque a escucharme; y solo entonces, finalmente, decidiréis si es oportuno ensartarme.

Gritaron todos:

—¡Que vaya Malacola! —y uno de ellos se adelantó, mientras los demás permanecían inmóviles; se acercó a Virgilio diciendo:

—¿Y de qué sirve?

—¿Acaso crees, Malacola —prosiguió mi maestro—, que me ves aquí, ya a salvo de todos vuestros ataques, sin que me respalde una voluntad divina y un decreto favorable de la Providencia? Déjanos proseguir, pues, que el Cielo quiere que muestre a otro este inhóspito camino.

Entonces, tan de repente se desinfló toda la arrogancia de Malacola que dejó caer el garfio a sus pies, y les dijo a los otros diablos:

—No se le haga daño entonces.

Y Virgilio me dijo a mí:

—Tú que estás agazapado entre las rocas del puente, ahora puedes volver a mí sin temor.

De modo que salí y me fui presto hacia él; y todos los demonios avanzaron, de modo que temí que no cumplieran

PARENTAL ADVISORY

En las décadas de los ocenta y noventa una ola de puritanismo en los Estados Unidos impuso que los álbumes de música llevaran una etiqueta avisando del lenguaje usado en las letras de las canciones con el texto *Parental advisory: explicit content*. Muchos artistas se opusieron, entre ellos Frank Zappa que contraatacó colocando una pegatina en sus obras con la siguiente advertencia: «¡CUIDADO! Este álbum contiene material que una sociedad verdaderamente libre nunca temería ni suprimiría. El lenguaje y conceptos contenidos aquí garantizan no causar tormento en el sitio donde el tío de los cuernos y tridente lleva sus asuntos. Esta garantía es tan real como la de los fundamentalistas que atacan la música *rock* en su vano intento de transformar América en una nación de estúpidos (en el nombre de Jesucristo). Si hay un infierno, sus llamas les esperan a ellos, no a nosotros».

Frank Zappa publicó en 1986 *Jazz from Hell*, un álbum que ganó dos años más tarde un Grammy a la mejor interpretación instrumental. Aunque no contenía canciones ni letras, la distribuidora lo vendió con la dichosa etiqueta.

el acuerdo: del mismo modo vi atemorizados a los soldados pisanos que salieron de Caprona, tras haberse rendido a condición de que no los matarían, al verse rodeados de tantos enemigos.

Acerqué todo mi ser junto a mi guía, sin apartar los ojos del gesto poco tranquilizador que ellos mostraban. Inclinaban sus garfios, y uno decía a otro:

—¿Quieres que le dé en la espalda?

Y el otro respondía:

—¡Sí, dale un buen golpe!

Pero el diablo que había estado hablando con Virgilio se volvió con presteza y dijo:

—¡Quieto, quieto, Escarmelón! —y luego añadió—: No podéis seguir por este puente, pues el sexto arco se ha derrumbado por completo y yace hecho pedazos en el fondo. Si queréis seguir adelante, subid por esta rocosa margen; no muy lejos hay otro puente que podéis cruzar.

»En la fecha de ayer, cinco horas más tarde de esta hora, hizo mil doscientos sesenta y seis años que se desmoronó el camino en aquel punto. Así pues, como tengo que enviar algunos diablos al próximo paso para ver si alguno de los condenados osa escapar de la brea, id con ellos, no os harán daño alguno.

»¡Adelante Alequino, Calcabrino, Cañazo —ordenó—, y tú, Barbarrecia, guía el puñado de los diez elegidos!; ¡adelante también Libicoco, Draguinazo, Ciriato, de grandes colmillos, Garfiacán, Farfarel y el loco Rubicante! Explorad todas las hirvientes trampas; protegedlas hasta el próximo puente, que cruza sin interrupción las fosas.

Dije entonces a Virgilio:

—¡Ay de mí, maestro, ¿qué es lo que veo? Si como me has dicho conoces el camino, vayamos solos, sin tal escolta;

yo, por mi parte, ciertamente no la querría; si estás atento como sueles, habrás notado sin duda cómo enseñan los dientes y anuncian males con la mirada.

Él me respondió:

—No temas; deja que los enseñen a placer: lo hacen por los condenados que hierven en la brea.

Los diablos se volvieron hacia la margen de la izquierda; pero antes todos ellos habían sacado la lengua, apretándola entre los dientes para hacer un gesto de entendimiento a su jefe; y este, por toda respuesta, se había tirado un pedo.

CANTO 22

LOS POETAS SON ESCOLTADOS POR UN GRUPO DE DIABLOS QUE RIÑEN ENTRE SÍ SIN CESAR.

Yo había visto ya marchar a caballeros, iniciar un asalto y detenerse, y a veces retroceder para salvarse; había visto, ¡oh, aretinos!, a recorrer cabalgando vuestra tierra, presenciado incursiones a caballo, chocar a los equipos enfrentados en torneos y correr en justas a los campeones, usando ora trompetas, ora campanas, tambores o señales hechas desde los castillos, con instrumentos propios o extraños; pero jamás había visto que nada se moviera a la señal de tan insólito caramillo: ni caballeros, ni infantes, ni siquiera una nave dirigida al lugar señalado por la luz de un faro o guiada por la posición de las estrellas.

Virgilio y yo íbamos con los diez diablos: ¡ah, qué temible compañía! Pero en la iglesia uno está con los santos, y en la taberna con los borrachos. Yo dirigía mi atención solo a la brea, por ver cada detalle de la fosa y de las almas que en ella bullían.

Para aliviar su dolor, a veces alguno de los pecadores asomaba la espalda y volvía a esconderla en un abrir y cerrar de ojos, como los delfines que, arqueando el lomo, señalan a los marineros que deben esforzarse en salvar el barco.

Como las ranas se asoman a la orilla de una charca, sacando solo el morro y ocultando las patas y el resto del cuerpo, así hacían aquellos pecadores en ambas orillas del foso; pero en cuanto se acercaba Barbarrecia se retiraban de inmediato bajo la hirviente brea.

Vi, y todavía me horrorizo al recordarlo, a uno que se demoraba, como cuando una rana se queda quieta mientras todas las demás saltan al agua; y Garfiacán, que lo tenía enfrente, le arponeó el cabello embadurnado con su garfio y lo levantó como si una nutria fuera.

Yo ya conocía los nombres de todos los diablos, pues los había grabado bien en mi memoria cuando habían sido elegidos, y había estado atento a la forma en que se dirigían unos a otros.

—¡Rubicante —gritaron todos los malditos a la vez—, clávale las garras para desollarlo!

Pregunté entonces a Virgilio:

—Maestro mío, si puedes, procura que sepamos quién es ese infeliz que ha caído a merced de sus verdugos.

Mi guía se le acercó por un lado, preguntándole de dónde era, y el condenado le respondió:

—Me llamaban Ciampolo, y nací en el reino de Navarra. Mi madre, que me había engendrado de un insensato derrochador y suicida, me puso al servicio de un señor. Luego entré en la corte del valeroso rey Teobaldo II; y allí empecé a ser corrupto, y por ello purgo la pena en este hervor.

Y Ciriato, cuyos colmillos sobresalían cual los de un jabalí por ambos lados de la boca, le hizo sentir de qué modo desgarraba uno de ellos. El ratoncillo había caído en poder de gatos malvados; mas Barbarrecia lo rodeó con sus brazos, diciendo:

—Manteneos alejados mientras yo lo sujeto.

Luego se dirigió a Virgilio:

—Vuelve a preguntarle, si quieres saber más del condenado, antes de que alguno lo atormente.

Mi guía preguntó entonces:

—Dime, ¿conoces entre los condenados bajo la brea a alguno que tenga origen italiano?

Y él respondió:

—Hace poco me aparté de uno que era de un país cercano a Italia: ¡y ojalá siguiera con él cubierto de brea, pues no habría de temer ni a garras ni a garfios!

En ese momento dijo Libicoco:

—¡Demasiada paciencia hemos tenido!

Y le ensartó de tal modo el brazo con su garfio que, desgarrándoselo, le arrancó un jirón. También Draguinazo quiso herirle alcanzándole esta vez en las piernas; ante lo cual su decurión se giró en derredor con aire amenazante.

Cuando los diablos se hubieron calmado un poco, Virgilio preguntó sin vacilar al condenado, que seguía mirándose la herida:

—¿Quién es, pues, el pecador del que te alejaste para venir a la orilla?

Respondió:

—Aquel fray Gomita de Gallura, receptáculo de todo fraude, que tuvo en su poder a los enemigos de su señor y de tal modo se portó con ellos que aún gratitud le profesan. Tomó su dinero y los dejó ir, explica, con un procedimiento sumario; e incluso en otros encargos fue altísimo corrupto.

E Cirïatto, a cui di bocca uscia d'ogne parte una sanna come
   a porco...
Y Ciriato, cuyos colmillos sobresalían cual los de un jabalí
   a ambos lados de la boca...

Demonios, Andrea de Bonaiuto (1365). Detalle de los frescos del Cappellone degli Spagnoli de Santa Maria Novella, Florencia.

Conversa con él el señor Michele Zanche, de Logodoro, y sus lenguas no se cansan de hablar de Cerdeña. ¡Ay de mí!, ¿ves cómo enseña los dientes el diablo? Yo seguiría hablando, pero temo que se disponga a rascarme la tiña.

El gran comandante de los diablos, volviéndose hacia Farfarel, que abría los ojos como platos aprestándose el ataque, le espetó:

—¡Apártate, malvado pajarraco!

—Si queréis ver u oír —prosiguió temeroso el condenado— a toscanos o italianos del norte, los mandaré llamar; mas que los Malasgarras se aparten un poco para que los condenados no teman sus desquites; y yo solo, desde este mismo sitio, llamaré con un silbido a siete de mis compañeros de infortunio, como es costumbre entre nosotros cuando alguien saca la cabeza de la brea.

Al oír estas palabras, Cañazo levantó el morro, meneando la cabeza, y exclamó:

—¡Oíd qué astucia ha ingeniado para volver a hundirse en el foso!

Repuso el pecador, que no andaba escaso de recursos:

—En verdad voy sobrado de astucia, puesto que con mi malicia procuro a mis compañeros mayor tormento.

Incapaz de resistirse al desafío, Alequino, desoyendo la opinión de los otros diablos, le dijo al navarro:

—Si te arrojas al foso, no iré tras de ti al galope, sino volando sobre la brea: ¡dejemos el borde de la margen y escondámonos detrás para ver si tú solo eres más ágil que todos nosotros!

Lector, oirás hablar aquí de un juego extraño: todos los diablos se volvieron hacia el otro lado de la margen, empezando por el que antes se había mostrado más reacio. El navarro aprovechó el momento favorable; clavó en el suelo las plantas de los pies y, en un segundo, de un salto se liberó del que mandaba.

Ante lo cual se arrepintieron todos los demonios, y especialmente Alequino, que había sido la causa del error; por lo que se abalanzó gritando:

—¡Ya te tengo!

Pero de poco le sirvió, pues sus alas no pudieron vencer al miedo: el corrupto se sumergió en la brea, y Alequino enderezó el pecho hacia lo alto, volando como cuando el ánade se zambulle de repente al ver acercarse al halcón y este reemprende el vuelo irritado y vencido.

Calcabrino, enfurecido por la burla sufrida, voló tras él, incitado por el hecho de que el navarro, al salvarse, le brindaba la oportunidad de pelear; y apenas hubo desaparecido el corrupto, volvió sus garras hacia el otro diablo, y se enzarzó con él por encima del foso.

Pero el otro resultó ser también un combativo gavilán, y juntos cayeron en el hirviente pantano. El calor los separó en seguida, pero no había forma de salir de allí: hasta tal punto se habían impregnado de brea sus alas.

Humillado junto con sus diablos, Barbarrecia hizo volar a cuatro de ellos desde el alto borde con todos sus garfios, y estos descendieron con presteza, disponiéndose a ambos lados en los lugares asignados: luego tendieron los garfios a los dos empantanados, que se cocían ya en la capa de brea; y en aquel aprieto los dejamos Virgilio y yo.

CANTO 23

DANTE Y VIRGILIO HUYEN DEL ATAQUE DE LOS DIABLOS. ENCUENTRO CON UNA MACABRA COMITIVA DE PENADOS.

Silenciosos, solos, y ya sin la escolta de los Malasgarras, caminábamos el uno detrás del otro, como van los frailes menores por la calle. A causa de la reyerta presenciada mi mente había evocado una fábula de Esopo en la que se habla de la rana y el ratón, pues no es mayor la afinidad entre «ahora mismo» y «al instante» que la que existe entre la fábula y la riña si se comparan con atención su principio y su final.

Y como un pensamiento brota súbitamente de otro, así surgió del mío otra consideración que redobló el temor que ya sentía cuando la escolta de diablos me fue impuesta. Pensaba: «Estos han sido burlados por nuestra causa con tal perjuicio y befa que sin duda se irritarán sobremanera. Si su ira se añade a su maldad, vendrán tras nosotros más enfurecidos que el perro con la liebre a la que está a punto de hincar el diente».

Ya sentía que se me erizaban todos los pelos de miedo, y estaba atento a lo que ocurría detrás de nosotros; de modo que le dije a mi maestro:

—Si no nos apresuramos a escondernos, temo la reacción de los Malasgarras; ¡ya los tenemos detrás, y a fuerza de imaginármelos casi puedo oírlos venir!

Y Virgilio me respondió:

—Si yo fuera un espejo, no verías en mí tu imagen tan pronto como veo yo en tu interior. En este instante tus pensamientos se unen a los míos, manifestándose también de manera similar, de tal modo que me han impulsado a una sola decisión. Si la pendiente a la derecha no es tan empinada como para que nos permita descender a la siguiente fosa, escaparemos de la persecución que hemos previsto.

Ni siquiera había terminado de contarme su idea cuando vi que los demonios se acercaban, con las alas extendidas, ya no muy lejos y con la intención de atraparnos. Virgilio me agarró de inmediato, como una madre que, despertada por los gritos de alarma y viendo arder las llamas cerca de ella, toma a su hijo y huye sin detenerse, prestándole más atención a él que a sí misma, hasta el punto de que ni siquiera se detiene lo bastante para ponerse una camisa. Así Virgilio se dejó caer de espaldas desde lo alto del borde rocoso por la pendiente que cerraba uno de los lados de la sexta fosa.

Jamás corrió tan veloz el agua por el canal que hace girar las ruedas de un molino en tierra firme, allí donde más se acerca a sus aspas, como descendió mi maestro la pendiente, llevándome en su pecho como si fuese un hijo suyo, y no su compañero.

Apenas habían tocado sus pies el suelo del fondo cuando los diablos llegaron al paso que se alzaba sobre nosotros; pero no había nada que temer, pues la divina Providencia, que los había puesto a guardar la quinta fosa, los había privado a todos de la facultad de alejarse de ella.

Allí abajo encontramos a un grupo de almas que, vestidas con capas de oro, caminaban en derredor con pasos muy lentos, llorando y a todas luces vencidas por la fatiga. Las capas llevaban capuchas caladas hasta los ojos, hechas a la manera de las que se hacen en Cluny para los monjes. Y eran por fuera tan doradas que deslumbraban; mas por dentro eran todas de plomo, y tan pesadas que, en comparación, aquellas con las que Federico II castigaba a los reos de lesa majestad parecían de paja.

¡Oh, manto, cuán eterna fatiga procuras! Virgilio y yo nos dirigimos más hacia la izquierda, siguiendo su camino y prestando atención a sus lamentos; pero aquellas almas extenuadas por el peso avanzaban tan despacio que a cada paso que dábamos nos flanqueaba otro grupo de condenados.

Entonces le pedí a Virgilio:

—Mira de encontrar a alguien a quien se conozca por sus obras o por su nombre observando en derredor mientras caminas.

Un espíritu que me oyó hablar en toscano gritó detrás de nosotros:

—¡Detén tus pies, en vez de correr así por el aire sombrío!; tal vez puedas obtener de mí lo que pides.

Entonces mi guía se volvió hacia mí y me dijo:

—Aguarda, y luego sigue adelante, acompasando tu paso al suyo.

Me detuve, y vi a dos almas cuya expresión mostraba una gran premura por venir hacia mí; pero las retrasaban el peso y lo angosto del camino. Cuando me alcanzaron, me escrutaron durante largo rato, con los ojos entornados, sin decir palabra; luego se volvieron el uno hacia el otro diciendo:

—Este parece estar vivo por la forma en que mueve la garganta; pero, si están muertos, ¿por qué privilegio caminan sin cargar con la pesada capa?

Entonces me dijeron:

—¡Oh, toscano, que hasta aquí has llegado, al lugar donde se reúnen los desdichados hipócritas, no desdeñes decirnos quién eres!

A lo que respondí:

—Nací y crecí a orillas del hermoso río Arno, en la gran Florencia, y aquí todavía conservo mi cuerpo. Pero ¿quiénes sois vosotros, a quien el dolor exprime, como veo, tantas lágrimas que corren por vuestras mejillas? ¿Y qué pena es la vuestra, oculta bajo tanto centelleo?.

Uno de ellos me respondió:

—Las capuchas doradas son de tan grueso plomo que su peso nos hace gemir de modo similar a como chirrían las balanzas bajo una carga excesiva. Fuimos en vida frailes gaudentes boloñeses, yo Catalano y él Loderingo, elegidos ambos en tu ciudad para el cargo de regidor, que normalmente se confía a un solo hombre, a fin de mantener la paz; nuestro comportamiento fue tal que el resultado aún puede verse en el barrio del Gardingo.

Empecé a hablar:

—Frailes, vuestros males...

Pero no dije más, pues mi vista se detuvo en un condenado crucificado en el suelo con tres estacas. Al verme se retorció entero, resoplando y suspirando bajo la barba; y fray Catalano, percatándose de ello, me dijo:

—Ese así clavado al que miras sugirió a los fariseos que era más conveniente someter al martirio a un solo hombre que a todo el pueblo judío. Está, como ves, atravesado en el camino, y ha de sentir el peso de todo el que pasa. Del mismo modo sufren en esta fosa su suegro Anás y los otros fariseos presentes en aquel concilio en el que se originó la ruina de Jerusalén.

Entonces vi asombrarse a Virgilio al ver a Caifás, tendido tan vilmente en la cruz en el eterno destierro del bien. Luego le dirigió esta petición al fraile:

—Si te está permitido, dinos si hay algún paso en el borde derecho de la fosa por el que podamos salir de aquí sin requerir la ayuda de los diablos.

Contestó el fraile:

—Más cerca de lo que esperas hay un puente que, partiendo del muro exterior de Malasbolsas, une todas esas horribles fosas, salvo esta, que no franquea porque aquí está derrumbado; podéis subir por los restos del derrumbe, que se apoyan en la margen formando una pendiente poco pronunciada, y se amontonan en el fondo.

Virgilio se quedó algo cabizbajo; luego dijo:

—Me había explicado el asunto de manera muy distinta el diablo que ensarta a los pecadores en la quinta fosa.

El fraile replicó:

—He oído hablar, en las escuelas de Bolonia, de los muchos vicios del diablo, y entre ellos que es embustero y padre de la mentira.

Tras oír estas palabras, mi guía partió a grandes zancadas, visiblemente irritado; así que me alejé de los condenados oprimidos por las capas, siguiendo las huellas de sus preciados pies.

CANTO 24

DIFICULTOSO ASCENSO POR UNA PENDIENTE ROCOSA. MULTITUD DE REPTILES VENENOSOS.

En la primera parte del año, cuando el Sol templa sus rayos bajo el signo de Acuario y las noches empiezan ya a acortarse para llegar a la mitad del día solar, y la escarcha en la tierra reproduce el aspecto de su blanca hermana la nieve, mas la tinta de su pluma apenas dura, pues la escarcha se derrite pronto; en esa estación el campesino, al que falta el alimento, se levanta y mira, y ve que el campo todo él blanquea; entonces se golpea la cadera con desaliento, vuelve a entrar en casa y anda gimoteando de un lado a otro, pues el pobre no sabe qué hacer; pero vuelve a salir luego, y, al ver que la tierra ha cambiado de aspecto, en breve tiempo recobra la esperanza: entonces coge su bastón y saca a pastar a las ovejas.

Del mismo modo quedé yo consternado al ver a mi maestro con tan turbada expresión; mas con igual presteza vino para el mal un remedio, pues apenas llegamos al derruido puente se volvió hacia mí con la misma expresión afectuosa que por primera vez le había visto en el oscuro bosque al pie de la colina.

Tras observar bien el derrumbe y considerar para sí lo que más convenía hacer, abrió los brazos y me asió, ofreciéndome su apoyo. Y como hace aquel que obra y al mismo tiempo piensa y evalúa lo que debe hacer después, de modo que parece prever siempre de antemano lo que viene, así Virgilio, ayudándome a subir a lo alto de una peña, evaluaba ya otra roca, diciendo:

—Agárrate a esa: pero prueba primero si te aguanta.

No era ciertamente un camino adecuado para ropajes con grandes capas, pues nosotros, Virgilio siempre ligero, y yo empujado por él, a duras penas podíamos subir de un saliente a otro; y de no ser porque en aquella margen, más que en la otra, la pendiente era corta, no sé Virgilio, pero yo sin duda habría desistido.

Pero como toda la extensión de Malasbolsas se inclina hacia la abertura del pozo que está más abajo, la posición de cada fosa exige que la margen exterior sea más alta y la interior más baja. Al fin llegamos a lo alto de la margen de la que sobresalía la última roca del derrumbe.

Había agotado hasta tal punto el aliento en los pulmones que cuando llegué arriba ya no podía más; de hecho, apenas hube llegado me senté. El maestro me dijo:

—Ahora es necesario que te despojes de toda pereza, pues recostándose entre plumas u holgazaneando en el lecho no se alcanza la fama, y quien pasa su vida sin ella deja de sí la misma huella en el mundo que el humo en el aire o la espuma en el agua.

»Levántate, pues, vence la angustia con la fuerza del ánimo, que es tal que supera todo obstáculo si no se deja abatir por el peso del cuerpo. Es necesario subir una escala mucho más larga; no basta con haberse alejado de los hipócritas. Si sabes comprender el sentido profundo de mis palabras, que mi admonición te dé fuerzas.

Entonces me levanté, mostrando más ahínco del que en verdad sentía, y dije:

—Prosigue, pues, que vuelvo a ser fuerte y audaz.

Reanudamos la marcha por el puente erizado de rocas, estrecho e incómodo, y mucho más empinado que el anterior.

Mientras avanzaba, yo hablaba para no parecer cansado; y he aquí que de la otra fosa llegó una voz incapaz de articular sonidos para formar palabras comprensibles. No sé qué decía, aunque para entonces ya me hallaba en lo más alto del puente que en aquel punto cruzaba la fosa; aun así, estaba claro que el que hablaba caminaba al mismo tiempo.

Yo miraba hacia abajo, mas mis ojos, aunque atentos, no podían llegar hasta el fondo a causa de la oscuridad; pedí entonces:

—Maestro, trata de llegar a la otra margen para hallarnos por debajo de la altura que esta tiene, porque desde aquí oigo algo pero sin entender bien lo que oigo y miro hacia abajo sin discernir nada.

Virgilio me dijo entonces:

—No te daré otra respuesta sino el obrar, pues a una petición justa debe responderse con hechos y no con palabras.

Descendimos por el puente por el extremo donde se unía a la margen de la octava fosa, y la séptima se reveló entonces a mi vista; y dentro vi una terrible multitud de serpientes, tan monstruosas que con solo pensar en ellas todavía se me altera la sangre.

Que Libia no se ufane ya de su desierto, pues aunque cría sierpes como las quelidras, yáculos, faras, cencros o anfisbenas, ni aun junto con toda Etiopía y el desierto de Arabia, que al mar Rojo se asoma, podría exhibir jamás tal número de pestilentes y venenosas criaturas.

Entre esta cruel y tan peligrosa cantidad de serpientes corrían almas desnudas y asustadas, sin esperanza de poder salvarse encontrando un escondrijo o haciéndose invisibles. Las serpientes les mantenían atadas las manos a la espalda, y extendían sus cabezas y colas por sus riñones, anudándose en el vientre.

Y he aquí que, de repente, sobre un condenado que estaba en nuestra parte de la margen se abalanzó una serpiente y le mordió la nuca. No se escribió jamás una «o» o una «i» con tal presteza cual él se prendió fuego y se quemó, cayendo al suelo fulminado.

Y tras caer así pulverizado en tierra, las cenizas se recogieron por sí solas y con igual presteza retomaron la forma de aquel hombre: así atestiguan los grandes sabios que muere y renace el fénix, al cabo de quinientos años; mientras vive no se alimenta ni de hierbas ni de forraje, sino tan solo de gotas de incienso y de amomo, y el nido que construye para ir a morir en él es de nardo y mirra.

Como aquel que cae sin saber por qué, ya sea por la acción de un demonio que lo arrastra al suelo o por una arteria obstruida que le priva del sentido, y al levantarse de nuevo mira en derredor todo confuso por el gran dolor sufrido, y mientras mira jadea, así hizo el pecador apenas volvió a alzarse. ¡Cuán severo es el justo poder de Dios, que tales castigos lanza con violencia!

Virgilio le preguntó quién era, y él respondió:

—Caí en esta fiera fosa desde la Toscana no hace mucho. Disfruté de una vida bestial, y no humana, como el bastardo que fui; soy Vanni Fucci, conocido como Bestia, y Pistoya fue digna guarida para mí.

Yo me dirigí a Virgilio:

—Dile que no huya, y pregúntale qué culpa le ha arrojado aquí abajo, pues yo le conocí por pendenciero y homicida.

El pecador, que había oído mis palabras, no vaciló; antes volvió hacia mí su rostro y su atención, enrojeciendo de airada vergüenza; luego me dijo:

—Más me quema ser descubierto en esta miseria en que me ves que estar muerto. No puedo sino responder a lo que me preguntas: he caído tan bajo porque robé el tesoro de la sacristía de Pistoya, y ese robo se atribuyó erróneamente a otros. Mas para que no te regocijes ante tal visión, si alguna vez sales de las tinieblas infernales, escucha mi profecía: «Pistoya será despoblada primero por los güelfos negros; luego le tocará a Florencia cambiar de gobierno e invertir a la suerte de cada bando».

»Marte sacará del valle del Magra un rayo envuelto en densas nubes de tormenta, y con áspera y violenta tempestad se luchará entre aquella zona y Campo Piceno; pero al final, con su poder, el rayo romperá las nubes para así causar daño a todo güelfo blanco. ¡Y te digo todo esto para hacerte sufrir!

CANTO 25

UNA SERPIENTE DE SEIS PATAS. METAMORFOSIS DE HUMANOS EN REPTILES.

Cuando terminó de hablar, aquel ladrón dirigió las manos hacia el cielo, haciendo con ambas gestos obscenos, y gritando a Dios:

—¡Toma, a ti te lo dedico!

Desde ese momento fui amigo de las sierpes, pues una de ellas se le enroscó en el cuello como diciendo: «¡No quiero que sigas perorando!»; otra hizo lo propio con sus brazos, y esta última lo sujetó de nuevo, estrechándolo por delante de tal modo que el condenado no podía ya mover sus miembros.

¡Ay, Pistoya, Pistoya!, ¿por qué no decides incinerarte para dejar de existir, puesto que superas en malas acciones a tus progenitores? En todos los tenebrosos círculos del Infierno no había visto todavía un espíritu tan altivo hacia Dios, ni siquiera Capaneo, que había ya caído fulminado desde los muros de Tebas.

Vanni Fucci huyó sin decir una palabra más, y vi llegar entonces a un centauro henchido de rabia, que decía:

—¿Dónde está, dónde está ese impío?

...le mani alzò con amendue le fiche...
...haciendo con ambas manos gestos obscenos...
L.O.V.E. (Libertà, Odio, Vendetta, Eternità), escultura de Maurizio Cattelan (2010), situada frente a la Bolsa de Milán.

LA HIGA
Este gesto despectivo, que consistía en asomar el dedo pulgar entre el anular y el índice, tiene un origen muy remoto. Presente en el Imperio romano, el Antiguo Egipto, Oriente Medio, Turquía e incluso en países eslavos, también tuvo una vertiente como símbolo religioso. Se confeccionaban amuletos —de azabache o coral— con reproducciones en miniatura del gesto para colgar del cuello de los niños con el propósito de ahuyentar el mal de ojo. En el *Quijote* aparece más de una vez. Por ejemplo en el cap. 31 de la *Segunda parte*: «—Hermano, si sois juglar —replicó la dueña—, guardad vuestras gracias para donde lo parezcan y se os paguen, que de mí no podréis llevar sino una higa».

No creo que haya en la Maremma tantas culebras como llevaba el centauro en la espalda hasta donde comenzaba su figura humana. Sobre los hombros, tras la nuca, tenía un dragón con las alas extendidas, que atacaba con las llamas que echaba por la boca a todo aquel con quien se tropezaba.

Mi maestro me explicó:

—Es Caco, que bajo las rocas del monte Aventino perpetró a menudo sangrientas matanzas. No va con los demás centauros a causa del robo fraudulento de los rebaños de Hércules, que allí cerca se había detenido; desde entonces cesaron sus malvados actos por los golpes de clava del propio Hércules, que pudo haberle dado hasta ciento, pero con menos de diez lo había ya matado.

Mientras así hablaba Virgilio, Caco siguió adelante, y llegaron tres espíritus por debajo de nosotros; no advertimos su presencia hasta que gritaron:

—¿Quiénes sois?

Así se interrumpió nuestra conversación, y desde aquel momento solo nos interesamos por ellos.

Yo no los había reconocido, pero sucedió, como a veces ocurre por azar, que uno tuvo que nombrar al otro, preguntándole:

—¿Dónde has estado, Cianfa Donati?

Así que, para que Virgilio estuviera atento, le hice señas de que guardara silencio llevándome el dedo a la boca.

No me sorprendería, lector, que te resistieras a creer lo que voy a decirte ahora, pues apenas me permito creerlo yo mismo, aunque lo he visto. Mientras hacia ellos dirigía mi mirada, he aquí que una serpiente con seis patas se abalanzó sobre uno de los espíritus, aferrándose a él por completo.

Con las patas de en medio le sujetó el vientre, y con las delanteras los brazos; luego le mordió en ambas mejillas, estiró las patas traseras a lo largo de los muslos y metió la cola entre ellos, recogiéndola por detrás de los riñones.

Nunca la hiedra se ha aferrado a un árbol como aquel horrible animal al enroscar sus miembros en los del espíritu. Después los dos cuerpos se pegaron, como si de cera fundida estuvieran hechos, y mezclaron sus colores: ninguno de ellos se parecía a lo que había sido, como cuando, antes de quemarse, el papel se va haciendo poco a poco más marrón: sin carbonizarse aún, mas habiendo ya dejado de ser blanco.

Los otros dos condenados le observaban, y ambos le gritaban:

—¡Oh, Agnolo, cómo te transformas! Ya no eres ni dos ni uno.

Las dos cabezas se habían convertido en una sola cuando aparecieron dos figuras fundidas en un único rostro, ya sin verdadera apariencia ni de hombre ni de serpiente.

De cuatro extremidades se formaron dos brazos; los muslos, con las piernas, vientre y pecho, se convirtieron en miembros de una hechura nunca vista. Todo aspecto preexistente se había borrado ahora: aquella imagen deforme parecía tener a la vez dos naturalezas y ninguna; y así la criatura partió con paso lento.

Una pequeña serpiente que escupía fuego, sañuda y negra como un grano de pimienta, se acercó a los vientres de los otros dos condenados veloz como la lagartija que, bajo el azote de los rayos del sol durante la canícula, atraviesa el camino como un rayo para cambiar de seto; y traspasó el ombligo a uno de ellos; luego cayó allí mismo ante él.

El condenado traspasado de tal modo la miró, pero nada dijo; antes bien, inmóvil, bostezaba como si le acometieran el sueño o la fiebre. Él miraba a la sierpe, y esta a él; el espíritu emitía un denso humo por la herida, mientras la serpiente hacía lo propio por la boca, y luego las dos nubes de humo se fundían en una sola.

Bien puede callar Lucano lo que relata de los desdichados Sabelo y Nasidio, y escuchar en cambio lo que sale de mi ingenio. Y puede callar Ovidio lo de Cadmo y Aretusa: si en su poema hace transformarse a esta en manantial y a aquel en serpiente, en nada envidio su arte, pues nunca hizo transformarse dos naturalezas distintas a la vez, de modo que ambas esencias se aprestaran a cambiar su propia forma.

Y en esa transformación se correspondieron ambos de tan precisa forma que la cola de la serpiente se partió en dos como una horca, y el espíritu herido unió sus pies en uno solo. Los muslos con las piernas se pegaron entre sí de tal modo que en poco tiempo la unión de las extremidades desapareció de la vista.

La cola partida en dos tomaba la forma de las piernas, que en cambio desaparecían en el hombre, y la piel de la serpiente se ablandaba mientras se endurecía la humana. Vi retraerse los brazos en las axilas, y alargarse los dos pies de la serpiente, antes breves, cuanto más aquellos se acortaban. Luego las patas traseras de la sierpe, entrelazándose, se transformaron en miembro viril, mientras el condenado había convertido el suyo en dos serpentinas extremidades.

Mientras el humo teñía con un nuevo matiz a ambas criaturas, y hacía brotar humano vello en la serpiente, quitándoselo al hombre, esta se puso en pie y el segundo cayó al suelo; y durante sus metamorfosis no dejaron ambos de mirarse fijamente con los ojos de los que emanaba aquel maligno encanto.

Al espíritu que se había puesto en pie se le retiró el hocico de serpiente hacia las sienes, y de la materia sobrante se le formaron orejas en las mejillas, hasta entonces de ellas desprovistas; la parte que no retrocedió de aquel exceso permaneció en el rostro, formando la nariz a la vez que lo engrosaba.

El hombre caído y convertido en sierpe echó adelante el hocico y retiró las orejas de la testa como hace el caracol con sus cuernos; la lengua, hasta entonces entera y presta al habla, se partió en dos, mientras en el otro espíritu las dos partes de la lengua antes bifurcada se unían en una sola. En ese punto cesó el humo. El alma convertida en serpiente huyó silbando por la fosa, y el otro nuevo personaje fue escupiendo tras ella.

Luego este último volvió a su compañero su recién formada espalda, y le dijo al tercer espíritu que allí quedaba:

—Quiero ver correr a Buoso reptando, como antes he hecho yo, por esa calle.

Así vi transformarse una y otra vez a la escoria de la séptima fosa; y pido que se me perdone si la descripción es algo aproximada, debido a lo excepcional del caso.

Y aunque mi mirada estaba confusa, y mi mente desconcertada, no me pasaron tan desapercibidos los dos espíritus restantes como para que no pudiera discernir bien a Puccio Sciancato, el único de los tres personajes inicialmente llegados que no había sufrido transformación alguna; el otro era aquel Francesco dei Cavalcanti de quien los habitantes de Gaville aún se lamentan.

CANTO 26

PECADORES ENVUELTOS EN LLAMAS ANDANTES CUENTAN SUS PECADOS.

¡Regocíjate, Florencia, pues eres tan grande que por tu fama vuelas por mares y tierras, y tu nombre se difunde hasta en el Infierno! Entre los ladrones encontré a cinco de tus ciudadanos tales que me avergüenzan, y sin duda tampoco tú tienes grandes motivos para honrarles.

Pero si los sueños que se tienen al inicio de la mañana son veraces, sentirás de aquí a poco el efecto de lo que Prato y otras ciudades tanto ansían para ti. ¡Ojalá hubiera sucedido ya, dado que debe ocurrir!: nunca será demasiado pronto, pues cuanto más tarde acontezca más viejo y débil habré de afrontar el golpe.

Virgilio y yo nos alejamos de allí, y al ascender me llevó por la misma escalera natural que nos habían ofrecido los salientes cuando habíamos descendido antes; y continuando por aquel camino solitario, entre los picos y peñascos del puente, no podía el pie valerse sin la ayuda de la mano.

Me afligí entonces, y aún me aflijo ahora, cuando pienso en lo que vi, y refreno mi ingenio más de lo que acostumbro para evitar que deje de guiarle la virtud, de tal modo que, abusando de él, no se vuelva en perjuicio mío el bien del intelecto que los astros de mi nacimiento o Dios me han concedido.

Cuantas son las luciérnagas que ve el campesino, desde la colina donde mora hasta la llanura donde ara y cosecha, en la época del año en que el Sol, el astro que ilumina el mundo, es más visible para los hombres (es decir, en verano), y en el momento del día en que los mosquitos sustituyen a las moscas (es decir, al atardecer), tantas eran las llamas que vi resplandecer en el fondo de la octava fosa cuando llegué al punto desde donde podía observarse.

Y tal como Eliseo, el profeta vengado por la intervención de dos osos, vio alejarse el carro de fuego que arrebataba a Elías, tirado por caballos que se elevaban hacia el cielo tan arriba que no podía seguirlos con la mirada y, sin distinguir ya los detalles, vislumbraba solo una llama que como nube ascendía, así también se movía cada llamita en el fondo de la fosa, encerrando a un pecador y ocultándolo de la vista.

Me hallaba yo erguido sobre el puente, tan asomado para ver mejor que de no haberme agarrado a una roca saliente habría caído abajo aun sin que nadie me empujara. Y Virgilio, que tan absorto me vio, me dijo:

—Las almas están encerradas dentro de los fuegos que las envuelven como una faja.

Y yo le dije a mi vez:

—Maestro, tus palabras confirman lo que ya había imaginado; y quería preguntarte: ¿quién está encerrado en esa llama que se acerca, y cuyo extremo se divide en dos, como el de la hoguera donde se quemaron los cuerpos de Eteocles y Polinices?

Me respondió:

—Ahí dentro son castigados Ulises y Diomedes; juntos sufren su justa pena tal como juntos se mancillaron con la culpa por la que incurrieron en la ira divina. Dentro de la llama se llora la emboscada del caballo de madera, que fue la causa por la que de los troyanos exiliados nació la noble estirpe de los romanos. Ahí dentro se llora la astucia por la que, aun después de muerta, Deidamía sigue lamentando el abandono de Aquiles, y con el suplicio se purga la pena del robo del Paladio.

Le pedí entonces:

—Si pueden hablar desde dentro de las llamas, te ruego y te vuelvo a rogar, y valga mi ruego por mil: no me prohíbas que espere a que aquí llegue la llama de dos puntas; ¡mira que es tal el deseo de encontrarme con ella que incluso me hace asomarme para verla mejor!

Y él me respondió:

—Tu petición es digna de gran alabanza, y por ello la acepto; pero abstente de hablar; deja que sea yo quien lo haga, pues ya he comprendido lo que deseas saber. Pues ellos, griegos como fueron, se mostrarían desdeñosos de hablar contigo.

Después de que la llama hubo llegado hasta nosotros, en el momento y lugar que parecieron oportunos a mi guía, oí hablar a Virgilio en estos términos:

—¡Oh, vosotros que sois dos en una misma llama, si algún mérito he adquirido entre vosotros, sea grande o pequeño, al eternizaros en mi obra de elevado estilo, no os mováis, sino que uno de vosotros diga dónde fue a terminar su aventurada vida!

La mayor de las dos puntas de aquella llama ancestral empezó a agitarse, murmurando, como sacudida por el viento. Entonces, moviendo aquí y allá la parte superior, tal como hace la lengua al hablar, emitió una voz que dijo:

—Cuando me alejé de Circe, que me había retenido durante más de un año cerca de Gaeta —antes de que ese promontorio fuera así bautizado por Eneas—, nada hubo, ni la ternura por mi hijo, ni el afecto por mi anciano padre, ni el obligado amor que habría debido regocijar a Penélope, que pudiera vencer mi ardiente deseo de conocer el mundo, los vicios y las virtudes humanas.

»Salí, pues, a mar abierto con una sola nave, y con aquella reducida compañía que nunca me había abandonado. Vi las dos orillas del Mediterráneo hasta España, Marruecos y Cerdeña, así como las otras tierras que baña ese mar.

»Mis compañeros y yo éramos ya viejos y torpes cuando llegamos a aquel estrecho donde Hércules marcó los límites para que nadie se aventurara más allá: a mi derecha estaba Sevilla; a mi izquierda había pasado ya Ceuta.

»"Hermanos —dije entonces a mis compañeros—, que habéis alcanzado el extremo confín occidental atravesando infinitos peligros, no queráis ahora negar a lo poco que nos queda ya de vida sensible la experiencia del otro hemisferio deshabitado. Considerad que sois hombres: no habéis sido creados para vivir como animales, sino para perseguir la virtud y el conocimiento". Con este breve discurso hice que mis compañeros se entusiasmaran tanto con la idea del viaje que luego a duras penas habría podido retenerlos; y, volviendo la popa hacia el este, echamos mano a los remos para emprender aquel vuelo temerario, avanzando siempre a la izquierda.

»La noche nos mostraba ya todas las estrellas del polo sur, mientras que las del norte se hallaban ahora tan bajas que no asomaban sobre el horizonte. Desde que iniciamos la ardua empresa, se había iluminado cinco veces, y otras tantas se había oscurecido, la cara de la Luna que mira siempre hacia la Tierra, cuando vimos aparecer ante nosotros una montaña, difusa por la distancia, y tan alta como jamás ninguna había visto.

»Nos regocijamos al instante, pero pronto la alegría se transformó en tristeza, pues de aquella ignota tierra surgió un torbellino que alcanzó el extremo de la proa. Tres veces hizo girar la nave en un remolino de agua; a la cuarta levantó la popa e hizo volcar la proa, pues plugo a Dios que así fuera; y al fin el mar se volvió a cerrar sobre nosotros.

CANTO 27

TAMBIÉN AQUELLOS QUE FUERON MALOS CONSEJEROS ESTÁN ENCERRADOS DENTRO DEL FUEGO.

La llama ya se había enderezado y detenido sin seguir hablando, y ya se alejaba de nosotros con el permiso de Virgilio cuando otra llama, que venía tras ella, nos hizo volver la vista hacia su extremo por el confuso sonido que emitía.

Como aquel buey siciliano que mugió por vez primera —y eso fue justo— gracias a los lamentos de Perilo, que lo había forjado con su arte, y de tal modo lo hacía, deformando la voz de su torturado hacedor, que aunque el buey era de cobre parecía sufrir de veras, así también las dolientes palabras del condenado se convertían en el lenguaje de la llama que lo envolvía por no hallar al principio ninguna abertura a través del fuego.

Pero luego que las palabras hallaron modo de salir por el extremo, imprimiéndoles la misma vibración que les diera la lengua al pronunciarlas, oímos decir:

—¡Oh, tú, a quien me dirijo!, que has hablado en un dialecto del norte, diciéndole a Ulises: «Ahora vete, no te insto a que hables más»; aunque he llegado tarde, no te importe detenerte a hablar conmigo: ¡mira que no me importa a mí, que estoy ardiendo! Si te has precipitado justo ahora en este mundo tenebroso desde la dulce tierra donde se originó todo el peso de mi culpa, dime si está la Romaña en paz o en guerra; pues yo nací en los montes entre Urbino y el desfiladero del que brota el Tíber.

EL TORO DE SICILIA

El toro de Sicilia consistía en un instrumento de tortura ideado por el escultor ateniense Perilo (VI a. C.), como obsequio para ganar el favor de Fálaris, tirano de Agrigento. Los condenados a muerte se colocaban dentro de una estatua hueca de bronce con forma de toro. A continuación se encendía una hoguera en su parte inferior. El vapor del interior salía a través de una especie de flautas colocadas en el hocico de la figura, como la válvula de una olla a presión, imitando así el mugido de un toro. Fáralis, para probar el artilugio, ordenó que el propio constructor de la obra, Perilo, fuera la primera víctima.

Observaba yo atento, inclinando el rostro, cuando Virgilio me tocó en el costado y me dijo:

—Ahora habla tú, que esto es italiano.

Y yo, que ya tenía presta mi respuesta, empecé a hablar sin más demora:

—¡Oh, alma escondida ahí abajo en el fuego!, tu Romaña no está, ni ha estado nunca, privada de conflicto en la intención de sus señores; mas en el momento de mi partida no había guerra alguna declarada.

»Rávena lleva muchos años bajo su habitual gobierno; el águila, blasón de los señores de Polenta, la cubre con sus alas, que alcanzan también a Cervia. Forlì, que sufrió un largo asedio y causó estragos entre los soldados franceses, se encuentra bajo los Ordelaffi, cuyo emblema exhibe las garras del león verde. Malatesta y Malatestino da Verrucchio, el mastín viejo y el joven que atormentaron a Montagna dei Parcitati, siguen clavando sus dientes en Rímini, donde de costumbre ejercen su dominio.

»Faenza, a orillas del Lamone, e Imola, cerca del Santerno, están dominadas por Maghinardo Pagani, que tiene como emblema un león sobre campo blanco, y con cada estación muda de facción política. Y Cesena, bañada por el Savio, tal como se halla entre la llanura y la montaña, así mismo se debate entre el señorío y el libre gobierno.

»Mas ahora, te lo ruego, hazme saber quién eres: no seas más renuente de cuanto yo he sido para que tu fama se renueve en la tierra.

Después de que el fuego hubo rugido según su costumbre, agitó su afilado extremo a uno y otro lado, y luego habló, diciendo:

—Si creyera responder a uno que pudiera retornar entre los vivos, esta llama quedaría quieta, sin emitir ya sonido alguno. Pero como nadie ha regresado jamás con vida de este abismo infernal, si es cierto lo que yo sé, te responderé sin temor de atraer sobre mí la infamia. En otro tiempo fui Guido da Montefeltro, guerrero y después fraile franciscano: ciñéndome aquel cordón creí redimir mis culpas; y sin duda mi esperanza se habría cumplido de no haber sido por el papa Bonifacio VIII, ¡mal rayo le parta!, que me hizo recaer en mis antiguos pecados; y quiero que sepas cómo y por qué sucedió tal cosa.

»Mientras tenía los huesos y la carne que me dio mi madre, mis obras, más que de un león, fueron propias de una zorra. Conocí todas las tretas y artimañas, y de tal modo las usé que la fama que me procuraron llegó hasta los confines de la tierra.

»Sin embargo, cuando me di cuenta de que había llegado a la vejez, la edad en la que todo el mundo debería arriar las velas y recoger las jarcias, los pecados que antes me habían dado placer empezaron a atormentar mi conciencia, y, tras haberme arrepentido y confesado, me metí a monje: y, ¡ay de mí, eso sin duda me habría servido de gran provecho, de no haber sido por lo que ahora te diré!

»El príncipe de los nuevos fariseos —puesto que libraba una guerra en la propia Roma, y no contra musulmanes o judíos, ya que sus enemigos eran todos cristianos, y ninguno de ellos había tomado parte en el victorioso sitio de San Juan de Acre, ni había ido a comerciar a los países gobernados por el sultán— no tenía consideración ni por el cargo que ocupaba ni por el cordón franciscano que empobrece a los frailes que lo ciñen.

»Y como Constantino mandó traer al papa Silvestre de la cueva del monte Soratte para que le curara la lepra, así me llamó a mí Bonifacio para curarle la fiebre de su soberbia. Me pidió consejo para ganar la guerra, pero yo guardé silencio, pues sus palabras parecían los delirios de un borracho.

»Entonces añadió: "No temas, desde ahora te absuelvo, con tal de que me aconsejes cómo se puede vencer la resistencia de la fortaleza de Palestrina. Yo tengo el poder de abrir y cerrar las puertas del Cielo, como bien sabes, gracias a esas llaves a las que renunció mi predecesor".

»Tan acreditados argumentos me llevaron a un punto en que callar me pareció lo peor, y dije: "Padre, puesto que desde ahora me absuelves del pecado en el que he de caer, te digo que prometer mucho, sin cumplir luego lo prometido, será lo que te haga triunfar en el trono pontificio".

»Cuando hube muerto, san Francisco vino a llevarse mi alma; mas uno de los demonios le dijo: "No te lo lleves al Cielo, no me hagas ese agravio: debe bajar allí, entre mis siervos, al Infierno, pues dio un consejo engañoso, y desde entonces siempre he estado presto a atraparlo. Porque no se puede absolver a quien no se arrepiente, ni uno puede arrepentirse y a la vez querer cometer un pecado por la evidente contradicción que tal cosa impide".

»¡Ay de mí!, cuán bruscamente desperté cuando el diablo me llevó consigo diciéndome: "¡Tal vez no sospechabas que yo era un maestro de la dialéctica!". Me llevó ante Minos, que enroscó ocho veces su cola en torno a su dura espalda; y se la mordió con gran rabia, diciendo: "Este va con los pecadores encerrados en el fuego que su semblante oculta"; así estoy condenado aquí donde me ves, y de fuego revestido; conforme voy andando, me corroen por dentro el dolor y la rabia.

Cuando terminó de hablar así, aquella llama se alejó entre lamentos, retorciéndose y agitando su afilado extremo. Virgilio y yo continuamos por el puente hasta llegar al siguiente, que cruza la fosa en cuyo fondo purgan su pena los que pecan sembrando la discordia.

CANTO 28

EN LA NOVENA FOSA CAMINAN LAS ALMAS CON SUS MIEMBROS MUTILADOS. UNA DE ELLAS LEVANTA CON EL BRAZO SU CABEZA SEPARADA DEL CUERPO.

¿Qué autor podría describir plenamente la sangre y las llagas que vi en la novena fosa, aunque se liberara de las ataduras de la poesía para intentar una y otra vez mejorar su relato? Cualquier discurso sería sin duda insuficiente, pues así lo imponen las limitaciones del lenguaje y la mente humana.

Si se pudiera congregar a todas las gentes que en tiempos más o menos lejanos derramaron su sangre en Apulia, tierra desventurada a causa de los descendientes de los troyanos y de la segunda guerra púnica, que en Cannas procuró a los cartagineses un rico botín de anillos de oro —según cuenta Tito Livio, historiador fidedigno—; y a todas esas gentes se unieran las que sufrieron dolorosas heridas al oponerse al normando Roberto Guiscardo; y también aquellas cuyos huesos todavía se recogen en Ceperano, donde todos los pulleses se revelaron traidores, y en Tagliacozzo, donde venció el viejo Alardo sin recurrir a las armas; y si tal multitud exhibiera entonces quien sus heridas quien sus mutilaciones, ni siquiera así podría igualarse la terrible y repulsiva condición de los condenados de la novena fosa.

Ni un tonel que haya perdido una de sus duelas, sea en medio o se haya desfondado, parece tan desvencijado como uno que vi entonces, desgarrado desde la barbilla hasta el lugar por donde los pedos se expulsan: entre las piernas le colgaban las tripas, y se le veían las entrañas y el infame saco del estómago, que convierte en mierda todo lo que se come.

Mientras yo le observaba absorto, él me miró y se abrió el pecho con las manos, diciendo:

—¡Mira cómo se me separan los miembros! ¡Mira cuán destrozado está Mahoma! Delante de mí camina Alí llorando, partido desde el mentón hasta la frente. Y todos los demás condenados que puedes ver sembraron el escándalo y la división cuando vivían, y por ello están así rasgados. Hay un diablo más atrás que a este estado nos reduce, con tal crueldad, cortando a cada uno con su espada cada vez que completa con dolor una vuelta a la fosa; por eso las heridas cicatrizan antes de que cada uno de nosotros vuelva a pasar ante él. Pero ¿quién eres tú, que te quedas fisgoneando en el puente, tal vez para retrasar el momento en que cumplas la pena según tu confesión asignada?

—Este no está muerto aún —replicó mi maestro—, ni se le ha traído aquí para purgar con tormento alguna culpa; yo, que en cambio sí estoy muerto, debo guiarlo aquí abajo en el Infierno, de círculo en círculo; y eso es tan cierto como que estoy hablando contigo.

Más de cien fueron las almas que, al oírlo, detuvieron sus pasos en la fosa para mirarme con asombro, olvidando su tormento.

—Puesto que quizá podrás volver a ver el sol en breve tiempo, dile a fray Dulcino que se pertreche de provisiones, si no quiere seguirme cuanto antes a esta fosa, de manera que el bloqueo causado por la nieve no traiga la victoria al obispo de Novara, que de otro modo no la lograría tan fácilmente.

Tales fueron las palabras que pronunció Mahoma mientras levantaba un pie para marcharse; luego, tras apoyarlo en el suelo, prosiguió su camino.

Otro condenado, al que habían horadado la garganta y cercenado hasta debajo de las cejas la nariz, y que también estaba desprovisto de una oreja, se detuvo asombrado a mirar con los demás, y, abriendo ante ellos la garganta, por todas partes brotaba sangre roja.

Me dijo entonces:

—Tú, que estás condenado sin culpa, y a quien —si no me engaña algún parecido extraordinario— creo haber visto ya en suelo italiano, acuérdate de Pier da Medicina si algún día vuelves a ver el suave valle del Po que de Vercelli a Marcabò desciende.

»Y haz saber a los dos ciudadanos más notables de Fano, Guido del Cassero y Angiolello di Carignano, que, si de veras nos es dado prever el futuro, serán arrojados de su nave frente a Cattolica en sacos lastrados con piedras, a causa de la traición de un malvado tirano.

»Ni siquiera Neptuno vio jamás en el Mediterráneo entero una maldad tan grande causada por griegos o piratas. Ese traidor de Malatestino, que ve con un solo ojo y que gobierna Rímini —ciudad que uno de mis compañeros de infortunio desearía no haber visto jamás—, hará que Guido y Angiolello vengan a hablar con él; y entonces obrará de modo tal que ya no necesiten hacer votos ni oraciones para salvarse de las tormentas causadas por el viento de Focara.

Le pregunté entonces:

—Si quieres que lleve al mundo tus noticias, señálame y muéstrame de forma clara quién es ese condenado para quien fue tan funesto haber visto Rímini.

Entonces él extendió la mano sobre la mandíbula de uno de sus compañeros de pena y le abrió la boca, gritando:

—Helo aquí, y ya no puede hablar; tras haber sido desterrado de Roma, disipó en César toda duda al afirmar que a quien está preparado para obrar siempre le perjudica retrasarse.

¡Cuán torpe me pareció Curión con la lengua cortada de su boca, él que en aquella otra ocasión hablara con tanta audacia! Y un espíritu con las dos manos cortadas, alzando los muñones al aire tenebroso de modo que su sangre le manchaba el rostro, me espetó:

—Acuérdate de Mosca dei Lamberti, quien —¡ay de mí!— dijo: «¡Lo que está hecho no se puede deshacer!»; y ese fue el origen de graves discordias en toda la Toscana.

Y yo añadí:

—Y de la ruina de tu familia.

Con lo que el condenado, sumando una aflicción a otra, se marchó fuera de sí por el sufrimiento. Yo, en cambio, me quedé mirando a la multitud de los condenados, y vi una cosa tal que me daría miedo contarla si no tuviera el apoyo de otros testimonios; pero me tranquiliza la conciencia, esa buena compañera que nos inspira valor, cuando tiene como coraza el saberse pura de toda culpa.

Vi con certeza, como si aún lo tuviera ante mis ojos, un torso que avanzaba sin cabeza con el mismo andar que el resto de los condenados, y llevaba la cabeza sujeta por los cabellos, colgando de la mano como si fuera un farol; y nos miraba mientras exclamaba:

—¡Ay de mí!

De una de sus partes hacía su propio candil, y era dos en uno y uno en dos; cómo es posible tal cosa solo lo sabe Dios,

...e 'l capo tronco tenea per le chiome...
...y llevaba la cabeza sujeta por los cabellos...

El modelo Dwight Hoogendijk en el Gucci Fashion Show de Milán, febrero de 2018. Foto de Jonas Gustavsson.

CABEZAS PARLANTES

En la historia hay múltiples ejemplos de cabezas que hablan tras ser separadas del cuerpo. En el canto X de la *Ilíada*, la cabeza de Dolón sigue hablando mientras rueda por el polvo. Otro ejemplo es el de San Juan Bautista: su cabeza recriminó a Herodes, que le mandó decapitar, el crimen cometido. También Ana Bolena, esposa de Enrique VIII de Inglaterra, habló tras ser decapitada en 1536. La hagiografía cristiana menciona a más de cincuenta santos cefalóforos, que son aquellos que, tras ser decapitados, recogen su cabeza y siguen caminando con ella en las manos, mientras entonan alabanzas a Dios. En *Las aventuras del barón de Münchhausen*, de G.A. Bürger, el protagonista visita la Luna y cuenta que sus habitantes tienen la capacidad de separar la cabeza del cuerpo.

que de ese modo administra los castigos. Cuando llegó al mismo pie del puente, el condenado levantó el brazo con toda su cabeza para hacernos llegar más de cerca sus palabras:

—Mira qué terrible pena, tú que, aún vivo, vienes a ver a los muertos; mira si hay otras penas tan grandes. Y para que puedas llevar al mundo alguna noticia mía, sabe que yo fui Bertran de Born, el que dio malos consejos al joven rey Enrique III. Enemisté a padre e hijo: no lo hizo peor que yo Ajitófel cuando instigó a Absalón contra David con sus perversas incitaciones.

»Porque dividí a personas tan unidas por la sangre, llevo yo el cerebro dividido, ¡mísero de mí!, desde su mismo principio, la médula espinal, que está en el tronco. Así puede observarse en mí la ley del contrapaso a la que están sujetos los condenados.

CANTO 29

**LLEGADA AL FINAL DEL OCTAVO CÍRCULO.
LOS CONDENADOS SE DESGARRAN A SÍ MISMOS
ATORMENTADOS POR GRANDES PICORES.**

Las muchas almas y las horribles heridas habían embebido de tal modo mis ojos de lágrimas que estaban deseosos de llorar; pero Virgilio me preguntó:

—¿Qué es lo que sigues mirando? ¿Por qué tu mirada se obstina en detenerse ahí abajo, entre las almas mutiladas? No has hecho lo mismo en las otras fosas; considera, si quieres hacer un cálculo, que esta fosa se extiende a lo largo de veintidós millas, y la Luna se halla ya bajo nuestros pies: no se nos ha concedido mucho más tiempo, y quedan cosas por ver que no has visto todavía.

—Si hubieras considerado el motivo por el que no aparto la mirada —dije—, quizá me habrías permitido detenerme.

Y añadí, mientras él avanzaba y yo le seguía:

—Dentro de ese pozo donde mantengo tan fija la mirada creo que un espíritu de mi familia expía la culpa por sembrar la discordia.

A lo que mi maestro respondió:

—No te turbes más pensando en ese condenado; piensa en otra cosa, y que él se quede donde está: yo le vi al pie del puente señalándote con el dedo en un gesto de fuerte amenaza, y le oí nombrar a Geri del Bello. En aquel momento estabas tan absorto en Bertran de Born, señor de Hautefort, que no miraste hacia allí hasta que Geri ya se hubo marchado.

—Su muerte violenta, aún no vengada por nadie que, por lazos de sangre, sea partícipe de la ofensa sufrida por él —dije entonces—, hizo altivo a Geri; creo que por eso se fue sin hablarme; y justo eso mismo me ha hecho sentir más compasión hacia él.

Seguimos hablando así hasta que llegamos al lugar del puente desde el que, si hubiera habido más luz, debería haber empezado a verse hasta el fondo la siguiente fosa. Cuando estuvimos sobre este último recinto de Malasbolsas, de tal modo que pudimos ver a sus condenados, me sobrecogieron terribles lamentos, que me herían y me movían a compasión, de modo que me tapé los oídos con las manos.

Había aquí un gran dolor, como si los enfermos de los hospitales de Valdichiana, Maremma y Cerdeña entre julio y septiembre estuvieran todos juntos en un hoyo; y salía un hedor como de miembros purulentos.

Descendimos del puente torciendo a la izquierda por la última margen; y entonces pude ver más claramente el fondo, donde la justicia, ministra infalible de Dios, castiga a los falsarios en su registro inscritos.

No creo que fuera tan doloroso ver enfermar a todo el pueblo de Egina —cuando se emponzoñó tanto el aire que murieron todos los animales, hasta el más pequeño gusano, y después los antiguos habitantes, según cuanto los poetas dan por cierto, renacieron de las hormigas— como lo era ver en aquella oscura fosa a los sufrientes espíritus amontonados en grupos.

Algunos yacían boca abajo tendidos, otros sobre la espalda de algún compañero, y otros se arrastraban a gatas por aquel lugar de dolor. Virgilio y yo avanzábamos paso a paso sin hablar, observando y oyendo a aquellos espíritus enfermos que no podían levantarse.

Vi a dos de ellos sentados y apoyados el uno en el otro, al modo como se apoyan dos tejas formando un ángulo para cocerlas; estaban cubiertos de costras de pies a cabeza. Nunca había visto a un mozo de cuadra agitar con tal ímpetu la almohaza cuando su amo aguarda con impaciencia, o cuando a su pesar se le retiene, como vi hacer a aquellos dos espíritus, que, sin conocer otro remedio, se rascaban con frecuencia todo el cuerpo con toda la fuerza de sus uñas por el gran picor que en él sentían. Se arrancaban la sarna con las uñas como el cuchillo arranca las escamas del escaro o de algún otro pez que las tenga más grandes.

Dijo Virgilio:

—¡Oh, tú, que te arrancas las costras trozo a trozo como si fueran las mallas de una armadura, usando cual tenazas los dedos, dinos si hay algún italiano entre estos condenados; que tus uñas te basten eternamente para esa labor!

Uno de los dos espíritus replicó llorando:

—Los dos somos italianos, así desfigurados como nos ves; mas ¿quién eres tú que tal pregunta me haces?

Y Virgilio le respondió:

—Desciendo con este hombre vivo de círculo en círculo con la intención de mostrarle el Infierno.

Entonces los dos dejaron de apoyarse el uno en el otro, y temblando se volvieron hacia mí, junto con otros espíritus que habían oído resonar las palabras de Virgilio. El buen maestro se acercó a mí, diciendo:

—Pregunta lo que quieras.

Y, puesto que me lo permitía, empecé a hablar.

—Que vuestro recuerdo no se borre de la memoria de los hombres en el mundo terrenal, sino que dure muchos años; pero decidme quiénes sois y de qué parte de Italia: no temáis poneros en evidencia ante mí por vuestra deshonrosa y repulsiva pena.

—Yo nací en Arezzo, y a causa de Albero de Siena me quemaron —respondió uno de los dos—, mas no me hallo en esta fosa por la misma culpa por la que me dieron muerte. Ciertamente le dije a Albero, a modo de chanza: "Yo podría elevarme en el aire"; y él, caprichoso y con poco seso, quiso que le mostrara la técnica de ese arte. Y solo porque no fui capaz de convertirlo en un nuevo Dédalo, Albero me mandó quemar por uno que lo consideraba como un hijo. Pero Minos, que no puede errar, me condenó a la última de las diez fosas por la alquimia que en vida practicaba.

Pregunté entonces a Virgilio:

—¿Han existido nunca gentes tan vanidosas como las de Siena? ¡Ni siquiera los franceses lo son tanto!

Por eso el otro espíritu enfermo, que me había oído, replicó:

—Salvo Stricca, que supo gastar con mesura, y Niccolò, que introdujo por vez primera el suntuoso uso del clavo de olor en la tierra de Siena, donde tales costumbres arraigan; excluye también a la cuadrilla por la que Caccia de Asciano malgastó viñedos y grandes bosques, y a Bartolomeo dei Folcacchieri, por Abbagliato conocido, que demostró cuán grande era su juicio.

»Para que sepas quién es el que de tal modo te secunda para avergonzar a los sieneses, aguza la vista: reconocerás en mí a Capocchio, que falsificó metales por medio de la alquimia; y si yo no te he reconocido mal a ti, deberías recordar con cuánto talento imité, cual un mono, lo que falseaba.

CANTO 30

DANTE QUEDA IMPRESIONADO ANTE LA VISIÓN DE LOS CUERPOS HENCHIDOS Y DEFORMADOS DE LOS FALSIFICADORES.

En la época en la que Juno estaba encolerizada con los tebanos a causa de Sémele (como demostró en dos ocasiones), Atamante enloqueció hasta tal punto que, viendo a su esposa Ino con sus dos hijos en brazos y confundiéndola con una leona con sus cachorros, gritó: «¡Echemos las redes para tenderles una trampa!»; luego alargó sus crueles manos para sujetar a uno de los hijos, Learco, y, haciéndolo girar, lo estampó contra una piedra; y su esposa se arrojó entonces al mar, ahogándose junto con su otro hijo.

Y cuando el destino abatió de tal modo el altivo y temerario poder de los troyanos que acabó a la vez con su rey y con su reino, Hécuba, angustiada, reducida a la miseria y a la esclavitud, tras haber visto muerta a Políxena y hallado a orillas del mar el cadáver de Polidoro, ladró como un perro enloquecida por lo mucho que el dolor había trastornado su mente.

Pero jamás se vio a nadie de dolor enloquecido, ni en Tebas ni en Troya, arremeter con tal ferocidad contra animales o humanos como vi hacer a dos almas pálidas y desnudas que, mientras corrían, prodigaban mordiscos como lo hace un cerdo recién liberado de la pocilga.

Una de ellas llegó hasta Capocchio y le hincó los dientes en la nuca, de manera que, arrastrándole, le hizo restregar el vientre contra el pedregoso fondo de la fosa. Y Griffolino de Arezzo, que seguía allí, me dijo temblando:

—Ese espíritu maligno es Gianni Schicchi, y anda así destrozando a los demás por rabia.

—¡Oh —repuse—, ojalá el segundo de esos espíritus furiosos no te clave los dientes en la carne!; espero que no te importe decirme quién es, antes de que se vaya de aquí.

Y él respondió:

—Es la antigua alma de la depravada Mirra, que se convirtió en amante de su padre, contraviniendo así todo amor lícito. Pudo pecar con su padre falseando su identidad con aspecto ajeno; como hizo ese otro espíritu que huye, quien, para apropiarse de la yegua reina de los establos de Buoso Donati, tuvo la osadía de hacerse pasar por él, haciendo testamento y dictándolo según las normas legales.

Después de que los dos espíritus rabiosos hubieron desaparecido de mi vista, me volví a mirar a los otros condenados. Vi a uno cuya forma no habría sido diferente de un laúd de haber tenido la ingle, en el punto en que se bifurca en las dos piernas, separada del resto del cuerpo.

La grave hidropesía, que deformaba los miembros de los condenados a causa del líquido excesivo, hacía que su rostro no guardase proporción alguna con la enormidad de su vientre, y le hacía tener la boca abierta, como un tísico que, por la sed, mantiene siempre un labio vuelto hacia el mentón y el otro mirando arriba.

—¡Oh, vosotros, que no sé por qué razón os encontráis en este mundo de dolor sin pena alguna —nos dijo a Virgilio y a mí—, mirad y considerad la desdichada condición de maese Adamo!; mientras vivía obtenía en abundancia lo que deseaba, y ahora, ¡mísero de mí!, ansío ni que sea una sola gota de agua.

»Llevo siempre en la memoria los arroyuelos que desde las verdes colinas del Casentino descienden hacia el

Arno, bañando de agua fresca sus cursos; y eso no sucede en vano, pues la imagen viva en el recuerdo aumenta mi sequedad más que la enfermedad que ha desfigurado mi rostro.

»La dura justicia que me atormenta evoca en mí el recuerdo de los lugares donde pequé, para así hacer más frecuentes mis suspiros. Entre aquellos arroyuelos está Romena, el castillo donde falsifiqué el florín, la moneda que lleva en una de sus caras la imagen de san Juan Bautista; por eso me quemaron en la hoguera.

»Pero si pudiera ver aquí el alma perversa de Guido, de Alejandro o de su hermano, no cambiaría tal visión por la de la Fuente Branda. Ya en esta fosa yace uno de ellos, si es verdad lo que dicen las almas de los locos furiosos que por aquí deambulan; mas ¿qué provecho puedo sacar de ello, imposibilitado como estoy por la enfermedad?

»Si aún tuviera agilidad bastante para avanzar ni que fuera una pulgada cada cien años, ya habría partido al encuentro de esa alma, buscándola entre los espíritus deformes, aunque la fosa tenga una circunferencia de once millas y no menos de media de ancho. Por su culpa me hallo en esta miserable compañía, porque me indujeron a acuñar florines con tres quilates de vil metal en su interior.

Le pregunté entonces:

—¿Quiénes son esos dos desdichados que tienes a tu derecha, que exhalan vapores como las manos mojadas en invierno, mientras yacen tan estrechamente unidos?

Me contestó:

—Ya los encontré aquí cuando me precipité por esta escarpada ladera, y desde entonces no se han movido, ni creo que jamás se muevan. Una es la mujer de Putifar, que acusó falsamente a José; el otro es Sinón, el griego que se fingió amigo de los troyanos. Despiden ese fuerte hedor a grasa quemada a causa de una fiebre muy alta.

Sinón, a quien quizá molestó que se le señalara en términos tan infamantes, le golpeó con el puño en el endurecido vientre, que resonó como un tambor; y maese Adamo le dio en el rostro con el brazo, que no parecía menos duro, diciéndole:

—Aunque se me haya privado de la capacidad de mover las piernas por la pesadez que ahora muestran, mi brazo sigue siendo ligero y ágil para golpear.

Sinón replicó entonces:

—No lo mostrabas tan ligero cuando subías a la hoguera, aunque sí, y más incluso, cuando acuñabas las monedas.

Y respondió el espíritu hidrópico:

—Dices la verdad en esto, pero no diste testimonio de ella cuando te preguntaron los troyanos.

Repuso Sinón:

—Si yo falsedad dije, tú falsificaste el cuño; yo estoy aquí por un pecado solo, ¡tú por más que los cometidos por cualquier otro demonio!

—Recuerda, perjuro, el engaño del caballo —replicó el condenado del hinchado vientre—, ¡y piensa que por ello tienes fama en todo el mundo!

Y el griego:

—¡Que te atormente la sed que te ha agrietado la lengua, y el agua podrida que te hincha el vientre hasta hacer de él un obstáculo para la vista!

Entonces replicó el falsificador de monedas:

—Tu boca se desgarra, como suele, por la fiebre; pues si yo sufro de sed y los efectos del agua podrida, tú tienes ardor y te duele la cabeza; ¡y no te harías mucho de rogar para lamer el agua de una fuente!

Estaba yo completamente absorto escuchándoles cuando Virgilio me dijo:

—¡Sigue, sigue mirándoles, que en esas también yo puedo acabar riñendo contigo!

Cuando le oí hablarme de forma tan airada, me volví hacia él sintiendo tal vergüenza que todavía la recuerdo. Como quien sueña con algo doloroso, que ya en el sueño espera estar soñando, tal que desea lo real cual si de veras no lo fuese, así hice yo, que, sin poder hablar, deseaba disculparme, y lo hacía ya de todos modos aun sin darme cuenta de ello.

Dijo mi maestro:

—Una dosis de vergüenza menor que la tuya bastaría para sanar una falta mayor que esta; libérate, pues, de todo remordimiento. Y si de nuevo volvieras a encontrarte donde hay almas enzarzadas en semejantes trifulcas, da por hecho que me tendrás siempre a tu lado para censurártelo, pues querer oír tales disputas es un deseo mezquino.

CANTO 31

DESCENSO AL NOVENO CÍRCULO.
TRES GIGANTES AGUARDAN A LOS POETAS.

LA MÚSICA DEL INFIERNO

El sonido del cuerno es la única expresión musical que aparece en el *Infierno*. No se había inventado todavía el uso sistemático de la música como arma de guerra e instrumento de tortura. Este salió a la luz pública por primera vez en 1989 cuando las tropas de los Estados Unidos utilizaron como fuerza de ataque música a alto volumen con el fin de hacer rendir al entonces presidente de Panamá, Manuel Noriega, refugiado en la embajada del Vaticano. Hoy, el uso del «bombardeo musical» se une a la humillación sexual y al aislamiento sensorial en campos de detención como Guantánamo. Mohamed El-Gorani, el preso más joven del campo (entró con catorce años) relata en *Guantanamo Kid* que entre las canciones que sonaban sin cesar figuraban *Highway to Hell*, de AC/DC, *Killing in the Name*, de Rage Against the Machine, y *Baby One More Time*, de Britney Spears.

El mismo Virgilio que antes me había avergonzado y había hecho que se ruborizara mi rostro, me consoló luego; así he oído decir que hacía la lanza de Aquiles, que primero fue de su padre, la cual causaba dolor al primer golpe, y sanaba al segundo.

Dimos la espalda a la miserable fosa subiendo por el borde que la circundaba y atravesándola sin decir palabra. Había aquí una luz crepuscular, de manera que apenas se podía ver a lo lejos; pero oí sonar un cuerno con tal fuerza que habría hecho parecer tenue cualquier trueno. Ese sonido me hizo volverme por completo hacia el lugar de donde procedía.

Ni siquiera Orlando, tras la dolorosa derrota de Roncesvalles, cuando Carlomagno perdió a los valerosos paladines cristianos, emitió un sonido tan tremendo. Al poco rato de mantener la cabeza fija en aquella dirección me pareció ver un gran número de elevadas torres; entonces pregunté:

—Maestro, ¿qué ciudad es esta?

Y él me respondió:

—Puesto que intentas atravesar las tinieblas con la mirada desde una distancia demasiado grande, sucede que juzgas mal el objeto de tu visión. Bien verás cuando allí llegues hasta qué punto puede engañarse desde lejos la vista; apresura, pues, el paso.

Luego me tomó afectuosamente de la mano y me dijo:

—Antes de seguir adelante, para que te sientas menos amedrentado, quiero decirte que no son torres, sino Gigantes, metidos todos ellos hasta el ombligo en el pozo que circunda este escarpado borde.

Como ocurre cuando se aclara la niebla y el ojo puede distinguir lo que al espesar el aire esta le oculta, conforme me acercaba a la orilla, penetrando en aquella atmósfera pesada y oscura, iba dándome cuenta de mi error; pero a la vez mi temor se acrecentaba.

En efecto, tal como Monteriggioni se corona con sus torres, que se elevan por encima de su cerco amurallado, en la orilla que circundaba el pozo destacaban, en la mitad superior de su persona, los temibles Gigantes a los que aún amenaza Júpiter desde el cielo cuando truena.

Ya podía ver la cara de uno de ellos, y los hombros, el pecho y buena parte del vientre, y ambos brazos extendidos a los lados. Bien hizo la naturaleza cuando desechó el arte de producir tales monstruos, pues así privó a Marte de tan peligrosos ejecutores de sus órdenes guerreras.

Y si la naturaleza sigue produciendo elefantes y ballenas, quien bien reflexione puede apreciar aún más sus cualidades de justicia y discernimiento: pues allí donde a la voluntad y la facultad de hacer el mal se añade la fuerza de la razón, no puede haber posibilidad de defensa.

La cara de este gigante me pareció tan larga y gruesa como la piña de bronce que hay en San Pedro, en Roma, y el resto de sus miembros guardaba la misma proporción; de modo que el borde del pozo, que cual taparrabo cubría la mitad inferior de su cuerpo, dejaba ver por encima tal extensión de este que desde allí hasta el cabello apenas habrían llegado tres frisones uno encima de otro; pues yo calculaba

CREYENTES INFERNALES

Una encuesta de Ipsos/Global Advisor, realizada en veintiséis países a adultos mayores de dieciocho años y de hasta setenta y cuatro años, determinó que, como promedio, un 41 % de los habitantes de estos países cree en la existencia del infierno. En Turquía están los más convencidos: un 76 %, seguido por Brasil (66 %), Tailandia (63 %), Sudáfrica (61 %) y Perú (60 %). Bélgica (16 %), Suecia (21 %) y España (22 %) se sitúan como los países más descreídos. La creencia en el Cielo es 10 puntos superior a la creencia en el infierno.

LA LENGUA ORIGINAL

Según la leyenda, Nemrod fue el constructor de la Torre de Babel. En aquel momento, toda la humanidad hablaba la misma lengua. Dios consideró una afrenta la construcción de una torre tan alta que pretendía llegar al cielo, la destruyó y condenó a la humanidad a hablar lenguas distintas. La frase que pronuncia Nemrod sería la única muestra del idioma prebabélico de que disponemos. Sin embargo, el propio Dante afirmó, en su obra *De vulgari eloquentia*, que la lengua primigenia tenía que ser el hebreo. En la actualidad, la monogénesis lingüística, es decir, la teoría según la cual todas las lenguas derivan de un único idioma protosapiens, es rechazada por la mayoría de especialistas.

que había sus buenos treinta palmos a partir de la clavícula, donde se anuda la capa.

Aquella boca feroz, a la que no convenían palabras más dulces, empezó a gritar:

—¡Raphèl maì amècche zabì almi!

Y Virgilio se volvió hacia él diciendo:

—¡Alma necia, conténtate con el cuerno, y desahógate con él cuando te sientas presa de la ira o de cualquier otra pasión! Busca en tu cuello, ¡oh, alma confundida!, y encontrarás la correa que lo sujeta; y verás que el cuerno cuelga sobre tu gran pecho.

Luego me dijo a mí:

—De ese modo revela quién es: es Nemrod, para cuyo pensamiento impío ya no hay más que una lengua en el mundo. Dejémosle en paz y no discutamos inútilmente, pues el lenguaje ajeno es para él tan incomprensible como para los demás el suyo.

Seguimos adelante, desviándonos a la izquierda; y a un tiro de ballesta encontramos a un segundo gigante, mucho más grande y fiero. No sé quién había sido el herrero que lo había encadenado, pero tenía el brazo izquierdo sobre el pecho y el derecho detrás, ceñido por una cadena que rodeaba todo su cuerpo del cuello abajo con no menos de cinco vueltas fuera del pozo.

—Este soberbio quiso probar su poder contra el supremo Júpiter, y por eso goza de tal premio —me explicó Virgilio—. Es Efialtes, que acometió sus grandes empresas cuando los Gigantes atemorizaron a los dioses intentando escalar el Cielo: los brazos que agitó entonces ahora ya no puede moverlos.

Pedí entonces:

—Si es posible, me gustaría ver al desmesurado gigante Briareo.

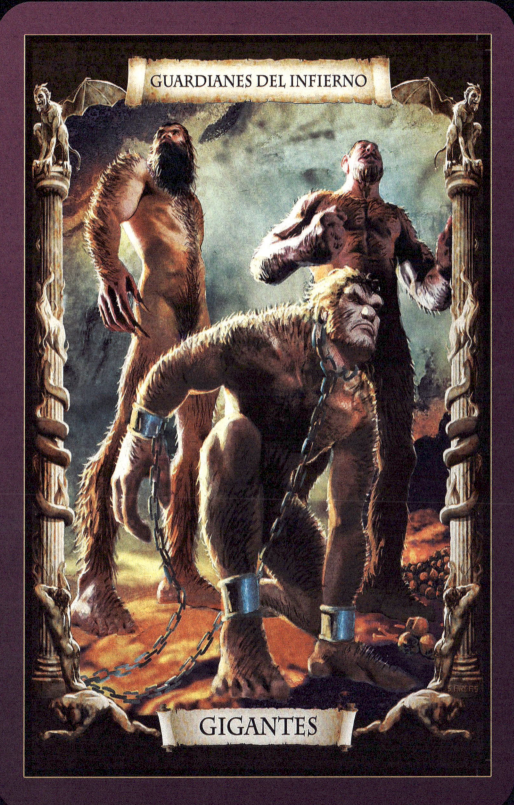

GIGANTES

Nombre - En griego antiguo, Γίγαντες (*Gígantes*), literalmente «nacidos de la tierra». Dante mezcla las tradiciones cristiana y pagana cuando los hace aparecer en el Infierno. El primero tiene origen hebreo: es Nemrod (דוֹרְמֵנ, *Nīmrōd*), «tirano». A continuación aparece Efialtes (᾽Εφιάλτης, *Ephiáltēs*), «el que salta», y luego Anteo (᾽Ανταῖος, *Antaíos*), «hostil».

Aspecto - Las representaciones clásicas los muestran como guerreros de forma humana, con fuerza y agresividad excepcionales, no siempre de tamaño colosal, si bien esa es la noción que ha llegado a nuestros días por confusión con los Titanes.

Origen - Los llamados Gigantes, a los que pertenece Efialtes, nacieron de Gea, la Madre Tierra, fecundada por las gotas de sangre de Urano cuando su hijo Crono le cortó los genitales. Por su parte, Anteo fue un rey de Libia, hijo de Poseidón y Gea. Nemrod era el biznieto de Noé y el fundador de un reino, identificado con Asiria o Mesopotamia.

Modus operandi **-** La característica que los reúne en el Infierno de Dante es que todos han intentado alzarse contra el poder divino. Representan el orgullo desmedido que desafía a la divinidad, el tipo de insolencia al que responde la idea de *hybris* (ὕβρις, *hýbris*).

Principales apariciones - Efialtes fue el caudillo de los Gigantes en su asalto al Olimpo. Cayó alcanzado por las flechas de Apolo y Heracles. La Gigantomaquia es uno de los episodios más populares de la mitología griega, representado con gran frecuencia y referido por multitud de autores.

Anteo desafiaba a los viajeros que pasaban por su reino a luchar con él (Pausanias; Píndaro, *Odas ístmicas*). Era invulnerable mientras estuviera en contacto con su madre, la Tierra. Cuando Heracles tuvo que batirse con él, se dio cuenta de que la tierra le renovaba las fuerzas, y lo levantó del suelo y lo sostuvo en el aire para estrangularlo.

Nemrod construyó la torre de Babel, historia que recogen el Génesis y varios libros del *Tanaj*, la Biblia hebrea. Dante le concede una línea de diálogo: «Raphèl maí amècche zabí almi». Estas palabras incomprensibles —una deformación del hebreo— muestran su estado de confusión por culpa del episodio de la torre.

Pero Virgilio respondió:

—Verás aquí cerca a Anteo, que habla y está suelto, y nos conducirá al fondo del Infierno, pues aquel a quien deseas ver está demasiado lejos, atado, y su aspecto es similar al de Efialtes, salvo porque tiene una expresión más feroz.

Nunca hubo terremoto tan violento que sacudiera una torre con tal fuerza como de repente se agitó Efialtes, y yo más que en ninguna otra ocasión temí morir, e incluso habría muerto tan solo de miedo de no haber visto las cadenas que lo sujetaban. Luego proseguimos y llegamos hasta Anteo, que sobresalía de la roca cinco brazas sin contar la cabeza.

—Tú, que en el venturoso valle de Zama —exhortó Virgilio—, el lugar que dio gloria a Escipión cuando Aníbal se retiró con sus soldados, llevaste ya mil leones como presa; tú, de quien se dice que, de haber tomado parte en la guerra de tus hermanos los Gigantes contra los dioses, les habrías dado a ellos, los hijos de la Tierra, la victoria; tú, no desdeñes bajarnos al pozo donde el frío hiela las aguas del Cocito.

»No nos obligues a acudir a Ticio, ni a Tifeo: este puede hacer que tengas lo que aquí más se desea. Inclínate, pues, no tuerzas el gesto; porque él puede darte fama entre los vivos, pues vive y vivirá aún mucho tiempo si la gracia divina no lo reclama antes de tiempo.

Así habló Virgilio, y Anteo se apresuró a extender sus manos, cuya fuerza pudo sentir ya Hércules, para cogerle. Mi maestro, al sentirse asido, me dijo:

—Acércate, que yo te sujete —y me abrazó, haciendo de él y de mí un mismo haz.

Como se aparece la torre de la Garisenda a quien desde abajo la mira por el lado inclinado, cuando se le acerca una nube y se diría que la torre se dobla hacia ella; así me pareció a mí Anteo mientras aguardaba inquieto el momento en que

VIDEOJUEGO

El Infierno tiene exactamente la misma estructura y mecanismos que un videojuego. En primer lugar, hay un objetivo, que es el de cruzar el Infierno y llegar al Purgatorio. Hay unas reglas de juego, que son las dispuestas por la voluntad divina, y que va indicando Virgilio. Hay obstáculos a superar, como son Caronte, Minos, Plutón, las Furias en la ciudad de Dite, el barranco antes del octavo círculo, el pozo de los Gigantes... y recursos para vencerlos, como la ayuda del propio Virgilio, el ángel que franquea el paso a la ciudad infernal, el centauro Neso, Gerión o el gigante Anteo. Y también los llamados NPC (*Non Playable Characters*), que son los condenados que hablan, pero que no inciden en el desarrollo de la acción. Muchos son los videojuegos basados directa o indirectamente en el Infierno dantesco: destacan *Dante's Inferno* (1986, para Commodore 64), la serie *Devil May Cry* (2001) y *Dante's Inferno* (2010, Electronic Arts).

se inclinara; y tal fue entonces mi temor que habría deseado irme por otro camino. Pero él nos depositó suavemente en el fondo que atormenta a Lucifer junto con Judas; y no se detuvo mucho tiempo inclinado hacia nosotros, sino que se alzó de nuevo, erguido como el mástil de un barco.

CANTO 32

LOS POETAS LLEGAN A UN GRAN LAGO HELADO DEL QUE SOBRESALEN LAS CABEZAS DE LOS TRAIDORES.

Si dispusiera de las palabras ásperas y estridentes apropiadas para describir el perverso pozo sobre el que se apoya todo el universo, podría expresar con mayor eficacia la sustancia de mi visión; pero, dado que no las tengo, no sin temor me apresto a iniciar la narración.

Pues no es empresa que deba tomarse a la ligera describir lo más profundo de todo el universo, ni adecuada a la lengua con la que un niño dice «mamá» o «papá». Ayuden, pues, a mi arte las Musas, como ayudaron a Anfión a rodear de murallas la ciudad de Tebas, para que mi relato no se aparte de la verdad.

¡Oh, condenados que más que ningún otro nacisteis para el mal, de modo que os halláis en el lugar del que hablar es tan terrible, más os valiera haber sido en el mundo ovejas o cabras! Tan pronto como Virgilio y yo llegamos al fondo del oscuro pozo, muy por debajo de los pies del gigante Anteo, y mientras yo contemplaba aún el alto muro que habíamos dejado atrás, oí que me decía:

—Mira bien dónde pones los pies, no vayas a pisar las cabezas de los míseros pecadores que aquí se consumen, que siguen siendo hombres como tú.

Así que me volví, y vi ante mí y bajo mis pies el lago Cocito, que a causa del hielo tenía la apariencia de un cristal, y no de agua. No formaron jamás tan gruesa capa de hielo ni el curso del Danubio en el invierno austriaco ni el del Don bajo el frío cielo ruso; de modo que, si aquí se desplomaran el monte Tambura o el Pietrapana, no arrancarían al Cocito ni un crujido, ni siquiera en la orilla.

Las almas en pena estaban en el interior del lago helado dando diente con diente con un ruido parecido al que hacen las cigüeñas con el pico; la lividez del frío llegaba hasta su rostro, donde se manifiesta la vergüenza; y se parecían a la rana que para croar asoma el morro fuera del agua al comienzo del verano, durante la siega, cuando la campesina anhela poder espigar.

Todas las almas mantenían inclinada la cabeza, y mostraban el tormento del frío con la boca y el dolor interior con su llanto. Tras mirar un rato en derredor, bajé los ojos a mis pies, y vi a dos tan estrechamente unidas que llegaban a confundirse sus cabellos.

Inquirí entonces:

—Decidme quiénes sois, vosotros cuyos pechos están tan juntos.

Y ellos inclinaron el cuello hacia atrás, y cuando alzaron hacia mí sus ojos, hasta ese momento bañados de llanto solo por dentro, las lágrimas resbalaron por sus labios, y el hielo las congeló de manera que ambos quedaron trabados entre sí. Jamás hubo una tranca que con tanta fuerza trabara una jamba a otra; y así los dos, como carneros, chocaban entre sí por la rabia que sentían.

Y un espíritu que por el frío había perdido ambas orejas, manteniendo aún baja la mirada, me preguntó:

—¿Por qué nos miras con tanta insistencia como quien se mira en un espejo? ¿Quieres saber quiénes son estos dos? El valle por el que desciende el Bisenzio perteneció a su padre Alberto y también a ellos.

»Nacieron de la misma madre, y si buscas en toda la Caína no encontrarás almas que merezcan más que estas dos estar aquí confinadas en el hielo: ni siquiera Mordred, cuyo pecho fue atravesado e incluso su sombra se partió por un solo tajo infligido por el rey Arturo; ni siquiera Focaccia, o ese espíritu que me tapa la vista con la cabeza, y que se llamó Sassolo Mascheroni. Si eres toscano, ya deberías saber de quiénes hablo.

»Y para que no me incomodes con más preguntas, que sepas que yo fui Alberto Camicione dei Pazzi, y espero a Carlino para que, con su culpa, haga que la mía parezca menos grave.

Después vi miles de rostros morados de frío, por lo cual siento escalofríos, y los sentiré siempre, cuando veo charcas heladas.

Mientras Virgilio y yo avanzábamos hacia el centro de la Tierra, al que tienden todos los pesos, y yo temblaba por causa de aquel hielo eterno, no sé si por decisión propia, por voluntad providencial o por azar, al caminar entre las cabezas di un fuerte puntapié a uno de aquellos rostros.

Aquel espíritu me increpó, gritando:

—¿Por qué me pisas? ¿Por qué me acosas, o es que acaso has venido a hacer más pesada la condena que recibí por el pecado cometido en Montaperti?

Dije entonces:

—Maestro mío, espérame, pues debo aclarar una duda acerca de este; luego podrás hacerme apresurar tanto como desees.

Virgilio se detuvo, y yo pregunté al condenado, que seguía maldiciendo con dureza:

—¿Quién eres tú que así censuras al prójimo?

DOC P'

Hoy sabemos que el interior de nuestro planeta no es como lo describe Dante ni tampoco como lo imaginó Julio Verne en *Viaje al centro de la Tierra*, obra publicada en 1864, con mares interiores, dinosaurios y setas gigantes. Fue una científica danesa, Inge Lehmann (1888-1993), quien acabó con el mito de la esfera hueca. Mediante el estudio de la propagación de las ondas sísmicas de los terremotos determinó que el interior de la Tierra estaba formado por diferentes densidades y que en su centro había un núcleo sólido rodeado por otro líquido. Inge Lehmann presentó, en 1936, el informe de su descubrimiento con el lacónico título de *Doc P '*.

—¿Quién eres tú más bien —repuso—, que caminas por la Antenora golpeando de tal modo los rostros ajenos que, si estuvieras vivo, yo no toleraría semejante agravio?

Le respondí:

—Vivo estoy, y eso puede serte ventajoso si ansías la fama, pues podría anotar también tu nombre entre los recuerdos de mi viaje.

Y él respondió:

—Ansío justo lo contrario; ¡así que vete de aquí y no me molestes más, pues en este lago helado tus lisonjas no tienen efecto alguno!

Entonces le agarré por el cogote y le dije:

—Más te valdrá revelarme tu nombre, o te arrancaré todo el pelo.

Él replicó:

—Ni que me lo arranques todo te lo diré ni te revelaré quién soy, ¡ni aunque me pises mil veces la cabeza!

Yo ya le había asido del pelo, llevándome más de un mechón conmigo, mientras él aullaba manteniendo baja la mirada, cuando otro condenado le gritó:

—¿Qué te ocurre, Bocca? ¿No te basta con dar diente con diente, que de ese modo gritas? ¿Qué demonio te atormenta?

—Ya no quiero ahora oírte hablar —dije yo—, malvado traidor; pues para aumentar tu infamia voy a llevar de ti noticias ciertas.

—Vete —replicó—, cuenta lo que quieras; pero si de veras de aquí sales habla también de ese maldito que tan suelta tiene la lengua. Este expía la traición perpetrada para obtener dinero de los franceses: "Yo vi —podrás decir— a Buoso da Dovera en el lugar donde frescos están los pecadores". Si entonces te preguntaran: "¿Y quién más estaba allí?", que sepas que a mi lado se halla Tesauro Beccaria, decapitado por los florentinos; más allá están Gianni dei Soldanieri, Ganelón de Maguncia y Tebaldello Zambrasi: este último abrió las puertas de Faenza a sus enemigos mientras los ciudadanos dormían.

Virgilio y yo ya nos habíamos alejado de Bocca cuando vi a dos condenados congelados en un mismo agujero, y la cabeza de uno se alzaba sobre la del otro como un sombrero. El de arriba mordía al otro en el punto donde el cerebro se une al espinazo, como cuando uno, hambriento, hinca los dientes en el pan: no de forma muy distinta Tideo royó las sienes de Menalipo por desprecio de cuanto hacía uno de los condenados con el cráneo y el cerebro del otro.

—¡Oh, tú, que de forma tan brutal manifiestas tu odio hacia aquel a quien te estás comiendo! —exhorté entonces al condenado que más arriba estaba—, explícame el motivo, con esta condición: si con razón te consideras agraviado, sabiendo yo quién eres y cuál fue la culpa de tu compañero de infortunio, te recompensaré en el mundo de los vivos recordándola, si mi lengua no se ve paralizada.

CANTO 33

DANTE Y VIRGILIO CONTINÚAN SU TRAYECTO POR EL INFIERNO DE HIELO. UN CONDE CANÍBAL.

Entonces aquel pecador separó la boca de su alimento, digno de una bestia, y se la limpió con el pelo de la cabeza que por detrás había arrancado a mordiscos. Luego empezó a decir:

—Quieres que renueve en la memoria un dolor desesperado, que solo de pensar en él me oprime el corazón, antes incluso de que empiece a hablar. Pero si mis palabras pueden convertirse en causa de infamia para el maldito traidor cuyo cráneo estoy royendo, entonces me verás hablar y llorar al mismo tiempo.

»No sé quién eres ni cómo has llegado aquí abajo, pero oyéndote hablar me pareces ciertamente florentino. Que sepas que fui el conde Ugolino della Gherardesca, y este otro pecador es el arzobispo Ruggieri degli Ubaldini: y ahora te explicaré asimismo por qué me tiene por tan molesto vecino.

»No hace falta precisar que fui capturado y luego asesinado a causa de sus traicioneras maquinaciones, porque es un hecho bien conocido; oirás, pues, el relato de lo que saber no puedes, es decir, de cuán atroz fue mi muerte: ahora lo escucharás, y comprenderás así con qué ahínco Ruggieri se ensañó contra mí.

...li denti a l'altro pose là 've 'l cervel s'aggiugne con la nuca...
...mordía al otro en el punto donde el cerebro se une al espinazo...
Saturno devorando a su hijo, Francisco de Goya (1820-1823).

»Una estrecha tronera de la torre de Gualandi, conocida como de la Muda —a la que justamente a causa de mi muerte se llamaría más tarde la "torre del hambre", y en la que también se recluiría a otros después de mí—, me había permitido ya vislumbrar por su abertura la sucesión de varias lunas, cuando tuve el triste sueño que fue, para mí, presagio del futuro.

»El arzobispo me pareció un jefe de caza que obligaba a huir a un lobo y sus lobeznos hacia el monte Pisano, que impide a los pisanos ver Lucca. Con perras famélicas, prontas a perseguir a su presa y bien adiestradas, había enviado por delante a los Gualandi, los Sismondi y los Lanfranchi.

»Tras una corta carrera, tanto el padre lobo como sus cachorros semejaban exhaustos, y me pareció ver sus costados desgarrados por los afilados colmillos de las perras. Cuando desperté, antes de amanecer, oí a mis hijos, que allí conmigo estaban, llorando y pidiendo pan.

»Eres cruel de veras si no sientes dolor ante el solo pensamiento de lo que mi corazón presentía; y si ese pensamiento no te conmueve hasta las lágrimas, ¿de qué sientes compasión entonces? Mis hijos se habían despertado ya, y se acercaba la hora en que acostumbraban traernos la comida: mas por haber tenido un sueño similar, cada uno de nosotros vacilaba. Fue entonces cuando oí clavar la puerta de la espantosa torre, y miré a los ojos de mis hijos sin decir palabra.

»Yo no lloraba, hasta tal punto me quedé petrificado; mas ellos sí; y mi pobre Anselmuccio me preguntó: "¿Qué tienes, padre, que así nos miras?". Por eso no derramé una lágrima, ni respondí durante todo el día ni la noche que vino tras él, hasta que llegó el día siguiente.

»Apenas entró un poco de sol en la dolorosa cárcel, vi, como en un espejo, mi desesperado aspecto en cuatro miradas reflejado, y por el dolor me mordí ambas manos; mis hijos, creyendo que lo hacía por deseo de comer, se levantaron de inmediato diciendo: "Padre, nos causará menos dolor si te alimentas de nosotros; nos vestiste una vez con nuestras míseras carnes, y bien puedes ahora despojarnos de ellas".

»Me sosegué entonces por no afligirles más; aquel día permanecimos todos mudos, y lo mismo el siguiente; ¡ay, dura tierra!, ¿por qué no te abriste entonces? Llegado el cuarto día, Gaddo se arrojó tendido a mis pies, clamando: "¡Padre mío!, ¿por qué no me ayudas?".

»De ese modo murió; y, tal como me ves, vi yo caer uno a uno a mis otros tres hijos entre el quinto y el sexto día. Por eso, con la vista ya nublada, busqué a tientas sus cuerpos, y durante dos días los llamé aun después de muertos. Luego el ayuno fue más poderoso que el dolor para darme la muerte.

Cuando hubo dicho esto, volviendo los ojos, arremetió de nuevo contra la desdichada testa con los dientes, que aferraban el cráneo con la misma fuerza con la que un perro muerde un hueso.

¡Ay, Pisa, vergüenza de los pueblos que habitan la hermosa tierra donde resuena el italiano!; puesto que tus vecinos tardan en castigarte, ¡que se muevan entonces las islas de Capraia y de Gorgona, y formen un dique donde el Arno desemboca, para que el río ahogue a todos tus habitantes!

Pues si el conde Ugolino tenía fama de haberte traicionado robándote tus castillos, no por ello debiste someter a tal martirio a sus hijos. Su tierna edad, ¡oh, nueva Tebas!, hacía inocentes a Uguccione y a Brigata, como a los otros dos en mi canto mencionados.

Virgilio y yo seguimos adelante, hasta un lugar donde el hielo envolvía cruelmente a otro grupo de almas, que, lejos de erguirse con la mirada gacha, yacían tendidas boca arriba. El propio llanto impedía allí llorar, y la aflicción, que hallaba una sólida barrera en los ojos, se volvía hacia dentro para acrecentar el suplicio, pues las lágrimas primero formaban como un nudo, y luego, cual viseras de cristal, llenaban bajo los párpados toda la cavidad del ojo.

Y aunque mi rostro, a causa del frío, había perdido toda sensibilidad, como sucede en las partes del cuerpo encallecidas, me pareció notar algo de viento, por lo que pregunté:

—Maestro, ¿qué lo causa? Aquí en las profundidades del Infierno ¿no debería haber cesado ya todo vapor que pueda producirlo?

Me respondió Virgilio:

—Dentro de poco llegarás al lugar donde podrás constatar la respuesta con tus propios ojos, viendo la causa que da origen, desde arriba, a este viento.

Y uno de los condenados atrapados en la capa de hielo nos gritó:

—¡Oh, almas crueles, puesto que se os ha asignado la zona más baja del Infierno, quitad el velo de hielo de mis ojos, para que, antes de que las lágrimas se hielen de nuevo, pueda desahogar un poco el dolor que llena mi corazón!

Le respondí entonces:

—Si quieres que te ayude, dime quién eres; y si entonces no te libero de esa molestia, que me obliguen a bajar al fondo del lago helado.

Y él me respondió:

—Yo fui fray Alberigo, el de la fruta del mal huerto, y aquí recibo, como recompensa por lo que hice, un dátil por cada higo.

—¡Oh! —repuse sorprendido—, ¿estás ya muerto entonces?

Y él contestó:

—Nada sé de lo que ha sido de mi cuerpo en el mundo. Pero la Tolomea tiene este privilegio: a menudo el alma cae aquí aun antes de que Átropo corte el hilo que la mantiene con vida.

»Y para que con más gusto rasques de mi rostro las lágrimas heladas, sabe que en cuanto el alma traiciona del modo en que yo lo he hecho, su cuerpo le es arrebatado por un demonio, que desde entonces lo domina hasta que ha agotado el tiempo de su existencia terrenal. El alma se precipita entonces en este pozo infernal, y puede que en el mundo aparezca todavía el cuerpo de ese espíritu que allí, tras de mí, está hibernando. Tú debes saberlo, aunque solo ahora hayas llegado aquí abajo: hablo de Branca Doria, y han pasado ya varios años desde que fue recluido aquí en el hielo.

Yo le dije:

—Creo que me engañas, porque Branca Doria no ha muerto, y come, bebe, duerme y se viste.

Replicó Alberigo:

—Aún no había llegado Michele Zanche a la fosa custodiada por los Malasgarras donde hierve la espesa brea cuando Branca dejó al diablo el lugar que ocupaba el alma en su cuerpo, y lo mismo hizo un pariente suyo, que le había ayudado en aquella traición. ¡Pero extiende al fin tu mano, libera mis ojos!

No lo hice, y fue un acto de cortesía ser grosero con él. ¡Ay, genoveses, hombres ajenos a toda buena costumbre y llenos de todo vicio!, ¿por qué no sois extirpados del mundo?; pues con el peor espíritu de Romaña, Alberigo, encontré a un conciudadano vuestro tan perverso que por su pecado había hundido ya su alma en el Cocito mientras su cuerpo aparecía en el mundo como si aún viviera.

CANTO 34

EN EL FONDO DEL ABISMO APARECE LUCIFER DEVORANDO CONDENADOS CON SUS TRES BOCAS. EL CAMINO HASTA LA SALIDA.

ALIGHIERI Y BOWIE

David Bowie fue un apasionado de la literatura. Tres años antes de su fallecimiento compartió una lista de 100 libros que consideró esenciales en su vida. Dos clásicos aparecen en ella: la *Ilíada* y el *Infierno* de la *Divina comedia*. Posiblemente la lectura de Dante le llevó a acuñar la frase: «La religión es para la gente que tiene miedo de irse al infierno. La espiritualidad es para aquellos que han estado ahí».

—Los pendones del rey del Infierno avanzan hacia nosotros; así que mira hacia adelante —me exhortó el maestro—, a ver si puedes vislumbrarlo.

Como cuando se levanta una espesa niebla o desciende en nuestro hemisferio la oscuridad de la noche y surge a lo lejos un molino de viento, así me pareció, entonces, ver un edificio de tal guisa; luego, a causa del viento, en seguida me refugié detrás de Virgilio, pues la roca no ofrecía allí abrigo alguno.

Había llegado ya, y no sin temor lo expreso, a la Judeca, un lugar donde las almas estaban completamente cubiertas de hielo y se traslucían como briznas de paja a través del cristal. Unas estaban tendidas, otras erguidas; unas cabezas arriba y otras cabeza abajo; y otras, arqueándose, inclinaban el rostro hacia los pies.

Cuando llegamos al punto en que Virgilio decidió mostrarme a la que en otro tiempo fue la criatura más hermosa, él, que iba delante de mí, se apartó y me hizo detenerme, diciendo:

—Este es Dite, y este es el lugar donde tienes que echar mano de todo tu coraje.

No me preguntes, lector, cuán helado y debilitado quedé entonces: no lo escribiré, pues cualquier discurso sería insuficiente. No morí y no permanecí vivo; piensa ahora por ti

GUARDIANES DEL INFIERNO

LUCIFER

LUCIFER

Nombre - Del latín *lucifer*, que significa «portador de la luz», término con que se denominaba el lucero del alba, es decir, la aparición matutina del planeta Venus.

Aspecto - En Dante es un coloso con la mitad inferior del cuerpo hundida en el hielo. Tiene tres caras de colores distintos, que son una perversión de la Trinidad. Llora por sus seis ojos, babea por sus tres barbas y sus antiguas alas de ángel se han convertido en alas de murciélago.

Origen - El motivo del ser celestial que aspira a lo más alto del cielo para luego ser arrojado a los infiernos es muy antiguo. Tiene su origen en los movimientos visibles del planeta Venus en la esfera celeste, asociados a divinidades como la sumeria Inanna —Ishtar en Babilonia—, según se narra en *Inanna y Shukaletuda*, el también babilónico Etana, el cananeo Attar y más tarde el griego Faetón.

Modus operandi **-** El Diablo de la teología cristiana es un ángel caído convertido en regente infernal, la oscuridad que se opone a la luz, personificación de las fuerzas malignas, del desorden, de la discordia y la tentación. Está en el círculo del Infierno donde penan los traidores porque ha traicionado a Dios. Mastica con cada boca a los mayores traidores de la historia: Casio y Bruto —asesinos de Julio César— junto a Judas Iscariote —quién vendió a Jesús—.

Principales apariciones - Como figura maléfica, está presente en la mayor parte de las culturas. Es Angra Mainyu o Ahriman en el zoroastrismo, así como el Iblís coránico, también llamado al-Shayṭān, «el que se enfrenta», de donde viene Satán —«adversario» en hebreo—.

La transformación del lucero del alba en el símbolo cristiano del mal fue un proceso azaroso. En Grecia y Roma, el astro era un dios, una figura masculina que porta una antorcha, hijo de la Aurora. Ahora bien, la imaginería bíblica identifica las estrellas con los ángeles. En ese contexto, el Libro de Isaías profetiza que el rey de Babilonia caerá desde su altura por causa del orgullo. Este rey es llamado לֵילִיָה (*Helel*, «el que brilla, hijo de la mañana»), en referencia a Venus. Tertuliano, Orígenes y San Agustín interpretan Isaías 14,12 como una alegoría de la caída de Satanás del Cielo.

mismo, si tienes algo de ingenio, cómo llegué a estar, entre la vida y la muerte suspendido.

El emperador de aquel reino de dolor sobresalía del lago helado desde la mitad del pecho; y, en comparación, estoy más cerca yo del tamaño de un gigante que un gigante del tamaño de sus brazos: comprenderás ahora, ¡oh, lector!, cuán grande debe ser su cuerpo entero si guarda proporción con brazos semejantes.

Si tan hermoso fue como feo es ahora, y osó además rebelarse contra su creador, justo es que se haya convertido en el principio de todo mal y de todo dolor. ¡Qué enorme asombro se apoderó de mí cuando vi tres caras en su testa!

Una, delante, era de color rojo bermellón; las otras dos se unían a ella por encima de uno y otro hombro, en el punto donde algunos animales tienen una cresta; la cara derecha era de color blanco amarillento, y la izquierda, negra, como la de los habitantes de Etiopía, allí donde el curso del Nilo desciende.

Bajo cada cara sobresalía un par de grandes alas que guardaban proporción con su tamaño: jamás vi velas en barco alguno de tal medida. Carecían de plumas, como las de los murciélagos; y al batirlas, Lucifer engendraba tres vientos: por ello se congelaba el Cocito. Lloraba con seis ojos, y por tres barbillas se escurría el llanto, mezclado con baba ensangrentada.

En cada boca trituraba con los dientes a un pecador como si fuera una agramadera, de modo que eran tres los condenados a los que así atormentaba. Para el que estaba dentro de la boca que teníamos ante nosotros, apenas eran nada los mordiscos al lado de los arañazos que sufría, hasta el punto de que a veces la espalda entera le quedaba desollada.

—Esa alma con la pena más terrible —explicó el maestro—, que tiene la cabeza dentro de la boca y por fuera agita las piernas, es Judas Iscariote. Las otras dos, de las que asoma la testa, son Bruto, que colgado del negro hocico se retuerce sin decir palabra, y Casio, que tan robusto parece. Pero la noche regresa y es hora de partir, pues ya lo hemos visto todo.

Como quiso Virgilio, lo abracé por el cuello, y él aprovechó el momento y el lugar más oportunos, cuando las alas de Lucifer estaban bien abiertas, para aferrarse a sus peludas costillas; descendió luego, de mechón en mechón, entre la espesa pelambre y las heladas costras.

Cuando llegamos al punto que marcaba la máxima curvatura del muslo y la máxima amplitud de las caderas, Virgilio, fatigado y sin aliento, se dio la vuelta, llevando la cabeza a donde antes tenía las piernas, y se aferró al pelo como quien se dispone a trepar, de modo que me pareció que volvíamos al Infierno.

—Agárrate fuerte —me advirtió mi maestro jadeando por la fatiga—, pues por estas escaleras debemos alejarnos del Infierno.

Salió después a una abertura en la roca, y me hizo sentar en el borde, dirigiéndose luego hacia mí con paso atento.

Alcé la vista, creyendo ver a Lucifer tal como lo había dejado; y en cambio lo vi sosteniendo en alto las piernas; el lector que, ignorante, no comprenda qué punto de la Tierra había atravesado, se imaginará cuán perplejo quedé entonces.

...e vidili le gambe in sù tenere...
...lo vi sosteniendo en alto las piernas...

Dante y Virgilio salen del infierno trepando por el cuerpo de Lucifer (1471-1480). Ilustración del manuscrito de la *Divina comedia* conservado en la Biblioteca Trivulziana de Milán.

—Levántate —dijo Virgilio—, pues el viaje es aún largo y el camino difícil; y el Sol se encuentra ya en la hora que media entre la prima y la tercia canónicas.

No era ciertamente la sala de un palacio señorial el lugar donde nos hallábamos, sino una caverna natural, con el suelo irregular y poca luz.

—Antes de que salga del Infierno —pedí a mi maestro cuando me hube puesto en pie—, dame alguna indicación que me permita aclarar una duda: ¿dónde queda ahora el lago helado?; ¿cómo es que he visto a Lucifer cabeza abajo, y cómo ha hecho el Sol para completar su camino en tan breve tiempo?

Y él me respondió:

—Razonas como si aún estuvieras al otro lado del centro de la Tierra, donde me aferré al pelo del malvado gusano que perfora el mundo. Estuviste allí mientras descendía, pero cuando me di la vuelta dejaste atrás el centro donde descansa el universo entero.

»Has llegado, ahora, bajo el hemisferio austral, opuesto al que cubre la extensión de la tierra firme, y bajo cuyo punto más elevado, Jerusalén, se dio muerte al hombre que nació y vivió libre de pecado; ahora apoyas tus pies sobre un pequeño espacio esférico que forma la cara opuesta al círculo de la Judeca.

»En este hemisferio amanece cuando en el boreal anochece; y Lucifer, que con su pelo nos hizo una escalera, sigue clavado de la misma manera que cuando cayó; pues se precipitó de este lado, y la tierra, que antes aquí afloraba, por temor a él hizo del mar un velo y confluyó en nuestro hemisferio; y quizá también huyendo de él, la tierra que en este otro hemisferio se ve formó luego esta cavidad en la que nos hallamos, y se extendió hacia arriba para volver a juntarse al otro lado del globo.

»Hay un lugar allí abajo, tan alejado del diablo cuanto mide la longitud de esa cavidad natural, al que se puede llegar guiado no por la vista, sino por el oído, gracias al rumor de un arroyuelo que hasta aquí desciende por una hendidura de la roca, que él mismo ha erosionado con su curso sinuoso y en suave pendiente.

Virgilio y yo atravesamos aquella vía subterránea para retornar al mundo luminoso, y, sin tomarnos siquiera un momento de descanso, ascendimos, él delante y yo detrás, hasta que volví a ver todas las maravillas de los cielos a través de una redonda abertura; y, pasando por allí, salimos a contemplar de nuevo las estrellas.

Página siguiente:
...e quindi uscimmo a riveder le stelle.
...salimos a contemplar de nuevo las estrellas.
La Vía Láctea desde Valle Encantado, San Juan, Argentina (2021), Fefo Bouvier.

LAS MEDIDAS DEL INFIERNO

Alessandro Maccarrone (1980) es doctor en física teórica por la Universidad de Barcelona, divulgador científico y profesor de secundaria, y autor de *El infinito placer de las matemáticas*.

FORMA Y ESTRUCTURA DEL INFIERNO

En 1588 el científico italiano Galileo Galilei pronuncia dos lecciones ante la Accademia Fiorentina sobre la estructura y forma del Infierno. En ellas, hace suya la descripción del Infierno que había propuesto el arquitecto Antonio Manetti unos años atrás y aporta diversos argumentos matemáticos a favor de la misma En las siguientes líneas se reproducen los razonamientos empleados por Galileo en su explicación de la estructura del Infierno. Cabe destacar que, para hacer más comprensible la descripción, se han actualizado las unidades empleadas y las medidas de algunas distancias terrestres que hoy se conocen con mayor exactitud.

La cavidad infernal

El Infierno es una cavidad cónica con el vértice situado en el centro de la Tierra y con la base centrada en la ciudad de Jerusalén. Para obtener ese cono, se empieza por dibujar una línea recta desde el centro de la Tierra hasta la ciudad de Jerusalén. Dicha línea coincide con el radio terrestre. A partir de Jerusalén se traza un arco de longitud igual a la duodécima parte de la circunferencia terrestre. Este arco tiene como extremos la ciudad de Jerusalén, por un lado, y la ciudad de Cuma, por el otro. Aquí es donde se sitúa la entrada al inframundo. Desde Cuma, se tira otra línea recta hasta el centro

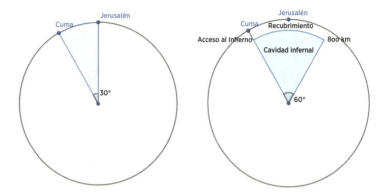

de la Tierra, con la que queda definido un sector circular de 30° (la duodécima parte de 360°). Por último, se hace rotar el sector circular alrededor del radio que une Jerusalén con el centro de la Tierra y esto da lugar al cono del Infierno. En realidad la cavidad infernal no alcanza hasta la superficie terrestre, sino que está recubierta por una bóveda de 800 km de grosor, lo cual equivale a la octava parte del radio del planeta.

La pared lateral del cono no es lisa, sino escalonada, lo cual confiere al conjunto un aspecto de gran anfiteatro. Sobre cada nivel se sitúan los círculos infernales, en los que se castigan los distintos tipos de pecados, ordenados de menor a mayor gravedad. Cada escalón alberga uno de los nueve círculos, excepto el quinto escalón, que contiene dos círculos, uno dentro del otro, el de los iracundos y el de los herejes. Por lo tanto, aunque los círculos son nueve, el anfiteatro infernal solo tiene ocho niveles, siendo el último el propio centro de la Tierra.

Profundidad de los círculos

En el primer escalón, justo por debajo de la bóveda infernal, se encuentra el Limbo, a una distancia de unos 800 km de la superficie terrestre. El segundo escalón se encuentra 800 km por debajo del Limbo, y esa misma distancia se repite entre todos los escalones siguientes hasta llegar al sexto.

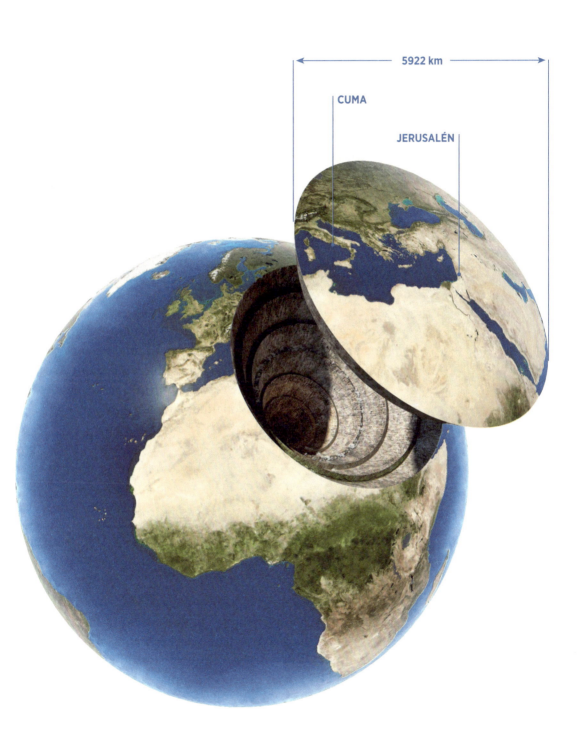

Al llegar al sexto escalón, donde se encuentra el círculo de los violentos, se ha descendido ya seis veces 800 km, lo cual corresponde a seis octavas partes del radio terrestre. Por debajo quedan todavía dos niveles, lo cual hace pensar que a cada uno le corresponde también un descenso igual a una octava parte del radio terrestre. Sin embargo, tal y como se demostrará más adelante, los dos últimos desniveles tienen profundidades distintas. Entre el sexto y el séptimo escalón se extiende el abismo de Gerión que mide más de 1400 km; y entre el séptimo escalón y el centro de la Tierra se sitúa el pozo de los Gigantes, que no alcanza los 200 km de profundidad.

Anchura de los primeros círculos

Una vez establecidas las profundidades de todos los niveles, podemos ocuparnos de las anchuras. Para ello, habrá que aplicar un teorema geométrico que establece que si dos arcos de circunferencia comparten el mismo ángulo, sus longitudes son proporcionales a las longitudes de sus radios.

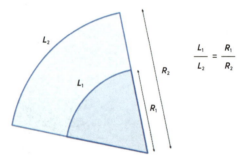

Teniendo esto presente, volvamos a considerar el arco de circunferencia terrestre que va de la ciudad de Cuma hasta Jerusalén. La longitud de dicho arco es de, aproximadamente, 3400 km. Partiendo del extremo situado en Cuma, se recorren 200 km en dirección a Jerusalén, de manera que queda definido un nuevo arco contenido en el anterior. Desde el extremo de ese arco situado más cerca de la ciudad de Jerusalén, se traza una línea recta hasta el centro de la Tierra. Se obtiene así un sector circular delimitado por el arco de 200 km y con centro en el centro de la Tierra. Si dentro de ese sector circular se dibuja otro arco situado a una profundidad igual a la octava parte del radio terrestre (800 km), se obtiene el perfil del Limbo.

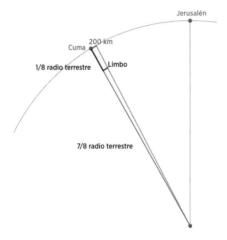

Pero, tal y como se ha dicho anteriormente, si dos arcos de circunferencia comparten el mismo ángulo, sus longitudes son proporcionales a sus radios. Por lo tanto, si entre los radios se da una razón de siete octavos, esa misma ha de ser la razón entre las longitudes de ambos arcos. Dicho de otro modo, el escalón del Limbo tiene una anchura igual a siete octavos de 200 km, esto es, 175 km.

Para determinar la anchura del segundo escalón, que alberga el círculo de los lujuriosos, se sigue el mismo procedimiento. Se traza otro arco de 200 km sobre la superficie, a continuación del anterior, y se dibuja otra línea recta hasta el centro de la Tierra. Dentro del nuevo sector circular se marca otro arco, pero ahora situado a una profundidad de dos octavos de radio terrestre y, por lo tanto, a una distancia de seis octavos de radio terrestre del centro. En consecuencia, la longitud de dicho arco ha de ser también seis octavas partes de la del arco situado sobre la superficie. Esto implica que la anchura del segundo escalón es igual a seis octavos de 200 km, que corresponden a 150 km.

De manera análoga, se establece que el tercer escalón, que contiene el círculo de los golosos, tiene una anchura de 125 km, mientras que la anchura del cuarto escalón, en el que se castiga a los avaros y a los pródigos, es de 100 km.

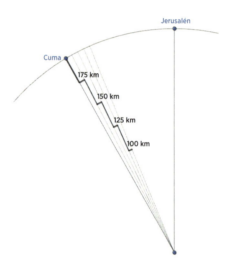

Anchura del quinto y sexto escalón

El quinto escalón funciona de manera diferente, ya que en él coinciden dos círculos. Por un lado, en la parte más exterior, se encuentra la laguna Estigia, que corresponde al quinto círculo, el de los iracundos y perezosos. Por el otro, en la parte interior está la ciudad de Dite, con el círculo de los herejes, que es el sexto. En medio, se extienden los fosos de la ciudad, cuya anchura es comparable a la de cada una de las dos regiones anteriores. Por todo esto, al quinto escalón le corresponde un arco sobre la superficie que es el triple de largo que los anteriores, es decir, de 600 km. Teniendo en cuenta que el quinto escalón se encuentra a una distancia del centro de la Tierra igual a tres octavas partes del radio, su anchura es igual a tres octavos de 600 km, es decir, 225 km.

El sexto escalón contiene el séptimo círculo, el de los violentos, que está dividido, a su vez, en tres cercos: un río de sangre (el Flegetonte), un bosque y un desierto. Por eso, de nuevo, para determinar la anchura de este nivel hay que considerar un arco de 600 km sobre la superficie de la Tierra. Y, como el sexto escalón está a dos octavas partes de radio terrestre del centro, su anchura es de dos octavos de 600 km, es decir, 150 km.

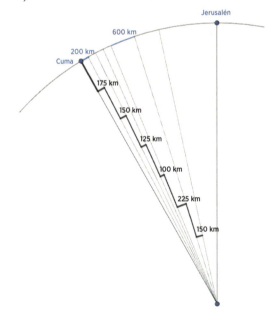

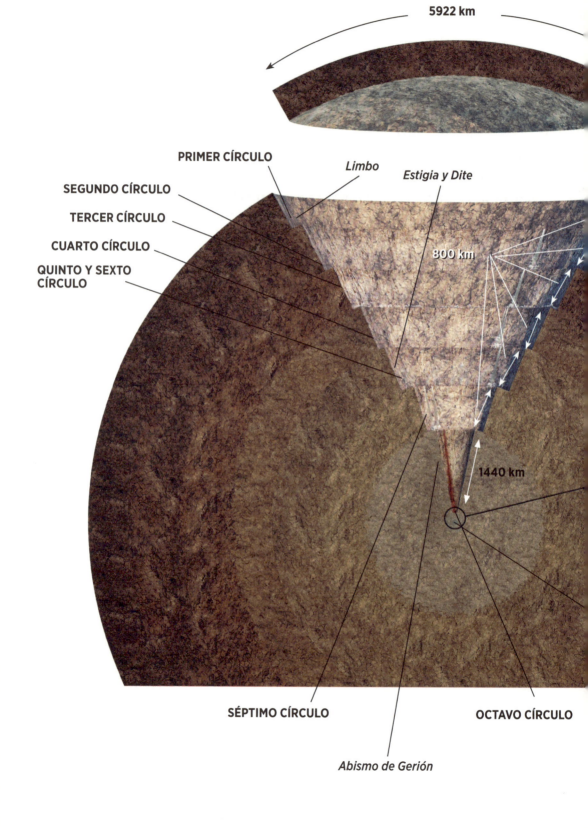

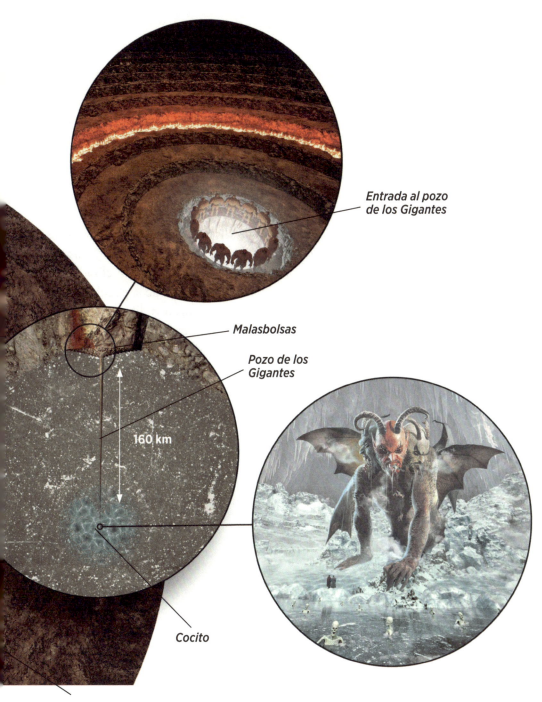

Entrada al pozo de los Gigantes

Malasbolsas

Pozo de los Gigantes

160 km

Cocito

NOVENO CÍRCULO

Las diez fosas de Malasbolsas

Llegados a este punto, ya se han repartido 2000 km del arco sobre la superficie terrestre (800 km a los cuatro primeros escalones y 1200 km al quinto y al sexto). La distancia entre Cuma y Jerusalén es de 3400 km, por lo tanto, quedan aún por repartir 1400 km.

El séptimo escalón alberga el octavo círculo, Malasbolsas, que está dividido en diez fosas concéntricas en las que cumplen condena las distintas clases de fraudulentos. Se sabe que la última fosa, que es la más interna, empieza a una distancia de 3,5 km del eje del Infierno (el radio que une el centro con Jerusalén), mientras que la penúltima fosa empieza a 7 km de dicho eje. Estas dos distancias son los dos primeros términos de una progresión aritmética, es decir, una sucesión numérica en que cada nuevo término se obtiene

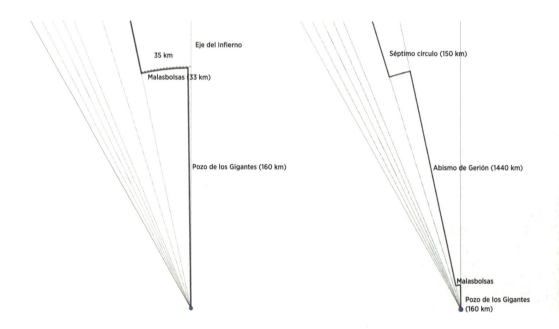

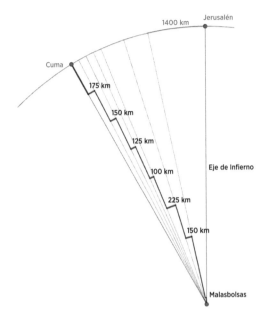

sumando 3,5 km al anterior. De esta manera, la octava fosa empieza a 10,5 km del eje del Infierno, la séptima a 14 km y así sucesivamente, hasta llegar a la primera fosa, que empieza a 35 km del eje del Infierno.

Eso significa que, desde el principio del séptimo escalón hasta el eje del Infierno, hay 35 km. Como ya se ha dicho, a esa distancia le corresponden 1400 km sobre la superficie terrestre; así pues, ahora se puede aplicar la relación entre arcos que comparten el mismo centro de manera distinta a como se ha hecho hasta ahora. En los niveles anteriores, se conocían los radios de cada arco y la longitud del arco de la superficie y se deducía la longitud del arco correspondiente a cada escalón. Ahora, en cambio, conocemos las longitudes de dos arcos con el mismo centro (1400 km y 35 km) y uno de los radios (el radio terrestre, que aproximamos a 6400 km).

A partir de estos datos, se puede deducir el valor del radio interior, que es la distancia de Malasbolsas al centro de la Tierra. La razón entre las longitudes de los arcos es igual a 35 km/1400 km, lo cual equivale a 0,025. Esto significa que Malasbolsas se encuentra a 0,025 radios terrestres del centro, es decir a 0,025·6400 = 160 km. Esa es la profundidad del pozo de los Gigantes.

Hay que recordar que desde el sexto escalón hasta el centro de la Tierra había una distancia de dos octavos de radio terrestre, es decir, 1600 km. Por lo tanto, la profundidad del abismo de Gerión, que une el sexto escalón y el séptimo, ha de ser igual a esos 1600 km, menos los 160 km del pozo de los Gigantes, lo cual da como resultado 1440 km. He aquí la explicación de por qué los dos últimos desniveles no miden una octava parte del radio terrestre como todos los anteriores.

El noveno círculo y el tamaño de Lucifer

El noveno círculo es el Cocito. Está formado por cuatro esferas de hielo concéntricas ubicadas alrededor del centro de la Tierra. En cada esfera se castiga a distintos tipos de traidores. El centro exacto de la Tierra coincide con el pubis de Lucifer, cuyo cuerpo descomunal sobresale de la menor de las esferas, del pecho hacia arriba. Por lo tanto, para determinar el radio de las esferas hay que determinar antes el tamaño de Lucifer.

Se debe tener en cuenta que el brazo de Lucifer supera la altura de un gigante en una proporción mayor de lo que la altura de un gigante supera la altura de un hombre. Y también que el gigante Nemrod, que se encuentra en el pozo de los Gigantes, tiene la cabeza de igual tamaño que una escultura con forma de piña que se exponía en el atrio de la antigua catedral de San Pedro y que medía alrededor de 3,5 m.

La relación entre la altura y la cabeza de un ser humano es de 8 a 1, así que si se asume la misma razón para un gigante, la altura de Nemrod es igual a 8 veces 3,5 m, esto es, 28 m. Si para la altura de un hombre se toma un valor de 1,75 m, resulta que el gigante es 16 veces más alto que el hombre. Entonces, el brazo de Lucifer mide más que 16 veces la altura de un gigante, lo cual equivale, aproximadamente, a 450 m. Por lo tanto, parece razonable pensar que dicho brazo mide unos 500 m. Y, si se asumen también para Lucifer proporciones humanas, se deduce que la altura ha de ser igual al triple de la longitud del brazo, es decir, 1500 m, un kilómetro y medio.

Altura cabeza gigante = Altura piña San Pedro = 3,5 m

Altura gigante = 8 · Altura cabeza gigante = 28 m

Altura hombre = 1,75 m

Longitud brazo Lucifer > 16 · Altura gigante = 16 · 28m ≈ 40 m

Longitud brazo Lucifer ≈ 500 m

Altura Lucifer = 3 · Longitud brazo Lucifer ≈ 1500 m

VISIONES DEL INFIERNO

Ana Garriga (1989) y **Carmen Urbita** (1989) son *Las hijas de Felipe*, nombre con el que en 2020, cursando su doctorado en Estudios Hispánicos en la Universidad de Brown, empezaron su podcast sobre rincones olvidados del Barroco, siempre guiadas por la premisa de que «todo lo que te esté pasando a ti ahora, ya le pasó a alguien en los siglos XVI y XVII». Desde entonces, han sido colaboradoras de *A vivir* (La Ser), han contribuido en medios como SModa, CTXT y La Marea, han participado en distintos festivales de creación y han colaborado con el Museo de El Prado y Patrimonio Nacional en tareas de divulgación. Son autoras de *Sabiduría de convento: cómo las monjas del siglo XVI pueden salvar tu vida del siglo XXI*.

MÍSTICAS, TEÓLOGOS, EXCURSIONISTAS: EL INFIERNO, DESTINO TURÍSTICO

El 8 de enero de 1524, el franciscano, célebre escritor y asesor imperial Antonio de Guevara (h. 1480-1545) se sentó a escribir una carta. El mensaje era para un amigo y, en principio, la intención era aclararle las menudencias de un sermón que había pronunciado algunos meses antes. Muy pronto, sin embargo, la carta toma un giro inesperado. El examen riguroso del salmo «*Descendant in infernum viventes*» («desciendan vivas al infierno», Salmos, 54-16) desemboca en una recomendación del descenso a los infiernos hinchada por el mismo tono comercial que tendría el folleto promocional de unas aguas termales. «*Peregrine quien quisiere a Monserrat, váyase a ganar el Jubileo de Santiago, prométase a nuestra Señora de Guadalupe, váyase a San Lázaro de Sevilla, envíe limosna a la Casa Santa, tenga novenas en el crucifijo de Burgos, y ofrezca su hacienda a San Antón de Castro, que yo no quiero otra estación sino la del infierno*». ¿Hablamos del lugar donde los condenados sufren castigo eterno o de una estación de esquí? No queda muy claro. Para qué asumir el engorro de desplazarse hasta alguno de esos lugares santos, piensa el franciscano, teniendo tan a mano el destino más luciferino y entretenido del mundo. «*No entiende en poco, ni *se ocupa en poco, ni anda poco, ni emprende poco, ni aun peregrina poco el que cada día da una vuelta al infierno».* Se trata de un turismo cotidiano, un paseo local, económico y, aunque pueda parecer mentira, seguro. *«En las romerías de la Casa Santa hay costa, hay trabajo, y aun hay peligro, mas los que cada día visitan de pensamiento el infierno, ni tienen costa, ni pasan trabajo, ni corren peligro, porque es romería que se anda a pie enjuto, y se visita a pie quedo».* El viaje es, claro, un ejercicio imaginativo, una aventura que puede uno vivir desde el resguardo, la placidez y el ahorro de la cama. *«De andar esta tan santa jornada, ni nos puede escusar flaqueza, ni impedir pobreza, porque ni nos manda que fatiguemos las personas, ni que empleemos las haciendas, sino que guardemos los dineros, y empleemos allí los pensamientos».*

Lo que el predicador de Carlos V propone es algo muy parecido a lo que dos décadas después recomendará Ignacio de Loyola (1491-1556) desde sus *Ejercicios espirituales* (1548). Si Antonio de Guevara aconsejaba tener junto a la cama «*un infierno pintado*» que poder observar para dar pie a ese conveniente viaje al inframundo, el famoso jesuita confía en que sus lectores sepan estimular el sensorio de la imaginación con suficiente fuerza como para alcanzar una auténtica experiencia 4D del infierno. Al infierno se ha de viajar cada día cerrando los ojos y viendo «*con la vista de la imaginación la longura, anchura y profundidad del infierno*», y visualizando allí «*los grandes fuegos y las ánimas como en cuerpos ígneos*». Hace falta después azuzar el oído, figurándose «*con las orejas llantos, alaridos, voces, blasfemias contra Cristo Nuestro Señor y contra todos sus Santos*». Se debe forzar también el olfato hasta sentir que de verdad se huelen «*humo, azufre, sentina y cosas pútridas*», gustar después «*con el gusto cosas amargas*» y, por fin, «*tocar con el tacto*» el tormento de los fuegos y las brasas derritiendo la piel. Loyola y Guevara llegaban un poco tarde a turistear por las atrocidades del infierno. La popularidad de la primera edición impresa de la *Divina comedia* en 1472 y de sus sucesivas traducciones había gentrificado el paraíso, el purgatorio y el infierno. Hasta comienzos del siglo XVI, los lectores españoles peregrinaron obsesivamente por el itinerario propuesto por Dante decididos a memorizar cada recoveco de su cosmología cristiana, a esquivar cada sapo del infierno y a caer rendidos ante la sonrisa encandilada de cada ángel del paraíso. Por eso, cuando Ignacio escribe sus *Ejercicios espirituales*, sabe —como buen jesuita rupturista siempre a la vanguardia—, que el *shock value* de las imágenes medievales ha perdido ya algo de fuerza y establece una distancia deliberada con el modelo de Dante: en el infierno de Loyola el único destino que importa es el tuyo. Que no pocos cantos de la *Divina comedia* anduvieran entrando y saliendo de los libros prohibidos y expurgados por la Inquisición hasta bien entrado el siglo XVII contribuyó a que los españoles, frente al resto de los europeos, se lanzaran a merodear por infiernos un poquito más propios.

Es imposible no preguntarse por qué abogaba Antonio de Guevara con tanto entusiasmo por universalizar la peor experiencia vacacional, o cómo es posible que Loyola se empeñara en dictar el tutorial con los cinco pasos definitivos para visualizarte con éxito en un escenario más pavoroso que los descritos en las cloacas de Tripadvisor. La respuesta, como siempre en el Barroco, es tan contradictoria como razonable. Teólogos, predicadores, confesores y moralistas estaban todos convencidos de que ningún remedio era tan infalible para evitar las llamas eternas de la condenación como pasear frecuentemente por ellas. Guevara lo resumía así: «*Descendamos ahora al infierno por contemplación, porque no descendamos después, por eterna damnación. Descendamos a él por temor, porque no nos lleven a él por rigor. Descendamos de día, porque no nos lleven a la noche».* Imaginarse entre las tinieblas, los demonios y las llamas era todo un ejercicio de precaución: solo sintiendo el simulacro de la tortura perpetua sería uno capaz de refrenar cautelosamente sus peores instintos. Todos aconsejaban, en fin, una gimnasia imaginativa completamente opuesta a la que nos gritan hoy tantos gurús del *manifesting*: había que esforzarse por proyectar justo aquello que nadie desearía nunca ver convertido en realidad.

Las acrobacias somáticas que Loyola propone, sin embargo, no son tan asequibles como el jesuita quisiera. La teoría de su método es clara, la práctica ya no tanto. ¿Cómo sentir en las propias carnes los extremos de un suplicio que nunca se ha experimentado? Por eso, Juan Eusebio Nieremberg (1595-1658), otro jesuita, intentará prestar un asidero comparativo a los lectores con dificultades para teletransportarse a la peor de las postrimerías posibles. «*Pongamos que solamente estuviese picando a uno en la mano derecha un mosquito, y en la izquierda una abeja, y en un pie se le hinchase una espina, y en el otro le picasen con un alfiler».* Hasta aquí, Nieremberg está jugando con la hipótesis de una acumulación de percances aciaga, pero factible en un día de excursión algo raro, en una salida al campo que se tuerce. Está intentando que los fieles logren trasladar las pequeñas molestias familiares al hiperbólico y desconocido campo del suplicio infernal. «*Si esto solo hubiese de ser para siempre, fuera intolerable tormento. ¿Qué será cuando manos, pies, brazos, cabeza, pecho, entrañas, han de estar ardiendo eternamente? El solo tener un dedo a la llama de un candil por un cuarto de hora, no se puede sufrir. El estar anegado en las llamas infernales por años eternos, ¿qué entendimiento hay que pueda, no digo explicar, sino concebir la grandeza deste tormento? Esto de nunca morir el tormento, esto de vivir siempre el atormentado, solo el pensarlo hace estremecerse las carnes, ¿qué sería experimentarlo?».*

Antonio de Guevara, Ignacio de Loyola y Juan Eusebio Nieremberg insisten en que su infierno es espeluznante, pero al final se les termina escapando un inframundo un poquito soporífero. En su afán por guiar a los lectores a través de ejemplos cotidianos, al franciscano y a los jesuitas les queda una excursión nada exótica, casi anodina. Quieren llevar de la mano a los fieles, acompañarlos desde la tranquilidad de su aposento hasta los recovecos más oscuros de la imaginación, pero, abusando del camino pedagógico del símil, los llevan de vuelta a la cama. Nieremberg cuenta la historieta de un hombre que, carcomido de pecados, decide confesárselos todos a santa Liduvina. La santa neerlandesa, para entonces ya anclada a una cama por la esclerosis múltiple que padecía, promete hacer penitencia en su nombre. A cambio, solo le pide una cosa: que, como ella, pase toda una noche en su cama, paralizado en una misma postura. Al pecador aquello le parece cosa de risa, la nada misma, si así puede esquivar el castigo eterno que sabe que se merece. Pero llegada la noche, la cosa se complica cuando se le antoja girarse. *«La cama bien regalada es, y de Holanda las sábanas, yo estoy bueno y sano, ¿qué me falta? No otra cosa, sino volverme de un lado a otro, ¿pero esto qué te importa? Estate quedo, y duerme hasta la mañana. No puedes. Pues dime, ¿qué te falta? Cómo es esto, que una noche sola no puedes sosegar y te sea tormento estarte quedo, sin revolverte, qué sería, si hubieses de estar así tres o cuatro noches? Por cierto que me sería muerte. Por cierto, que no creyera que había tanta pesadumbre en cosa tan fácil. Ay, miserable de mí, y cuan poca paciencia tengo, pues cosa tan poca así me enfada. ¿Qué fuera si me hubieran de mandar que no durmiese en muchas semanas? Pues qué fuera si tuviera una cólica, o dolor de piedra, o ciática, mayores males que estos te aguardan en el infierno adonde tú caminas con tantos pecados. Mira qué cama te espera en los abismos, qué colchón blando de pluma, qué sábanas de Holanda. Sobre tizones caerás, y llamas, y azufres te servirán de colcha. Mira si es esta cama para una noche: pues noches, y días, meses, y años, siglos, y eternidades estarás allí del lado que cayeres, sin volverte al otro»*. El infierno es para estos señores un territorio nada trepidante, una cartografía doméstica: es, sencillamente, algo muy parecido a una noche de insomnio sin tener a mano un Orfidal.

Para santa Francisca Romana (1384-1440), canonizada por el papa Paulo V en mayo de 1608, el infierno fue algo muy diferente. Francisca nunca llegó a salir de su Roma natal, vivió confinada en la ciudad durante los años más asfixiantes de la peste negra y, más tarde, después de abandonar a su marido para mudarse a un monasterio de benedictinas, tuvo que conformarse con apaciguar cualquier atisbo de espíritu aventurero con las breves salidas que hacía para atender a los necesitados de la zona. Para ella, como para muchas otras mujeres que vivieron en la clausura, la beatería o la santidad, el arrebato místico era el único pasaporte posible a las coordenadas de un destino exótico. En su *Tratado del infierno,* Francisca detalla las lobregueces de un viaje sin duda temible, pero también más estimulante que un cofre regalo con experiencias de aventura. A su confesor le cuenta que, un día, habiéndose entregado con paciencia al rezo y la contemplación, siente cómo la toma por entero un éxtasis espiritual. No es la primera vez que le ocurre pero, aquel día, en la ruleta rusa de los éxtasis espirituales le toca el premio gordo: una expedición a los infiernos. Su visita no tiene ni sombra de domesticidad. La entrada de Francisca al infierno adquiere una anacrónica atmósfera de novela gótica cuando la romana se encuentra con una inscripción amenazadora, una advertencia escrita con sangre coagulada: «*MIRA QUE ESTE LUGAR ES EL INFIERNO, DONDE LAS ALMAS CONDENADAS HAN DE MORAR. ¡DE TODAS LAS TIERRAS MALDITAS ESTA ES LA PEOR! EN ESTOS DESDICHADOS REINOS EL DOLOR NO TIENE DESCANSO. ¡LAS LLAMAS ARDEN PARA SIEMPRE, EL TORMENTO NUNCA CESA!*». Con fino ojo de meteoróloga, Francisca describe una oscuridad pegajosa, una espesura de nubarrones y sombras impenetrables con la que jamás tendrá que combatir en el suave clima de Roma. ¿Sacaría la idea de aquellos «torbellinos», de aquella «neblina opaca», de la lectura furtiva de algún diario de viajes? No sería tampoco raro que el terrorífico dragón que preside su infierno surgiera de alguno de los muchos libros de caballerías que Francisca pudo haber devorado. Aunque la exactitud anatómica y la curiosidad casi médica con la que describe a la criatura —«*su espantosa boca abiertísima, la lengua colgando de manera siniestra. De este orificio brotaba un fuego que ardía con fuerza abrasadora, pero sin luz. Un hedor putrescente y repugnante manaba también de su boca*»— hacen pensar, también, que la santa pudo haber buscado consuelo, con la melancolía de una aventurera enclaustrada, husmeando en bestiarios y tratados de filosofía natural. Quien hoy quiera sumar atisbos infernales a la ya más que infernal práctica del turismo *low cost*, puede volar a Roma el 9 de marzo, día de santa Francisca, y aprovechar la apertura extraordinaria del antiguo monasterio de Tor de' Specchi para ponerse de puntillas y ojear, entre las cabezas y los móviles del resto de viajeros, los frescos con los que el pintor Antoniazzo Romano quiso ilustrar la visión del infierno de la santa. Todo está ahí: la llegada de los condenados, los círculos del infierno, el castigo de los orgullosos, el de los perezosos, el de los enojados, el de los avaros, el de los glotones, el de los lujuriosos, el de los excomulgados. Paseando la mirada por todas estas escenas, más que familiares si ha leído a Dante, el turista no podrá sino albergar la muy justificada sospecha de que Francisca tuvo también que devorar, en la privacidad de su celda, los versos infernales del poeta florentino. Es posible que la *Divina comedia* fuera para la santa un subterfugio para un oscuro pero alentador ensueño diario, tan necesario y reconfortante para ella como lo pueda ser una guía *Lonely Planet* para alguien que quizás nunca vaya a salir de su habitación.

Da igual que hayas nacido en Roma hace seiscientos años o en Castilla hace quinientos, las asfixias de la clausura siempre son más llevaderas si te permites ser un poquito fantasiosa. Cuando el dominico García de Toledo le pidió a la carmelita Teresa de Jesús que le diese forma al *Libro de la Vida*, Teresa debió sentir que esta petición sin escapatoria le había caído del cielo. Tenía ya casi cincuenta años y muchas ganas de escribir. Quizás si hubiera nacido cuatro siglos más tarde no habría tenido que desgastar su pluma con virguerías descriptivas que textualizaran aquellas visiones místicas que tanto interesaban y perturbaban a dominicos como García de Toledo o Domingo Báñez. Hubiera quizás sucumbido a las lucrativas ganancias del *chick-lit*, de la novela histórica o de las sagas policíacas porque Teresa siempre buscó la conquista, nada fácil, de la popularidad masiva. Por eso, su infierno, compuesto con la minuciosidad de quien se está jugando una reprimenda de la Inquisición, es el infierno más *mainstream* y, a la vez, el más cautivador. «*Parecíame la entrada* —escribe— *a manera de un callejón muy largo y estrecho, a manera de horno muy bajo y oscuro y angosto. El suelo me pareció de un agua como lodo muy sucio y de pestilencial olor, y muchas sabandijas malas en él. Al cabo estaba una concavidad metida en una pared, a manera de una alacena, adonde vi meter en mucho estrecho».* Han pasado seis años, asegura, desde que tuvo la visión del infierno y, mientras intenta engatusarnos con la imposibilidad de hallar las palabras para describir lo que vivió —*«sentí un fuego en el alma, que yo no puedo entender cómo poder decir de la manera que es»*—, su prosa entre dubitativa y contundente logra convencerte de que, pase lo que pase, ninguna travesura merece que arriesgues pasar toda tu eternidad entre las inclemencias del infierno: «*Los dolores corporales tan incomportables, que, con haberlos pasado en esta vida gravísimos y, según dicen los médicos, los mayores que se pueden acá pasar...no es todo nada en comparación de lo que allí sentí, y ver que habían de ser sin fin y sin jamás cesar. Esto no es, pues, nada en comparación del agonizar del alma: un apretamiento, un ahogamiento, una aflicción tan sentible y con tan desesperado y afligido descontento, que yo no sé cómo lo encarecer. Porque decir que es un estarse siempre arrancando el alma, es poco, porque aun parece que otro os acaba la vida; mas aquí el alma misma es la que se despedaza. El caso es que yo no sé cómo encarezca aquel fuego interior y aquel desesperamiento, sobre tan gravísimos tormentos y dolores. No veía yo quién me los daba, mas sentíame quemar y desmenuzar, a lo que me parece. Y digo que aquel fuego y desesperación interior es lo peor».* El infierno, para Teresa, es sencillamente lo peor. Pero no solo. Era también un espacio que le permitía dialogar con la imaginería devocional, jugar con resortes fantasiosos, contorsionar los límites del lenguaje para intentar darle nitidez a una agonía multisensorial. Sentada en su celda del primer convento de carmelitas descalzas que acaba de fundar en

Ávila, Teresa escribe esta visión estremecida por «*las muchas almas que se condenan (de estos luteranos en especial, porque eran ya por el bautismo miembros de la Iglesia)*», decidida a autorizar la reforma espiritual que acaba de emprender, pero también —estamos seguras— espoleada por el gusanillo de conseguir dibujar el más evocador de los infiernos.

Si el infierno fue un temido «lago de fuego y azufre» (Apocalipsis 20, 10) muy socorrido para encauzar a mujeres y hombres por la senda de la moral cristiana, también permitió que místicas y visionarias, inquisidores y predicadores se entregaran a un delirio creativo para conseguir que la precariedad de un olor descrito, de una imagen textualizada o de un calor hecho solo de adjetivos lograra llevarte hasta el estremecimiento y la desolación. En los conventos del siglo XIII, del XIV o del XVII, las monjas no tenían distopías góticas ni taquillazos de ciencia ficción para esquivar las pesadeces del presente, pero las visiones del infierno les aseguraban un viaje aterrador, escapista y bastante entretenido que las alejaba, al menos por un ratito, de los muros en los que vivirían hasta el final de sus días.

LA MÚSICA DEL INFIERNO

Jordi Garrigós (1981). es periodista cultural. Colabora con varios medios de comunicación —*Diari Ara*, Rac1— y es guionista del programa *Página Dos*, de RTVE.

ASÍ SUENA EL AVERNO: UNA LISTA DE CANCIONES INFERNALES

A lo largo de la historia se ha dado por supuesto que si existe una música celestial (buena), por fuerza tiene que existir una música infernal (mala). Si bien este convencimiento se ha ido difuminando a medida que la diferenciación entre buena y mala música se diluía, lo cierto es que la música popular ha creado un hilo musical pensado directamente para rendir cuentas con nuestros pecados. Y, por suerte, muchas son canciones estupendas.

Esta lista musical comienza en la era de la hegemonía pop y la globalización de los artistas de masas. En este contexto, la música infernal ha sonado en tocadiscos de todo el mundo, transitando por multitud de caminos estilísticos. De hecho, incluso han proliferado géneros propios, convirtiendo la música satánica en un atajo ideal para contactar al demonio. En *El día de la Bestia* (Álex de la Iglesia, 1995), el protagonista, un cura que quiere encontrar al diablo en pleno centro de Madrid, acude en primer lugar a una tienda de discos de *heavy metal* para empezar su búsqueda. No es una elección casual, ya que son muchísimas las bandas que han puesto el infierno en el centro de su música, sugiriendo de ese modo que, si algo suena allí abajo, debe ser bastante parecido a sus canciones.

Siguiendo un estricto orden jerárquico, los Rolling Stones se pusieron en la piel del demonio en «Sympathy for the

Devil», de 1968, una de sus canciones más icónicas. Aquí el diablo se presenta a ritmo de bongos y y declarándose culpable de algunos de los crímenes más horribles de la historia. Mike Jagger, que nunca vio demasiado clara la relación del grupo con el satanismo, aceptó hacer un disco icónico en la materia: *Their Satanic Majesties Request* (1967). No sería un título baladí, pues el apelativo de Sus Satánicas Majestades aún acompaña al grupo sesenta años después.

Otros grandes nombres de los años sesenta y setenta también coquetearon con Lucifer. En 1963 Elvis Presley publicó el sencillo *(You're the) Devil in Disguise*, que no versa de fuego ni tinieblas, pero se apunta a una simplona e inmadura acusación: «Pareces un ángel, pero realmente eres un demonio». Esta temática, señalada hoy como misógina y anticuada, ha sido uno de los grandes puntos de relación entre Satanás y el pop. Muchas canciones han humanizado al demonio y le han atribuido cuerpo de mujer, como la rareza que publicaron The Doors en 1969, «Woman is a Devil», un *blues* bastante anodino que no incluyeron en ningún álbum oficial. Frank Sinatra, en cambio, lo deshumanizó para cantar a una luna diabólica en «Old Devil Moon», versión de un musical de Broadway de mediados de los años cuarenta que también tocó, entre otros, Chet Baker. Dos artistas que fueron mucho más claros al respecto fueron The Grateful Dead, que se confesaron amigos del demonio en «Friend of the Devil» en 1970 y Frank Zappa, que se acercará al demonio con un álbum instrumental temático de nombre *Jazz from Hell*, uno de los sesenta y dos discos del genial músico norteamericano.

Son algunos ejemplos muy evidentes, pero las acusaciones, más o menos fehacientes y creíbles de posibles canciones satánicas, o que escondían mensajes demoníacos, ha sido habitual a lo largo de los años, especialmente en la época en que proliferaron sectas como la familia Manson. Quizá el ejemplo más famoso fue «Hotel California», de los Eagles —que incluye versos como «*This could be Heaven or this could be Hell, you can check out anytime you like but you can never leave*»— aunque sus compositores siempre negaron la existencia de tal mensaje demoníaco.

Una lista de canciones satánicas debe incluir a los mayores expertos en la materia, y estos son los *heavys*. La irrupción de Led Zeppelin y Black Sabbath, y la posterior consolidación del *metal* como género musical de referencia, situó al infierno y al demonio como una temática que pasó de ser una anécdota a convertirse en un eje importante de la música pop. La bastardización del *blues*, pasado por el filtro del *rock'n roll* y bastantes drogas, se concretó en la que posiblemente sea la gran banda sonora del infierno. De hecho, algunos de sus miembros más destacados se han pasado siete décadas hablando del diablo y de su morada, aunque hoy en día hay quien reniega de ello, como Alice Cooper, que nunca toca en directo su «Run Down the Devil», de 2005.

Volviendo a los grupos seminales, en Led Zeppelin militaba Jimmy Page, que compró una siniestra mansión en el lago Ness donde practicaba ocultismo. Black Sabbath fueron más allá y varias canciones los sitúan como los pioneros del asunto —la misma «Black Sabbath», «Heaven & Hell», «Wicked World» o «Lord of this World»—, además de reivindicarse como los inventores de los cuernos satánicos, símbolo que consiste en recrear los cuernos del demonio con un gesto de la mano y que los metaleros repiten constantemente durante los conciertos. Esta costumbre proviene de una antigua superstición de los Cárpatos y su práctica ha quedado como uno de los elementos diferenciales y más característicos de esta subcultura.

No está demostrado que sea un demonio, pero Ozzy Osbourne, primer cantante de los Sabbath, podría ser considerado un alumno aventajado de Satán, pues mordió la cabeza de un murciélago vivo en un concierto de 1982, un incidente que le llevó al hospital. Por cierto, una de sus canciones más conocidas es «Hellraiser» (1991), coescrita con otro sospechoso habitual de la maldad, Lemmy Kilmister, de Motorhead.

Como movimiento contracultural, y por tanto alejado de la academia, la segunda ola del *metal*, centrada en grupos como Iron Maiden, Judas Priest, Manowar o Saxon, apostó por la adopción de símbolos satánicos como recurso estético y temático predominante. Fuera por provocación o simple diversión, en su época dorada, especialmente durante los años ochenta, estas bandas llenaron sus indumentarias de imágenes y símbolos vinculados con el demonio y el infierno, y con otras estampas más relacionadas con el esoterismo, el ocultismo o la brujería. No solo fueron un elemento clave en camisetas y cubiertas de discos, también en sus canciones. «Runnin' With The Devil», de Van Halen, «Louder Than Hell», de Mötley Crüe, «Hell Was Made in Heaven», de Helloween, «Hell Bent for Leather», de Judas Priest o «Fear of the Dark», gran clásico de Iron Maiden, son algunos himnos de entre los centenares de temas en los que el *rock* duro ha abordado la cuestión, con apariciones más que recurrentes, habituales.

La tradición del género ha seguido fiel al diablo a medida que avanzaban los años: desde Marilyn Manson cantando «Long Hard Road Out of Hell», a Pantera con sus «Cowboys from Hell», o «Hell and Black» de Metallica. Y hasta hasta hoy en día los ejemplos se pueden contar por centenares, quizá miles.

Mención aparte merecen los australianos AC/DC, autores de las que posiblemente sean las dos canciones relacionadas con el infierno más famosas de todos los tiempos: la primera es, claro está, «Highway to Hell», de 1979, que hoy supera los más de mil quinientos millones de reproducciones en Spotify, y la segunda es «Hells Bells» (1980),otro clásico de la música infernal y de la cultura popular, pues es el himno con el que el equipo de fútbol St. Pauli sale al campo como local en el Millerntor-Stadion de Hamburgo.

Haría falta la extensión de otra *Divina comedia* para seguir enumerando, no solo bandas y canciones, sino también estilos especialmente diabólicos que, con sus voces guturales procedentes del mismísimo infierno, se han ocupado del tema en cuestión dentro del propio *metal* —Trash, Black, Death, Gothic, Doom, Grindcore—, de modo que habrá que tomar otros derroteros. Y es que la «Casa Lucifer» ha encontrado su espacio en prácticamente todos los géneros más populares. Tan solo hay que escuchar canciones tan distintas entre sí como «Satan», de los Orbital, «Hell is Around the Corner», de Tricky o «Hotter Than Hell», de Dua Lipa. ¿Electrónica y pop de masas infernal? Por supuesto.

Históricamente, el demonio y el infierno han sido un gran instrumento de provocación a la moral oficial, especialmente a la religión. Por ello también se ha cantado en el *punk*, anticlerical por bandera, que incluso ha albergado un grupo llamado Satanic Surfers. Especialistas en alborotar al personal, los padres europeos de esta subcultura fueron los Sex Pistols, que en *Anarchy in the UK,* de 1977, empezaban asegurando que «*I am an Antichrist and I am an anarchist*». Y casi tan icónica como el himno de los Pistols fue «Straight to Hell», de The Clash, incluida en el quinto disco del grupo, *Combat Rock*. En la pista original, de casi siete minutos,

Joe Strummer va enumerando injusticias que pululan por el mundo. Aun siendo una canción importante en el catálogo de The Clash, ha llegado en especial buena forma al siglo XXI gracias al hecho de que de su base instrumental sale el característico *sampler* de «Paper Planes», de MIA. Y al otro lado del charco no se puede olvidar al gran Iggy Pop, que se ocupó del tema en «Your Pretty Face is Going to Hell», con The Stooges.

Más allá de letras y estéticas, *rock* e infierno no se entienden el uno sin el otro. Desde el gran Daniel Johnston, el cantautor que creyó ver al diablo en pleno vuelo y provocó un accidente en la avioneta en la que volaba con su padre, hasta un tipo apodado Hell (Richard Hell, de los Television). Y desde el músico de *blues* Robert Johnson, del que cuenta la leyenda que pactó con el diablo, a Carne de Satán, el dúo rockero surgido en una casa okupada de Barcelona. Por no hablar de algunas bandas de tendencias oscuras, como es el caso de Jesus and Mary Chain, que a finales de los ochenta saturaban oídos de todo el mundo con sus guitarras envolventes a gritos de «dame más infierno» en «Gimme Hell». Suyos fueron algunos de los primeros acercamientos *indie* a la temática diabólica, y aunque no es un movimiento que haya indagado especialmente en la materia, ha obsequiado al público con honrosas excepciones, como «There's a Place in Hell for Me and My Friends» (1991), de Morrissey o «Hell's Comin Down» (2006), de Primal Scream, dos canciones maravillosas y rotundamente melódicas. Además, uno de los grandes grupos *indiepop* de los últimos veinticinco años es, precisamente, The Divine Comedy.

Mucho más sofisticada e industrial suena «Shaking Hell» (1983), de los vanguardistas Sonic Youth, una colección de ruidos disonantes que asustaría al mismísimo Belcebú.

Compañeros de generación, Nirvana se adentraron en la *Divina comedia* en el video del primer single de su tercer disco, *Heart-shaped Box*, pero además, una de sus versiones más recurrentes fue «Lake of Fire», original de los Meat Puppets, con versos que no dejan lugar a dudas: «*They don't go to heaven where the angels fly, they go down to the lake of fire and fry*». Una última canción del *indie* norteamericano: «Hellbound», de The Breeders, con las hermanas Gordon buscando el límite del infierno en *Pod* (1990), su álbum de debut.

Se ha citado a un buen número de grupos de ayer, pero en la actualidad siguen apareciendo canciones que abordan el tema, aunque sea de pasada: «Seven Devils», de Florence and the Machine, «Dancing With the Devil», de Demi Lovato, «Friend of the Devil», de Mumford and Sons o «I Fell In Love With The Devil», de Avril Lavigne, una artista que, de buenas a primeras, no encaja exactamente en el ideal diabólico imaginado por Dante.

Esta lista acaba aquí, recordando que la historia ha regalado algunas canciones magníficas y muy famosas que han abrazado al demonio en todas sus facetas. Beck habló de su peinado en la majestuosa «Devil's Haircut», Dover anunciaron un refresco azucarado con una canción llamada «Devil Came to Me», y Nick Cave nos hiela la sangre cada vez que entona «Up Jumped the Devil». Ah, y el demonio también ha servido para mandar a la gente a hacer puñetas, o algo parecido cantó Nina Simone en «Go to Hell». En cualquier caso, y como dijo Momus, músico escocés de la *new wave*, el infierno siempre será la música de los demás. Pues bienvenida sea.

LA CÁRCEL

Alexis Kalli (1984) es un arquitecto que trabaja en el Reino Unido. Especializado en proyectos de vivienda social a gran escala en el centro de Londres, Alexis navega por las complejidades de la política local y nacional para crear viviendas de calidad en entornos históricos a menudo desafiantes. El pensamiento crítico y una especial atención al diseño son característicos en su práctica profesional. *HM Park Life* es su proyecto de final de carrera.

HMPARK LIFE, EL NUEVO PANÓPTICO

El proyecto de HMPark Life, que es mi proyecto de final de carrera en arquitectura —*Masters Design Thesis*— en el Royal College of Arts de Londres, tiene su origen en los disturbios en Inglaterra del verano de 2011. Estos disturbios se iniciaron en el barrio londinense de Tottenham tras la muerte de Mark Duggan, un joven afrocaribeño de veintinueve años, por disparos de la policía. Los disturbios se extendieron rápidamente a otras zonas de Londres y a otras ciudades de Inglaterra. La opinión pública exigió que se castigara duramente a los culpables y se sugirió a los tribunales que las penas impuestas fueran severas. Además, la prensa conservadora insinuó que la pena de prisión no era suficiente porque (según publicaron) las cárceles son poco más que «campamentos de verano», y el gobierno intervino con la propuesta de someter a los reclusos a jornadas laborales de 40 horas semanales.

HMPark Life es un tipo de prisión radicalmente nuevo que se construiría en pleno centro de Londres. El proyecto cuestiona el afán por convertir a la población reclusa en mano de obra barata, un sistema que no se limita a proporcionar conocimientos a los convictos en nombre de la «reinserción», sino que obliga a los reclusos a ser a la vez visiblemente productivos y castigados para saciar la omnipresente sed de justicia del público.

La prisión está construida según el modelo de círculos concéntricos del *Infierno* de Dante: cuanto más grave es el delito, más dura es la pena y a mayor profundidad se envía al pecador.

En HMPark Life, la clasificación de las actuales categorías de seguridad de las prisiones británicas refleja este aumento gradual de la delincuencia y la necesidad de seguridad. La propia arquitectura de la prisión lleva la analogía todavía más lejos: está construida a gran profundidad, y los delincuentes más peligrosos se encuentran en la parte inferior de la estructura. Pero el proyecto también introduce un componente de espectáculo con la posibilidad de que el público acuda cuando quiera a observar a los presos.

Con un sistema de alta seguridad en la zona más profunda que evoluciona hasta una prisión abierta en la superficie del embudo excavado por los presos, la disposición de la prisión en el exclusivo barrio de Herne Hill ofrece múltiples espacios de interacción entre presos y externos en forma de un teatro, una biblioteca o múltiples talleres. En el núcleo principal de circulación de la prisión se sitúa un mirador para el público, una ubicación ideal desde la que observar a la multitud de reclusos productivos, dejando al público con una sensación de satisfacción. Ese es el nuevo panóptico.

Mientras desarrollaba el proyecto investigué sobre las implicaciones físicas de las «heterotopías» de Michel Foucault, que son una serie de principios que definen la naturaleza de lo que crea espacios desviados / sincronizados / paradójicos / basados en el tiempo / exclusivos o inclusivos e ilusorios. Entonces me topé en el ensayo *Cultura y simulacro*, de Jean Baudrillard, con la afirmación: «El simulacro no es el que oculta la verdad. Es la verdad la que oculta que no hay verdad. El simulacro es verdadero».

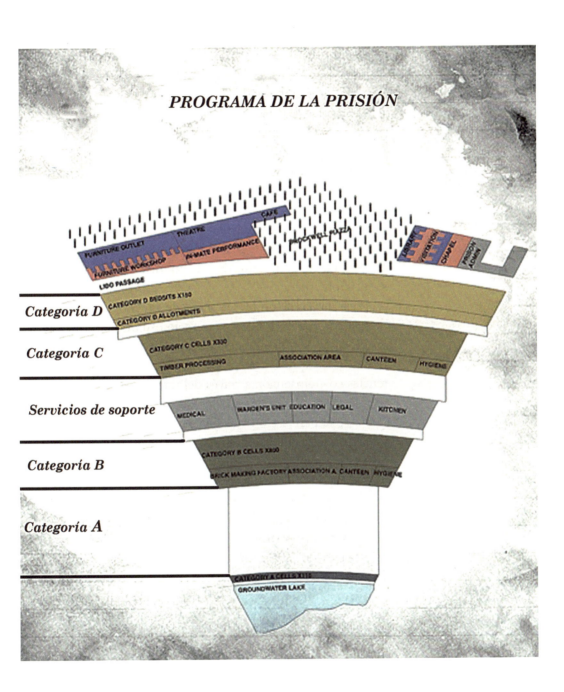

Como londinense, seguí los disturbios en las noticias desde la seguridad de mi casa a las afueras de la ciudad. No solo me sorprendió la aleatoriedad de la violencia, sino también todas las reacciones erráticas que desencadenó. La gente de a pie, los tertulianos, los políticos, todos se habían formado su propia opinión simplificada y facilona sobre los acontecimientos, y culpaban a la educación, al sistema de prestaciones sociales, a las primas de los banqueros y a saber qué más. Pero cuando se empezó a saber que algunos de los implicados tenían antecedentes penales, todo el mundo tuvo claro que el gobierno de coalición liderado por los conservadores iba a adoptar algún tipo de política reaccionaria. No se hicieron esperar.

Poco menos de un mes después de aquello, el secretario de Justicia, Kenneth Clarke, anunció cambios radicales en los procesos de rehabilitación de los delincuentes en las prisiones. Las expresiones «proporcionar habilidades/competencias» o «reinserción a través del trabajo» se convirtieron varias semanas después en «los delincuentes tendrán que "ganarse el pan"». Con trabajos de 40 horas semanales en tareas serviles como lavar la ropa o pegar casquillos de bombilla y una remuneración máxima de 10 libras a la semana.

Esta aparente confusión sobre la finalidad de la formación de los delincuentes o el trabajo como castigo fue lo que me inspiró para crear HMPark Life. La rehabilitación ya no suponía un beneficio para el delincuente, sino una herramienta para que el Estado tranquilizara al sector progresista de la sociedad diciéndole que a los delincuentes se les ofrecían conocimientos para superarse, y a los más conservadores, diciéndoles que se les ponía a trabajar como castigo.

Me pareció que tenía mucho que ver con la cita de Jean Baudrillard. Con esta nueva legislación, ¿para qué sirve estar encarcelado? HMPark Life es la tapadera del Estado que oculta la verdad: que el encarcelamiento no tiene ningún propósito más que apaciguar a la opinión pública.

El *Infierno* de Dante, la primera parte del poema épico la *Divina comedia*, no solo servía de alegoría de los horrores y tumultos del Infierno, sino que también proponía una clara organización programática y espacial. A lo largo de la historia se han hecho muchos diagramas para explicar los círculos descendentes del Infierno, y todos siguen la descripción que ofrece el poema, con un cañón o desfiladero escalonado y cónico que penetra en la superficie de la Tierra, y en cuyo vértice se encuentran Lucifer y un lago helado. Cuanto más se desciende, más atroz es el pecado cometido. Me pareció apropiado aplicar esta lógica a una prisión.

Las prisiones del Reino Unido se dividen en siete categorías de seguridad diferentes, cuatro de ellas específicamente para hombres. La categoría A es la de mayor seguridad, para los que suponen un mayor riesgo para el Estado y la sociedad; la B es también para los presos que suponen un riesgo para la sociedad, pero además es donde se envía a los presos preventivos (los que están a la espera de juicio o sentencia); la C es para los delincuentes que no pueden estar en una prisión abierta; y la D es la de régimen abierto. Este sistema gradual de seguridad encajaba perfectamente con el *Infierno*, por lo que situar la máxima seguridad (para los pecados más graves) en la base de HMPark Life con los niveles ascendentes B y C hasta el régimen abierto D en la superficie fue lo que definió claramente la estructura del proyecto. A partir de entonces, las reglas fueron mantener en la superficie las actividades más «amables», como la biblioteca, la sala de visitas y el teatro, y las tareas serviles más arduas, como la fabricación de muebles o la excavación de pozos de arcilla, en los niveles descendentes.

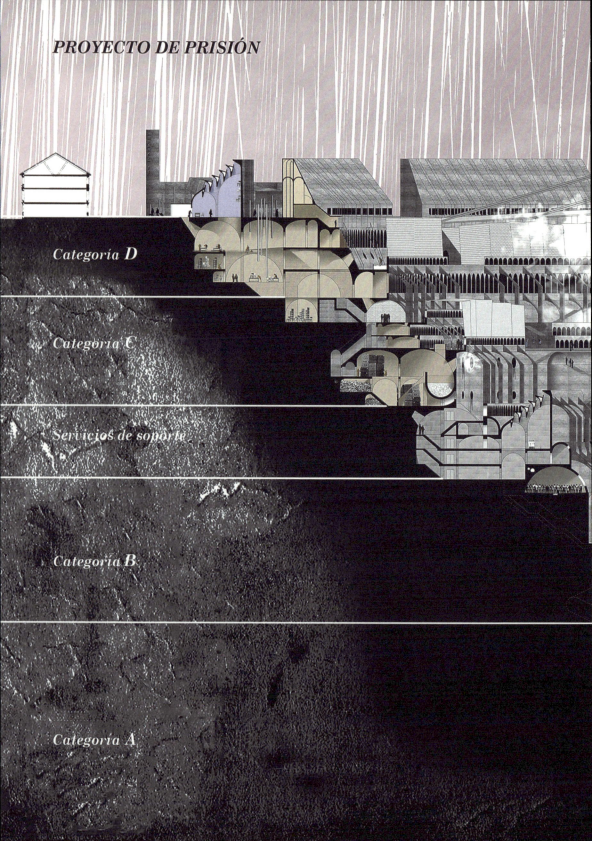

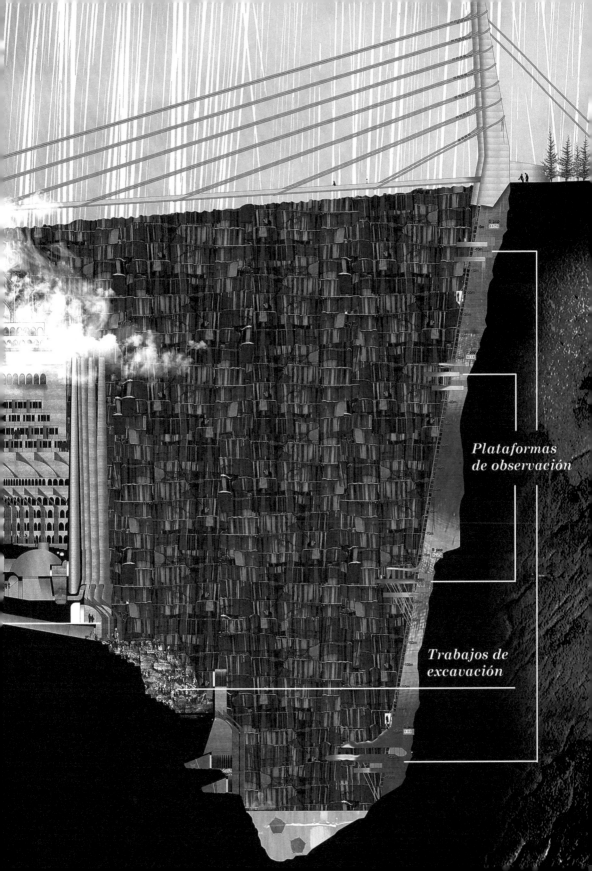

Presos acarreando arcilla para la fabricación de ladrillos.

La circulación de los presos se realiza siempre por la superficie del edificio para ofrecer un panorama completo al público, mientras que los guardias se ocultan en una red de túneles que discurre por detrás de la estructura principal. Todo en la prisión está hecho de ladrillos fabricados *in situ* como parte del sistema de castigos de la categoría B.

La idea es que el arco de la prisión llegue a formar en algún momento un círculo completo. Las celdas tienen ventanas de distintos tamaños según el nivel de castigo, mientras que los que están en el fondo viven en cuevas, apenas por encima del nivel freático. La arquitectura nace de la necesidad de mantener barreras seguras entre cada nivel y de que la estructura se entierre firmemente en la tierra. De

La entrada de la prisión reproduce el «oscuro bosque» en el que se pierde Dante.

esta forma, el edificio se convierte en la superficie de la cara del cañón.

El *Infierno* de Dante también me sirvió para planificar algunas partes del proyecto. El «oscuro bosque» del canto 1 en HMPark Life se ha convertido en un bosque plagado de árboles que esconden las columnas y la biblioteca / sala de visitas. Algunos funcionan como embudos de luz de los talleres de la prisión y sirven para enganchar las cámaras de vigilancia.

El canto 5, que es donde se juzgan los pecados y se decide el nivel del *Infierno* al que se manda al condenado, me ha servido de inspiración para la torre de observación para el público.

El canto 34 inspira la zona más baja, donde se encuentran las celdas de categoría A de los peores criminales.

Brockwell Park está justo al sur de Brixton, donde se produjeron los graves disturbios de 1981, motivados por el racismo de la policía. Es la frontera entre el acomodado barrio de Herne Hill, al este, y una gran urbanización al oeste, y alberga todo aquello que debería tener un buen parque, como un balneario restaurado de los años veinte, un huerto ecológico comunitario y pistas de tenis. También se encuentra a menos de un kilómetro de la actual cárcel de Brixton.

Durante mi investigación descubrí que la cárcel de Brixton es la peor, según los términos de calificación del propio

Plataformas de observación para el público, una para cada nivel de seguridad.

sistema penitenciario. No dispone de espacios al aire libre, los delincuentes pasan hasta 23 horas al día en celdas diseñadas para una persona en el siglo XIX, cuya capacidad hoy es de hasta cuatro; tiene unas condiciones insalubres, está infestada de ratas y la modernización de las instalaciones ni se plantea. Al ubicar la prisión en el parque, no hago más que seguir al pie de la letra la legislación vigente. «Las prisiones deben construirse cerca de las comunidades para crear vínculos estrechos y facilitar la reinserción de los convictos en la comunidad», dicen las directrices de planificación.

Las cárceles del centro de Londres, como Pentonville y Brixton, se encuentran en medio de zonas residenciales,

Las cuevas en las que viven los presos de categoría A, apenas por encima del nivel freático.

detrás de altos muros sin apenas señalización que casi se camuflan con el tejido urbano. Para el proyecto era importante que las oportunidades surgieran de los conflictos del programa con el contexto: placer / castigo, juego / trabajo, libertad / reclusión.

Por último, teniendo en cuenta la sobrepoblación de las cárceles y la falta de espacio de los centros penitenciarios londinenses, los parques de Londres se convierten en un lugar ideal, sobre todo porque la cárcel debe ser nuestra cárcel y formar parte de nuestra experiencia de ocio.

La prensa conservadora, y el *Daily Mail* en particular, fueron una gran fuente de inspiración. Siempre es útil fijarse en algo tan opuesto a tus propias opiniones para sacar cosas nuevas de uno mismo. La frase «La cárcel es un campamento de verano» se publicó unas cuantas veces en el *Daily Mail*, y hacía referencia a la posibilidad de los reclusos de acceder a la televisión (previo pago) y al futbolín. Aunque estoy seguro de que, si les preguntáramos a los reclusos de la prisión de Brixton, no estarían muy de acuerdo.

HMPark Life no respeta los derechos de los reclusos ni un nivel decente de privacidad. En el punto central del arco de la prisión hay una torre de observación pública. A medida que se desciende por la torre, hay un mirador para cada nivel de seguridad. Imaginé que los transeúntes del parque podrían incluso llevar a sus hijos para que vieran qué podría ocurrirles si se portaban mal.

Esta torre de observación es una evolución del panóptico, el modelo de arquitectura carcelaria ideado por el filósofo utilitarista Jeremy Bentham a finales del siglo XVIII, que permitía observar a todos los prisioneros, recluidos en celdas individuales alrededor de una torre central, sin que los prisioneros pudieran saber si eran observados. El objetivo es que la arquitectura genere la sensación constante de estar bajo vigilancia. HMPark Life funciona así como alegoría de la sociedad teorizada por Michel Foucault, en la que la idea de estar constantemente vigilados produce individuos perfectamente normalizados, y garantiza por tanto el funcionamiento automático del poder.

Ni que decir tiene que espero que una prisión como HMPark Life no se construya nunca.

Michel Foucault (1926-1984). Filósofo e historiador francés, profesor del Collège de France. Autor, entre otros, de *Historia de la locura en la época clásica* (1961), *Las palabras y las cosas* (1966) y *Vigilar y castigar* (1975).

LOS ESPACIOS OTROS

Des espaces autres, conferencia dictada en el Centre d'Études Architecturales de París el 14 de marzo de 1967.

La gran obsesión del siglo XIX fue, como se sabe, la historia: temas del desarrollo y de la interrupción, temas de la crisis y del ciclo, temas de la acumulación del pasado, gran sobrecarga de muertos, enfriamiento amenazante del mundo. En el segundo principio de la termodinámica el siglo XIX encontró lo esencial de sus recursos mitológicos. La época actual quizá sea sobre todo la época del espacio. Estamos en la época de lo simultáneo, estamos en la época de la yuxtaposición, en la época de lo próximo y lo lejano, de lo uno al lado de lo otro, de lo disperso. Estamos en un momento en que el mundo se experimenta, creo, menos como una gran vida que se desarrolla a través del tiempo que como una red que une puntos y se entreteje.

  Tal vez se pueda decir que algunos de los conflictos ideológicos que animan las polémicas actuales se desarrollan entre los piadosos descendientes del tiempo y los habitantes encarnizados del espacio. El estructuralismo, o al menos lo que se agrupa bajo este nombre algo general, es el esfuerzo por establecer, entre elementos repartidos a través del tiempo, un conjunto de relaciones que los hace aparecer como yuxtapuestos, opuestos, implicados entre sí, en suma, que los hace aparecer como una especie de configuración; y, a decir verdad, no se trata de negar el tiempo, sino de una manera de tratar lo que llamamos tiempo y lo que llamamos historia.

Se debe señalar sin embargo que el espacio que aparece hoy en el horizonte de nuestras preocupaciones, de nuestra teoría, de nuestros sistemas no es una innovación; el espacio mismo, en la experiencia occidental, tiene una historia, y no es posible desconocer este entrecruzamiento fatal del tiempo con el espacio. Se podría decir, para trazar muy groseramente esta historia del espacio, que en la Edad Media había un conjunto jerarquizado de lugares: lugares sagrados y lugares profanos, lugares protegidos y lugares por el contrario abiertos y sin prohibiciones, lugares urbanos y lugares rurales (esto en lo que concierne a la vida real de los hombres). Para la teoría cosmológica, había lugares supracelestes opuestos al lugar celeste; y el lugar celeste se oponía a su vez al lugar terrestre. Estaban los lugares donde las cosas se encontraban ubicadas porque habían sido desplazadas violentamente, y también los lugares donde, por el contrario, las cosas encontraban su ubicación o su reposo naturales. Era esta jerarquía, esta oposición, este entrecruzamiento de lugares lo que constituía aquello que se podría llamar muy groseramente el espacio medieval: un espacio de localización. Este espacio de localización se abrió con Galileo, ya que el verdadero escándalo de la obra de Galileo no es tanto el haber descubierto, o más bien haber redescubierto que la Tierra giraba alrededor del Sol, sino el haber constituido un espacio infinito, e infinitamente abierto; de tal forma que el espacio medieval, de algún modo, se disolvía, el lugar de una cosa no era más que un punto en su movimiento, así como el reposo de una cosa no era más que su movimiento indefinidamente desacelerado. Dicho de otra manera, a partir de Galileo, a partir del siglo XVII, la extensión sustituye a la localización.

En nuestros días, el emplazamiento sustituye a la extensión que por su cuenta ya había reemplazado a la localización. El emplazamiento se define por las relaciones de proximidad entre puntos o elementos; formalmente, se las puede describir como series, árboles, enrejados.

Por otra parte, es conocida la importancia de los problemas de emplazamiento en la técnica contemporánea: almacenamiento de la información o de los resultados parciales de un cálculo en la memoria de una máquina, circulación de elementos discretos, con salida aleatoria (como los automóviles, simplemente, o los sonidos a lo largo de una línea telefónica), identificación de elementos, marcados o codificados, en el interior de un conjunto que está distribuido al azar, o clasificado en una clasificación unívoca, o clasificado según una clasificación plurívoca, etc. De una manera todavía más concreta, el problema del sitio o del emplazamiento se plantea para los hombres en términos de demografía; y este último problema del emplazamiento humano no plantea simplemente si habrá lugar suficiente para el hombre en el mundo —problema que es después de todo bastante importante—, sino también el problema de qué relaciones de proximidad, qué tipo de almacenamiento, de circulación, de identificación, de clasificación de elementos humanos deben ser tenidos en cuenta en tal o cual situación para llegar a tal o cual fin. Estamos en una época en que el espacio se nos da bajo la forma de relaciones de emplazamientos.

En todo caso, creo que la inquietud actual concierne fundamentalmente al espacio, sin duda mucho más que al tiempo; el tiempo no aparece probablemente sino como uno de los juegos de distribución posibles entre los elementos que se reparten en el espacio.

Ahora bien, a pesar de todas las técnicas que lo invisten, a pesar de toda la red de saber que permite determinarlo o formalizarlo, el espacio contemporáneo tal vez no está todavía enteramente desacralizado —a diferencia sin duda del tiempo, que fue desacralizado en el siglo XIX—. Es verdad que ha habido una cierta desacralización teórica del espacio (aquella cuya señal de partida es la obra de Galileo), pero tal vez no hemos accedido aún a una desacralización práctica del espacio. Y tal vez nuestra vida está controlada aún por un cierto número de oposiciones que no se pueden modificar, contra las cuales la institución y la práctica aún no se han atrevido a rozar: oposiciones que admitimos como dadas: por ejemplo, entre el espacio privado y el espacio público, entre el espacio de la familia y el espacio social, entre el espacio cultural y el espacio útil, entre el espacio del ocio y el espacio del trabajo, todas dominadas por una sorda sacralización.

La obra —inmensa— de Bachelard, las descripciones de los fenomenólogos nos han enseñado que no vivimos en un espacio homogéneo y vacío, sino, por el contrario, en un espacio que está cargado de cualidades, un espacio que tal vez esté también visitado por fantasmas; el espacio de nuestra primera percepción, el de nuestras ensoñaciones, el de nuestras pasiones guardan en sí mismos cualidades que son como intrínsecas; es un espacio liviano, etéreo, transparente, o bien un espacio oscuro, rocalloso, obstruido: es un espacio de arriba, es un espacio de las cimas, o es por el contrario un espacio de abajo, un espacio del barro, es un espacio que puede estar corriendo como el agua viva, es un espacio que puede estar fijo, detenido como la piedra o como el cristal.

Sin embargo, estos análisis, aunque fundamentales para la reflexión contemporánea, conciernen sobre todo al espacio del adentro. Es del espacio del afuera que quisiera hablar ahora. El espacio en el que vivimos, que nos atrae hacia fuera de nosotros mismos, en el que se desarrolla precisamente la erosión de nuestra vida, de nuestro tiempo y de nuestra historia, este espacio que nos carcome y nos agrieta es en sí mismo también un espacio heterogéneo. Dicho de otra manera, no vivimos en una especie de vacío, en el interior del cual podrían situarse individuos y cosas. No vivimos en un vacío diversamente tornasolado, vivimos en un conjunto de relaciones que definen emplazamientos irreductibles los unos a los otros y que no deben superponerse.

Por supuesto, se podría emprender la descripción de estos diferentes emplazamientos buscando el conjunto de relaciones por el cual se los puede definir. Por ejemplo, describir el conjunto de relaciones que definen los emplazamientos de pasaje, las calles, los trenes (un tren es un extraordinario haz de relaciones, ya que es algo a través de lo cual se pasa, es algo mediante lo cual se puede pasar de un punto a otro y además es también algo que pasa). Se podría describir, por el haz de relaciones que permiten definirlos, estos emplazamientos de detención provisoria que son los cafés, los cines, las playas. Se podría también definir, por su red de relaciones, el emplazamiento de descanso, cerrado o medio cerrado, constituido por la casa, la habitación, la cama, etc. Pero los que me interesan son, entre todos los emplazamientos, algunos que tienen la curiosa propiedad de estar en relación con todos los otros emplazamientos, pero de un modo tal que suspenden, neutralizan o invierten el conjunto de relaciones que se encuentran, por sí mismos, designados, reflejados o reflexionados. De alguna manera, estos espacios, que están enlazados con todos los otros, que contradicen sin embargo todos los otros emplazamientos, son de dos grandes tipos.

Están en primer lugar las utopías. Las utopías son los emplazamientos sin lugar real. Mantienen con el espacio real de la sociedad una relación general de analogía directa o inversa. Es la sociedad misma perfeccionada o es el reverso de la sociedad, pero, de todas formas, estas utopías son espacios fundamental y esencialmente irreales.

También existen, y esto probablemente en toda cultura, en toda civilización, lugares reales, lugares efectivos, lugares que están diseñados en la institución misma de la sociedad, que son especies de contra-emplazamientos, especies de utopías efectivamente realizadas en las cuales los emplazamientos reales, todos los otros emplazamientos reales que se pueden encontrar en el interior de la cultura están a la vez representados, cuestionados e invertidos, especies de lugares que están fuera de todos los lugares, aunque sean sin embargo efectivamente localizables. Estos lugares, porque son absolutamente otros que todos los emplazamientos que reflejan y de los que hablan, los llamaré, por oposición a las utopías, las heterotopías; y creo que entre las utopías y estos emplazamientos absolutamente otros, estas heterotopías, habría sin duda una suerte de experiencia mixta, mediadora, que sería el espejo. El espejo es una utopía, porque es un lugar sin lugar. En el espejo, me veo donde no estoy, en un espacio irreal que se abre virtualmente detrás de la superficie, estoy allá, allá donde no estoy, especie de sombra que me devuelve mi propia visibilidad, que me permite mirarme allá donde estoy ausente: utopía del espejo. Pero es igualmente una heterotopía, en la medida en que el espejo existe realmente y tiene, sobre el lugar que ocupo, una especie de efecto de retorno; a partir del espejo me descubro ausente en el lugar en que estoy, puesto que me veo allá. A partir de esta mirada que de alguna manera recae sobre mí, del fondo de este espacio virtual que está del otro lado del vidrio, vuelvo sobre mí y empiezo a poner mis ojos sobre mí mismo y a reconstituirme allí donde estoy; el espejo funciona como una heterotopía en el sentido de que convierte este lugar que ocupo, en el momento en que me miro en el vidrio, en absolutamente real, enlazado con todo el espacio que lo rodea, y a la vez en absolutamente irreal, ya que está obligado, para ser percibido, a pasar por este punto virtual que está allá.

En cuanto a las heterotopías propiamente dichas, ¿cómo se las podría describir, qué sentido tienen? Se podría suponer, no digo una ciencia, porque es una palabra demasiado prostituida ahora, sino una especie de descripción sistemática que tuviera por objeto, en una sociedad dada, el estudio, el análisis, la descripción, la «lectura», como se gusta decir ahora, de estos espacios diferentes, estos otros lugares, algo así como una polémica a la vez mítica y real del espacio en que vivimos; esta descripción podría llamarse la heterotopología. Primer principio: no hay probablemente una sola cultura en el mundo que no constituya heterotopías. Es una constante de todo grupo humano. Pero las heterotopías adquieren evidentemente formas que son muy variadas, y tal vez no se encuentre una sola forma de heterotopía que sea absolutamente universal. Sin embargo, es posible clasificarlas en dos grandes tipos.

En las sociedades llamadas «primitivas» hay una forma de heterotopías que yo llamaría heterotopías de crisis, es decir que hay lugares privilegiados, o sagrados, o prohibidos, reservados a los individuos que se encuentran, en relación a la sociedad y al medio humano en el interior del cual viven, en estado de crisis. Los adolescentes, las mujeres en el momento de la menstruación, las parturientas, los viejos, etc.

En nuestra sociedad, estas heterotopías de crisis están desapareciendo, aunque se encuentran todavía algunos restos. Por ejemplo, el colegio, bajo su forma del siglo XIX, o el servicio militar para los jóvenes jugaron ciertamente tal rol, ya que las primeras manifestaciones de la sexualidad viril debían tener lugar en «otra parte», diferente de la familia. Para las muchachas existía, hasta mediados del siglo XX, una tradición que se llamaba el «viaje de bodas»; un tema ancestral. El desfloramiento de la muchacha no podía tener lugar «en ninguna parte» y, en ese momento, el tren, el hotel del viaje de bodas eran ese lugar de ninguna parte, esa heterotopía sin marcas geográficas.

Pero las heterotopías de crisis desaparecen hoy y son reemplazadas, creo, por heterotopías que se podrían llamar de desviación: aquellas en las que se ubican los individuos cuyo comportamiento está desviado con respecto a la media o a la norma exigida. Son las casas de reposo, las clínicas psiquiátricas; son, por supuesto, las prisiones, y debería agregarse los geriátricos, que están de alguna manera en el límite de la heterotopía de crisis y de la heterotopía de desviación, ya que, después de todo, la vejez es una crisis, pero igualmente una desviación, porque en nuestra sociedad, donde el tiempo libre se opone al tiempo de trabajo, el no hacer nada es una especie de desviación.

El segundo principio de esta descripción de las heterotopías es que, en el curso de su historia, una sociedad puede hacer funcionar de una forma muy diferente una heterotopía que existe y que no ha dejado de existir; en efecto, cada heterotopía tiene un funcionamiento preciso y determinado en la sociedad, y la misma heterotopía puede, según la sincronía de la cultura en la que se encuentra, tener un funcionamiento u otro.

Tomaré por ejemplo la curiosa heterotopía del cementerio. El cementerio es ciertamente un lugar otro en relación a los espacios culturales ordinarios; sin embargo, es un espacio ligado al conjunto de todos los emplazamientos de la ciudad o de la sociedad o de la aldea, ya que cada individuo, cada familia tiene parientes en el cementerio. En la cultura occidental, el cementerio existió prácticamente siempre. Pero sufrió mutaciones importantes. Hasta el fin del siglo XVIII, el cementerio se encontraba en el corazón mismo de la ciudad, a un lado de la iglesia. Existía allí toda una jerarquía de sepulturas posibles. Estaba la fosa común, en la que los cadáveres perdían hasta el último vestigio de individualidad, había algunas tumbas individuales, y también había tumbas en el interior de la iglesia. Estas tumbas eran de dos especies: podían ser simplemente baldosas con una marca, o mausoleos con estatuas. Este cementerio, que se ubicaba en el espacio sagrado de la iglesia, ha adquirido en las sociedades modernas otro aspecto diferente y, curiosamente, en la época en que la civilización se ha vuelto —como se dice muy groseramente— «atea», la cultura occidental inauguró lo que se llama el culto de los muertos.

En el fondo, era muy natural que en la época en que se creía efectivamente en la resurrección de los cuerpos y en la inmortalidad del alma no se prestara al despojo mortal una importancia capital. Por el contrario, a partir del momento en que no se está muy seguro de tener un alma, ni de que el cuerpo resucitará, tal vez sea necesario prestar mucha más atención a este despojo mortal, que es finalmente el último vestigio de nuestra existencia en el mundo y en las palabras.

En todo caso, a partir del siglo xix cada uno tiene derecho a su pequeña caja para su pequeña descomposición personal; pero, por otra parte, solamente a partir del siglo xix se empezó a poner los cementerios en el límite exterior de las ciudades; correlativamente a esta individualización de la muerte y a la apropiación burguesa del cementerio nació la obsesión de la muerte como «enfermedad». Se supone que los muertos llevan las enfermedades a los vivos, y que la presencia y la proximidad de los muertos al lado de la casa, al lado de la iglesia, casi en el medio de la calle, propagan por sí mismas la muerte. Este gran tema de la enfermedad esparcida por el contagio de los cementerios persistió a finales del siglo xviii; y en el transcurso del siglo xix comenzó su desplazamiento hacia los suburbios. Los cementerios constituyen entonces no sólo el viento sagrado e inmortal de la ciudad, sino «la otra ciudad», donde cada familia posee su negra morada.

Tercer principio: la heterotopía tiene el poder de yuxtaponer en un solo lugar real múltiples espacios, múltiples emplazamientos que son en sí mismos incompatibles. Es así que el teatro hace suceder sobre el rectángulo del escenario toda una serie de lugares que son extraños los unos a los otros; es así que el cine es una sala rectangular muy curiosa, al fondo de la cual, sobre una pantalla bidimensional, se ve proyectar un espacio en tres dimensiones; pero tal vez el ejemplo más antiguo de estas heterotopías (en forma de emplazamientos contradictorios) sea el jardín. No hay que olvidar que el jardín, creación asombrosa ya milenaria, tenía en Oriente significaciones muy profundas y como superpuestas. El jardín tradicional de los persas era un espacio sagrado que debía reunir, en el interior de su rectángulo, cuatro partes que representaban las cuatro partes del mundo, con un espacio todavía más sagrado que los otros que era como su ombligo, el ombligo del mundo en su medio (allí estaban la fuente y el surtidor); y toda la vegetación del jardín debía repartirse dentro de este espacio, en esta especie de microcosmos. En cuanto a las alfombras eran, en el origen, reproducciones de jardines. El jardín es una alfombra donde el mundo entero realiza su perfección simbólica, y la alfombra, una especie de jardín móvil a través del espacio. El jardín es la parcela más pequeña del mundo y es por otro lado la totalidad del mundo. El jardín es, desde el fondo de la Antigüedad, una especie de heterotopía feliz y universalizante (de ahí nuestros jardines zoológicos).

Cuarto principio: las heterotopías están, las más de las veces, asociadas a cortes del tiempo; es decir que operan sobre lo que podríamos llamar, por pura simetría, heterocronías. La heterotopía empieza a funcionar plenamente cuando los hombres se encuentran en una especie de ruptura absoluta con su tiempo tradicional; se ve así que el cementerio constituye un lugar altamente heterotópico, puesto que comienza con esa extraña heterocronía que es, para un individuo, la pérdida de la vida, y esa cuasi eternidad donde no deja de disolverse y de borrarse.

En forma general, en una sociedad como la nuestra, heterotopía y heterocronía se organizan y se ordenan de una manera relativamente compleja. Están en primer lugar las heterotopías del tiempo que se acumulan hasta el infinito, por ejemplo, los museos, las bibliotecas: museos y bibliotecas son heterotopías en las que el tiempo no cesa de amontonarse y de encaramarse sobre sí mismo, mientras que en el siglo XVII, hasta finales del XVII incluso, los museos y las bibliotecas eran la expresión de una elección. En cambio, la idea de acumular todo, la idea de constituir una especie de archivo general, la voluntad de encerrar en un lugar todos los tiempos, todas las épocas, todas las formas, todos los gustos, la idea de constituir un lugar de todos los tiempos que esté fuera del tiempo, e inaccesible a su mordedura, el proyecto de organizar así una suerte de acumulación perpetua e indefinida del tiempo en un lugar inamovible... todo esto pertenece a nuestra modernidad. El museo y la biblioteca son heterotopías propias de la cultura occidental del siglo XIX.

Frente a estas heterotopías, ligadas a la acumulación del tiempo, se hallan las heterotopías que están ligadas, por el contrario, al tiempo en lo que tiene de más fútil, de más precario, de más pasajero, bajo la forma de la fiesta. Son heterotopías no ya eternizantes, sino absolutamente crónicas. Tales son las ferias, esos maravillosos emplazamientos vacíos en el límite de las ciudades, que una o dos veces al año se pueblan de puestos, de barracones, de objetos heteróclitos, de luchadores, de mujeres-serpiente, de adivinas. Muy recientemente también, se ha inventado una nueva heterotopía crónica: las ciudades de veraneo; esas aldeas polinesias que ofrecen tres cortas semanas de desnudez primitiva y eterna a los habitantes de las ciudades; y puede verse por otra parte que aquí se juntan las dos formas de heterotopías, la de la fiesta y la de la eternidad del tiempo que se acumula: las chozas de Djerba son en un sentido parientes de las bibliotecas y los museos, pues en el reencuentro de la vida polinesia, el tiempo queda abolido, pero es también el tiempo recobrado, toda la historia de la humanidad remontándose desde su origen como en una especie de gran saber inmediato.

Quinto principio: las heterotopías suponen siempre un sistema de apertura y uno de cierre que, a la vez, las aíslan y las vuelven penetrables. En general, no se accede a un emplazamiento heterotópico así como así. O bien uno se halla allí confinado—es el caso del cuartel, el caso de la cárcel— o bien hay que someterse a ritos y a purificaciones. Solo se puede entrar con un permiso y una vez que se ha completado una serie de gestos. Existen, por otro lado, heterotopías enteramente consagradas a estas actividades de purificación, medio religiosa, medio higiénica, como los *hammam* musulmanes, o bien purificación en apariencia puramente higiénica, como las saunas escandinavas.

Existen otras, al contrario, que tienen el aire de puras y simples aberturas, pero que, en general, ocultan curiosas exclusiones. Todo el mundo puede entrar en los emplazamientos heterotópicos, pero, a decir verdad, esto es solo una ilusión: uno cree entrar pero, por el mismo hecho de entrar, es excluido. Pienso, por ejemplo, en esas famosas habitaciones que existían en las grandes fincas del Brasil, y en general en Sudamérica. La puerta para acceder a ellas no daba a la pieza central donde vivía la familia, y todo individuo que pasara, todo viajero tenía el derecho de franquear esta puerta, entrar en la habitación y dormir allí una noche. Ahora bien, estas habitaciones eran tales que el individuo que pasaba allí no accedía jamás al corazón mismo de la familia, era absolutamente huésped de pasada, no verdaderamente un invitado. Este tipo de heterotopía, que hoy prácticamente ha desaparecido en nuestras civilizaciones, podríamos tal vez reencontrarlo en las famosas habitaciones de los moteles americanos, donde uno entra con su coche y con su amante y donde la sexualidad ilegal se encuentra a la vez absolutamente resguardada y absolutamente oculta, separada, y sin embargo dejada al aire libre.

Finalmente, la última singularidad de las heterotopías es que son, respecto del espacio restante, una función. Esta se despliega entre dos polos extremos. O bien tienen por rol crear un espacio de ilusión que denuncia como más ilusorio todavía todo el espacio real, todos los emplazamientos en el interior de los cuales la vida humana está compartimentada. Tal vez sea este el rol que durante mucho tiempo jugaron los antiguos burdeles, rol del que se hallan ahora privados. O bien, por el contrario, crean otro espacio, otro espacio real, tan perfecto, tan meticuloso, tan bien ordenado, como desordenado, mal administrado y embrollado es el nuestro. Esta sería una heterotopía no ya de ilusión, sino de compensación, y me pregunto si no es de esta manera que han funcionado ciertas colonias. En ciertos casos, las colonias han jugado, en el nivel de la organización general del espacio terrestre, el rol de heterotopía. Pienso, por ejemplo, en el momento de la primera ola de colonización, en el siglo xvii, en esas sociedades puritanas que los ingleses fundaron en América y que eran lugares otros absolutamente perfectos.

Pienso también en esas extraordinarias colonias jesuíticas que fueron fundadas en Sudamérica: colonias maravillosas, absolutamente reglamentadas, en las que se alcanzaba efectivamente la perfección humana. Los jesuitas del Paraguay habían establecido colonias donde la existencia estaba reglamentada en cada uno de sus puntos. La aldea se repartía según una disposición rigurosa alrededor de una plaza rectangular al fondo de la cual estaba la iglesia; a un costado, el colegio, del otro, el cementerio, y, después, frente a la iglesia se abría una avenida que otra cruzaría en ángulo recto. Las familias tenían cada una su pequeña choza a lo largo de estos ejes y así se reproducía exactamente el símbolo de la Cruz. La cristiandad marcaba así con su símbolo fundamental el espacio y la geografía del mundo americano.

La vida cotidiana de los individuos era regulada no con un silbato, pero sí por las campanas. Todo el mundo debía despertarse a la misma hora, el trabajo comenzaba para todos a la misma hora; la comida a las doce y a las cinco; después uno se acostaba y a la medianoche sonaba lo que podemos llamar la diana conyugal. Es decir que al sonar la campana cada uno cumplía con su deber.

Burdeles y colonias son dos tipos extremos de heterotopía, y si uno piensa que, después de todo, el barco es un pedazo flotante de espacio, un lugar sin lugar, que vive por él mismo, que está cerrado sobre sí y que al mismo tiempo está librado al infinito del mar y que, de puerto en puerto, de orilla en orilla, de burdel en burdel, va hasta las colonias a buscar lo más precioso que ellas encierran en sus jardines, puede comprenderse por qué el barco ha sido para nuestra civilización, desde el siglo XVI hasta nuestros días, a la vez no solamente el instrumento más grande de desarrollo económico (no es de eso de lo que hablo hoy), sino la más grande reserva de imaginación. El navío es la heterotopía por excelencia. En las civilizaciones sin barcos, los sueños se agotan, el espionaje reemplaza allí a la aventura y la policía a los corsarios

LOS CONDENADOS

RELACIÓN DE CONDENADOS

(NO INCLUYE A LOS RESIDENTES EN EL LIMBO)

Maese **Adamo**, posiblemente el inglés Adam de Anglia, falsifica florines florentinos para los condes Guidi de Romena, un burgo del valle de Casentino, en la orilla derecha del Arno, entre Florencia y Bolonia. Descubierto el fraude, es juzgado, condenado a la hoguera y quemado vivo por los florentinos en 1281.

Agnolo o **Agnello Brunelleschi** (s. XIII) es un noble florentino que se dedica a robar ya desde pequeño. Primero en la familia, a su padre y a su madre, y luego en los talleres, donde se presenta vestido de anciano para ocultar su verdadero aspecto.

Ajitófel es consejero del rey David. Cuando Absalón, hijo de David, se alza contra su padre, Ajitófel se pone de parte del hijo, pero David consigue rebatir sus consejos apelando a su vanidad (2 Reyes 15 a 17).

Fray **Alberigo dei Manfredi** (Faenza, h. 1240-Rávena, h. 1309), de Faenza, es un fraile gaudente y uno de los más destacados güelfos de la ciudad. Debido a una ofensa sufrida, entra en conflicto con Alfredo y Alberghetto dei Manfredi. Finge querer hacer las paces con ellos y les invita a un banquete. Sin embargo, al final de la comida ordena a los criados que traigan fruta: es la señal acordada con los sicarios, que les dan muerte (1285). Al parecer, el traidor Alberigo todavía sigue vivo cuando el poeta imagina su viaje a ultratumba (1300).

Albero o Alberto de Siena (finales del s. xiii) es un noble de la ciudad homónima; nada más se sabe de él.

Bartolomeo dei Folcacchieri, conocido como **Abbagliato** (Siena, h. 1235-1300), es un joven manirroto que más tarde se convierte en un importante político y llega a ocupar numerosos cargos públicos: en 1288 es alcalde de Monteriggioni, y en 1300, de Monteguidi.

Alberto de Casalodi (h. 1230-1288), güelfo de Casaloldo, cerca de Mantua, en 1272 se deja convencer por Pinamonte dei Bonacolsi, gibelino, para expulsar a algunas familias turbulentas (pero güelfas) de la ciudad. Una vez así debilitado, Pinamonte aprovecha para expulsarlo también a él. Luego el vencedor se entrega a una serie de matanzas que despueblan Mantua.

Alberto Camicione (s. xiii), de los Pazzi de Valdarno, mata a uno de sus parientes para apoderarse de algunos de los castillos de la familia.

Alejandro Magno (356-323 a. C.) invade y conquista Grecia, luego Asia Menor y Egipto, donde funda Alejandría, para después enfrentarse y vencer al Imperio persa. Con su ejército llega hasta las costas de la India, donde se enfrentará a la lluvia de fuego.

Alessandro (güelfo) y **Napoleone** (gibelino) **degli Alberti** llegan a las armas en una lucha fratricida (1282-1286) porque el padre de ambos, Alberto V, conde de Mangona, solo ha dejado a Napoleone una quinta parte de la herencia.

Alessio Interminei (Lucca, ? - h. 1298) acaba en el Infierno por su constante adulación. Poco se sabe de él.

El papa **Anastasio II** (496-498) intenta reconciliar a Roma con la Iglesia oriental, que se había separado en 484 a raíz de la herejía monofisita de Acacio (?-489), según la cual Jesucristo tenía una sola naturaleza, la divina. Para ello invita a visitarle a Fotino (h. 300-376), seguidor de Acacio. Por su indulgencia con la herejía se le acusa de haber adoptado él mismo la tesis herética.

Andrea dei Mozzi (?-1296) es capellán del papa Alejandro IV y luego de Gregorio IX, entonces obispo de Florencia. En 1295 es trasladado por el papa Bonifacio VIII al obispado de Vicenza, donde fallecerá. Las crónicas de la época hablan también de su escandalosa vida.

Anfiarao recibe de Apolo el don de la clarividencia. Se convierte en adivino en Argos, donde se casa con Erífile, que le da dos hijos. Anticipa la derrota de los siete contra Tebas, por lo que se niega a acompañarles y se esconde. Polinices, su líder, soborna a Erífile ofreciéndole el collar de la eterna juventud, de modo que el adivino se ve obligado a partir. En Tebas debe atacar la puerta de Homoloide, pero es rechazado y sus soldados se dispersan. Se da a la fuga, y solo la intervención de Zeus le salva de los soldados tebanos: el rey del Olimpo abre una fosa bajo sus pies con un rayo, por la que se precipita directamente al inframundo ante Minos.

Aquiles, hijo de Peleo, es el más fuerte de los guerreros aqueos que participan en la guerra de Troya. Se enamora de Políxena, hija de Príamo, rey de Troya, a causa de la cual se deja atraer a una emboscada: es asesinado por Paris, hermano de Políxena, que le alcanza con una flecha en el talón, su punto débil.

Arunte (o Arrunte o Arrunta) es un arúspice etrusco y uno de los personajes de la *Farsalia* de Lucano. Antes de la guerra civil entre Julio César y Cneo Pompeyo, lo mandan llamar a Roma para explicar algunos acontecimientos extraordinarios. Predice con éxito la victoria de César.

Atila (406-453), rey de los hunos, recibe el sobrenombre de «el azote de Dios». Según una leyenda, Atila incursiona en Italia y destruye Florencia. La ciudad se reconstruye en tiempos de Carlomagno (742-814), después de que la estatua de Marte se recupere de las aguas del Arno y se vuelva a emplazar en el Ponte Vecchio. A Atila se le confunde con Totila (h. 516- 552), rey de los ostrogodos, que asedia la ciudad en 542.

Maese **Benvenuto**, llamado Asdente por su boca desdentada, es originario de Reggio Emilia (o de Parma). Se hace famoso a finales del siglo XIII por sus predicciones. Recurren a él el obispo de Parma y otros políticos de la época. Su conciudadano Salimbene Adami (1221-1288) lo mencionará con deferencia en su *Crónica*.

Bertran de Born (Limosín, 1140-Dalon, antes de 1215), señor del castillo de Hautefort, alterna el oficio de las armas con el de trovador. En 1182 está en la corte de Enrique de Inglaterra en Argentan, y apoya la rebelión de Enrique el Joven contra su hermano menor Ricardo I, conde de Poitou y duque de Aquitania. Enrique el Joven muere en 1183; como represalia, Enrique de Inglaterra sitia y toma el castillo de Hautefort, y se lo entrega al hermano de Bertran, aunque luego se lo devuelve. Bertran hace las paces con el soberano y le apoya en su lucha contra Felipe II de Francia. En 1196 ingresa como monje en la abadía de Dalon. Escribe su última obra en 1198, y muere antes de 1215.

Bocca degli Abati, güelfo florentino, participa en la batalla de Montaperti (1260), donde le corta a Jacopo dei Pazzi la mano con la que sujeta el estandarte de la Comuna. La caída del estandarte causa la derrota de los güelfos y la victoria de los gibelinos, liderados estos últimos por Farinata degli Uberti.

El papa **Bonifacio VIII** (Anagni, h. 1235-Roma, 1303), de nombre secular Benedetto Caetani, es elegido cardenal en 1281 y papa en 1294. En 1300 proclama el primer jubileo. Intenta imponer su autoridad en Italia y la de la Iglesia en Europa. Por ello choca con el rey de Francia, Felipe el Hermoso (1268-1314), a quien amonesta con dos bulas (1301 y 1302). El soberano francés reacciona acusándole de ser el culpable de la muerte de su antecesor, el papa Celestino V, luego se dirige a Italia y lo intenta capturar en Anagni. Muere poco después en el Vaticano a causa de la ofensa sufrida.

Bonturo Dati, de Lucca, es un consumado corrupto. Hasta 1314 es líder del bando popular; después se ve obligado a exiliarse en Génova y Florencia, donde morirá en 1325.

Branca Doria pertenece a una familia gibelina de Génova y es yerno de Michele Zanche. Para apoderarse de unas tierras, invita a su suegro a un banquete y lo mata con la ayuda de un sobrino o un primo (1275 o 1290).

Brunetto Latini (Florencia, h. 1220-Florencia, 1294) es un hombre de letras que también participa en asuntos públicos. Pertenece al bando güelfo. Se encuentra en Francia, de regreso de una misión diplomática en la corte de Alfonso X de Castilla, cuando le sorprende la noticia de la derrota de los güelfos en Montaperti (1260), y decide permanecer allí. En Francia escribe en provenzal *Li livres dou tresor* (o *Tesoro*), una especie de enciclopedia que recoge el saber de la época. La obra tiene un enorme éxito. La derrota de los gibelinos en Benevento (1266) le permite regresar a Florencia, donde ocupa numerosos cargos. Empieza a escribir el *Tesoretto*, un poema alegórico y moral que quedará inacabado. También enseña retórica y tiene a Dante entre sus alumnos ocasionales.

Marco Junio **Bruto** (85-42 a. C.) y Cayo Casio Longino (87/86-42 a. C.) son los principales exponentes de la conspiración contra Julio César, culpable en su opinión de acabar con las libertades republicanas y por ello asesinado en el Senado de Roma (44 a. C.). Ambos mueren en la batalla de Filipos (42 a. C.), en Grecia, donde se habían refugiado y contaban con partidarios, derrotados por el ejército conjunto de Octavio y Marco Antonio.

Buoso Donati (? - h. 1285), noble florentino, es hijo de Forese di Vinciguerra Donati, y tiene dos hermanos, Simone y Taddeo. Colabora en sus robos con Francesco dei Cavalcanti. Se le menciona en un documento de 1285. Dante insinúa implícitamente su nombre.

Buoso da Dovera o Duera, de Cremona, está al frente de un ejército que le confía Manfredo de Suabia; de deja sobornar por Carlos I de Anjou a cambio de dinero, y no opone resistencia.

A **Caccia de Asciano**, o Caccianemico di messer Trovato degli Scialenghi (s. XII), se le llama de Asciano porque sus antepasados tenían posesiones en dicho municipio. Se rodea de una cuadrilla de derrochadores con los que lleva una vida alegre y despreocupada, hasta el punto de que en solo veinte meses despilfarra la friolera de 216.000 florines.

Caifás y **Anás**, su suegro, son los dos sacerdotes que intrigan para que se condene a muerte a Jesucristo. Consiguen astutamente que sea el pueblo quien lo decida tras proponerle elegir entre Jesús o Barrabás, un vulgar malhechor.

Calcas y **Eurípilo** son los dos adivinos que en Áulide eligen el momento propicio para que la flota griega zarpe rumbo a la ciudad de Troya. En la *Eneida*, Eurípilo es un mensajero, al que Dante transforma aquí en adivino.

Capaneo es uno de los siete reyes que asedian la ciudad de Tebas para ayudar a Polinices a recuperar el trono usurpado por su hermano Eteocles. Durante el asedio escala las murallas de la ciudad y desde allí agravia a los dioses. Zeus, ofendido por su arrogancia y su presunción, lo mata fulminándolo con un rayo. Con su muerte finaliza el asedio a la ciudad. El condenado hace referencia a la batalla de Flegra, en Tesalia, en la que los Gigantes atacan el monte Olimpo, sede de los dioses, pero su ataque se ve frustrado por los rayos preparados deprisa y corriendo por Hefesto (Vulcano para los romanos) por orden de Zeus.

Capocchio de Florencia (o de Siena) tiene fama de ser capaz de hacerse pasar por cualquier hombre y falsificar cualquier cosa que desee. Muere quemado vivo en Siena en 1293, acusado de practicar la alquimia.

Carlino dei Pazzi (s. xiv), un güelfo blanco, traiciona a su bando por dinero y entrega el castillo de Piantravigne a los güelfos negros.

Catalano dei Catalani o dei Malavolti (h. 1210-1285) y **Loderingo degli Andalò** (1210 - h. 1293) son dos frailes gaudentes de Bolonia, pertenecientes a la Milicia de la Gloriosa Virgen María. En 1266 son enviados a Florencia como pacificadores, pero se ponen del lado de los güelfos en contra de los gibelinos, que son expulsados.

Cavalcante dei Cavalcanti (s. xiii), tras la derrota de los güelfos en Montaperti (1260), se ve gravemente perjudicado en sus bienes y obligado a exiliarse en Lucca. Regresa a su tierra tras la derrota de Manfredo de Suabia en Benevento (1266). Sin embargo, no mantiene una postura irreductible. Cuando, tras la muerte de Farinata degli Uberti, condenado por hereje, las principales familias florentinas de las dos facciones en liza deciden poner en práctica una política de alianzas matrimoniales para poner fin a sus rivalidades políticas, él concierta el matrimonio entre su hijo Guido y Beatrice, hija de Farinata (1267).

Ciacco es el nombre (o el apodo) de un personaje florentino mencionado también por Giovanni Boccaccio (*Decamerón*, IX, 8), o bien se trata del poeta florentino Ciacco dell'Anguillara (s. XIII).

Ciampolo de Navarra es un personaje al servicio de Teobaldo II, rey de Navarra (s. XIII). Nada más se sabe de él. Se le ha identificado con el poeta juglaresco Rutebeuf (¿-1285)

Cianfa Donati (finales del s. XIII), noble florentino, es consejero del *capitano del popolo* en 1282. No se dispone de más información sobre él.

El papa **Clemente V** (1305-1314), de nombre secular Bertrand de Got, sucede a Benedicto XI, que solo ocupa nueve meses el trono pontificio (1304). Es designado papa gracias al apoyo del rey de Francia, Felipe el Hermoso, al que permanece ligado políticamente hasta el punto de trasladar la sede papal a Aviñón. Tampoco con los sucesivos pontífices el papado logrará configurar un programa independiente de la influencia real, mientras lleva una vida opulenta en el palacio aviñonés.

Cleopatra, reina de Egipto (67-30 a. C), es amante de Julio César, luego de Marco Antonio, y luego lo intenta también con el joven Octavio, pero sin éxito. Para evitar caer en manos de este último, se suicida haciendo que le muerda una serpiente venenosa.

El emperador **Constantino** (274-337) según la leyenda se cura de la lepra gracias al papa Silvestre I (314-336), que se ve recompensado con la ciudad de Roma. De esta donación, que Dante considera auténtica, procede el poder temporal de los papas. En 1441, el humanista Lorenzo Valla demuestra que se trata de una invención del siglo VIII.

Cayo Escribonio **Curión**, un tribuno de la plebe extremadamente corrupto, abandona a Cneo Pompeyo y se pasa al bando de Julio César. Por ello es desterrado. En 49 a. C. se une a César en Rávena y actúa como intermediario con el Senado. Regresa con órdenes de disolver el ejército, pues de lo contrario será declarado enemigo de la patria. Pero él aconseja a César que aproveche la ocasión, cruce el Rubicón y marche hacia Roma. César sigue su consejo.

Dido, reina de Cartago, olvida el juramento de fidelidad que había hecho a Siqueo, su difunto esposo, y se enamora de Eneas, que ha naufragado con sus naves cerca de la ciudad. Se suicida cuando él la abandona y se hace de nuevo a la mar a instancias de los dioses. Su historia se narra en Virgilio, *Eneida*, IV.

Diomedes, hijo de Tideo y rey de Argos, es el inseparable compañero de confianza de los engaños de Ulises. Tras la guerra de Troya es rechazado por su esposa, por lo que llega a Italia, donde lucha contra los mesapios.
Dante lo une a Ulises incluso en la muerte, encerrándolo en una misma llama.

Dionisio el Viejo de Siracusa reina en Sicilia entre 403 y 367 a. C, antes de que la ocupen los cartagineses.

Epicuro de Samos (342/341-270 a. C.) defiende tesis materialistas: el mundo es eterno y está constituido por átomos, regidos por el azar. Los dioses no se preocupan por el mundo ni por los hombres, sino que viven dichosos en el cielo. El placer es el criterio de evaluación y la meta del hombre; sin embargo, dicho placer no es el que va acompañado de la turbación y las pasiones, sino el que resulta del cese del dolor. Por último, no hay que temer a la muerte, puesto que, cuando nosotros estamos, ella no está; y a la inversa, cuando ella está, nosotros ya no estamos. La Edad Media se verá negativamente afectada por el ateísmo y la teoría del placer propugnados por el filósofo griego.

Eteocles y **Polinices** son hijos de Edipo, rey de Tebas, y Yocasta. Cuando muere su padre, deciden reinar un año cada uno. Sin embargo, una vez transcurrido el primer año, Eteocles no quiere abandonar el trono, y entonces Polinices arma un ejército contra él. Ambos perecen en la batalla. Cuando sus cuerpos son depositados en la pira para ser incinerados, parece como si las llamas de uno se separaran de las del otro, como si su odio perdurara incluso después de la muerte.

Ezzelino III da Romano (1194-1229), feroz señor gibelino de Treviso, Padua y Verona, es excomulgado por el papa. Se convoca una cruzada contra él. Capturado y encarcelado, se dejará morir de hambre.

Farinata degli Uberti (h. 1212-1264) se convierte en jefe del partido gibelino en 1239. En 1248, con la ayuda del emperador Federico II de Suabia, expulsa a los güelfos de Florencia (aunque regresan a la ciudad en 1251). En 1260, esta vez con el apoyo de Manfredo de Suabia, rey de Sicilia, derrota a los florentinos en Montaperti y doblega a las fuerzas güelfas en toda la Toscana. Tras la derrota final de Manfredo y los gibelinos en Benevento (1266), los Uberti son expulsados de la ciudad, a la que los güelfos regresan definitivamente en 1267. En 1283, en un juicio póstumo por herejía, Farinata y su esposa Adelata son condenados; sus huesos son exhumados y arrojados al Arno, y se confiscan los bienes de sus herederos.

Filippo Cavicciuli, llamado Argenti o Argente (segunda mitad del s. XIII), pertenece a la familia Adimari. Le apodan Argenti porque calza a su caballo con herraduras de plata. Las relaciones entre Dante y Filippo, que eran vecinos, siempre fueron pésimas. El poeta lo sitúa entre los iracundos y se muestra especialmente violento con él.

Francesca de Rímini o **da Polenta**, hija de Guido da Polenta, señor de Rávena, se casa en torno a 1280 con Gianciotto Malatesta, señor de Rímini. El matrimonio probablemente se concierta por razones políticas, ya que sirve para acercar a las dos familias, constantemente enfrentadas. Ella acepta que la corteje su apuesto cuñado, Paolo Malatesta. Su marido Gianciotto, del que se dice que era cojo, los descubre y los mata (h. 1285).

Francesco d'Accorso (1225-1293) es un famoso jurista boloñés. Enseña derecho en Bolonia, pero también en Oxford, donde lo manda llamar el rey Eduardo I de Inglaterra. Más que de homosexual, tiene fama de usurero.

Francesco Guercio dei Cavalcanti es un noble florentino, asesinado (o, según otras versiones, llorado) por los habitantes de Gaville, una antigua aldea de los alrededores de Florencia. Colabora en sus robos con Buoso Donati. Es difícil identificarlo con algún personaje histórico.

Ganelón es un personaje literario de la *Canción de Roldán*. Es cuñado del emperador Carlomagno y padrastro de uno de sus sobrinos, el paladín Roldán. Celoso de la fama de Roldán, le traiciona, revelando a Marsilio, rey sarraceno de Zaragoza, la ruta que emprenderá el ejército franco en su regreso a casa. Los sarracenos tienden una emboscada a los francos en el paso de Roncesvalles, y Roldán muere en la batalla. Juzgado por traición, Ganelón es descuartizado por cuatro caballos que tiran de sus extremidades.

Geri del Bello (?-después de 1280), hijo de Bello y primo de Alighiero II, padre de Dante, aparece mencionado en documentos de 1266 y 1276. Es juzgado en rebeldía por reyertas y lesiones en Prato en 1280. Paree ser que muere a manos de un tal Brodaio Sacchetti.

Giacomo o **Jacopo da Sant'Andrea** (?-1239), llamado así por el nombre de una finca que posee cerca de Padua, es hijo de Oderico da Monselice. Dilapida su patrimonio hasta el punto de empobrecerse. Forma parte del séquito del emperador Federico II de Suabia (1194-1250). Es asesinado en 1239 por Ezzelino III da Romano (1194-1259), el feroz y despiadado tirano gibelino de la Marca Trevisana.

Gianni Schicchi de Florencia, a petición de Simone Donati, que teme que su tío Buoso le desherede, ocupa el lugar del moribundo, manda llamar al notario y hace testamento en favor de Simone, sin olvidar su propio beneficio:

una mula (o una yegua) que debía de ser de extraordinaria belleza, y un legado de cien florines de oro. Muere antes de 1280.

Gianni dei Soldanieri, gibelino, se pasa al bando de los güelfos tras la muerte de Manfredo de Suabia (1266).

Giovanni di Buiamonte dei Becchi (Florencia, ?-1310) es confaloniero de justicia en 1293. También desempeña otros cargos públicos, que le valdrán el título de caballero en 1298. Pocos años después se ve envuelto en una quiebra fraudulenta y huye precipitadamente de Florencia.

Fray **Gomita** (s. XIII) es vicario de Nino Visconti, que preside el juzgado de Gallura, en Cerdeña, y se ve obligado a regresar a Pisa. Comete todo tipo de malversaciones a cambio de dinero. También deja escapar a algunos presos tras cobrar un rescate. En 1293, Nino Visconti regresa a la isla, lo juzga y lo manda ahorcar.

Griffolino de Arezzo tiene fama de alquimista. En 1258 figura inscrito en la Società dei Toschi de Bolonia. Muere quemado vivo como hereje antes de 1272.

Guiglielmo Borsiere es un hombre de talante generoso y liberal. No se dispone de más información sobre él.

Guido Bonatti (h. 1210-1296/1300) es astrólogo de Guido de Montefeltro. También está al servicio de los municipios de Florencia, Siena y Forlì. Predice con éxito la victoria de los gibelinos en Montaperti (1260) y actúa asimismo como consejero de Montefeltro, que derrota a los franceses que asediaban Forlì (1282). En 1277 escribe un extenso tratado de astronomía y astrología.

Guido Guerra (h. 1220-Montevarchi [Arezzo], 1272) vive en la corte de Federico II de Suabia. Regresa a Florencia, donde se convierte en hombre de confianza del papa Inocencio III. En 1255 lucha contra los aretinos, y en 1260 participa en la batalla de Montaperti, donde caen derrotados los güelfos. Entra al servicio de Carlos I de Anjou y participa en la batalla de Benevento (1266), que marca la derrota de Manfredo de Suabia y los gibelinos.

Guido de Montefeltro (h. 1220-1298) es uno de los más destacados condotieros de la segunda mitad del siglo XIII. En 1268 es vicario en Roma de Conradino de Suabia. En 1274 lidera a los exiliados gibelinos de Bolonia y derrota a Malatesta da Verucchio, jefe de los güelfos. Es *capitano del popolo* en Forlì, donde hace gala de su habilidad y astucia. En Romaña anima la política antipapado, por lo que es excomulgado y confinado primero en Chioggia y luego en Asti. En 1292 logra imponer su señorío en Urbino. Dos años después se reconcilia con la Iglesia. En 1296 ingresa en la orden de Frailes Menores. Muere en 1298 en Asís o en Ancona.

Helena, esposa de Menelao, rey de Esparta, y famosa por su belleza (todos los príncipes aqueos habían pedido su mano), es la causa de la larga guerra entre aqueos (o griegos) y troyanos librada al pie de las murallas de Troya y narrada por Homero en la *Ilíada*. Paris la rapta y se la lleva a Troya consigo. Menelao y su hermano Agamenón organizan una expedición con los demás príncipes aqueos (Aquiles, Ulises, Diomedes, etc.), que termina diez años después con la destrucción de la ciudad amurallada.

Jacopo Rusticucci (Florencia, ?-después de 1266) pertenece a la camarilla de los Cavalcanti y ocupa diversos cargos políticos. No se dispone de más información sobre él.

Judas Iscariote es uno de los doce apóstoles. En los Evangelios, es quien traiciona a Jesús, al que vende a la corte religiosa de Jerusalén por treinta denarios. Sin embargo, se arrepiente de la traición e intenta devolver el dinero a los sacerdotes del templo, que lo rechazan. Presa de la desesperación, se ahorca en un árbol.

Lano (o **Arcolano**) **di Riccolfo Maconi** (?-1288) es un extremadamente rico de Siena que despilfarra todo su patrimonio. En 1287 participa en una expedición de sieneses que acuden en ayuda de los florentinos en su lucha contra los aretinos. A su regreso, el grupo, conducido de forma desordenada y temeraria, cae en la emboscada que les han tendido los aretinos en Pieve al Toppo, en Val di Chiana. Podría salvarse huyendo, pero prefiere buscar la muerte entre sus enemigos antes que volver a vivir en la pobreza.

Malatestino I da Verucchio (?-1317), hijo de Malatesta el Viejo, señor de Rímini, en torno a 1312 manda matar a Guido del Cassero y Angiolello da Carignano porque obstaculizaban sus objetivos expansionistas.

Michele Zanche (1203-1275) pertenece a una de las familias más ricas de Sácer. En 1234 la familia se ve obligada a exiliarse a Génova con los Doria, cuando el partido filogenovés entra en conflicto con el filopisano. De regreso a su tierra en 1238, amplía su patrimonio tanto en Cerdeña como en Génova, ganando fama de corrupto. Muere asesinado (directamente o mediante un sicario) durante un banquete, en fecha incierta, por su yerno Branca Doria y uno de sus allegados, posiblemente Giacomino Spinola, que quieren apoderarse de sus riquezas, o tal vez también porque se había acercado a los pisanos.

Miguel Escoto (Escocia, h. 1175 - h. 1232) es un filósofo, astrólogo y alquimista activo en la corte siciliana de Federico II de Suabia.

Mirra, hija de Cíniras, rey de Chipre, se enamora de su padre y oculta su identidad para tener relaciones con él. Cuando su padre descubre el engaño, ella huye a Arabia, donde los dioses la transforman en la planta que lleva su nombre.

Mosca dei Lamberti (Florencia, ? - Reggio Emilia, 1243), gibelino, ocupa diversos cargos políticos. En 1220 es corregidor de Viterbo, en 1227 de Todi, y en 1242 de Reggio Emilia. En 1227-1232 participa como condotiero en la guerra contra Siena. Convence a la familia Amidei, próxima a los Lamberti, para que mate a Buondelmonte dei Buondelmonti por no haber cumplido su promesa matrimonial. El asesinato dará origen a posteriores conflictos entre los güelfos (a cuyo bando se pasan los Buondelmonte y los Donati) y los gibelinos (con quienes se alinean los Amidei, los Lamberti y otras familias).

Obizzo II de Este o **d'Este** (?-1293) es regente de Ancona en nombre de la Iglesia, y expulsa a los Vinciguerra de

Ferrara. Es codicioso y cruel. Dante lo hace morir a manos de su hijastro Azzo VIII de Este, en realidad su hijo ilegítimo. Es marqués de Este, y señor de Ferrara (1264), Módena (1288) y Reggio (1289).

El cardenal **Ottaviano degli Ubaldini** (1214-1273), miembro de una poderosa familia gibelina, es obispo de Bolonia y cardenal desde 1245. Se le califica de hereje, ya que la propaganda güelfa acusaba de poca religiosidad y de herejía a cualquiera que se opusiera al papa.

Paolo Malatesta (1246-1285), apodado «Paolo el bello»", se casó con Orabile Beatrice, con la que tuvo tres hijos. Se enamoró de su cuñada Francesca da Rimini, esposa de su hermano Gianciotto, que los mató a ambos al descubrir su relación.

Pier da Medicina (Medicina, s. XIII) siembra la discordia entre los señores de la región de Bolonia. Nada más se sabe de él.

Pier della Vigna (Capua, 1190 - San Miniato al Tedesco, 1249) estudia derecho y el *ars dictandi* en Bolonia. Es notario, poeta refinado y uno de los principales exponentes de la escuela poética siciliana. Adquiere relevancia en la corte palermitana del emperador Federico II de Suabia (1194-1250), donde llega a ser canciller y ministro. Presuntamente involucrado en un complot contra el emperador, es acusado de alta traición, cae en desgracia, es encarcelado en Cremona y cegado en San Miniato al Tedesco, donde finalmente se suicida. La acusación de traición nunca llegará a probarse.

Pirro o **Neoptólemo**, el violento hijo de Aquiles, mata al anciano Príamo y a su hijo Polites, arroja desde lo alto de una torre a Astianacte, hijo de Héctor y Andrómaca, y degüella a Políxena sobre la tumba de Aquiles. Muere a manos de Orestes, hijo de Agamenón y Clitemnestra.

Prisciano de Cesarea (Asia Menor) (s. VI) es un famoso gramático. Compone las *Institutiones grammaticae*, uno de los textos sobre gramática más populares de la Edad Media. Dante tan solo dice de él que es homosexual; tal vez el poeta lo confunda con el gramático y obispo Prisciano (s. IV), mencionado en un documento boloñés de 1294.

Puccio dei Galigai, conocido como Puccio Sciancato (Florencia, ?- después de 1280) es desterrado de Florencia en 1260 junto con su familia por ser gibelino. En 1280 se halla de nuevo en Florencia. No se dispone de más información sobre él.

La mujer de **Putifar**, rey de Egipto, quiere seducir a José, hijo del patriarca Jacob. Él la rechaza. Entonces ella, para vengarse, le acusa ante su esposo de haber intentado seducirla.

Reginaldo o **Rinaldo degli Scrovegni** (finales del s. XIII) es un noble paduano del bando güelfo, contemporáneo de Giotto y de Dante. Es conocido como usurero. Junto con su hijo Enrico, encarga a Giotto los frescos de la capilla de Padua que lleva su nombre.

Rinieri da Corneto y **Rinieri dei Pazzi** son dos bandoleros de finales del siglo XIII que asaltan y matan a los caminantes en la Maremma para robarles.

Ruggieri degli Ubaldini (?-1295), sobrino del cardenal Ottaviano degli Ubaldini , es arzobispo de Pisa desde 1278. Interviene en las disputas entre el conde Ugolino y su sobrino Nino Visconti, asociado por su tío al gobierno de la ciudad. Tras la derrota de Pisa en la batalla de Meloria (1284), gracias a la ayuda de las familias más importantes de la ciudad, consigue primero expulsar a Nino del poder, y luego encarcelar al conde Ugolino, que intenta regresar a la ciudad. Tras la muerte del conde, el papa Nicolás III le censura por su comportamiento despiadado. La muerte del pontífice le permitirá conservar la diócesis pisana hasta su muerte (1295).

Sassolo Mascheroni, florentino de la familia Foschi, mata al hijo de uno de sus tíos para ser el único heredero. Tras ser descubierto, es introducido en un barril erizado de clavos y luego decapitado.

Semíramis, la legendaria reina de los asirios (s. IX a. C.), para evitar ser acusada de incesto declara lícitas por ley las relaciones entre padres e hijos. Se dice que mata a su marido y muere asesinada por su hijo.

Sexto Pompeyo (75 a. C. - 35 a. C.), hijo de Cneo Pompeyo (106 a. C. - 48 a. C.), ocupa Sicilia y Cerdeña tras la muerte de su padre y se dedica a la piratería.

Simón es un famoso mago de una ciudad de Samaria (Hechos 8, 9-24). Cuando ve a Pedro y a Juan hacer milagros, se ofrece a pagarles a cambio de poseer la misma habilidad. Pedro le maldice a él y a su dinero. Por este Simón se llama simonía a la culpa de quienes comercian con cosas sagradas.

Sinón, un soldado experto en el arte de la simulación, es uno de los personajes clave de la guerra de Troya y de la *Odisea* homérica. Es abandonado deliberadamente lacerado y contuso en la playa de Troya por los aqueos, que luego fingen partir (en realidad se esconden tras la isla de Ténedos). Acogido en la ciudad, logra convencer a los troyanos para que introduzcan dentro de las murallas un caballo de madera —un supuesto regalo de los aqueos—, en el que se esconden algunos guerreros. Estos, siguiendo el plan ideado por Ulises, deben salir por la noche y atacar a los troyanos dormidos, coincidiendo con el retorno de la flota aquea. Sinón es convincente, y el plan de Ulises tiene éxito. La fuente de Dante es Virgilio, *Eneida*, II.

Tais es una meretriz del *Eunuchus* de Publio Terencio Afro (185-159 a. C.). Dante, sin embargo, extrae la información del *De amicitia* de Cicerón, y no la sitúa entre los lujuriosos, sino entre los aduladores, por una breve escena de adulación que protagoniza la mujer.

Tebaldello Zambrasi, gibelino de Faenza, abre las puertas de la ciudad sitiada a los Geremei, güelfos de Bolonia, mientras sus conciudadanos aún duermen.

Tegghiaio Aldobrandi (?-Lucca, 1262) es corregidor de San Gimignano y de Arezzo. Participa en la batalla de Montaperti (1260) en el bando de los güelfos. Muere en el exilio.

Tesauro Beccaria, o **dei Beccheria**, de familia gibelina, es abad de Vallombrosa. Acusado de traicionar a los güelfos, que en ese momento ostentan el poder en Florencia, es juzgado y decapitado como traidor.

Tiresias es hijo de Everes, del linaje de los espartos, y de la ninfa Cariclo. Un día se encuentra con dos serpientes. Mata a la hembra y se convierte en mujer. Permanece así durante siete años y experimenta todos los placeres de la feminidad. Al cabo de siete años se repite la misma situación. Entonces mata a la serpiente macho y recupera su apariencia masculina. Un día Zeus y Hera discuten acerca de quién siente más placer, el hombre o la mujer. Deciden llamar a Tiresias, que ha sido ambas cosas, y este les revela que el hombre experimenta una décima parte del placer de la mujer. Encolerizada por haber revelado tal secreto, Hera lo deja ciego. Zeus, para compensarle por el daño sufrido, le concede el don de la profecía y una larga vida que se prolongará durante siete generaciones.

Ugolino della Gherardesca (Pisa, h. 1210-1289) procede de una noble y antigua familia gibelina. Para defender sus feudos sardos, llega a un acuerdo con su yerno Giovanni Visconti, del bando güelfo. Entre 1272 y 1275 desempeña un papel importante en la escena política de Pisa, pero se ve obligado a abandonar la ciudad debido a los constantes enfrentamientos con los Visconti. Regresa en 1276, junto con los Visconti, gracias a una connivencia filogüelfa. Obtiene el mando de la flota pisana en la guerra contra Génova, que termina con la derrota de Meloria (1284). Para dividir la coalición de comunas (Génova, Florencia, Lucca) contra Pisa, cede algunos castillos a los florentinos y a los luqueses. Pero este acto se interpreta como una traición. El regreso de los prisioneros de Génova favorece la suerte de los gibelinos pisanos, liderados por el arzobispo Ruggieri degli Ubaldini y las familias más importantes de la ciudad: Gualandi, Sismondi y Lanfranchi. Estos consiguen imponerse primero a Nino Visconti y después al propio Ugolino. El conde es encarcelado en 1288 junto con sus hijos Gaddo y Simone y sus sobrinos Anselmo y Nino, conocido como Brigata, y nueve meses después todos ellos morirán de hambre en la torre de la Muda.

Ulises u **Odiseo**, hijo de Laertes, es el protagonista de la *Odisea* (que Dante y la Edad Media no conocieron), un largo poema que narra su regreso a Ítaca, una isla del mar Egeo, tras la destrucción de Troya. El viaje se prolonga nada menos que diez años, tanto por la hostilidad de Poseidón, dios del mar, a cuyo hijo Polifemo ha cegado el héroe, como por la insaciable curiosidad de este por ver países y pueblos desconocidos. En una de esas aventuras, la hechicera Circe se enamora de él y lo retiene consigo durante un año, aunque luego tiene que dejarlo marchar a instancias de Júpiter. Una vez de regreso, debe recuperar su trono enfrentándose los pretendientes, los nobles que han aprovechado su larga ausencia para intentar arrebatarle el poder y a su esposa Penélope. Ulises es famoso por su astucia (o más bien por su versátil ingenio), pero también por su valor y sabiduría. Es su artimaña del caballo la que permite a los aqueos penetrar en la ciudad de Troya y destruirla tras diez años de infructuoso asedio. Además del ardid del caballo, Dante recuerda también la astucia con la que Ulises y Diomedes obligan a Aquiles a abandonar a Deidamea, con la que acaba de casarse, para participar en la guerra de Troya, y el robo del Paladio, la estatua de Palas Atenea que protegía la ciudad de Troya.

Vanni dei Cancellieri, llamado Focaccia, mata a un primo suyo cuando se dirige al taller de un sastre, y comete asimismo otros delitos.

Vanni Fucci, apodado Bestia (Pistoya, ?-1295/1300) tiene un carácter violento y propenso a las reyertas. Desde 1288 participa como güelfo negro en la vida política de la ciudad, distinguiéndose por las correrías que lleva a cabo en perjuicio sus adversarios. En 1292, en el contexto de la guerra contra Pisa, participa en la toma de la fortaleza de Caprona entre las filas de los florentinos. Tal vez Dante lo conociera en esta ocasión. En 1293 entra en la catedral y saquea la capilla de San Jacobo; luego se refugia en el campo, donde se dedica al bandolerismo. Uno de sus cómplices es ahorcado a causa del robo sacrílego, pero antes de morir da su nombre. En 1295 la comuna de Pistoya lo condena en rebeldía por homicidio y saqueo, pero ese mismo año sigue en la ciudad, llevando a cabo incursiones contra los güelfos blancos. Después de esa fecha no se sabe nada más de él.

Venedico Caccianemico (Bolonia, 1228-1302) es corregidor de Imola, *capitano del popolo* en Módena, corregidor de Milán, de Pistoya y después nuevamente de Milán. Es desterrado en 1287 por respaldar un acuerdo con la familia boloñesa Lambertazzi, y de nuevo en 1289 por favorecer a la casa de Este. En 1297, tras la muerte de su padre, se le reconoce oficialmente como jefe de su linaje, al que desde 1294 había empezado a dar lustre emparentándolo con la familia de Este al concertar el matrimonio entre su hijo Lambertino y Constanza, hija de Azzo VIII. En 1301 es desterrado a Pistoya, de nuevo por mostrarse partidario de la casa de Este. Morirá al año siguiente, aunque Dante cree que muere antes de 1300.

Vitaliano del Dente, paduano, es corregidor de Vicenza en 1304 y de Padua en 1307. Dante le atribuye fama de usurero.

SESIÓN DE CINE

La *Divina Commedia* di Dante Alighieri - *Inferno* (1911).

Dirección: Francesco Bartolini
Giuseppe di Liguoro
Adolfo Padovan

Efectos especiales: Emilio Roncarolo

Actores: Salvatore Papa (Dante)
Arturo Pirovano (Virgilio)
Emilise Beretta (Beatrice)
Augusto Milla (Lucifer)
Giuseppe di Liguoro (Farinata, conde Ugolino, Pier della Vigna)

Consta de 54 escenas, inspiradas en los grabados de Gustave Doré. Exteriores rodados en el monte Grigna, cerca del lago de Como.

Fue el primer largometraje italiano. Primera proyección el 10 de marzo de 1911 en el Regio Teatro Mercadante di Nápoles.

Estrenada en Inglaterra y Estados Unidos con el título *Dante's Inferno*; en Francia, *L'enfer; El infierno* en España y Argentina, y *Die Hölle* en Alemania.

ÍNDICE

EL AUTOR Y LA OBRA

Dante y la *Comedia* — 33
Nuestra edición — 45

LO QUE SABEMOS DEL INFIERNO

Enciclopedia de Diderot y D'Alembert — 55
Enciclopedia Británica — 67

INFIERNO

Poesía — 81

INFIERNO

Prosa — 313

CANTO 1. Perdido en medio de un bosque tenebroso. Ataque de tres fieras salvajes. Aparición de un espíritu. — 315

CANTO 2. Virgilio revela quién lo envía con el encargo de conducir a Dante hasta el Infierno. — 321

CANTO 3. La puerta del Infierno. Primer encuentro con los condenados. Caronte, el barquero furioso. — 327

CANTO 4. Primer círculo: el Limbo. Dante y Virgilio son recibidos por los grandes poetas de la Antigüedad. — 335

CANTO 5. Segundo círculo. Minos agita su amenazante cola ante los recién llegados. Un torbellino formado por espíritus en danza constante. — 342

CANTO 6. Tercer círculo. Lluvia incesante sobre la tierra fétida. Un monstruo de tres cabezas. — 351

CANTO 7. Cuarto círculo. El príncipe de los demonios: Plutón. La ciénaga pestilente. — 357

CANTO 8. Quinto círculo. El infame barquero Flegias conduce a los dos poetas a través de la laguna Estigia hasta la ciudad maldita. — 362

CANTO 9. Llegada a Dite, la ciudad de los mil demonios. La furia de las tres diosas de la venganza. — 369

CANTO 10. Sexto círculo. Las tumbas ardientes. Dante escucha relatos terribles de los sumergidos en el fuego. — 377

CANTO 11. Un valle hediondo. Virgilio describe las categorías de los pecados y los castigos que les corresponden. — 382

CANTO 12. Llegada al séptimo círculo. Monstruos semihumanos. Un río de sangre hirviente. — 387

CANTO 13. Almas encerradas en arbustos espinosos. Aves con rostro humano. Feroces perras negras ávidas de sangre. — 397

CANTO 14. Virgilio muestra a Dante los ríos infernales compuestos de sangre y fuego. — 406

CANTO 15. Los condenados aparecen entre la neblina. Dante se reencuentra con su antiguo maestro. — 412

CANTO 16. El fragor de una cascada atemoriza a Dante. Aparece el terrorífico Gerión. — 416

CANTO 17. Descenso al octavo círculo a lomos de un monstruoso dragón alado. — 421

CANTO 18. Octavo círculo. Dante y Virgilio caminan por puentes que salvan diez fosas infernales. — 428

CANTO 19. Ardientes agujeros de los que sobresalen los pies de los condenados envueltos en llamas. — 436

CANTO 20. Encuentro con los adivinos castigados con el tormento de caminar con la cabeza girada hacia atrás. — 441

CANTO 21. Una fosa llena de brea donde chapotean los condenados. El diablo Malacola. El puente derrumbado. — 445

CANTO 22. Los poetas son escoltados por un grupo de diablos que riñen entre sí sin cesar. — 450

CANTO 23. Dante y Virgilio huyen del ataque de los diablos. Encuentro con una macabra comitiva de penados. — 456

CANTO 24. Dificultoso ascenso por una pendiente rocosa. Multitud de reptiles venenosos. — 461

CANTO 25. Una serpiente de seis patas. Metamorfosis de humanos en reptiles. — 467

CANTO 26. Pecadores envueltos en llamas andantes cuentan sus pecados. — 472

CANTO 27. También aquellos que fueron malos consejeros están encerrados dentro del fuego. — 477

CANTO 28. En la novena fosa caminan las almas con sus miembros mutilados. Una de ellas levanta con el brazo su cabeza separada del cuerpo. — 481

CANTO 29. Llegada al final del octavo círculo. Los condenados se desgarran a sí mismos, atormentados por grandes picores. — 487

CANTO 30. Dante queda impresionado ante la visión de los cuerpos henchidos y deformados de los falsificadores. — 491

CANTO 31. Descenso al noveno círculo. Tres Gigantes aguardan a los poetas. — 496

CANTO 32. Los poetas llegan a un gran lago helado del que sobresalen las cabezas de los traidores. — 503

CANTO 33. Dante y Virgilio continúan su trayecto por el infierno de hielo. Un conde caníbal. — 509

CANTO 34. En el fondo del abismo aparece Lucifer devorando condenados con sus tres bocas. El camino hasta la salida. — 514

LAS MEDIDAS DEL INFIERNO
Forma y estructura del Infierno — 527

VISIONES DEL INFIERNO
Místicas, teólogos, excursionistas: el Infierno, destino turístico — 543

LA MÚSICA DEL INFIERNO
Así suena el Averno: una lista de canciones infernales — 557

LA CÁRCEL
HMPark Life, el nuevo panóptico — 567
Los espacios otros — 581

LOS CONDENADOS
Relación de condenados — 599

SESIÓN DE CINE
Inferno (1911) — 627

1. Pozo de Darvazá, o Puerta del Infierno, en Turkmenistán (2019), Turgunbai Bayram.

2. Representación del *Naraka* o infierno budista, Birmania, s. XIX.

3. Infierno (h. 1510), anónimo, Museu Nacional da Arte Antiga, Lisboa.

4. Cristo en el limbo (h. 1575), seguidor de Hyeronimus Bosch, Indianapolis Museum of Art.

5. Un ángel conduce un alma al infierno (h. 1600), seguidor de Hyeronimus Bosch, Wallace Collection, Londres.

6. Reos en el infierno (h. 1750), Mural de Wat Sakut (detalle), Bangkok.

7. Linchamiento de Jesse Washington en Waco, Texas (1916), Fred Gildersleeve.

8. Fucking Hell (2008), instalación de Jake y Dinos Chapman.

9. Mina de oro, Serra Pelada, Brasil (1986), Sebastião Salgado.

10. Killing fields, Camboya (2021), Richard Vogel.

11. Incendio forestal en Australia (2024), Matthew Abbott.

12. Gaza (2023), Mustafa Hassouna.

CLÁSICOS LIBERADOS es una idea
original de Blackie Books

Diseño de colección: Setanta
www.setanta.es

Diseño de cubierta: Pedro Oyarbide

Título original: COMMEDIA – INFERNO

Conceptualización: J&M/Studio Borgognoni
Edición: Ramon Solé Solé
Edición gráfica: Llorenç Martí Garcés
Revisión y coordinación: Jaume Prat Vallribera

Dante y la Comedia
© Daniel López Valle, 2024

Lo que sabemos del Infierno
Enfer – Encyclopédie
Traducción: © Robert Juan-Cantavella, 2024
Hell – Encyclopædia Britannica
© Encyclopædia Britannica Inc., 2023
Traducción: © Laura Ibáñez, 2024

Infierno – Poesía
Tratamiento y recreación de imágenes:
Xavi Parejo (XPS Arts Finals)
Leyendas: © Ramon Solé Solé, 2024

Infierno - Prosa
Paráfrasis del texto: © Natalino Sapegno -
La Nuova Italia/Rizzoli Education
Traducción: © Francisco J. Ramos, 2024
Los guardianes del Infierno
Textos: © Marcos Jaén Sánchez, 2024
Ilustraciones: © Santiago Arcas Olmedo, 2024

Las medidas del Infierno
Texto: © Alessandro Maccarrone, 2024
Ilustraciones: © Anxo Miján Maroño, 2024

Visiones del Infierno
© Ana Garriga y Carmen Urbita, 2024

La música del Infierno
© Jordi Garrigós Cubells, 2024

La cárcel
HMPark Life
© Alexander Elia Kalli, 2024
Traducción: © Julia Viejo, 2024
Los espacios otros
Título original: *Des espaces autres*
© Michel Foucault, 1967
Traducción: © Angélica Colacicchi, 2024

Relación de condenados
Texto: © Alessandro Furlan, 2009
Traducción: © Francisco J. Ramos, 2024

Ilustraciones
Págs. 4-5 © Turgunbai Bayram, 2019; págs. 18-19 © Jake y Dinos Chapman, VEGAP, Barcelona, 2024; págs. 20-21 © Sebastião Salgado / Contacto; págs. 22-23 © Richard Vogel, 2021; págs. 24-25 © Matthew Abbott, 2024; págs. 26-27 © Mustafa Hassona / Anadolu / Getty Images; págs. 312-313 © Toshiharu Arakawa, 2020; pág. 348 Archivo Fotográfico, Museo Nacional Centro de Arte Reina Sofía © Hans Bellmer, VEGAP, Barcelona, 2024; pág. 403 © Jake y Dinos Chapman, VEGAP, Barcelona, 2024; pág. 485 © Jonas Gustavsson, 2018; págs. 522-523 © Fefo Bouvier, 2021.

© de la edición: Blackie Books S.L.
Calle Església, 4-10
08024, Barcelona
www.blackiebooks.org
info@blackiebooks.org

Maquetación: David Anglès
Impresión: Liberdúplex
Impreso en España

Primera edición en esta colección: marzo de 2025
ISBN: 978-84-10323-31-5
Depósito legal: B 21725-2024

Todos los derechos están reservados. Queda prohibida la reproducción total o parcial de este libro por cualquier medio o procedimiento, comprendidos la reprografía y el tratamiento informático, la fotocopia o la grabación sin el permiso expreso de los titulares del copyright.

CLÁSICOS LIBERADOS

Títulos de la colección:

ODISEA, Homero
GÉNESIS
ILÍADA, Homero
QUIJOTE, Cervantes
DIVINA COMEDIA, Dante

Próximos títulos:

GARGANTÚA Y PANTAGRUEL, Rabelais
EL LIBRO DEL TAO, Lao Tse
HAMLET, Shakespeare
EVANGELIOS
ENSAYOS, Montaigne
ENEIDA, Virgilio
LAS MIL Y UNA NOCHES